平安朝文学と漢詩文

新間一美著

和泉書院

凡　例

一、白居易（白楽天）の作品番号は花房英樹氏『白氏文集の批判的研究』所収の「綜合作品表」による。本文は、主に四部叢刊所収の那波道円本によるが、そうでない場合はその都度断った。

一、田氏家集の作品番号は小島憲之氏監修『田氏家集注』による。

一、菅家文草、菅家後集の作品番号は日本古典文学大系（川口久雄氏注）による。

一、新撰万葉集の作品番号は『新撰万葉集　京都大学蔵』（浅見徹氏解説）による。

一、本朝文粋の作品番号は新日本古典文学大系（大曾根章介・金原理・後藤昭雄三氏注）による。

一、万葉集の作品番号は『国歌大観』による。それ以外の『新編国歌大観』所収歌集等の作品番号は同書による。

一、源氏物語の本文は、新潮日本古典集成（石田穣二・清水好子両氏注）により、その巻名と頁数を記す。ただし、一部表記を改めたところがある。

目次

第一部　白居易文学の受容

I　花も実も
——古今序と白居易——

一

わが平安文学の世界では、白居易（白楽天）の詩文は広く深く愛されていた。例えば、村上天皇の皇子、後中書王具平親王は、

　古今詞客得レ名多　白氏抜群足二詠歌一

（本朝麗藻、巻下「和下高礼部再夢二唐故白大保一之作上」）

と「白氏」の詩才を讃えている。さらに、同詩の句「季葉頽風体未レ訛」では、次のように自注をつける。

　我朝詞人才子、以二白氏文集一為二規摸一。故承和以来、言レ詩者、皆不レ失二体裁一矣。

具平親王は、ここで当時を「季葉頽風」と感じつつも、詩人達が詩の体裁を失っていないのは、嵯峨上皇の晩年に当たる承和年間（八三四—八四八）以来、白氏文集の詩を「規摸」とした故であるとしている。文徳実録にも、承和五年（八三八）の白詩の渡来が記されている。この承和の頃から、白居易の詩文は、我朝の詩人達の心を捉え始めたのであろう。[1]

また、同じく平安朝の中頃、大江匡衡は、

　近日蒙二綸命一、点二文集七十巻一。夫江家之為二江家一、白楽天之恩也。故何者、延喜聖代、千古維時、父子共為二文

集之侍読一。天暦聖代、維時斉光、父子共為二文集之侍読一。

（江吏部集、巻中）

と、大江家の漢学の家としての存在理由が、延喜の醍醐天皇の御代、大江千古・維時父子以来の、白氏文集侍読の事実にあるとしている。大江維時は、千載佳句を編纂しており、その五割までが白居易の佳句であった。維時が白詩を重んじていたことは明らかである。承和以来、宇多醍醐両帝に仕えた菅原道真をはじめとして、我朝の詞人才子は白詩を尊重して来た。しかも、それが詩の世界にとどまらず、和歌の世界にまでも及んでいたことは、大江千里の句題和歌、伝道真撰の新撰万葉集などを見ることによって知られる。のみならず、延喜年間最大の文学遺産である古今集においても、白詩の影響が色濃く見られることは、すでに諸先学の研究で指摘されている(2)。古今集は、千古・維時父子から白氏文集の侍読を受けたという醍醐天皇の勅撰である。個々の歌だけではなく、撰集事業自体に白居易の影響は見られないであろうか。

古今集撰集の経緯は、紀貫之の仮名序、そして紀淑望の真名序に、おおよそ記されている。この両序の中に白居易の影響を見ようとする研究は、すでに金子彦二郎氏によってなされている(3)。しかし、金子氏の研究は、さほど発展的に継承されてはいないようである。

本章では、真名序、或いは貫之の新撰和歌序に見える「花実」の語を手がかりとして、この金子氏の研究の意味を再考してみたい。

二

真名序(4)では「花実」の語は、次の二箇所で用いられている。

(1) 及㆘彼時変㆓澆漓㆒、人貴㆗奢淫㆖、浮詞雲興、艶流泉涌。其実皆落、其花孤栄。至㆑有㆘好色之家、以㆑此為㆓花鳥之使㆒、乞食之客、以㆑此為㆗活計之謀㆖。故半為㆓婦人之右㆒、難㆑進㆓大夫之前㆒。

(2) 花山僧正、尤得㆓歌体㆒。然其詞花而少㆑実、如㆔図画好女徒動㆓人情㆒。

右の引用の範囲内で「花実」の意味を考えて行こう。(1)の「花」は、「澆漓」「奢淫」「浮詞」「艶流」「好色」に近接した意であり、「婦人之右」となるものである。それに対し、「実」は「大夫之前」に進めることができるものである。(2)の方は、(1)よりも意味が狭く、「花」は、一見美しく表面的に人の心を動かす詞であり、「実」は、より深く人の心を動かす詞であると言えよう。

このように(1)と(2)とでは、少々「花実」の意味が異なるようである。

仮名序では、(1)(2)に対する部分は次のように書かれている。

① 今の世の中、色につき、人の心、花になりにけるより、あだなる歌、はかなき言のみいでくれば、色好みの家に埋れ木の、人知れぬこととなりて、まめなる所には、花薄ほに出すべきことにもあらずなりにたり。

② 僧正遍照は、歌のさまは得たれども、まこと少なし。例へば、絵にかける女を見て、いたづらに心を動かすがごとし。

後者から検討しよう。(2)の「花」は②では言葉に現れて来ない。意味を「歌のさまは得たれ」に含ませているのであろう。「実」の方は、「少㆑実」が「まこと少なし」となっていて、「まこと」は、「深く人の心を動かす」と(2)の「実」と同様に訳すことができる。

次に、①と(1)とを比較すると、「今の世の中、色につき、人の心、花になりにけるより」が「及㆘彼時変㆓澆漓㆒、人貴㆗奢淫㆖」に、「あだなる歌、はかなき言」が「浮詞」「艶流」に、「色好みの家」が「好色之家」に、「まめなる所」が「大夫之前」に、それぞれ対応する。(1)の「花」「実」は、「人の心、花になりにける」、及び「まめなる所」

が、表現の上で近い。但し、⑴の「花」が歌について言われているのに対し、①の方は人心についてである点が相違している。

このように「花」と「実」とを並べた時、「花」の説明は割合に詳しいが、「実」に関しては、「大夫之前」「まめなる所」だけで、具体的な内容がわかりにくい。①に続く仮名序の次の部分が「実」の内容をより詳しく語っている。

③　その初めを思へば、かかるべくなむあらぬ。古への代々の帝、春の花の朝、秋の月の夜ごとに、侍ふ人々を召して、事につけつつ歌を奉らしめ給ふ。あるは花を諷《そ》ふとてたよりなき所に惑ひ、あるは月を思ふとてしるべき闇にたどれる心々を見給ひて、賢し愚かなりとしろしめしけむ。

③は、①のように軽佻浮薄となった現代の歌の「花」の状況に対して、昔の理想的な状態を示しているのであるから「実」と言えるのである。この「実」は、真名序では、

⑶　古天子、毎二良辰美景一、詔二侍臣一、預二宴筵一者、献二和歌一。君臣之情、由レ斯可レ見、賢愚之性、於レ是相分。所下以随二民之欲一、択中士之才上也。

と書かれている。③と同様に⑶も古えの「実」をいうとすれば、⑶の前にある、

⑷　但見二上古歌一、多存二古質之語一。未レ為二耳目之翫一、徒為二教誡之端一。

と、上古の歌について説明する部分も古えの「実」に当たる。⑷では、「耳目之翫」が今の「花」なのであり、「古質」「教誡之端」が古えの「実」なのである。

このように⑴の「花」「実」の意味内容を検討してくると、貫之の新撰和歌序に、この例に近い「花実」の用例があることに注意される。

抑上代之篇、義漸幽而文猶質。下流之作、文偏巧而義漸疎。故抽下始レ自二弘仁一至二于延長一、詞人之作、花実相

兼上而已。今所レ撰玄又玄。非下唯春霞秋月、潤二艶流於言泉一、花色鳥声、鮮中浮藻於詞露上、皆是以動二天地一、感二神祇一、厚二人倫一、成二孝敬一、上以風二化下一下以諷二刺上一。雖三誠仮二文於綺靡之下一、復取二義於教誡之中一者也。

この序は、「上代之篇」と「下流之作」の特質を「義」及び「文」の語で表わし、その両方の特質を持った作を「花実相兼」或いは「玄又玄」の語で呼び、新撰和歌に撰び入れたと言っている。「春霞秋月」から「詞露」までは「文」の、「動二天地一」から「諷二刺上一」までは「義」の、具体的な傾向、働きを示している。この対句を基本とした序は、「花実」の語を中心に据えて左のように図示することができよう。

（上代）
義幽《ハ》（文質《ハ》）〔実〕動二天地一・感二神祇一…風化・諷刺＝教誡
　　　　　　　　　　↓
　　　　　　　　花実相兼＝玄又玄
　　　　　　　　　　↑
文巧《ハ》（義疎《ハ》）〔花〕春霞秋月・花色鳥声…艶流・浮藻＝綺靡
（下流）

右図左側に示されているように、「花」は「文」であり、「春霞秋月」であり、「花色鳥声」であり、「艶流」であり、「浮藻」である。真名序(1)にも「艶流」「浮詞」の語が見えていた。そして、この「花」は結局は「綺靡」と表現されている。

「綺靡」は、柿村重松氏も注しているように(5)、文選に見える晉の陸機の「文賦」中の語である。「文賦」に、

　詩縁レ情而綺靡。

とあり、李善は「綺靡精妙之言」と注す。「文賦」には他に、「浮藻」「言泉」の語も見え、貫之が抱いている「花」は、六朝文学の華やかさを基調としていることが理解されるのである。

問題は「実」であろう。「実」は「義」であり、その具体的内容は、

動二天地一、感二神祇一、厚二人倫一、成二孝敬一、上以風二化下一、下以諷二刺上一。

となり、一言で言えば「教誡」がその意義である。「動二天地一」以下は、毛詩大序（以下略して「詩序」と呼ぶ）の、

故正二得失一、動二天地一、感二鬼神一、莫レ近二於詩一。先王以レ是経二夫婦一、成二孝敬一、厚二人倫一、美二教化一、移レ風、易レ俗。故詩有二六義一焉。一曰レ風、二曰レ賦、三曰レ比、四曰レ興、五曰レ雅、六曰レ頌。上以風二化下一、下以風二刺上一、主レ文而譎諫。言レ之者無レ罪、聞レ之者足二以戒一。故曰レ風。

を引いている。従って、新撰和歌序の「実」は、詩序に書かれている詩の「教誡」の働きを和歌に適用し、強調していると考えられる。「教」は「教化」「風化」であり、上の者が下の者を教え導くこと。「誡」は「聞レ之者足二以戒一」とある「戒」であり、「風刺」「譎諫」（遠まわしにいさめる）であり、下の者が上の者をいましめることなのである。

古今両序も新撰和歌序と同じく、貫之の和歌観によっているはずであるから、真名序(1)の「実」も「教誡」の意味ととれる。実際、(4)に「教誡之端」とあったことは前述の通りである。

さらに、真名序に、

動二天地一、感二鬼神一、化二人倫一、和二夫婦一、莫レ宜二於和歌一。和歌有二六義一。一曰レ風、二曰レ賦、三曰レ比、四曰レ興、五曰レ雅、六曰レ賦。

とあり、仮名序に、

力をも入れずして天地を動かし、目に見えぬ鬼神をもあはれと思はせ、男女の中をも和らげ、猛き武士の心をも慰むるは歌なり。……そもそも、歌のさま六つなり。唐の詩にもかくぞあるべき。その六種の一つにはそへ歌……。

とあって、共に六義をも含めた詩序を典拠に持つのは、詩序の「教誡」思想を強調せんがためである。言わば「毛

詩の精神に帰れ」というのが、貫之における「澆漓」の時代の和歌批判の根本精神であったと言えよう。

貫之と共に、古今集を編纂した壬生忠岑の証言も同様である。忠岑の和歌体十種序を次にあげよう。

夫和歌者、我朝之風俗也。興二於神世一、盛二于人世一。詠レ物諷レ人之趣、同三彼漢家之詩章有二六義一。然猶時世澆季、知二其体一者少。至下于以二風雅之義一、当中美刺之詞上、先師土州刺史、叙二古今歌一、粗以レ旨帰矣。

物を「詠」じ、人を「諷」すには、漢詩と同じく和歌にも六義がある。しかし、時世が澆季となって、その体を知る者が少なくなった。六義の真精神（風雅之義）を以って、政治の讃美・諷刺の言葉（美刺之詞）に当てることは、先師紀貫之が古今集に序文をつけ、おおよその要旨を述べた所である。

右の解釈はほぼ小沢正夫氏の解釈に従う。[6] このように忠岑の序を解する時、古今序・新撰和歌序・和歌体十種序は、いずれも詩序に由来する「諷」或いは「教誡」を重んじていることがわかる。これが「実」の内容であり、この「実」を強く意識する所に、古今時代の基本精神は成立したとして良いであろう。

三

それでは、「花実」の語は、どのような歴史を持つであろうか。中国と日本の幾つかの例について次に検討してみる。

まず、六朝の詩論である梁の劉勰の文心雕龍から数例をとり上げる。

(イ)　聖賢書辞、総称二文章一。……木体実而花萼振。文附レ質。虎豹無レ文、則鞟同二犬羊一。……質待レ文也。

（情采、第三十一）

この例では、経書などの「聖賢書辞」が文章の規範であり、「花」も「実」も備える、としている。後に続く

「文」「質」は、「花」「実」に対応する語であり、真名序(4)に「古質之語」と、新撰和歌序に「文猶質」と見えた。この「文」「質」に関して、論語雍也篇第六に、

子曰、質勝レ文則野。文勝レ質則史。文質彬々、然後君子。

とある。「文」と「質」とが備わって、始めて「野」（野人）でも「史」（文書係）でもない「君子」になれるというのである。この条についての宋の邢昺の疏には、

文華質朴、相半彬々然。然後可レ為二君子一也。

と、「文」を「文華」と、「質」を「質朴」と言い換えて居り、(イ)の意に近い。梁の皇侃の論語義疏に至っては、

質実也。勝多也。文華也。

とあって、「文質」と「華実」とをはっきりと対応させている（余材抄に「花実」の注として引用）。

さらに、論語の顔淵篇第十二では「文」と「質」に関して、次の一条がある。

棘子成曰、君子質而已矣。何以レ文為矣。子貢曰、惜乎。夫子之説二君子一也、駟不レ及レ舌。文猶レ質也、質猶レ文也、虎豹之鞟、猶二犬羊之鞟一也。

「質」が備っていれば君子たり得る、とする棘子成の意見に対し、子貢が、「文」も「質」も共に重要だ、もし、「質」だけで十分ならば、虎や豹の「鞟」（なめしがわ）と犬や羊の「鞟」が変りないように、君子も普通の人と同じになってしまうではないか、と反論するのである。

(イ)の「虎豹無レ文、則鞟同二犬羊一」はこの顔淵篇によっているから、「文附レ質」「質待レ文」という「文質」備わって完全とする考え方は、論語に由来するのであろう。論語の君子論がここでは文章論になっているのである。

この「文質」が(イ)では「花実」となる。「花」は「文」であり、表面に現れる美しさを意味する。「実」は「質」であり、内にこめられた深い内容を意味する。これを真名序と比較すると、僧正遍照の歌を批評した(2)に似る点は

あるが、「浮詞」（花）・「教誡」（実）の意の⑴とはかけ離れていると言える。

(ロ)　然則聖文之雅麗、固銜レ華而佩レ実者也。　（徴聖、第二）

この例も(イ)と同じく、聖人の文章は、文質備わっているの意である。「花実相兼」という新撰和歌序の考え方は、この(イ)(ロ)の例に近い。

(ハ)　若夫四言正体、則雅潤為レ本。五言流調、則清麗居レ宗。華実異レ用。　（明詩、第六）

この例は、四言は「正体」で「雅潤」を基本とする「実」、五言は「流調」で「清麗」を基本とする「華」であり、両者はそのはたらきが相違する、との意である。四言は五言より古い詩形であるから、古い方が「実」、新しい方が「花」となり、古い歌を「質」、新しい歌を「花」とする真名序や新撰和歌序に近い。しかし、(ハ)では、「花」は「清麗」であり、「実」は「雅潤」であり、「花」はともかく、「実」を「教誡」とする新撰和歌序などとは明らかに違う。

(ニ)　馬融鴻儒、思洽識高、吐二納経範一、華実相扶。　（才略、第四十七）

(ホ)　而近代辞人、務レ華棄レ実。　（程器、第四十九）

右の二例は、いずれも人物評である。(ニ)は、馬融が人格文才共に優れていることを言い、(ホ)は、近代の詞人が、文才ばかりを追い求めて、人格の面を疎そかにしがちであることを批判している。(ホ)は、近代の人心が古人よりも「澆漓」であるとする真名序に近い点もあるが、結局は、論語の君子論から直接連なっている人物評であり、真名序の作品論の「花実」とは異なる。

(ヘ)　夏后氏興。……逮二及商周一、文勝レ質。雅頌所レ被、英華日新。　(原道、第一)

ここには、「実」の語はないが、「文質」の捉え方が今までの諸例とは異なっているので挙げた。夏王朝の特質が「質」で、殷・周王朝に及んで「文」が「質」に勝ったというのである。時代と共に特質も変遷するとするこの考え方は、礼記の表記に、

虞夏之質、殷周之文至矣。虞夏之文、不レ勝二其質一。殷周之質、不レ勝二其文一。

とすでに見えている。時代と共に「花」が有力になるとする(ホ)や真名序の考え方の源流はこのあたりにあるのであろう[7]。

さて、わが国では「花実」の語が、古今集以前に、どのように使われていたであろうか。奈良時代末の、歌経標式序に、この語が現れる。

原夫和歌者、所下以感二鬼神之幽情一、慰中天人之恋心上者也。……近代歌人、雖レ長二歌句一、未レ知二音韻一。令二他悦懌一、猶レ無レ知レ病。准二之上古一、既無二春花之儀一、伝二之来葉一、不レ見二秋実之味一。

意は、近代の歌人は、歌句を作るのは上手だが音韻を知らない、他人を喜ばせはするが歌の病を知らない、昔と比べると「花」が無く、将来に伝えるには「実」が欠けている、音韻を知るならば昔の「花」を再現でき、「病」を知るならば「実」を後世に伝えられるであろう、となる。

ここでは、音韻が「花」であり、病を避けて健康な作品であることが「実」なのである。「花実」備わって完全とする考え方は、文心雕龍の(イ)(ロ)や新撰和歌序と共通であり、詩序にある「感二鬼神一」の語も見えるが、「実」に教誡思想は稀薄と言えよう。

次に挙げるのは、菅原道真撰と伝えられる新撰万葉集の上巻序（寛文七年版）である。

而以レ今比レ古、新作花也、旧製実也。以レ花比レ実、今人情彩剪レ錦、多述二可憐之句一。古人心緒織レ素、少綴二不愸（整）(8)之艶一。仍左右上下両軸、惣三百首、号曰二新撰万葉集一。

とある。今人の新作は「花」であり、「錦」であり、「可憐」であるのに対し、古人の旧製は「実」であり、「素」であり、「不整之艶」が少々あるという。「仍」と続けて、現代の歌を主に集めた新撰万葉集の編纂を述べていることから、序のこの部分には、万葉集に代表される「旧製」とは異なった、「花」を特質とする現代の歌集を作ろう、という意図が窺える。「実」よりも「花」を重んじているのが、新撰万葉集上巻序の立場であり、「実」を強調する古今真名序とは異なっている。

以上、「花実」の例を幾つか挙げて来た。前節で検討した所をも含めて、「花」と「実」の意義をまとめてみる。

○真名序(1)

「花」ばかりで「実」のない近頃の歌を嘆き、詩序に由来する所の教誡思想を基調とする「実」を強調する。

○新撰和歌序

真名序とほぼ同じであるが、「花実相兼」と言って、「花」と「実」の重要性を並列している。

○文心雕龍

文脈により「花実」の意味は異なるが、表面の美しさが「花」、内にこめられた深い意味が「実」、という所は共通しよう。言わば、真名序(1)・新撰和歌序の「実」が絶対的な「実」であるのに対し、この「実」は相対的な「実」である。人物評にも用いられている。

○歌経標式

音韻の美しさを「花」、技法上の病を持たないことを「実」としている。

○新撰万葉集上巻序

現代の新しい歌風を「花」、古えの古い歌風を「実」とし、「花」の歌集を作ろうとしている。この例も相対的な「実」と言えよう。

このように、「花実」は様々に用いられてはいるが、真名序(1)や新撰和歌序のように、「実」に詩序の教誡思想を強調する例は、他には見られないのである。

四

次に、詩序の教誡思想を重んじる古今両序は、中国と日本の同種の序の中でどのような位置を占めるかについて検討する。従来より、古今両序の重要な出典となったとされる、毛詩正義序と文選序[9]、及び古今集に先行する凌雲集以下勅撰三集の序[10]について、教誡思想に関係しそうな部分を引用して、真名序等と比較してみることとする。

a　毛詩正義序

夫詩者、論レ巧頌レ徳之歌、止レ僻防レ邪之訓。雖レ無レ為而自発、乃有レ益二於生霊一。六情静二於中一、百物盪二於外一。情縁レ物動、物感レ情遷。若政遇二醇和一、則歓娯被二於朝野一、時当二惨黷一、亦怨刺形二於詠歌一。作レ之者、所三以暢レ懐舒一レ憤、聞レ之者、足二以塞レ違従一レ正。発二諸情性一、諧二於律呂一。故曰、感二天地一、動二鬼神一、莫レ近二於詩一。此乃詩之為レ用、其利大矣。

ここには、真名序冒頭部の、

夫和歌者、託二其根於心地一、発二其花於詞林一者也。人之在レ世、不レ能二無為一。思慮易レ遷、哀楽相変。感生二於志一、詠形二於言一。是以逸者其声楽、怨者其吟悲。可二以述一レ懐、可二以発一レ憤。動二天地一、感二鬼神一、化二人倫一、和二

夫婦一、莫レ宜二於和歌一。和歌有二六義一。一曰レ風、二曰レ賦、三曰レ比、四曰レ興、五曰レ雅、六曰レ頌。

と確かに次の部分などで語句の類似が見られる。

毛詩正義序	真名序
夫詩者	夫和歌者
情縁レ物動、物感レ情遷。	思慮易レ遷
則歓娯被二於朝野一	逸者其声楽
亦怨刺形二於詠歌一	怨者其吟悲
作レ之者、所三以暢レ懐舒二レ憤	可二以述一レ懐、可二以発一レ憤
感二天地一、動二鬼神一、莫レ近二於詩一	動二天地一、感二鬼神一、化二人倫一、和二夫婦一、莫レ宜二於和歌一

右の比較から、真名序には正義序を典拠としている部分が存在することが知られるが、最後の例は、正義序も真名序も共に詩序によったのであり、真名序が正義序によったとは言えない。

また、正義序の教誡性は、「止レ僻防レ邪之訓」「聞レ之者、足二以塞レ違従一レ正」などの句にも見えるが、これらの句は、真名序等には用いられていない。古今序は、教誡思想に限定して言うならば、正義序によることなく、直接詩序によっていると言えるのである。

b　文選序

嘗試論レ之曰、詩序云、詩有二六義一焉。一曰レ風、二曰レ賦、三曰レ比、四曰レ興、五曰レ雅、六曰レ頌。至二於今之作者一、異二乎古昔一。古詩之体、今則全取二賦名一。……

詩者蓋志之所レ之也。情動二於中一、而形二於言一。関雎麟趾、正始之道著、桑間濮上、亡国之音表。故風雅之道、燦然可レ観。自二炎漢中葉一、厥塗漸異。

この序でも詩序を引用し、毛詩を「風雅之道」と呼び尊重している。しかし、六義の引用は、「今」とは分類の内容が違うことを説明するためのものであり、「風雅之道」も以下の叙述では、漢以降の文学の変化にむしろ重点が置かれて行く。従って、詩序から受け継いだ教誡思想は、「正始之道」「亡国之音」などには見えるものの、薄れていると言えよう。文選は、毛詩から変化発展した作品を分類収録しているのであるから、毛詩の思想にそれほど捉われず、その変化発展を述べるこうした態度は当然なのである。

この文選序も、正義序と同様に、教誡思想については、古今序ほどには詩序にこだわっていないのである。

c　凌雲集序

臣岑守言、魏文帝有レ曰、文章者経国之大業、不朽之盛事。年寿有レ時而尽、栄楽止二乎其身一。信哉。

ここでは、文学論として、文選所収の、魏文帝「典論」を引くに止まる。文章経国の思想は、後の「経国集」という書名にまで採用され、勅撰三集を一貫する基本思想ではあるが、詩序の教誡思想とは趣きを異にする。

d　文華秀麗集序

或気骨弥高、諧二風騒於声律一。或軽清漸長、映二綺靡於艶流一。可レ謂二略変レ椎而増レ華、氷生レ水以加一レ励。

この序には、文学の一般論を論じている部分はない。右に挙げたのは、弘仁期に於ける文学隆盛の状態を描いている部分である。「略変レ椎」以下は、文選序の、

若下夫椎輪為二大輅之始一、大輅寧有二椎輪之質一、増冰為二積水所レ成、積水曾微中増冰之凛上、何哉。蓋踵二其事一而増レ華、変二其本一而加レ厲。物既有レ之、文亦宜レ然。随レ時変改、難レ可二詳悉一。

による。質素な車（椎輪）は美しい車（大輅）に、水は氷に変化するように、文学も時に応じて華やかさを増し、励しさを加えるというのである。従ってdの前半の意は、「或いは気骨はいよいよ高くなって、毛詩国風や離騒の

如き当代の詩文は声律を調え（励しさを加え）、或いは軽く清らかな趣きは発達して、精妙な詞は美しい文章の流れに映る（華やかさを増す）」となるであろう。前代よりも詩文が華やかに、そして励しくなったことを讃えているわけである。ここでも「風騒」の「風」に毛詩に関しての言及はあるが、あくまで重点は当代の詩文に置かれているのである。

e　経国集序

古有㆓採詩之官㆒、王者以知㆓得失㆒。故文章者、所㆘以宣㆓上下之象㆒、明㆓人倫之叙㆒、窮㆑理尽㆑性、以究㆗万物之宜㆖者也。且文質彬々、然後君子。譬猶㆘衣裳之有㆓綺縠㆒、翔鳥之有㆗羽儀㆖。

この序には、「採詩官」「王者」「得失」「人倫」など、一見すると毛詩に関わりそうな語が多い。しかし、小島憲之氏がすでに指摘されているように、ここは、芸文類聚に載せる、晉の摯虞「文章流別論」の、

古有㆓採詩之官㆒、王者以知㆓得失㆒。　（雑文部、詩）

文章者、所㆘以宣㆓上下之象㆒、明㆓人倫之叙㆒、窮㆑理尽㆑性、以究㆗万物之宜㆖者也。　（雑文部、賦）

によって居り、六朝文学論を引いたまでで、直接詩序によっているわけではない。「文質彬々、然後君子」は、前述のように論語雍也篇に見え、文心雕龍では文学論にも使われていた。「衣裳之有㆓綺縠㆒」以下は、初学記文章部所引の、

李充翰林論曰、潘安仁之為㆑文也、猶㆓翔禽之羽毛、衣被之綃縠㆒。

によるのであろう。

経国集序の文学論はさらに続くが、魏文帝の典論、文選序などによる所が多く、全体としては六朝的であり、詩

序に直接依拠する所はないと言えよう。

以上検討して来たように、毛詩正義序や文選序は、他の点ではともかく、教誡思想という点に限れば、古今序にさほどの影響を与えてはいないのである。古今序は直接詩序によって居り、凌雲集以下の勅撰三集には、この傾向は見られない。

つまり、詩序の教誡思想を重んずる立場は、六朝的とは言えず、六朝の文学論を基本としている勅撰三集にも見られない。それが古今序に見られることから、文学観に於ては、勅撰三集と古今序とは断絶していることがわかるのである。

この断絶は、どこからもたらされたのであろうか。詩序を重んずるのは、一見、華麗な六朝文学からの退歩とも見られようが、当時の新しい風潮であったに違いない。ここで我々は、当時の新風である白居易の詩文に目を向けないわけに行かないのである。

五

白居易は、元和十年（八一五）に江州司馬に左遷された。同年、すでに左遷されて通州にいる友人元稹にあてた書簡が「与㆓元九㆒書」（二四八六）である。この書簡の中で、白居易は彼の文学論を詳細に展開している。金子彦二郎氏は、この書簡と古今序との間に影響関係があると論ぜられた。氏の論を参考にしつつ、その内容を検討したい。

「与㆓元九㆒書」の文学論は次のように始められている。(11)

① 夫文尚矣。三才各有㆑文。天之文三光首㆑之、地之文五材首㆑之、人之文六経首㆑之。

「文」は高遠であり、天地人に存在する。人の「文」は六経が根本である。六経の中では、

②　就㆓六経㆒言、詩文首㆑之。

と毛詩を最も尊重する。その理由は、

③　何者、聖人感㆓人心㆒、而天下和平。感㆓人心㆒者、莫㆑先㆓乎情㆒、莫㆑始㆓乎言㆒、莫㆑切㆓乎声㆒、莫㆑深㆓乎義㆒。詩者、根㆑情、苗㆑言、華㆑声、実㆑義。

というように、人の「情」から発した詩が、「言」「声」「義」を備えて最も人心を感動させ、聖人がその人心を感知して、はじめて天下が和平となるからなのである。

ここに現れた植物関係の語「根」「苗」「華」「実」は、古今両序に用いられて居り、特に、両序の冒頭部と類似していることは、一部の古注釈で気づかれ、[12]金子氏も指摘されている。同氏にならって対照表を次に示す。「、」は直接対応する部分、「・」は縁語ともいうべき部分である。

夫和歌者、託㆓其根於心地㆒、発㆓其花於詞林㆒者也。	感㆓人心㆒、
やまと歌は、人の心を種として、万の言の葉とぞなれりける。	詩者、根㆑情、苗㆑言、華㆑声、実㆑義。

詩序には、「詩者志之所㆑之也。在㆑心為㆑志、発㆑言為㆑詩」とあり、心と言の二元論では古今序に近いが、植物関係の語は見られない。正義序や文選序にも類似の語句はなく、右の対応はかなり重要である。

また、「実㆑義」とある所にも注意される。第三節で検討したように「花実」は「文質」と同義に使われるのが普通であり、「実」は「義」であるというのは、新撰和歌序のみに見られたのであった（白居易の花実論については、後述する）。

さらに「与二元九一書」を続けよう。

④　上自二賢聖一、下至二愚騃一、微及二豚魚一、幽及二鬼神一、群分而気同、形異而情一。未レ有二声入而不レ応、情交而不レ感者一。

賢から愚まで、豚魚から鬼神まで、「気」や「情」は同一であり、詩の「華」である「声」や、詩の「根」である「情」によって感応しない者はないのである。

⑤　聖人知二其然一。因二其言一、経レ之以二六義一、縁二其声一、緯レ之以二五音一。

聖人はその点を良く知っていたから、詩の「言」によって「六義」を立て、詩の「声」によって「五音」を立てたのである。

⑥　音有レ韻、義有レ類。韻協則言順、言順則声易レ入。類挙則情見、情見則感易レ交。

五音の韻が協《かな》えば、「言」が順い、「声」が入り易い。六義の類が挙げられれば、「情」が見《あら》われ、「感」が交り易い。「五音」「六義」が揃って、詩は十全の働きをするようになるのである。そこで、

⑦　於レ是乎、孕レ大含レ深、貫レ微洞レ密。上下通而一気泰、憂楽合而百志熙。

と、詩は大きく深く、隅々まで影響を与え、上下を一つにまとめて安らかにし、憂も楽も合せて人々の心は和らぐのである。

⑧　二帝三王所二以直レ道而行、垂レ拱而理一者、掲レ此以為二大柄一、決レ此以為二大寶一也。

古えの二帝三王が長い政治を行ない得たのは、この「詩」を尊重したからである。

⑨　故聞二元首明股肱良之歌一、則知二虞道昌一矣。聞二五子洛汭之歌一、則知二夏政荒一矣。言者無レ罪、聞者作レ戒。言者聞者、莫レ不三両尽二其心一焉。

従って、「元首明股肱良之歌」を聞けば、舜の世が盛んであるのを知ることができ、「五子洛汭之歌」を聞けば、

夏の政治の荒廃を知ることができる。聞く者は戒めとし、言う者は罪を得ることなく、双方ともに心を尽すことができる。

「言者無レ罪、聞者作レ戒」は、詩序の、

上以風二化下一、下以風二刺上一、主レ文而譎諫。言レ之者無レ罪、聞レ之者足二以戒一。故曰レ風。

によるから、ここに描かれた詩の理想的な状況は、もっぱら詩序を念頭に置いて書かれていると思われる。詩序の「風」(風化・風刺)が、白居易の詩論の根源に来る。一方、「風」は六義の第一であり、彼が六義を尊重するのも納得できることである。しかも、六義は「義」であるから、「実レ義」と見えたことにより、詩の「実」と言える。新撰和歌序で、「上以風二化下一、下以諷二刺上一」と詩序を引用して、「実」の内容としているのは、この白居易の詩論と共通しているのである。第二節で論じたように、新撰和歌序・古今序・和歌体十種序は、ほぼ同様に「教誡」を重んじている。詩序には、

風風也、教也。風以動レ之、教以化レ之。

ともあるから、結局は「教」も「戒」も「風」に含まれるのである。この点において、古今序も白居易と軌を一にすると言って良いであろう。

詩序の「風」について述べた所を挙げて、真名序等の関係部分を傍線傍点で次に示してみる。

風風也、教也。風以動之、教以化之。詩者志之所之也。在心為志、発言為詩。情動於中、而形於言。……故正得失、動天地、感鬼神、莫近於詩。先王以是経夫婦、成孝敬、厚人倫、美教化、移風、易俗。故詩有六義焉。一曰風、二曰賦、三曰比、四曰興、五曰雅、六曰頌。上以風化下、下以風刺上。主文而譎諫。言之者無罪、聞之者足以戒。故曰風。

(真名序――。仮名序……。新撰和歌序〰〰。与元九書・・・・。)

右の傍線傍点部を見ると、如何に詩序のこの部分が白居易と貫之等に重要視されていたかがわかるのである。次に「与二元九一書」は、こうした詩の精神が、周が衰えると共に次第に失われて行くことを、詩の歴史を追いながら慨嘆する。

①　洎二周衰秦興一、採詩官廃。上不三以レ詩補二察時政一、下不三以レ歌洩二導人情一。……于レ時六義始刓矣。国風変為二騒辞一、五言始二於蘇李一。……于レ時六義始缺矣。晉宋已還、得者蓋寡。……于レ時六義缺微矣。陵夷至二于梁陳間一、率不レ過下嘲二風雪一、弄中花草上而已。……離花先委レ露、別葉乍辞レ風之什、麗則麗矣。吾不レ知二其所一レ諷焉。……于レ時六義尽去矣。

周が衰え、秦が興隆して、詩の「風」に重大な役割を果す採詩の官が廃れる。この時、六義は始めて刓《けず》られ、さらに、国風から楚辞・五言詩と詩が変化するに従って六義が欠けて行き、六朝の晉宋を経て梁陳に至っては、全く六義は姿を消してしまうのである。詩は「麗にして則ち麗なり」という、全く花草風雪を弄するのみの状況に堕してしまう。

六義は「義」であり、「実」であり、「麗」は「花」と言えるから、この状況は、真名序の「其実皆落、其花孤栄」という状況と同一と言えるのではないであろうか。

白居易の詩のあり方に対する批判は、彼にとっての現代である唐に入る。

⑪　唐興二百年、其間詩人、不レ可二勝数一。所レ可レ挙者、陳子昂有二感遇詩廿首一。鮑防有二感興詩十五首一。又詩之豪者、世称二李杜一。李之作、才矣、奇矣、人不レ逮矣。索二其風雅比興一、則十無レ一焉。杜詩最多、伝者千余首。至下於貫二穿古今一、覼二縷格律一、尽レ工尽レ善、又過二於李一。然撮下其新安石壕潼関吏蘆子関花門之章、朱門酒肉臭、路有二凍死骨一之句上、亦不レ過二三四十一。杜尚如レ此。況不レ逮レ杜者乎。

唐になって二百年間、詩人は多いが、取るべきものは陳子昂の二十首、鮑防の十五首、李白、杜甫。李白は才はあるが、六義の「風雅比興」となると十に一つもない。杜甫も見るべき詩は、千余首中に、「新安吏」以下の三四十首に過ぎない。まして、杜甫に及ばない者については言うまでもあるまい。

⑫　僕常痛二詩道崩壊一、忽々憤発、或食輟レ哺、臥輟レ寝。不レ量二才力一、欲レ扶二起之一。

このような「詩道」の崩壊を嘆き、憤りを発して、一人己れの才力を量らず、この道を再興させようと思うのである。

主にここまでが、金子氏が古今序と比較されたところである。氏は次の五項目について、両者の類似を示されている。

(1)　和歌の本質観
(2)　和歌の功徳効用
(3)　和歌の起源
(4)　和歌の発達盛衰
(5)　歌人と其の作品の批評

右の五項目に関しての具体的な比較は、氏の論文を参照されたい。

今、新たに「与二元九一書」と真名序・仮名序とを構成面で比較してみる。

与二元九一書	真名序	仮名序
天地人における文の存在。①		
詩の本質と効用。六義。②〜⑦	和歌の本質と効用。六義。	和歌の本質と効用。

古えの詩の理想的なあり方。具体例「元首明股肱良之歌」「五子洛汭之歌」⑧⑨	和歌の起源と発展。具体例「難波津之什」「富緒川之篇」。古えの和歌の理想的なあり方。	和歌の起源と発展。具体例「難波津の歌」「安積山の言葉」。六義。
		今の世の中に対する批判。古えの和歌の理想的なあり方。
詩の真精神が失われて行く過程と批判。(唐以前)⑩	和歌の一時衰退。人麻呂赤人等による復興。	人麻呂赤人等と万葉集。
	それ以後の衰退。	それ以後の衰退。
唐の詩について。陳鮑李杜等の具体例を挙げて批判。⑪	「近代」の和歌衰退。六歌仙批判。	「近き世」の和歌衰退。六歌仙批判。
詩道再興。⑫	万葉集。	
	それ以後の衰退。	
	当代讃美。歌道再興。	当代讃美。歌道再興。
詩集編纂(後述)。	歌集編纂。	歌集編纂。

仮名序の「六義」の位置や、万葉集に関しての記述の存在などで多少のずれはあるが、右表のように、構成の面で三者は近似していると言えよう。特に、詩序の教誡思想を根幹に据えて理想を古えに見、近代の華麗な詩歌を批判していることが共通しているのである。

語句の面ではどうであろう。既述の分は除いて次に示す。(金子)とあるのは、金子氏がすでに指摘されている所である。

与二元九一書

夫文尚矣。三才各有レ文。天之文三光首レ之、地之文五材首レ之、人之文六経首レ之。　（金子）

二帝三王

元首明股肱良之歌

五言始二於蘇李一。　（金子）

離花先委レ露、別葉乍辞レ風之什。

晋宋已還、得者蓋寡。

唐興二百年、其間詩人、不レ可二勝数一。

真名序・仮名序

この歌、天地のひらけ初まりける時よりいで来にけり。……久方の天にしては……荒かねの地にしては……人の世となりて、

古天子

古への代々の帝

これは、君も人も身も合はせたりと言ふなるべし。

素戔烏尊到二出雲国一、始有二三十一字之詠一。

難波津之什

これかれ、得たる所、得ぬ所、互ひになむある。かの御時よりこのかた、

此外氏姓流聞者、不レ可二勝数一。

最後の例などは、共に、近代の詩人は取るに足らぬ者の数多きを言い、文脈上も、「不レ可二勝数一」の語句も全く同じで、偶然とは言い難い。

なお、「与二元九一書」の後半に、古今序と類似する点があるので、列挙しよう。

(イ)　集の編纂

僕数月来、検二討嚢帙中一、得二新旧詩一。各以レ類分、分為二巻目一。自二拾遺一来、凡所レ遇所レ感、関二於美刺興比一者、又自二武徳一訖二元和一、因レ事立レ題、題為二新楽府一者、共一百五十首、謂二之諷諭詩一。又或退レ公独処、或移レ病閑

居、知ㇾ足保ㇾ和、吟二翫情性一者一百首、謂二之閑適詩一。又有下事物牽二於外一、情理動二於内一、随二於感遇一而形二於歎詠一者一百首上、謂二之感傷詩一。又有下五言七言、長句絶句、自二百韻一至二両韻一者四百余首上、謂二之雑律詩一。凡為二十五巻約八百首一。

（与二元九一書）

万葉集に入らぬ古き歌、みづからのをも奉らしめ給ひてなむ。それが中に、梅をかざすより始めて、ほととぎすを聞き、紅葉を折り、雪を見るに至るまで、また、鶴亀につけて君を思ひ、人をも祝ひ、秋萩夏草を見て妻を恋ひ、逢坂山に至りて手向を祈り、あるは、春夏秋冬にも入らぬくさぐさの歌をなむ撰ばせ給ひける。すべて、千歌二十巻。

（仮名序）

「新旧」の詩歌を集めて部類したこと、「或」と「あるは」、「又」と「また」、「凡」と「すべて」、部類の最後に「雑律詩」と「くさぐさの歌」が来ること、巻数詩歌数の書き方など、類似点が多い。

(ロ)　詩歌の個人的効用、慰め等

故自二八九年一来、与二足下一小通則以ㇾ詩相戒、小窮則以ㇾ詩相勉、索居則以ㇾ詩相慰、同処則以ㇾ詩相娯。

（与二元九一書）

しかあるのみにあらず、さざれ石にたとへ……喜び身に過ぎ、楽しび心に余り、富士の煙によそへて人を恋ひ、松虫の音に友をしのび……歌を言ひてぞ慰めける。……昨日は栄えおごりて、時を失ひ、世にわび、親しかりしも疎くなり……あるは、呉竹の憂き節を人に言ひ……歌にのみぞ心を慰めける。

（仮名序）

「与二元九一書」の方は、元稹との詩を通じての交友の様子を、「小通」(まあ順調)、「小窮」(少々窮迫)、「索居」(わび住まい)、「同処」(一緒に居る)の四通りに分けて描いている。仮名序は、恋や無常が入って多種多様ではあるが、順境逆境で、或いは哀楽の時に詩歌が心を慰めるとする点で、両者共通しよう。

(ハ)　将来の理解者への期待

今所レ愛者、並レ世而生、独足下耳。然千百年後、安知、復無下如二足下一者、出而知中愛我詩上哉。

(与二元九一書)

適為二後世被レ知者、唯和歌之人而已。

(真名序)

青柳の糸絶えず、松の葉の散り失せずして、まさきの葛長く伝はり、鳥の跡久しくとどまれらば、歌のさまを知り、ことの心を得たらむ人は、大空の月を見るが如くに、古へを仰ぎて今を恋ひざらめかも。

(仮名序)

(ニ)　その他の語句の類似

与二元九一書

今時俗所レ重、正在レ此耳。其余詩句、亦往々在二人口中一。僕恧然自愧、不二之信一也。

陳レ力以出。……奉レ身而退。進退出処、何往而不二自得一哉。

真名序・仮名序

況我進恐二時俗之嘲一、退慙二才芸之拙一。

かつは歌の心に恥ぢ思へど、

僕是何者竊時之名已多。既竊時之名、又欲竊時之富貴。

故覧僕詩者、知僕之道。

如近歳韋蘇州歌行、才麗之外、頗近興諷。其不我非者、挙世不過両三人。

知我者、以為詩仙。

偶同人、当美景、或花時宴罷、或月夜酒酣、一咏一吟、不知老之将至。

名窃秋夜之長、
雖貴兼相将、富余金銭、
以楽吾道之再昌。
近代存古風者、纔二三人。……大友黒主之哥。古猿丸大夫之次也。頗有逸興
並和歌仙也。
歌のひじりなりける。
古天子、毎良辰美景、詔侍臣、預宴筵者、献和歌。
古への代々の帝、春の花の朝、秋の月の夜ごとに、侍ふ人々を召して、事につけつつ歌を奉らしめ給ふ。

六

「与元九書」は、構成に於ても、細部の語句に於ても、古今序と深い関わりを持っている。中でも、詩序を重要視し、その理念で、華麗さに走りがちな現代の詩歌を批判している点は、両者の重要な一致点であろう[13]。

それでは、白居易の他の作品と古今序との関係はどうであろうか。

まず、白居易が自ら重んじた諷諭詩中の代表作品である新楽府を取り上げて見る。「与元九書」に先立つこと六年、元和四年（八〇九）の作である。その序〔〇一二四〕に曰く、

凡九千二百五十二言、断為二五十篇一。篇無二定句一、句無二定字一。繫二於意一、不レ繫二於文一也。首句標二其目一、古十九首之例也。卒章顕二其志一、詩三百篇之義也。其辞質而俚、欲二見者之易一レ諭也。其言直而切、欲二聞者之深誡一也。其事覈而実、使二来者之伝一レ信也。其体順而律、使レ可三以播二於楽章歌曲一也。惣而言レ之、為レ君為レ臣為レ民為レ物為レ事而作、不二為レ文而作一也。

「繫二於意一、不レ繫二於文一也」と言い、「不二為レ文而作一也」と言って、「文」のための詩ではないとし、君臣民物事のために、「諭」と「誡」などに主眼を置いて作したと言う。その際念頭に置いていたのは「詩三百篇之義」であり、その教誡思想であった。

「採詩官」〔〇一七四〕は、この新楽府五十首の最後を飾る作品であり、内容に於ても、新楽府作成の基本精神を述べて、そのしめくくりとしている。「与二元九一書」との関連が多いので対照してみよう。

採詩官　鑑二前王乱亡之所一レ由也。

採レ詩聴レ歌導二人言一
言者無レ罪聞者誡
下情上通上下安
周滅秦興至二隋氏一
十代採詩官不レ置
郊廟登歌讃二君美一
楽府艶詞悦二君意一
若求二興諭規刺言一
万句千章無二一字一

与二元九一書

言者無レ罪、聞者作レ戒。
上下通而一気泰。
洎二周衰秦興一、採詩官廢。上不三以レ詩補二察時政一、下不三以レ歌洩二導人情一。……晉宋……梁陳間……麗則麗矣。吾不レ知二其所一レ諷。

始従㆔章句無㆓規刺㆒
漸及㆔朝廷絶㆓諷議㆒

「言者無㆑罪聞者誡」は前述のように詩序による。詩の「教誡」の働きを十分に発揮させるために「採詩官」が必要であると白居易は言う。その採詩の官は、周が滅んでから隋に至るまでの「十代」の間、朝廷に置かれることがなかった。「与㆓元九㆒書」では、「周衰秦興」から「梁陳間」までを挙げて、詩の堕落の時代としているが、それがここでは隋までの「十代」と書かれている。両者は当然同じ期間を指しているはずである。この「十代」は、採詩の官は置かれず、六義が次第に失われて行く期間である。

引き続く唐代は、「与㆓元九㆒書」に「唐興二百年」と書き始められ、杜甫などの少数の例外を除いては、前代と同様に詩の真精神が失われている時代とされていた。

この「十代」と「二百年」とを、「十代には当代の唐は含まれていない」「十代と二百年は、共に詩の衰えていた時代である」との二点から捉えた時、次の古今序の解釈に手がかりを与えるのではないであろうか。

昔平城天子詔㆓侍臣㆒、令㆑撰㆓万葉集㆒。自㆑爾以来、時歴㆓十代㆒、数過㆓百年㆒。其後和歌、棄不㆑被㆑採。

奈良の御時……万葉集と名づけられたりける。……かの御時よりこのかた、年は百年余り、世は十つぎになむなりにける。古へのことをも、歌をも、知れる人、よむ人、多からず。

右の「十代」「十つぎ」には、当代の醍醐天皇は含まれないと考えるのである。『古今和歌集全評釈』の竹岡正夫氏がこの立場に立たれている。ここでも氏の結論に従いたい。

醍醐天皇を含めず、宇多・光孝・陽成と遡って行くと、十代目は桓武天皇となる。「百年余り」も宇多天皇末年の寛平九年（八九七）から逆算すると桓武天皇の延暦年間（七八二～八〇六）となり、矛盾しない。そもそも、平城天皇即位の大同元年（八〇六）から延喜五年（九〇五）までの百年を「百年余り」と言うのは全く無理なのである。

真名序の「数過二百年一」も「百年を経過した」との意ではなく、「年数が百年を越した」の意で、仮名序と同じと考えるべきである。

従って、万葉集は歌が盛んであった奈良時代に作られ、それから百年余り、十代の間は歌が棄てられた時代であった、の意となり、先に挙げた白居易の言う「十代」「二百年」と、古今序の「十代」「百年余り」とが、詩歌の衰退という点で一致するのである。(14)

「平城天子」も、平城天皇ではあり得ず、竹岡説のように、奈良の都の天皇の意となる。仮名序の「奈良の御時」は、人麻呂と同時代でもなければならないから、広義の奈良ということになる。

次に同じ新楽府中の「牡丹芳」(〇一五二)を取り上げる。この詩は、「美二天子憂一レ農也」と題序にあるように、人々が牡丹の花に心を奪われている時、憲宗皇帝唯一人が農事を憂えているのを美めるということを主題とする。詩は、

牡丹芳　牡丹芳　　黄金蕊綻二紅玉房一
千片赤英霞爛々　　百枝絳焰燈煌々

と、まず、牡丹の真紅の美しさを描き、続いて人々が競って花見に行く様子を述べる。

遂使下王公与二卿士一　　遊レ花冠蓋日相望上
庳車軟轝貴公主　　香衫細馬豪家郎
花開花落二十日　　一城之人皆若レ狂

人々は花を求めて狂っているようであった。それを批判して白居易は言う。

三代以還文勝レ質　　人心重レ華不レ重レ実
重レ華直至牡丹芳　　其来有レ漸非二今日一

「三代」は夏殷周の三代であり、それ以来「文」は「質」に勝っているという。これは、第三節の文心雕龍(へ)例に見えた、夏から殷周になって文が質に勝って来たという考え方を受け継いでいるのである。礼記の表記にも「虞夏之文、不レ勝二其質一。殷周之質、不レ勝二其文一」とあったことは前述の通りである。

その「質」から「文」への変化以来、人の心は「花」(華)を重んじて「実」を重んじない。その結果、人々は牡丹の花ばかりを愛するに至る。それは次第にそうなったのであって、「今日」に始ったことではない。

この白居易の、花を重んずる現代に対する批判は、仮名序の、

今の世の中、色につき、人の心、花になりにけるより、あだなる歌、はかなき言のみ出で来れば、

を髣髴とさせる。「今の世の中」が「今日」に、「色につき、人の心、花になりにけるより」が「文勝レ質」「人心重レ華」に当たる。しかも、この部分、真名序では、

及下彼時変二澆漓一、人貴中奢淫上、浮詞雲興、艶流泉涌。其実皆落、其花孤栄。

とあり、「花」ばかりでなく、「実」の語が見える。第一節で論じた新撰和歌序の引用部にも「文」「質」「漸」「花」「実」の語が使われていた。

これらはすべて偶然ではなく、貫之等の現代批判は、白居易に学んだ結果として生れ、その花実論も受け継がれたと考えるべきであろう。

しかし、「牡丹芳」の現代批判は、時代に対する批判ではあるが、古今序のように文学を直接批判しているわけではない。「花」は牡丹の「花」であり、「実」は、詩の後半に、

元和天子憂二農桑一　卹レ下動レ天天降レ祥
去歳嘉禾生二九穂一　田中寂寞無二人至一
今年瑞麦分二両岐一　君心独喜無二人知一

とあるように、憲宗が独りその実りを憂えていた稲や麦の「実」である。この「実」を重んずることは、内容のある安定した政治を望むことに他ならない。

ここでもう一度、白居易における文学と政治の問題を思い起こす必要がある。新楽府序に記されていたように、彼は「文」のためには詩を作らず、世のため人のために詩を作るのである。「与二元九一書」の、

始知、文章合二為レ時而著一、歌詩合二為レ事而作一。

という、彼の文学開眼の言葉には、それがはっきりと現れている。

この政治と文学との関係について、なお白居易の語る所を聞こう。新楽府の制作されるさらに三年前、元和元年（八〇六）に書かれた対策文七十五編が、「策林」という総題のもとに残されている。白居易が制科に応ずる準備として、自ら問題を設定し、自らそれに答えたものである[15]。その「策林」の中から、「六十八、議二文章一」（二〇八五）を取り上げてみる。「碑碣詞賦」が国家の中でどうあるべきかについて論じた文章である[16]。

問、国家化二天下一、以二文明一、奨二多士一、以二文学一。二百余歳、文章煥焉。然則述作之間久而生レ弊、書レ事者罕レ聞二於直筆一、褒レ美者多覩二其虚辞一。今欲下去レ偽抑レ淫、芟レ蕪、刬レ穢、黜二華於枝葉一、反二実於根源一、引而救上レ之。其道安在。

国家は天下を教化するために文明を用い、士を奨めるのには文学を以ってした。唐王朝成立以来の二百年間、文章は輝いていた。しかし、時が経つにつれて弊害が生じ、「直筆」を聞くことがまれになり、「虚辞」を見ることが多くなった。今、その文章の偽りや汚れを除き、枝葉末節の「華」をけずり、「実」を根源にかえしてこの状況を救うにはどうすれば良いか。

ここにも「花実」の語が現れる。「花」は「虚辞」であり、「文」を基本とする政治の上では弊害となる。「実」

のない「虚辞」は、仮名序の「あだ[17]なる歌、はかなき言」の意に近い。

この問に対して、白居易は自答する。

　臣謹按、易曰、観二乎人文一、以化二成天下一。記曰、文王以レ文理、則文之用大矣哉。自二三代一以還、斯文不レ振。
　故天以二将レ喪之弊一、授二我国家一。

文を以って天下を化すべきだが、三代よりこのかた、この文が振わない。天は、文が失われてしまうのではないか、という危機感を我国に与えているのか。

「自二三代一以還、斯文不レ振」は、「牡丹芳」の「三代以還文勝レ質」と「質」が失われて行くという点で同内容であり、白居易の政治批判と文学批判とは同根であることを良く示している。

　国家以二文徳一応レ天、以二文教一牧レ人、以二文行一選レ賢、以二文学一取レ士。二百余歳、煥二乎文章一。故士無二賢不肖一、率注二意於文一矣。

唐は文徳を備えることによって天に応じた。文を以って人を牧《おさ》め、賢を選び、士を取って、二百余年の間、文章は輝き、賢も愚（不肖）も文に意を注いだのである。

真名序には、

　賢愚之性、於レ是相分。所下以随二民之欲一、択中士之才上也。

と、「古天子」が献上させた歌によって賢愚を判断して士を選び、政治を行なった様子が描かれ、仮名序にも同様の記述がある。その情景は、白居易の記す所の、唐の理想的な「文徳」を以ってする政治の情景に通ずるのである。

以下、「議二文章一」は、唐の実情が次第に理想からそれて行くことを書く。文章の持つ「炯戒」「諷諭」の精神は失われ、「虚レ美者」「媿レ辞者」が出て来るに至る。その様子を白居易は、「牡丹芳」と同じく、穀物の栽培に喩えていう。

……臣又聞、稂莠秕稗生二於穀一、反害レ穀者也。淫辞麗藻生二於文一、反傷レ文者也。故農者、耘二稂莠一、簸二秕稗一、所二以養レ穀也。王者、刪二淫辞一、削二麗藻一、所二以養レ文也。

実のならぬ「稂莠秕稗」（雑草・不良の穀物の類）が穀物に生じて穀物を害するように、「淫辞麗藻」が文に生じて文を害するのである。王はそれらを取り除かなければならない。

この「淫辞麗藻」も「虚辞」と同じく、実のならぬ「花」であり、「採詩官」では「艶詞」とも呼ばれていた。これらの語を、貫之等の用いた「花」に当たる語の、「艶流」「浮詞」（真名序）、「艶流」「浮藻」（新撰和歌序）、「あだなる歌」「はかなき言」（仮名序）などと比較すると、その同質性が知られるのである。

「議二文章一」の結論は次のようである。

伏惟、陛下詔二主レ文之司一、諭二養レ文之旨一、俾下辞賦合二炯戒諷諭一者、雖レ質雖レ野、採而奨レ之、碑誄有二虚美愧辞一者、雖レ華雖レ麗、禁而絶上レ之。若然則為レ文者、必当二尚レ質抑レ淫、著レ誠去レ偽、小疵小弊蕩然無レ遺矣。則何慮乎。皇家之文章、不下与二三代一同上風者歟。

皇帝は、「虚美愧辞」の「華」「麗」を禁じ、「炯戒諷諭」の「質」「野」を採用すべし。そうすれば、「三代」と風を同じくしないことがあろうか。

このように、白居易の文学論は同時に政治論でもある。花実論に於ても、政治に害を及ぼす「花」を捨て、諷諭教誡を旨とする「実」を重んじているのである。古今序等の花実論も、この白居易の論の延長線上で把握される時、初めてその教誡思想の持つ意味が明らかにされよう。

以上のように考察して来ると、従来より白居易関係の出典を諸注で指摘されている、古今序中の語句も、偶然に使用されたのではないことがわかる。例えば、仮名序の、

遠き所も、出で立つ足下より始りて、年月を渡り、高き山も、麓の塵ひぢよりなりて、天雲たなびくまで生ひ

上れる如くに、この歌もかくの如くなるべし。

とある所に、諸注は「続座右銘」（一四二三）の、

千里始足下、高山起微塵。吾道亦如此。

と注するが、ここで注意すべきは、「吾道」とあることである。第五節で触れたように、「与元九書」に「詩道」⑫とあり、「僕之道」（㈡の対照表）ともあった。真名序に「以楽吾道之再昌」と書かれた貫之等の歌の「道」は、白居易が再興しようとした詩の「道」に通ずるものであることが、この「吾道」の語の一致によりわかるのではないか。

諸注のすでに指摘する所をも含めて、さらに次のような対照表を作ることができよう。

白氏文集	真名序・仮名序
(イ) 以宴遊召者、亦時々往。毎良辰美景、或雪朝月夕、好事者相過。（「酔吟先生伝」〔二九五三〕）	古天子、毎良辰美景、詔侍臣、預宴筵者、献和歌。 古への代々の帝、春の花の朝、秋の月の夜ごとに、侍ふ人を召して、事につけつつ歌を奉らしめ給ふ。
(ロ) 此恨綿々無絶期（「長恨歌」〔〇五九六〕）	其余業和歌者、綿々不絶。
(ハ) 澆醨（漓）之俗、（「礼部試策五道、二」〔一五〇〇〕） 代之澆醨、人之朴略。（「策林八」〔二〇二五〕）	時変澆漓、

(ニ)　注云、天宝末、有下密採二艶色一者上、当時号為二花鳥使一。
（「新楽府、上陽白髪人」〔〇一三一〕）

(ホ)　龍門原上土、埋レ骨不レ埋レ名。
（「題故元少尹集後二首、二」〔二二一七〕）

(ヘ)　洋々盈レ耳、幽賛逆レ耳之言。坎々動レ心、明啓沃レ心之諫。
（「敢諫鼓賦」〔一四二〇〕）

随々哉、溢レ目之黼黻。洋々乎、盈レ耳之韶頀。
（「賦賦」〔一四二二〕）

(ト)　時移事去、楽尽悲来。
（「長恨歌伝」〔〇五九六〕）

以レ之為二花鳥之使一。

骨未レ腐二於土中一、名先滅二於世上一。

淵変為レ瀬之声、寂々閉レ口、砂長為レ巌之頌、洋々満レ耳。

たとひ、時移り、事去り、楽しび悲しび行きかふとも、

（諸注の引く例としては、例えば、教端抄（初雁文庫本、片桐洋一氏編による）には、(ロ)(ホ)(ト)、余材抄には、(ニ)(ホ)(ト)を挙げる）

七

古今真名序中の「其実皆落、其花孤栄」の「花実」、そして新撰和歌序に見える「花実相兼」の「花実」は、六朝以来の「花実」ではなく、白居易の文学思想を経過した語であると考えて来た。詩は「花」ばかりであってはい

けない、むしろ教誡の働きをする「実」こそが詩の本質であるはずだ、と白居易は「実」を強調する。

しかし、白居易は「実」だけの詩人であったろうか。感傷詩に分類される「長恨歌」「琵琶行」などの作品は、むしろ「花」の詩として民衆から愛されたのではなかろうか。彼自身、「与二元九一書」では、

今僕之詩、人所レ愛者、悉不レ過三雑律詩与二長恨歌已下一耳。時之所レ重、僕之所レ軽。

と言って居り、言わば「花」の詩を軽んじてはいるが、詩集編纂の折には、結局それらを切り捨てることはできなかったのである（第五節の(イ)）。その結果、白氏文集は全体としては、「花」も「実」もある詩集として平安びとに読まれたに違いない。

貫之等が文学の理想を語る時、真名序に於ては、「花」よりも「実」を強調した。それは、歌の道を再興するためには政治の中心に歌を持ち込まねばならない、という至上命令があったからであろう。しかし、新撰和歌序に於て貫之は、「花実相兼」と「花」「実」を平等に重要視した。これは、既に彼の理想が古今集として結実した後の、彼のさらなる理想の歌の姿であったろう。もともとは論語の「文質彬々」に由来し、六朝では「銜レ華而佩レ実」（第三節、文心雕龍の(ロ)）とも言われた「花実相兼」の理想が、白居易の文学を「花」も「実」もあると感じた貫之に、再び思い起こされたのではなかったか。

最後に、「古今」の意について少々付け加える。白居易の「策林」中の「九、致二和平一復二雍熙一」（二〇二六）は、副題に「在二念レ今而思一レ古」とあるように、天下を和平にするためには「古」と「今」をよく思念しなければならない、と論じた文章である。

問、今欲下感二人心於和平一致中王化於樸厚上。何思何念、得レ至二於斯一。

この問に対する白居易の自答は、

臣聞、政不レ念レ今、則人心不レ能二交感一。道不レ思レ古、則王化不レ能二流行一……。

というものであった。つまり、政治に於ては「今」をよく思い、道に於ては「古」をよく念うことが和平につながるというのである[18]。

仮名序は、醍醐天皇の歌道復興事業について、

古への事をも忘れじ、旧りにし事をも起こし給ふとて、今も見そなはし、後の世にも伝はれとて、

と記す。天皇が「古」と「今」を尊重し、それが歌道復興となり、古今集編纂につながるのである。

はじめに触れたように、江吏部集によれば、醍醐天皇は大江千古・維時父子から白氏文集の侍読を受けたと言う。白居易の文学思想は、貫之等の心を動かしたばかりでなく、醍醐天皇の政治理念にまで影響を及ぼし、「君も人も」その点で「身を合はせ」た時、古今集はこの世に誕生したのではなかったろうか。

注

（1）白詩の渡来については、太田晶二郎氏「白氏詩文の渡来について」（『解釈と鑑賞』昭和三十一年六月、『太田晶二郎著作集　第一冊』所収）に詳しい。
（2）例えば、金子彦二郎氏『平安時代文学と白氏文集　句題和歌・千載佳句研究篇』、小島憲之氏『古今集以前』など。
（3）金子氏「古今和歌集序の新考察」（『国語と国文学』昭和十六年四月、『平安時代文学と白氏文集　道真の文学研究篇　第一冊』所収）。
（4）古今両序の引用は、小沢正夫氏『古今和歌集』（日本古典文学全集）による。但し、漢字のあて方など一部改めた所がある。なお、「真名序」は本朝文粋巻十一に「古今和歌序」（三四二）として収める。
（5）柿村重松著『本朝文粋註釈　下』。新撰和歌序（本朝文粋巻十一（三四三））の引用も同書による。
（6）小沢氏『古代歌学の形成』第二篇第一章「和歌体十種」。
（7）なお、六朝の文質論・花実論については、小島憲之氏『上代日本文学と中国文学　中』の第五篇第十章「天平期に

於ける万葉集の詩文」に詳しい。

(8) ここを「整」ととるについては、小島憲之氏「万葉集の編纂に関する一解釈」(『万葉集研究　第一集』所収)参照のこと。但し、観智院本類聚名義抄の「愸」の訓に「ト、ノフ」とある。

(9) 小沢氏前掲書の第一篇第二節「真名序と毛詩正義序・詩経大序」、同第三節「真名序と文選序」に詳しい比較がなされている。

(10) 勅撰三集の序については、小島憲之氏『上代日本文学と中国文学　下』第七篇第二章「平安初期に於ける詩」に詳しい。

(11) 白氏文集からの引用は、平岡武夫・今井清両氏の校定本『白氏文集』(京都大学人文科学研究所)による。校定本に載せない作品については、四部叢刊所収の那波本による。

(12) 例えば、顕昭の序註(東大本、竹岡正夫氏『古今和歌集全評釈』に翻刻)に、「或云、文集曰、根レ情苗レ言花レ声実レ義」とある。

(13) 藤原克己氏は、「文章経国思想から詩言志へ」(『国語と国文学』昭和五十五年二月。同氏『菅原道真と平安朝漢文学』所収)で、道真が詩経大序を重んじたことと、古今序の詩経大序引用が関係あるとされ、「与二元九一書」にも触れて居られる。本章の結論も大旨その方向にある。

(14) 新楽府の「二王後」(〇一二七)には、「唐興十葉歳二百」とある。これも参考になろう。

(15) 平岡武夫氏『白居易』の「白居易の官途」(制科に応ずる)参照。

(16) 京大本「為家古今序抄」(片桐洋一氏『中世古今集注釈書解題一』所収)の、仮名序「そのはじめを思へば」以下の注に、この「議二文章一」の一部を引く。

(17) 「あだ」は「不実」の意。和名抄「花」の項に、「栄而不レ実、謂二之英一」とあり、「阿太波奈」の訓を付す。竹岡氏前掲書三七〇~三七二頁に詳しい。

(18) 新楽府の「百錬鏡」(弁二皇鑑一也)(〇一四六)に、「太宗常以レ人為レ鏡、鑑レ古鑑レ今不レ鑑レ容」とある。「古今」を思念して、理想的な政治を行なったのは、唐の太宗であると白居易は考えていた。

II　白居易の詩人意識と菅家文草・古今序

——詩魔・詩仙・和歌ノ仙——

一、はじめに

白居易（白楽天）の詩人意識を解く重要な語として、江州左遷中に用いられた「詩魔」の語がしばしば取り上げられる。

　閑吟〔一〇〇四〕[1]

自ヨリ従苦学二空門法一　銷尽平生種種心
唯有二詩魔一降未レ得　毎レ逢二風月ニ一閑吟

この詩は、元和十二年（八一七）江州での作であり、その後聯は千載佳句（詠興〔五〇二〕）にも採られ、わが国でもよく知られていた。抑え切れない詩作の内的衝動を仏教の「魔」という概念を借りて「詩魔」と呼ぶ。諷諭詩を特に重んじた白居易にとって、それ以上の価値を持つものとしての詩そのものが自覚されたと論じられて来た。[2]しかし、この語は、元白、劉白と称された元稹や劉禹錫等の白居易の友人間の語でもあり、「詩仙」の語と対にされたこともあった。その場合「閑吟」の例とは意味合いを異にする。「詩仙」の方は一般に李白の称とされるが、李白がそう呼ばれる以前に、白居易の仲間うちで使われていたようである。この「詩魔」「詩仙」の両語については、再検討する必要があろう。

この両語は、わが国の菅原道真の用いた語でもあった。白居易の詩人意識はどのように道真に継承されているだろうか。また、古今集の「真名序」の語「和歌ノ仙」は、「仮名序」の「歌のひじり」に当たり、それらは「詩仙」から来ていると考えられるので、そこに表われた紀貫之等の古今集撰者たちの歌人意識についても考えてみたい。

二、「詩魔」と「詩仙」

元和十年（八一五）、江州で元稹に宛てて書かれた「与二元九一書」（元九に与ふる書（一四八六））に、「詩魔」と「詩仙」の語が対で使われている。「詩魔」については、「閑吟」詩に先行する例である。

知レ吾最要率以レ詩也。如下今年春遊二城南一時与二足下一馬上相戯上。因各誦二新艶小律一不レ雑二他篇一。自二皇子陂一帰二昭国里一、迭吟遞唱不レ絶レ声者二十里余、樊李在レ傍無レ所レ措レ口。知レ我者以為二詩仙一、不レ知レ我者以為二詩魔一。何則労二心霊一役二声気一連レ朝接レ夕、不三自知二其苦一、非レ魔而何。偶同レ人当二美景一、或花時宴罷、或月夜酒酣、一詠一吟不レ知二老之将一レ至、雖下驂二鸞鶴一遊二蓬瀛一者之適上、無三以加二于此一焉、非レ仙而何。

白居易は、己れを知るものは「詩仙」となし、知らないものは「詩魔」となすであろう、と言う。これは、馬上で二十里余りにわたって元稹とともに詩作に熱中する姿についての他人の見方を述べたものである。詩作の苦しみを知りつつ詩に没頭する姿は「魔」であり、老いの到来も忘れて詩作に遊ぶ姿は「仙」である。「我」とは言うが、実際は元稹を含めて言ったと見てよい。

この「詩魔」の語の「魔」については、早く元稹「放言五首（其一）」（〇四八九）に例がある。(3)

近来逢レ酒便高歌　　酔舞詩狂漸欲レ魔

「詩狂」が「（詩）魔」になろうとしていると言う。元和五〜九年（八一〇〜四）頃の作であり、「与二元九一書」に先行する。

これらの「詩魔」の意味は、Ⅰ「魔物に魅入られたような強烈な詩興」、Ⅱ「魔物に魅入られたように詩を作る詩人」と二つに分けられよう。前者は自身の内部に「魔」を自覚する場合、後者は「詩魔」を内部に抱えた詩人その人を「魔」と称する場合である。「閑吟」の例はⅠであり、「与二元九一書」の例はⅡとなる。「詩仙」と対になる場合は、人格を表わす「仙」の対になるから必然的にⅡの意味となる。

白居易詩には、「詩魔」は他に二例ある。[4]

酔吟二首〔其二〕〔一〇六五〕

両鬢千茎新似レ雪　十分一盞欲レ如レ泥
酒狂又引二詩魔一発　日午悲吟到二日西一

この詩もまた、元和十三年（八一八）、江州での作であり、Ⅰの意味と考えられる。他の一例は、太和九年（八三五）、洛陽での作である。

裴侍中晉公以二集賢林亭即事詩二十六韻一見レ贈、猥蒙レ徴レ和。才拙詞繁、輒広為二五百言一、以伸二酬献一〔二九八七〕

客有二詩魔者一　吟哦不レ知レ疲

この例は、佐久節著『白楽天全詩集』では、「客の中に一人の詩魔（楽天自ら謂ふ）がゐて、詩を吟じて疲るるを知らず」と訳しており、Ⅱの意味と考えられよう。

白居易には、他に、

漸伏二酒魔一休レ放レ酔　猶残二口業一未レ抛レ詩

〔千載佳句・閑適〔四九〇〕、「寄二題廬山旧草堂一、兼呈二二林寺道侶一」〔三四七二〕〕

書魔両眼昏　　酒病況四肢
（「白髪」〔〇四二四〕）

などの「魔」を用いた類例がある。(5) 前者はⅠの意味、後者はⅡの意味に類すると考えられる。
元稹と並ぶ白居易の友人劉禹錫にも宝暦元年（八二五）作の詩に、「詩魔」が一例ある。

春日書レ懐寄ニ東洛白二十二楊八二庶子一
曾向ニ空門一学ニ坐禅一　如今万事尽忘レ筌
眼前名利同ニ春夢一　酔裏風情敵ニ少年一
野草芳菲紅錦地　遊糸綾乱碧羅天
心知洛下閑才子　不レ作ニ詩魔一即酒顛

この詩の頸聯は千載佳句及び和漢朗詠集の春興部に摘句されている著名なものである。白居易等の「閑才子」は、自称していたような「詩魔」にならず、酒狂いの「酒顛」となっていると冗談めかして詠んでいる。「詩魔」の語とともに「空門」の語が使われているので、「閑吟」詩を意識していることが分かる。「詩魔」の意味は、Ⅱと考えられる。

以上の例を見ると、「詩魔」は、内発的な詩人意識の自覚という面とは別に、「詩仙」「詩狂」「酒狂」「酒魔」「書魔」「酒病」「酒顛」等の語と並ぶ一連の語であり、「酔吟」「閑吟」等の詩題とも考え合わせて、仲間うちで使った気軽な語という一面を持っていたことがわかる。

「詩魔」は菅原道真にも、仁和四年（八八八）讃岐守の任にあった時の作中に一例がある。

秋雨〔二七〇〕
秋雨晴日少　　秋雨晴るる日少し

旅館感懐多　　旅館に感懐多し
屋見苔侵壁　　屋《や》に苔の壁を侵すを見る
池聞水溢科　　池に水の科《あな》に溢るるを聞く
苦情唯客夢　　苦しき情《こころ》は唯だ客の夢にのみあり
閑境併詩魔　　閑けき境《さかひ》は詩魔を併せたり
帯雨年華落　　雨を帯びて年華落つ
其如我老何　　其れ我が老いを如何にせむ

「詩魔」以外にも、「苦」「閑」の語が「閑吟」詩と共通し、劉禹錫詩と同様に同詩を意識して作られたものと考えられる。孤独の中での内発的な詩心の動きが自覚されているので、「詩魔」の意味はⅠである。白居易の詩人意識を道真が継承している例と言えよう。

　それでは、「与二元九一書」で、「詩魔」と対にされた「詩仙」の語を白居易は詩でどのように用いているであろうか。白詩にただ一例ある。(6)

　待レ漏入レ閤書レ事、奉レ贈二元九学士閤老一（一二二五）

笑二我青袍故一　饒二君茜綬殷一
詩仙帰二洞裏一　酒病滞二人間一
好去鴛鸞侶　沖レ天便不レ還

　この「詩仙」は、長慶元年（八二一）二月十六日に、四十三歳で白居易に先立ち翰林学士、中書舎人に除された元稹を指す。ここでの「詩仙」の意味は、「与二元九一書」とは、少々異なっている。「与二元九一書」では、Ⅰ「詩の世界に神仙のように遊ぶ詩人」との意味であるが、ここでは、佐久節著『白楽天全詩集』に、「君が如き詩仙は仙洞の裏に帰り、僕が如き酒病は俗界に沈淪するのは当然なことだ」とあるように、II「宮中という仙界での（神仙のような）詩人」の意味で用いられている。IIはIから派生したものではあるが、「宮中」を仙界であると把握する意識が加わっているのである。

道真の「詩仙」も一例のみ見られる。寛平四年（八九二）の作であり、前々年春讃岐より帰京している。

就㆓花枝㆒、応㆑製〔三四二〕

勤王竟夕月明前　王に勤《つと》む竟夕《よもすがら》月明の前
便就花枝不放眠　便ち花枝に就きて眠りを放《ほしいまま》にせず
宿鳥愁驚人細語　宿鳥驚くを愁へて人細《こま》やかに語る
春霜怕払酒頻伝　春霜払ふを怕れて酒頻りに伝ふ
眼歓令樹饒温沢　眼は歓ぶ令樹温沢の饒かなるを
心恨深更向暁天　心は恨む深更暁天に向ふを
遇境芳情無昼夜　境《さかひ》に遇へる芳《はな》の情《こころ》は昼夜無く
将含鶏舌伴詩仙　将に鶏舌を含みて詩仙に伴はむとす

尾聯の意は、「素晴らしい境遇に遭った花の心は、昼も夜もなく、鶏舌香にも比すべき香りを含んで詩仙を伴侶としようとしている」[7]となり、ここでの「詩仙」は、道真自身を含む詩宴での作詩者を言う。島田忠臣にも同時の作「七言、就㆓花枝㆒、応㆑製一首」〔一七〇〕があるので忠臣もその一人である。

「与㆓元九㆒書」の「詩仙」が見える文脈中の「同㆑人当㆓美景㆒、或花時宴罷」という場から見るならば、まさにそのような花の咲く宴の場で、詩を詠んでいると考えられる。道真は、自分たちこそが詩の世界に遊ぶ元白の如くの詩人である、という自負を「詩仙」の語に込めていよう。

しかし、一方で「与二元九一書」との違いもある。それは、詩作の場が私的な友人間ではなく、公的な宇多天皇の御前であったということである。天皇主催の宴においては、場所を仙界として把握し得る。その場合IIの意味に近づくことになる。

詩人としての道真の強い「詩臣」意識を考慮する必要もあろう。[8] 次の詩は、清和天皇の貞観十年（八六八）の正月二十一日、仁寿殿における内宴での作（三代実録）である。

早春侍二内宴一、同賦レ無二物不一レ逢レ春、応レ製〔二七〕

（前略）

詩臣胆露言行楽　　詩臣胆露《きもあらは》れて行楽を言ふ
女妓粧成舞歩虚　　女妓粧《よそほ》ひ成りて歩虚を舞ふ
侍宴雖知多許事　　宴に侍りて多許《いくばく》の事を知れども
一年一日忝仙居　　一年一日仙居を忝《かたじけな》くす

ここでは、道真等の「詩臣」は、仁寿殿という「仙居」にいる。このような「詩臣」を「詩仙」と呼び得る。いわば、「詩仙」は宮中という仙界で詩を作ってこそ自らの能力を発揮して「詩仙」たり得るのである。

三、「劉白唱和集解」「与二元九一書」と「古今序」

白居易には、劉禹錫との間に唱和詩集の劉白唱和集があるが、その成立の経緯は太和三年（八二九）に書かれた「劉白唱和集解」〔二九三〇〕で説明されている。その一部が古今集の両序と関わりがあると考えられるので、その点について考察したい。[9] 次がその全文である。便宜上四段落に分ける。

㈠　彭城劉夢得詩豪者也。其鋒森然少ニ敢当者一。予不レ量レ力往往犯レ之。夫合応者声同、交争者力敵。一往一復欲レ罷不レ能。繇レ是、毎レ制ニ一篇一、先相ニ視草一。視竟則興作。興作則文成。一二年来日尋ニ筆硯一、同和贈答不レ覚滋多。至ニ太和三年春一已前、紙墨所レ存者、凡一百三十八首。其余乗レ興扶レ酔率然口号者、不レ在ニ此数一。

㈡　因命ニ小児亀児一、編録勒ニ成両巻一。仍写ニ二本一、一付ニ亀児一、一授ニ夢得小児崙郎一。各令ニ収蔵一付ニ両家集一。

㈢　予頃以ニ元微之唱和頗多、或在ニ人口一、常戯ニ微之一云、「僕与ニ足下一二十年来、為ニ文友詩敵一幸也、亦不幸也。吟ニ詠情性一播ニ揚名声一、其適遺レ形其楽忘レ老幸也。然江南士女語ニ才子一者、多云ニ元白一、以ニ子之故一。使四僕不三得独ニ歩於呉越間一亦不幸也」。

㈣　今垂レ老復遇ニ夢得一、得レ非レ重ニ不幸一耶。夢得夢得、文之神妙莫レ先ニ於詩一。若ニ妙与レ神、則吾豈敢如ニ夢得一。「雪裏高山頭白早、海中仙果子生遅」、「沈舟側畔千帆過、病樹前頭万木春」之句之類、真謂ニ神妙一。在在処処応下当有ニ霊物一護上レ之。豈唯両家子姪秘蔵而已。己酉歳三月五日楽天解。

この文がわが国に影響を与えた一例として、菅家文草、田氏家集に見える菅原道真と島田忠臣との唱和詩の例がある。次は元慶六年（八八二）の道真の作である。

詩草二首、戯視ニ田家両児一。一首以叙ニ菅侍医病死之情一、一首以悲ニ源相公失レ火之家一。丈人侍郎、適依ニ本韻一、更詶ニ一篇一。予不レ堪ニ感歎一、重以答謝。〔九七〕

（前略）

我唱無休君有子　　我れ唱ふこと休《や》むこと無く君に子有り

何因編録命亀児　　何に因りてか編録を亀児に命ぜむ

（自注）白楽天命ニ小姪亀児一編ニ録唱和集一、故云。

ここに見える「（詩）草」を「視《しめ》」すという言い方は、「劉白唱和集解」の第一段に「相ニ視草一」と見えたものである。また、忠臣に子があるから、わざわざ亀児に唱和集の編録を命ずることもない、と第二段を踏まえて詠んでいる。はじめの「詩草二首」に対して、忠臣は、「奉レ答レ視二草両児一」〔一〇〇〕（草を両児に視すに答へ奉る）を唱和している。この唱和詩のやりとりは劉白の唱和に範を得ているのである。

次に古今集の紀淑望「真名序」、紀貫之「仮名序」と「劉白唱和集解」との関わりを考える。

古天子、毎二良辰美景一、詔二侍臣一、預二宴莚一者、献二和歌一。君臣之情、由レ斯可レ見、賢愚之性、於レ是相分。所下以随二民之欲一、択中士之才上也。（中略）

民業一改、和歌漸衰。然猶有二先師柿本大夫者一。高振二神妙之思一、独二歩古今之間一。有二山辺赤人者一。並和歌仙。

（真名序）

その初めを思へば、かかるべくなむ有らぬ。古への世々の帝、春の花の朝、秋の月の夜ごとに、侍ふ人々を召して、事につけつつ、歌を奉らしめ給ふ。（中略）

かの御世や、歌の心を知ろし召したりけむ。かの御時に、正三位、柿本人麿なむ、歌のひじりなりける。これは、君も人も、身を合せたりと言ふなるべし。秋の夕、龍田河に流るる紅葉をば、帝の御目に、錦と見給ひ、春の朝、吉野山の桜は、人麿が心には、雲かとのみなむ覚えける。又、山の辺の赤人と言ふ人有りけり。歌にあやしく妙なりけり。人麿は、赤人が上に立たむ事難く、赤人は人麿が下に立たむ事難くなむ、有りける。

（仮名序）

「真名序」に「高振二神妙之思一、独二歩古今之間一」とあるところの「神妙」は、「劉白唱和集解」第四段に、「文之神妙莫レ先二於詩一。若二妙与レ神、則吾豈敢如二夢得一」「真謂二神妙一」と、度々「神妙」の語を使っているところを承けており、「独二歩古今之間一」は、第三段に、「独二歩於呉越間一」とあるところを承けていると考える。

そうすると、「真名序」の「神妙」に対する「仮名序」の対応部の「（歌に）あやしく妙なりけり」や、「有二山辺赤人者一。並和歌仙」に対する「人麿は、赤人が上に立たむ事難く、赤人は人麿が下に立たむ事難くなむ、有りける」も「劉白唱和集解」と関わりがあることとなる。人麻呂を賞賛しながらも赤人を人麻呂と同列に置くのは、元稹及び劉禹錫の存在が白居易を独歩せしめなかったとする箇所とよく似ている。

これらの関わりを認めるならば、「古今序」で人麻呂と赤人を組み合わせて和歌中興の祖として述べているところは、元白、劉白の詩人としての賞賛の表現を利用していることになる。道真と忠臣が劉白を唱和詩、唱和集の先達としたことと軌を一にすると言えよう。

「古今序」と「与二元九一書」との関わりについては、かつて金子彦二郎氏が論じ、前章においても論じたところである。(10) そこでも指摘したが、「真名序」の「和歌ノ仙」、「仮名序」の「歌のひじり」は、「与二元九一書」の「詩仙」の語から生まれた表現と見ることができる。その場合も、歌人の人麻呂と赤人を並べて賞賛することについては、詩人の元白の存在を規範としていると言える。

「詩仙」の意味を前節では、IとIIに分けて考えてみたが、「和歌ノ仙」或いは「歌のひじり」はいずれに近い意味であろうか。それを考えるのに古今集撰者の一人壬生忠岑の「古歌に加へて奉れる長歌」(古今集〈一〇〇三〉)に見える忠岑の人麻呂への見方が参考になる。

くれ竹の世々の古言　なかりせば　伊香保の沼の　いかにして　思ふこころを　述ばへまし　あはれ昔へ　あ
りきてふ　人麿こそは　うれしけれ　身は下ながら　言の葉を　天つ空まで　聞えあげ　末の世までの　あと
となし　今も仰せの　下れるは　塵に継げとや　塵の身に　つもれる事を　問はるらむ　これを思へば　けだ
ものの　雲に吠えけむ　ここちして　千々のなさけも　思ほえず　ひとつ心ぞ　誇らしき(下略)

人麻呂は壬生忠岑にとって先達であり、規範となっている。その理由は、「身は下ながら言の葉を、天つ空まで聞えあげ」たからに外ならない。これは、本来、帝の前で歌を詠むような身分ではない人麻呂が、「仮名序」に

「かの御世や、歌の心を知ろし召したりけむ。かの御時に、正三位、柿本人麿なむ、歌のひじりなりける。これは、君も人も、身を合せたりと言ふなるべし。秋の夕、龍田河に流るる紅葉をば、帝の御目に、錦と見給ひ、春の朝、吉野山の桜は、人麿が心には、雲かとのみなむ覚えける」とあるような、君臣唱和の場に加わっていたからなのである。

また、忠岑が醍醐天皇の仰せを戴いたことを、人麻呂の後を継ぐ心地がすると言い、「けだものの、雲に吠えけむここちして」と詠んでいる。ここは、神仙伝に見える「劉安」の故事を典拠とする。(11)

　時人伝、八公・安、臨㆓去時㆒、余㆓薬器㆒置㆓中庭㆒。鶏犬、舐㆓啄之㆒尽得㆑昇㆑天。故鶏鳴㆓天上㆒、犬吠㆓雲中㆒也。

劉安が八人の仙人とともに昇天した後、薬が庭に残っており、それをついばみ嘗めた鶏と犬が天に昇り雲の中で鳴く。人麻呂が劉安であるならば、忠岑自身は犬のようなものだと言う。これは、「和歌ノ仙」である人麻呂と同じく、自分も昇天したということである。昇天の内容は、帝の前で歌を詠むこと、すなわち、君臣唱和の場に参加するということに外ならない。

ここで、「古今序」の「和歌ノ仙」、「歌のひじり」という語が使われている文脈を見直すと、君臣唱和の場での歌の存在が問題となっていることが分かる。古えの天子が侍臣を召して歌を作らせ、賢愚の性を歌によって分かつ。そういう歌の働きが重要視されている。

「古今序」が主張したいことは、聖代である醍醐天皇のもとで紀貫之等が勅を拝し、歌集の編纂が実現した、ということである。そういう理想的な世界が過去にもあった。それが、君臣唱和が実現していた「古への世々の帝」の代であったと言う。そこにこそ「和歌ノ仙」、「歌のひじり」の存在する場があると言えるのである。「詩仙」のIIの意味に近いものとして「和歌ノ仙」、「歌のひじり」の語があると思う。

「仮名序」に「春の花の朝、秋の月の夜ごとに」「秋の夕（中略）春の朝」とあり、「真名序」に「毎㆓良辰美景㆒」

とあるところが、「与㆓元九㆒書」の「偶同㆑人当㆓美景㆒、或花時宴罷、或月夜酒酣」と似るのは偶然ではない。それは、「詩仙」及び「和歌ノ仙」が詩や歌を詠む場なのである。しかも、「古今序」の場合には公的な君臣唱和の場であることが強調されている。換言すれば、道真が公的な詩の世界で「詩臣」「詩仙」というように自己規定したことを、貫之等は歌の世界で理想としたということであろう。

四、白居易の文学観と「古今序」

君臣唱和という側面を考えるために、あらためて、「与㆓元九㆒書」に表われている、白居易の文学観を確認しておきたい。(12)

言者無㆑罪、聞者作㆑戒。上下通而一気泰。

ここに見えるのは、詩によって、為政者と人民の疎通を図るという考え方であり、「毛詩大序」の、「上以風㆓化下㆒、下以風㆓刺上㆒。主㆑文而譎諫。言㆑之者無㆑罪、聞㆑之者足㆓以戒㆒」を受け継ぐ文学観である。白居易の諷諭詩の代表作である新楽府五十首の結論に当たる第五十首目の「採詩官」〔〇一七四〕にも、

採詩官　　採㆑詩聴㆑歌導㆓人言㆒
言者無㆑罪聞者誡　　下情上通上下安

と、見られる。上下の疎通を図るのが詩であり、その詩を採取するのが、採詩官の重要な役目である。

また、白居易の「議㆓文章㆒」〔二〇八五〕（策林、六十八）では、

国家、以㆓文徳㆒応㆑天、以㆓文教㆒牧㆑人、以㆓文行㆒選㆑賢、以㆓文学㆒取㆑士。二百余歳、煥㆓乎文章㆒。故士無㆓賢不肖㆒、率注㆓意於文㆒矣。

と、文の能力によって賢人を選び、政治に役立てる唐朝の政策を認めている。

「古今序」は、古えの帝の世では歌が上下疎通のための道具として臣下の賢愚の性を分かち、政治上の役割を十分に果たした、そして今の醍醐天皇はその理想的な歌のあり方を再興された、と主張している。その思想の基本は「毛詩大序」にあるが、それは「毛詩大序」の精神の復興を意図し、諷諭詩を自らの文学の中心に置いた白居易の文学観によるものと言える。「与㆓元九㆒書」の「詩仙」から「和歌ノ仙」への言い換えについても、白居易のこうした文学観を背景にしていると考えられる。

注

（1）作品番号は以下の書による。白居易は花房英樹氏『白氏文集の批判的研究』、元稹は同氏『元稹研究』、千載佳句は金子彦二郎氏『平安時代文学と白氏文集―句題和歌・千載佳句研究篇―』、菅原道真は川口久雄氏『菅家文草　菅家後集』、島田忠臣は小島憲之氏監修『田氏家集注』。

（2）花房英樹氏『白居易研究』（昭和四十六年）第三章二「「詩魔」の吟詠」、平岡武夫氏『白居易』（中国詩文選十七、昭和五十二年）「江州左遷と詩魔の発見」等。

（3）小島憲之氏『国風暗黒時代の文学（中）上』（昭和四十八年）六四三頁・六四六頁、太田次男氏『諷諭詩人　白居易』（中国の詩人十、昭和五十八年）一七一頁・一八八頁。

（4）用例の検索は、平岡武夫・今井清両氏『白氏文集歌詩索引』、川口久雄・若林力両氏『菅家文草・菅家後集　詩句総索引』、『全唐詩索引　劉禹錫巻』によった。

（5）小野篁に白詩と関わりのある「肝魔」「文字魔」の例があることが小島憲之氏注3前掲書に指摘されている。

（6）中唐の牛僧孺「李蘇州遺㆓太湖石奇状絶倫㆒因題㆓二十韻㆒奉㆔呈夢得楽天㆓」に、「詩仙有㆓劉白㆒、為㆑汝数逢迎」とあり、劉白を「詩仙」と呼ぶ。

（7）道真は、「梅含㆓鶏舌㆒兼㆓紅気㆒、江弄㆓瓊花㆒帯㆓碧文㆒。（中略）今朝何事偏相覓、撩乱芳情最是君」（元稹「早春尋㆓李校書二」〈〇五二〇〉、前半は千載佳句・早春〈四二〉、「芳情香思知二多少一、悩三得山僧一悔二出家一」〈千載佳句・辛夷〈六二五〉、白居易「題二霊隠寺紅辛夷花一戯酬二光上人一」〈一三五〇〉〉、「応レ将二筆硯一随二詩主一、定有二笙歌一伴二酒仙一」〈千載佳句・詩酒〈八〇七〉、白居易「令狐尚書許レ過二弊居一、先贈二長句一」〈二七四〇〉〉、「草迎二金埒馬一、花伴二玉楼人一」〈張子容「長安古意」、後句は延喜四年正月二十日内宴の句題〉等の例を念頭においていたのであろう。

（8）道真の詩人意識については、大曾根章介氏「菅原道真―詩人と鴻儒―」（『日本文学』二十二巻九号、昭和四十八年九月。同氏『大曾根章介 日本文学論集』第二巻所収）、後藤昭雄氏「「文人相軽」―道真の周辺―」（『日本文学』同号、同氏『平安朝漢文学論考』所収）、藤原克己氏「文章経国思想から詩言志へ―勅撰三集と菅原道真―」（『国語と国文学』五十七巻十一号、昭和五十五年十一月。同氏『菅原道真と平安朝漢文学』所収）、同氏「平安朝の知識人―文章道と菅原道真―」（『講座日本思想　2　知性』所収。同氏前掲書所収）。

（9）以下については、第Ⅲ章「わが国における元白詩・劉白詩の受容」参照。

（10）金子彦二郎氏『平安時代文学と白氏文集―道真の文学研究篇第一冊―』第四章「古今和歌集序の新考察」、及び第Ⅰ章「花も実も―古今序と白楽天―」参照。

（11）『論衡』（道虚篇）にも見える。なお、道真は、「典儀礼畢、簡二藤進士一」」〈一二七〉で、「我昔仙階纔舐レ器、応レ知細吠二白雲中一」とこの故事を用い、「余以二侍郎一、近陪二饗宴一。更被二朝議一、又為二典儀一。故有二此句一」と自注する。帝の饗宴に伺候したこと、典儀となったことを仙階で薬を嘗め、天に昇ったと表現している。川口久雄氏『三訂版 平安朝日本漢文学史の研究　中』三四八頁参照、及び注1の同氏著書参照。

（12）第Ⅰ章参照。

III　わが国における元白詩・劉白詩の受容

一、元白詩・劉白詩の伝来

白居易の文学の成立には、詩友との交友の問題が大きな位置を占める。その交友は白居易文学集団と呼ばれ[1]、実際に唱和集というかたちで詩集が編纂されたこともあった[2]。七歳年下の元稹（微之）、及び白居易と同年の劉禹錫（夢得）との交友、唱和が主なものであるが、その具体的な様子は、白居易の「劉白唱和集解」（巻六十〔二九三〇〕）に、次のように記されている[3]。

彭城劉夢得詩豪者也。其鋒森然少二敢当者一。予不レ量レ力往往犯レ之。夫合応者声同、交争者力敵。一往一復欲レ罷不レ能。繇レ是、毎レ製二一篇一、先相二視草一。視竟則興作、興作則文成。一二年来日尋二筆硯一、同和贈答不レ覚滋多。至二太和三年春一已前、紙墨所レ存者、凡一百三十八首、其余乗レ興扶レ酔率然口号者不レ在二此数一。因命二小姪亀児一、編録勒二成両巻一。仍写二二本一、一付二亀児一、一授二夢得小児崙郎一。各令三収蔵付二両家集一。予頃以二元微之唱和頗多、或在二人口一、常戯二微之一云、「僕与二足下一二十年来、為二文友詩敵一幸也、亦不幸也。吟二詠情性一播二揚名声一、其適遺レ形其楽忘レ老幸也。然江南士女語二才子一者、多云二元白一以二子之故一。使四僕不三得独二歩於呉越間一、亦不幸也」。今垂レ老復遇二夢得一、得レ非レ重二不幸一耶。夢得夢得、文之神妙莫レ先二於詩一。若二妙与レ神、則吾豈敢如二夢得一。「雪裏高山頭白早、海中仙果子生遅」、「沈舟側畔千帆過、病樹前頭万木春」[4]之句之類、真謂二神妙一、在在処処応㆓当有㆓霊物㆒。護㆑之豈唯両家子姪秘蔵而已。己酉歳三月五日、楽天解。

この中で、白居易は戯れに元稹に語ったことを記している。自分はあなたと二十年来の「文友詩敵」であったが、それは「幸」でもあり、「不幸」でもあった。情性を吟詠し、名を揚げ、自適に身を忘れ、楽しみの中に老いを忘れることにおいては幸いであった。しかし、江南の士女は才子を語る時に「元白」と言ってあなたと私を併称し、自分を呉越の間に独歩させない。これは不幸なことであった、と言う。

同様に劉禹錫と出会ったことも不幸が重なったと記す。「劉白」と併称され、またしても自分が「独歩」し得なくなるためである。人々は「元白」「劉白」という単位でこの三人の文学を捉えていたわけである。

このように、白居易の作品内部には「元白」「劉白」という単位での読みを要請する要素がある。換言すれば、白氏文集の読者は自ずと白居易の交友圏に目を開かれて行くわけである。

さて、わが国においての白居易の詩文伝来の記録は、正史上では文徳実録の仁寿元年（八五一）九月二十六日条の藤原岳守卒伝中の記事を初めとする。(5)

（承和五年、藤原岳守は）出為㆓大宰少弐㆒。因㆑撿㆓校大唐人貨物㆒、適得㆓元白詩筆㆒奏上。帝甚耽悦、授㆓従五位上㆒。

承和五年（八三八）に、藤原岳守が唐人の貨物を検閲した際、「元白詩筆」を得たので、帝（淳和天皇）に奏上すると、大変に喜ばれ、従五位上を授けられたという。ここに、「元白」という併称のかたちで記されている点に注目したい。白居易は元稹と一対にされて、国史に登場している。

また、寛平（八八九〜八九七）頃の日本国見在書目録の「三十九別集家」に、「白氏文集七十、元氏長慶集廿五、白氏長慶集廿九巻」とあり、白居易の詩文集と並んで元稹の「元氏長慶集」の名も見える。また、「四十惣集家」には、「劉白唱和集二」、「杭越寄詩二」とあるが、前者は劉禹錫と白居易の唱和集で、太和三年（八二九）成立の二巻本である可能性が高いし、後者は、白居易が杭州の刺史、元稹が越州の刺史であった時の元白の唱和に蘇州の李諒が加わった唱和集とされる。(6) このような例から、白詩は単独で享受される以外に、「元白」「劉白」という単位で日本に入って来ていたことが分かる。

十世紀半ば頃成立の大江維時撰千載佳句は、その当時の唐詩の受容を知るのに良い資料である。金子彦二郎氏の調査(7)により所載詩句の数を詩人別に数えると、上位十位は次のようになっている。（全一〇八三首、内五首重出。＋は題詞内にあるもので数に含めていない）

1、白居易	五一四（＋二一）首	6、劉禹錫	一八（＋一）首
2、元稹	六六（＋二）	温庭筠	一八
3、許渾	三三	8、方干	一七
4、章孝標	三二（＋二）	9、楊巨源	一五
5、杜荀鶴	一九	10、王維・羅隠	一〇

白居易が半ばを占めており、その圧倒的な影響が知られるが、元稹が第二位にあり、劉禹錫も十八首のみとは言え、第六位に位置している点に注目したい。しかも、当集所載の元稹、劉禹錫の作品は個別に見れば白居易と関連する作が多く、白詩の周辺文学的なあり方である。

そうした、「元白」「劉白」単位での影響がわが国の作品に窺われる場合がある。例えば、延喜五年（九〇五）に書かれた紀淑望の「古今和歌集真名序」（「古今和歌序」本朝文粋巻十一（三四二））では、和歌中興の万葉歌人、柿本人麻呂と山辺赤人のことを次のように記述する。

民業一改、和歌漸衰。然猶有㆓先師柿本大夫者㆒、高振㆓神妙之思㆒、独㆓歩古今之間㆒。有㆓山辺赤人者㆒、並和歌仙。

ここに見える「神妙」「独歩」の語は、先に引用した「劉白唱和集解」に、「文之神妙莫㆑先㆓於詩㆒」、「（劉禹錫の詩句は）真謂㆓神妙㆒」、「独㆓歩於呉越間㆒」と見えた語である。「和歌仙」という語にしても、元稹に与えた白居易の手紙である「与二元九一書」（巻二十八〔一四八六〕）にある「詩仙」[8]の語に導かれたものではないか。

知レ吾最要率以レ詩也。如下今年春遊二城南一時与二足下一馬上相戯上。因各誦二新艶小律一不レ雑二他篇一。自二皇子陂一帰二昭国里一、迭吟遞唱不レ絶レ声者二十里余、樊李在レ傍無レ所レ措レ口。知レ我者以為二詩仙一、不レ知レ我者以為二詩魔一。

白居易は、自分を知るものは自分を「詩仙」となし、知らないものは「詩魔」となすであろう、と言う。これは、元稹とともに馬上で二十里余りにわたって詩作に熱中する姿に対する他人の見方を述べたもので、いかに元白の二人が他の人々とは異なって詩に熱中していたかを知ることができる。

白居易が自身の文学論を正面から述べた「与二元九一書」が、紀貫之の「古今和歌集仮名序」、紀淑望の「古今和歌集真名序」に対して大きな影響を与えたことについては、すでに金子彦二郎氏の指摘があり[9]、私としても両者の影響関係を論じたことがある。[10]「詩仙」と「和歌仙」との関わりもその影響の一つとして捉らえることができよう。柿本人麻呂と山部赤人の二人の歌人を述べるに当たって、劉白、元白の詩人としてのあり方に関する表現が利用されたと考えるのである。

「詩仙」と対にされた、「詩魔」の語は白居易の文学の本質に関わる語としてしばしば言及されるが[11]、菅原道真も「秋雨」（菅家文草〔二七〇〕）に、「苦情唯客夢、閑境併二詩魔一」と一例残している。[12]そして、「詩仙」の語も、「就二花枝一、応レ製」（菅家文草〔三四一〕）に、「遇レ境芳情無二昼夜一、将下含二鶏舌一伴中詩仙上」と一例が見える。

「詩魔」については、劉禹錫も「春日書レ懐寄二東洛白二十二楊八二庶子一」（外集巻一〔〇五九九〕）でその語を用いている。

曾向空門学坐禅　　曾て空門に向ひて　坐禅を学ぶ
如今万事尽忘筌　　如今万事　尽《ことごと》く筌を忘る
眼前名利同春夢　　眼前の名利　春の夢に同じ

酔裏風情敵少年　酔裏の風情　少年に敵《かな》ふ
野草芳菲紅錦地　野草芳菲たり　紅錦の地
遊糸繚乱碧羅天　遊糸繚乱たり　碧羅の天
心知洛下閑才子　心は知る　洛下の閑才子
不作詩魔即酒顛　詩魔とは作《な》らず　即ち酒顛たり

この詩は白居易等に贈られたものであり、「詩魔」も白居易の語を使ったもの思われる。[13] 第五、六句は千載佳句（春興〔七三〕）と藤原公任撰の和漢朗詠集（春興〔一九〕）に摘句されており、詩全体も良く知られたものであったろう。中でも「遊糸」[14]の語は印象的であったと見え、白詩の影響を最も早く受けたと言われる小野篁[15]や、菅原道真の父是善の門下で、道真の岳父であった島田忠臣の和漢朗詠集所載の詩句にその影響が見られる。
著野展敷紅錦繡　野《や》に著きては展敷す　紅錦繡
当天遊織碧羅綾　天に当つては遊織す　碧羅綾
（小野篁・春興〔二二〕）

林中花錦時開落　林中の花錦は　時に開落す
天外遊糸或有無　天外の遊糸は　或いは有無《いうぶ》なり
（島田忠臣・春興〔二三〕）

また、「遊糸」を言い換えた「糸ゆふ」を詠んだ同集所載の和歌（晴〔四一五〕）にも劉詩の影響が明らかである。

かすみ晴れみどりの空ものどけくてあるかなきかにあそぶ糸ゆふ

これらの諸例は、「元白」「劉白」単位での白詩の影響の考察を要請しているかのようである。[16] 本章では、以下、菅原道真の菅家文草・菅家後集、島田忠臣の田氏家集、[17] さらに紫式部の源氏物語[18]などを例に挙げて、元白、劉白の文学と日本文学との関わりについて検討して行きたい。

二、元稹・劉禹錫と菅原道真・島田忠臣

大江匡房の江談抄に、菅原道真と元稹との関係に触れるところがある。

又、被レ命云、菅家御作者元稹之詩体也。古人又云、如レ此云々。帥、菅家御作者、非二心之攸一レ及。

道真は元稹の詩体を持っていたというのである。実際に、江談抄が挙げている例は、白居易の詩を元稹作と誤解したもので、匡房の認識の根拠は明確ではないが、(19) 白居易の影響が支配的と思われる平安時代において、元稹についてこのような認識がなされていることは重要である。

さて、その道真の菅家文草から元稹と関わる一例を挙げよう。

早春侍二宴仁寿殿一、同賦三春雪映二早梅一、応レ製〔六六〕

雪片花顔時一般　　雪片花顔　時に一般
上番梅楥待追歓　　上番の梅楥　追歓を待つ
氷紈寸截軽粧混　　氷紈寸に截《き》りて　軽粧を混ず
玉屑添来軟色寛　　玉屑添へ来りて　軟色寛《ゆた》かなり
鶏舌纔因風力散　　鶏舌　纔かに風力に因りて散ず
鶴毛独向夕陽寒　　鶴毛　独り夕陽に向かひて寒し
明王若可分真偽　　明王　若し真偽を分つべくは
願使宮人子細看　　願はくは　宮人をして子細に看しめよ

この詩の詩題は、川口久雄氏の注に、韓愈の「春雪間二早梅一」が一本「春雪映二早梅一」と作るのでこれによる、とあるが、金子氏は元稹と韓愈の句題を出典として併記する。[20] 元稹の「賦三得春雪映二早梅一二」〔〇三〇五〕には、「飛舞先レ春雪、因依上番梅」と「上番」（第一番の意）の語が見えることから、道真詩の詩題はこの元詩によることがわかる。[21]

また、「梅桵」の語も、川口注に葛原詩話を引いて指摘するように、元稹の「生春、丁酉歳、凡二十章」〔〇三七九～〇三九八〕（以下、「生春二十章」と呼ぶ）の第十首に、「何処生レ春早、春生梅桵中」[22]とあるのによる。葛原詩話では、梅を支える杖の意とし、川口注もそれに従っているが、集韻（去声下）に「桵、一曰、籬也」とあるように、梅のまがきの意で通じる。

「鶏舌」は「鶏舌香」の意で、前引の「就二花枝一、応レ製」（菅家文草〔三四一〕）にあった。元稹の「早春尋二李校書一」〔〇五二〇〕に、「梅含二鶏舌一兼二紅気一、江弄二瓊花一帯二碧文一」（千載佳句・早春〔四〕、和漢朗詠集・紅梅〔九六〕）とあるのによる。道真詩の川口注に紅梅のことと見るのは当たらない。ここは、第一句に「雪片花顔、時に一般」（一般は一様の意）とあるように、雪と見分けがつかない白梅を詠み、その香りのことをいう。

右の元稹「生春二十章」は、この頃に広く読まれており、句題として用いられた例が散見する。日本紀略の醍醐天皇の延喜五年（九〇五）正月二十一日条に、「内二宴仁寿殿一、以二春生梅樹中一為レ題」と見え、これは「樹」と「桵」の小異はあるが、道真も用いた第十首の「春生梅桵中」によったとして良いであろう。同じ延喜十五年（九一五）正月二十一日条に、「有二内宴一、題云二春生暁禁中一」とあり、これは「生春二十章」の第五首に見える。源順の「早春於二奨学院一、同賦二春生霽色中一、各分二一字一詩序」（本朝文粋巻八〔二一八〕）は、第三首に当たる。

この「生春二十章」の特徴は、第一句が「何処生レ春早」で始まり、韻字を「中、風、融、叢」（上平声一東韻）としていることである。これは、後述の元稹、白居易、劉禹錫の「深春」の各二十首に受け継がれて行く形式であるが、道真は讃岐の民衆の苦しみを詠んだ「寒早十首。同用㆓人身貧頻四字㆒」（菅家文草（二〇〇）～（二〇九））において、それを利用する。その十首に共通する形式は、第一句が「何人寒気早」となること、韻字を「人、身、貧、頻」（上平声十一真韻）と共通させることである。このうち、確実に「生春二十章」によったのは、第一句第五字の「早」字である。春が生じるのはどこが早いか、という元稹の設問を、道真は、寒気が生じるのはどこが早いか、と置き換えたのである。(23)「寒早十首」の方は諷諭詩としての性格を持つものであり、早春の風景を二十通りに描いた元稹の詩とは趣きを大いに異にするが、その形式は「生春二十章」を襲っている。

道真の「賦㆓得春深道士家㆒」（菅家文草（一二八））で、「春深道士家」を句題としているのは、劉白の唱和詩によろう。劉禹錫の詩に、「同㆓楽天㆒和㆘微之深春好二十首㆖。同用㆓家花車斜四韻㆒」（下平声六麻韻、外集巻二（〇六四二）～（〇六六一））と題する二十首がある。それに対応する白居易の唱和詩の方には、「和㆓春深二十首㆒」（巻五十六（二六五三）～（二六七二））とのみ記す。劉禹錫の方の詩題から言えることは、まず、元稹が「深春好二十首」の連作を作った。その後、白居易がそれに対し二十首の唱和詩を作り、それと同時に劉禹錫も二十首の唱和詩を作った、ということになる。元稹の「深春好二十首」は現存せず、劉白の各二十首が今に残されている。白詩二十首は、いずれも第一句が「何処春深好」とあり、劉詩二十首は「何処深春好」とある。韻字も劉禹錫の詩題にあるように「家、花、車、斜」が劉白詩ともこの順で用いられている。「春深道士家」は、劉白の四十首の中には見えないので、おそらく川口注がいうように、白居易の第十一首の「春深隠士家」を参考にして、「道士」と替えたのであろう。なお、道真の「寒早十首」の小字双行の韻字注記は劉禹錫の詩題と殆ど同じ形式なので、それによったと思われる。

島田忠臣についてはどうか。「密竹有㆓清陰㆒」（田氏家集（一五四））という句題は、元稹の「遣昼」（〇一三〇）の「密竹有㆓清陰㆒、曠懐無㆓塵滓㆒」による。(24)また、「見㆘源十七春風扇㆓微和㆒詩㆖、□□才華日新、次㆓本韻㆒」（田氏家集（一七六））は、「何処微和取㆑象奢、春風翰墨日新家」で始まり、韻字も「奢、家、斜、花、譁」と下平声六麻韻を用いて、劉白の「深春」詩の利用が明らかである。そもそも源十七との「次二本韻一」という唱和の形式が元白、劉白の唱和に倣うものであった。

劉白の各深春（春深）二十首については、和漢朗詠集（暮春〈四八〉）に載る十世紀半ばの源順の詩にもその痕跡を残す。

劉白若知今日好　　劉白　若し今日の好《ことんな》きことを知らましかば

応言此処不言何　　此の処《ところ》とぞ言はまし　何《いづ》くとは言はざらまし

平安末の信救（覚明）の和漢朗詠集私注は、作者と題を「源順作、深春好」と記し、「深春詩。劉禹錫、字夢得、中山人。白居易、字楽天、大原人。唱和集五言四韻贈答詩廿首。其第一首初句曰、何処深春好、春深学士家。言、今日文士属二深春一、命二詩会一。劉白知二此会一、不レ可レ言二何処一云々」（書陵部蔵巻一残巻本による）と注を付す。源順が参加した晩春の詩会がすばらしかったので、もし劉禹錫と白居易がこの詩会に列したならば、「何処深春好」とは言わずに、この場所こそが素晴らしいと言ったに違いない、との意である。この聯が作られるには、劉白の各二十首が晩春の風景を描く代表的な作品として知られていたことが前提となろう。朗詠集における摘句のされ方にしても、句中に「暮春」を示す語はなく、劉白詩の知識が読者に要求されている。

順から約半世紀後、能書家で知られる藤原行成が長保元年（九九九）十一月十一日の日記に、「今日書三了唱和集屏風之紙形二」（権記）と記している。この「唱和集」は劉白唱和集と推測され、(25)色紙形が貼られた屏風絵の内容は知るよしもないが、或いは深春（春深）二十首に題材を得たものであったのかも知れない。

早春の風景を描く元稹の「生春」の二十首が有名であったことと併せて考えるならば、平安朝の人々の思い描く春の風景は、元稹の早春の二十首、劉白の晩春の各二十首をその背景として持っていたとも言えよう。

劉禹錫の詩を句題とした例は、道真の「三月三日、同賦二花時天似レ酔、応レ製、并レ序」（菅家文草〈三四二〉）がある。これは、劉禹錫の「曲江春望」（外集巻一〔〇六三三〕）に、「酒後人倒レ狂、花時天似レ酔」とあるのを句題としている。(26) 宇多天皇の寛平四年（八九二）三月三日の作と思われ、同時の作が忠臣にも「七言、三日同賦二花時天似一レ酔、応レ製。一首」（田氏家集〔一七一〕）と残る。この劉禹錫詩には白居易に唱和詩「和二劉郎中曲江春望見一レ示」（巻五十六〔二六四七〕）もあり、劉白の唱和詩であった。この時の道真の序は本朝文粋（巻十〔二九五〕）に、その序と詩の一部は和漢朗詠集（三月三日〔三九〕〔四〇〕）に載せる、というように影響の大きな句題であった。

道真が忠臣に贈った詩の中に、「詩草二首、戯視二田家両児一。一首以叙二菅侍医病死之情一、一首以悲二源相公失一レ火之家一。丈人侍郎、適依二本韻一、更詶二一篇一。予不レ堪二感歎一、重以答謝」（菅家文草〔九七〕）がある。その第七、八句は劉白の唱和集に関わり、自注が付されている。

我唱無休君有子　　我が唱ふこと休《や》むとき無く　君に子有り
何因編録命亀児　　何に因りてか編録して　亀児に命ぜむ

白楽天命小姪亀児、　白楽天は小姪亀児に命じて、
編録唱和集。故云。　唱和集を編録す。故に云ふ。

右の注は、白居易が弟白行簡の子亀児に命じて「劉白唱和集」を編纂させたことを指し、前引の「劉白唱和集解」によっていることが明らかである。道真詩の意は、白居易は甥に唱和集を編纂させたが、子のいる忠臣は甥に命ずるまでもなく子に道真との唱和詩を編纂させることができる、というもの。

もともと道真には「路次、観二源相公旧宅一有レ感」（菅家文草〔九五〕）と「雲州茂司馬、視二詩草数首一。吟詠之次、適見下哭二菅侍医一之長句上。不レ勝二復悼一、聊叙二一篇一」（菅家文草〔九六〕）の二首があり、忠臣の子に託された。それに忠臣が唱和した「奉レ酬下観二源相公旧宅一詩上。次韻」（田氏家集〔九八〕）、「奉レ酬下傷二菅侍医早亡一詩上。同韻」（田氏家集〔九九〕）の二首があった。さらに、忠臣が「奉レ答下視二草両児一詩上押韻」（草を両児に視《しめ》す詩に答へ奉る、田氏家集

(二〇〇)の一篇を道真に贈っている。それに答えたのが道真の(九七)詩なのである。

この忠臣の一〇〇詩の詩題中に見える「草」を「視《しめ》」すというのは、道真の九六・九七詩に見える「詩草」を「視」すと同じ意で、前引の「劉白唱和集解」の中に「繇レ是、毎レ製二一篇一、先相二視草一」と同様の表現があった。「与二劉蘇州一書」(巻五十九(二九二五))の中にも、「各賦二数篇一視レ草而別」などあり、これらによったものであろう。

「劉白」「元白」のように、二人の名を組み合わせて二字で表現した例も道真と忠臣の詩に見受けられる。道真には、「賀二宮田両才子入学一」(菅家文草(二六〇))という詩題がある。「宮田」の「宮」は宮道、宮原氏など、「田」は島田氏(川口注では良臣と推測)を意味する。また、忠臣の「和下野内史題二局前菊一之什上」(田氏家集(二二三))の、「令レ似二野田交道一、貞芳能在二歳寒一知」において「野田」とある「野」は詩題の「野内史」のことで人物は不明であるが、小野、滋野、菅野氏などであり、「田」は島田忠臣を指している。道真と忠臣とその詩友達の唱和の世界は、元白・劉白に倣って形成されているのである。

元稹、劉禹錫は白居易に先立って没した。白居易は詩友を追悼する詩を詠んでいるが、元白・劉白の唱和を受容した日本人は、それらの作品に心打たれたに違いない。元稹の死後の邸宅を詠んだ、「過二元家履信宅一」(巻五十七(二七九九))の第三、四句は和漢朗詠集(落花(一二六))に載せられている。

落花不語空辭樹　　落花語《ものいは》ずして　空しく樹《き》を辞す
流水無情自入池　　流水情《こころ》無うして　自《おのづか》ら池に入る

この聯は、菅原文時の妖艶な花とそれを映す水の光景に、趣きを変えて利用された。

誰謂水無心　濃艶臨兮波変色　　誰《たれ》か謂ひし水《みづ》心無しと　濃艶《ぢようえん》臨んで波《なみ》色を変ず
誰謂花不語　軽漾激兮影動脣　　誰か謂ひし花語《ものいは》ずと　軽漾激して影《かげ》脣を動かす

（和漢朗詠集・花〈一一七〉、本朝文粋巻十「暮春侍ニ宴冷泉院池亭一、同賦ニ花光水上浮一、応レ製詩序」〈三〇〇〉）

白居易が劉禹錫を悼んだ作に、「哭ニ劉尚書夢得一二首」（巻六十九〈三六〇一〉〈三六〇二〉）があるが、その第二首では、亡き友と自分の死別を相手を失った「弓」と「矢」、「唇」と「歯」に喩えている。

今日哭君吾道孤　　今日君を哭して　吾が道孤《こ》なり
寝門涙満白髭鬚　　寝門涙は満つ　白き髭鬚
不知箭折弓何用　　知らず　箭《や》折れて弓何ぞ用いむ
兼恐唇亡歯亦枯　　兼ねて恐る　唇亡びて歯亦《また》枯れんことを（後略）

同様の比喩は島田忠臣にも見られる。「傷ニ高大夫一」（田氏家集〈五九〉）に、

昨日看朱紱　　昨日　朱紱《しゅふつ》を看るも
今宵変紫烟　　今宵《こよひ》　紫烟に変ず
矢辞弓可惜　　矢辞して　弓惜しむべし
唇欠歯須憐　　唇欠きて　歯すべからく憐れむべし（後略）

とあるのがそれである。島田忠臣が高大夫を悼むに際して、白居易が劉禹錫を悼んだ折の表現を利用したということになる。

三、劉禹錫「有レ所レ嗟」詩の受容

菅原道真の願文に、「紅粧何日再理、青眼幾時重開。為レ雨為レ雲、誰維誰縶」（「為ニ源大夫閤下先妣伴氏周忌法会一願文」菅家文草〈六三七〉）と「為レ雨為レ雲」という特徴的な表現が見られる。この死没した女性に対する表現は、

巫山の神女を描く宋玉「高唐賦」（文選巻十九）に基づくが、直接には、次に挙げる劉禹錫の愛人の死を嘆いた二首の絶句「有レ所レ嗟」（嗟《なげ》く所有り）の第一首第四句による。(27)

有レ所レ嗟(28)（外集巻一〔〇六一五〕〔〇六一六〕）

［其一］

庾令楼中初見時　庾令楼の中《うち》に　初めて見し時
武昌春柳似腰支　武昌の春の柳は　腰支に似たり
相逢相失両如夢　相逢ふしも相失ふしも両《ふたつなが》ら夢の如し
為雨為雲今不知　雨と為《な》りにけむ雲と為りにけむ　今は知らず

［其二］

鄂渚濛濛煙雨微　鄂渚濛濛として　煙雨微なり
女郎魂逐暮雲帰　女郎の魂　暮雲を逐ひて帰る
只応長在漢陽渡　只長く　漢陽の渡りに在るべし
化作鴛鴦一隻飛　化して鴛鴦と作《な》り　一隻に飛ばむ

この詩には白居易の唱和詩があるので、併せて挙げよう。

和三劉郎中傷二鄂姫一（巻五十五〔二五二二〕）

不独君嗟我亦嗟　独り君の嗟《なげ》くのみにあらず　我亦《また》嗟く
西風北雪殺南花　西風北雪　南花を殺《か》らす
不知月夜魂帰処　知らず　月夜魂の帰る処《ところ》
鸚鵡洲頭第幾家＊　鸚鵡洲頭　第幾家なるを

＊紹興本等は、「姫、鄂人也」と注する。

右の白詩によれば、愛人の名前は鄂姫であった。しかも、その第二句に「西風北雪南花を殺《か》らす」とあることにより、北方の厳しい気候が南方の美女鄂姫を死に至らしめた、という認識があったことが分かる。

道真は、「殿下一父一母、慈仁不レ可二比量一。弟子為レ雨為レ雲、恩徳難二以酬報一者也」（「為下温明殿女御奉レ賀二尚侍殿下六十算一修中功徳上願文」菅家文草（六四三））にも「為レ雨為レ雲」と用い、或いは変形して、「為レ露為レ霜歳事成、早朝蹐レ地見分明」（「早霜」菅家文草（三〇四））と用いてもいる。

この劉詩の利用については、「七月七日、代二牛女一惜二暁更一、各分二一字一、応レ製。探得二程字一」（菅家文草（三四六））に、「相逢相失間分寸、三十六旬一水程」とあり、劉詩第一首第三句の「相逢相失」と一致する表現が見られる。

また、大宰府に左遷されてからの作として大鏡（時平伝）にも見えて著名な、「不レ出レ門。七言」（菅家後集（四七八））にもその影響は窺われる。

中懐好逐孤雲去　中懐[29]は　孤雲の去るを好く逐《お》ふ
外物相逢満月迎　外物は　満月の迎ふるに相逢ふ

（門を出ずとも、心は孤雲の飛び去るのをよく逐う。景物としては満月が迎えるのに出会う——人との交流はなくとも自分の精神は飛翔し、自然との交流を楽しむことができる——）

右の「逐孤雲」は、劉詩第二首第二句の「逐暮雲」に、「相逢」は、第一首第三句の「相逢相失」によるのであろう。従って、道真の自由に空を往来する雲を追い慕うという発想は、もともとは、死んだ鄂姫の魂の飛翔の表現を襲うものであり、満月との出会いは鄂姫との出会いから派生したものと考えられるのである。

道真の歌「山別れとびゆく雲のかへりくるかげ見る時はなほたのまれぬ」（大鏡・時平伝、新古今集巻十八雑下（一六九三））にも、雲に自由の身を思い描くという同様の発想があり、間接的には劉詩に基づくものと言えよう。

道真より約百年後、紫式部はこの劉禹錫詩を源氏物語葵巻で効果的に用いている。葵上の死去を夫の光源氏と兄の頭の中将が悲しむ場面で、晩秋の夕暮れに時雨が降り、二人が「霜枯れの前栽」をながめている時に、光源氏が「雨となり雲とやなりにけむ、今は知らず」と劉詩第一首の第四句を誦すのである。愛人を失った劉禹錫の悲しみを、葵上を失った光源氏が追体験するという構図である。[30] そこに見られる頭の中将と光源氏の和歌の唱和は、劉白の唱和詩に触発されて構成されたものであろう。

〔頭の中将〕
「雨となりしぐるる空の浮雲をいづれのかたとわきてながめむ
行方なしや」とひとり言のやうなるを、

〔光源氏〕
見し人の雨となりにし雲居さへいとど時雨にかきくらすころ　（葵・一〇〇）

劉詩に見られる「雨」「雲」「(女の)魂」のモチーフは、葵巻の本文に利用されているが、「霜枯れの前栽」から引く続く「枯れた花」のモチーフもこの場面を特徴づけていることを別に論じた。[31]

〔光源氏〕
草枯れのまがきに残るなでしこを別れし秋のかたみとぞ見る　（葵・一〇二）

〔大宮〕
今も見てなかなか袖を朽たすかな垣ほ荒れにしやまとなでしこ　（葵・一〇三）

また、「霜の花白し」とある所に、

君なくて塵つもりぬるとこなつの露うち払ひいく夜寝むらむ

一日《ひとひ》の花なるべし、枯れてまじれり。（葵・一一〇）

これらの「枯れた花」は、主に葵上の喩えとなっているが、白詩の「西風北雪南花を殺《か》らす」から発想されたと考えたのである。劉白の三首の唱和詩が、場面構成の根本にある。

四、劉白詩と源氏物語の幻巻

源氏物語の幻巻は、その直前の御法巻で紫上が死に、光源氏がひたすらに紫上を悼むという内容になっている。春から年末に至る一年を通じての光源氏の悲しみの表現は「長恨歌」(32)（巻十二〔〇五九六〕）を多用しており、あたかも桐壺巻における桐壺更衣を失った時の帝の悲しみに呼応するかのようである。その中の夏から秋にかけての場面を取り上げて、漢詩文との関わりを見て行きたい。和歌には便宜上(1)〜(6)の番号を付した。(4)のみが女房の中将の君の歌で、残りはすべて光源氏の歌である。

いと暑きころ、涼しきかたにてながめ給ふに、池の蓮《はちす》の盛りなるを見給ふに、いかに多かる、などまづおぼし出でらるるに、ほれぼれしくて、つくづくとおはするほどに、日も暮れにけり。ひぐらしの声はなやかなるに、御前の撫子《なでしこ》の夕ばえを一人のみ見給ふは、げにぞかひなかりける。

(1)　つれづれとわが泣き暮らす夏の日をかことがましき虫の声かな

蛍のいと多う飛びかふも、「夕殿《せきでん》に蛍飛んで」と、例の、古言もかかる筋にのみ口馴れ給へり。

(2)　夜を知る蛍を見てもかなしきは時ぞともなき思ひなりけり

七月七日も、例に変りたること多く、御遊びなどもし給はで、つれづれにながめ暮らし給ひて、星合見る人もなし。まだ夜深う、一所《ひとところ》起き給ひて、妻戸を押しあけ給へるに、前栽の露いとしげく、渡殿《わたどの》の戸よりとほりて見わたさるれば、出で給ひて、

(3) たなばたの逢ふ瀬は雲のよそに見て別れのにはに露ぞおきそふ

風の音さへただならずなりゆくころしも、御法事のいとなみにて、ついたちころはまぎらはしげなり。今まで経にける月日よ、とおぼすにも、あきれて明かし暮らし給ふ。

（中略）

中将の君の扇に、

(4) 君恋ふる涙は際《きは》もなきものを今日をば何の果てといふらむ

と、書きつけたるを取りて見給ひて、

(5) 人恋ふるわが身も末になりゆけど残り多かる涙なりけり

と、書き添へ給ふ。

（中略）

雲居をわたる雁《かり》の翼も、うらやましくまもられ給ふ。

(6) 大空をかよふ幻《まぼろし》　夢にだに見え来《こ》ぬ魂《たま》の行方たづねよ

（幻・一四七）

「長恨歌」が表立って使われているのは、光源氏が誦した「夕殿に蛍飛んで」という句と、光源氏の(6)「大空を」歌である。巻名の「幻」はこの歌によっており、巻の中核に来る場面と言えよう。玄宗の命を受けた方士が蓬萊山まで行って楊貴妃の魂を求めたという「長恨歌」を承けて、方士（まぼろし）を要請してでも亡き紫上の魂の行方

を求めたいという。

　それればかりではなく、「池の蓮のさかりなるを」といって涙を流すところは、「長恨歌伝」の「池蓮夏開（中略）則天顔不レ怡」、或いは「長恨歌」の「帰来池苑皆依レ旧、太液芙蓉未容柳。対レ此如何不二涙垂一、芙蓉如レ面柳如レ眉」と関わりがあるし、七夕の場面の存在は、「長恨歌」での「比翼連理」の誓いの日の七月七日を意識したものであろう。

　また、「夕殿に蛍飛んで」という句を含む「長恨歌」の一聯、「夕殿蛍飛思悄然、秋燈挑尽未レ能レ眠」は、和漢朗詠集（恋〔七八二〕）に摘句されている。この「蛍」の連想から光源氏は(2)「夜を知る」歌を詠むが、これも和漢朗詠集に見える許渾の「蒹葭水暗蛍知レ夜、楊柳風高雁送レ秋」（蛍〔一八七〕、千載佳句・秋興〔一七二〕）によることが従来から指摘されている。この聯で「蛍」と対になる「雁」は、(6)「大空を」歌を詠む機縁となったと思われる。

　これらのことから、上掲の場面は、「長恨歌」的場面であると同時に、和漢朗詠集的場面であると捉えることができる。その視点から見るならば、「泣き暮らす」「夏の日」と、歌中に「ひぐらし」を詠みこんだ(1)「つれづれと」歌も和漢朗詠集所載の道真の句「今年異レ例腸先断、不二是蝉悲一客意悲」（蝉〔一九五〕）と較べると、人と蝉が相手にかこつけて泣（鳴）き、或いは悲しむという点において、表現が似ていることに注意されよう。和漢朗詠集では夏部の中で蛍部の次に蝉部が来てもいる。

　七夕の場面の(3)「たなばたの」歌も和漢朗詠集に、やはり道真の作で「露応二別涙一珠空落、雲是残粧鬟未レ成」（七夕〔二一四〕）とあって、雲と別れの露の涙とが使われている点で表現が似ている。「風の音さへただならず」というのも、同集の「秋はなほ夕まぐれこそただならね荻の上風萩の下露」（秋興〔二二九〕）によった表現である。

　同様に、(5)「人恋ふる」の歌についても、同集に同想の句があることを指摘したい。それは、「懐旧」部〔七四二〕の白居易の五言絶句である。

長夜君先去　　長夜　君先づ去る
残年我幾何　　残年　我れ幾何《いくそばく》ぞ
秋風襟満涙　　秋風《しうふう》　襟涙に満つ
泉下故人多　　泉下に　故人多し

親しい者の死と涙、自分の人生の残り少なさへの嘆きなどが共通しているのである。(5)歌の前提には秋八月の「風の音」があり、「秋風」においても両者は共通する。

白居易の原詩は「微之・敦詩・晦叔相次長逝、巋然自傷、因成㆓二絶㆒」（其二）」（巻六十四〔三〇七九〕）で、元稹、崔群（敦詩）、崔玄亮（晦叔）らの友人に先立たれた悲しみを詠み、劉禹錫の唱和詩もある。「楽天見㆑示㆑傷㆓微之・敦詩・晦叔三君子㆒。皆有㆓深分㆒。因成㆓是詩㆒以寄」（外集巻二〔〇七〇二〕）がその詩である。

吟君歎逝双絶句　　君が歎逝の双絶句を吟ず
使我傷懐奏短歌　　我れをして懐ひを傷め　短歌を奏せしむ
世上空驚故人少　　世上空しく驚く　故人の少きを
集中唯覚祭文多　　集中唯《ただ》覚ゆ　祭文の多きを
芳林新葉催陳葉　　芳林の新しき葉は　陳《ふる》き葉を催《うな》がす
流水前波譲後波　　流水の前の波は　後《のち》の波に譲る
万古到今同此恨　　万古今に到るまで　此の恨みを同じくす
聞琴泪尽欲如何　　琴を聞き泪《なみだ》尽くるを　如何せんと欲す

涙が尽きるほど流れる、と劉禹錫は友の死を悼む白居易の心情に同情する。同様に、幻巻においても際限のない涙を詠んだ中将の君の(4)「君恋ふる」歌があり、それに応えて白詩と似る光源氏の歌が作られている。元稹らを悼む劉白の唱和詩が紫上を失って悲しむ中将の君と光源氏の歌のやりとりの場面を形成する機縁となったのではないか。

さて、(3)「たなばたの」歌との類似を指摘した道真句の全詩（菅家文草〔三四六〕）は次のような七言律詩である。

七月七日、代㆓牛女㆒惜㆓暁更㆒、各分㆓一字㆒、応㆑製。探㆓得程字㆒

年不再秋夜五更　　年《とし》再び秋ならず　夜《よる》五更
料知霊配暁来情　　料《はか》り知る霊配　暁来《きた》る情《こころ》
露応別涙珠空落　　露は応に別れの涙なるべし　珠《たま》空しく落つ
雲是残粧髻未成　　雲は是れ残んの粧《よそほひ》　髻《もとどり》未だ成らず
恐結橋思傷鵲翅　　橋を結ぶを恐れて　鵲《かささぎ》の翅《はね》を傷めんことを思ふ
嫌催駕欲啞鶏声　　駕を催《うなが》すを嫌ひて　鶏《とり》の声を啞《おふし》ならしめんと欲す
相逢相失間分寸　　相逢ひ相失なふ　間《あひだ》分寸
三十六旬一水程　　三十六旬　一水の程《ほど》

右詩の第七句は、すでに述べたように劉禹錫の「有㆑所㆑嗟」詩に由来する。この劉詩は葵巻に引用され、紫式部は熟知していた。その紫式部が道真のこの詩を読んだとすると、劉詩の語句「相逢相失」が共通することにすぐ気づいたであろう。道真が、牽牛と織女の後朝の別れの表現に、劉禹錫が愛人と死別した折の表現を用いたことを理解したはずである。

劉詩では「相逢相失」は、出会い、愛し合い、そして結局は死別せねばならなかった悲しみの表現だが、それを道真は一年に唯一度の出会いと一年後でなければ会えない別れの表現に変えた。紫式部は再び劉詩に立ち戻って、愛し合う者の死別の表現に置き換えたということであると思う。牽牛と織女とは出会い（相逢）そして翌朝別れる

（相失）。自分と紫上も出会い（相逢）そして死別した（相失）。だから露が牽牛と織女の別れの涙に思える（応㆓露別涙㆒）が、空の上の二人は来年再会できるけれども、自分はもう紫上には永久に会えない。それで、ますます涙が流れるのである。

和漢朗詠集中の摘句された作品を単に利用するのではなく、出典となった元の作品を正しく理解できて初めてなせる表現のように思える。

以上、述べてきたように、元白・劉白等の人間関係への理解が、菅家文草、田氏家集などの詩文や、源氏物語などに活かされている。平安朝文学における白詩の受容は根本的なものがあるが、広い意味での受容ということであれば、周辺の元稹、劉禹錫等の作品へも目を配らなくてはならないであろう。

注

（1）花房英樹氏『白居易研究』第二章「白居易文学集団」参照。

（2）花房氏『白氏文集の批判的研究』第二部一「唱和集復原」、及び注1の同氏著書の第二章二「唱和集団の文学」、三「唱和集の成立」参照。

（3）本文引用は白居易詩は那波本、元稹詩は影宋鈔本『元氏長慶集』、劉禹錫詩は紹興本『劉賓客文集』によった。なお、劉禹錫詩の作品番号は花房英樹氏『劉禹錫作品資料集』（油印本）によった。

（4）「雪裏高山」の聯は、劉禹錫「蘇州白舎人寄㆓新詩㆒、有㆘歎㆓蚤㆑白無㆑児之句㆖、因以贈㆑之」（外集巻一（〇六〇二））中に見え、「沈舟側畔」の聯は、同「訓㆘楽天揚州初逢㆓席上㆒見㆖贈」（外集巻一（〇六〇五））中に見える。いずれも白居易との唱和詩。

（5）金子彦二郎氏『平安時代文学と白氏文集―道真の文学研究篇第一冊―』第二章「白氏文集渡来考」、及び太田晶二郎氏「白氏詩文の渡来について」（『解釈と鑑賞』二十一巻六号、昭和三十一年六月、『太田晶二郎著作集』第一冊所収）参照。

（6）注5の太田氏論文に、宋史（芸文志）に「元稹白居易李諒杭越寄和集一巻」と著録し、承和六年（八三九）伝来の慈覚大師在唐送進録に「杭越寄和詩幷序一帖」などあると指摘する。日本国見在書目録に「杭越寄詩二十二。月詩題上官儀注」とあるのは、「杭越寄（和）詩二。十二月詩題上官儀注」の誤りではないか、とするので従う。

（7）金子彦二郎氏『増補平安時代文学と白氏文集―句題和歌・千載佳句研究篇―』四八二頁以下による。

（8）白居易の詩語「詩仙」は、平岡武夫・今井清両氏編『白氏文集歌詩索引』によれば、「待レ漏入レ閣書レ事、奉レ贈二元九学士閣老一」（巻十九（一二二五））に、「詩仙帰二洞裏一、酒病滞二人間一」の一例のみがあり、元稹を指している。

（9）注5の金子氏著書第四章「古今和歌集序の新考察」参照。

（10）第Ⅰ章「花も実も―古今序と白楽天―」参照。

（11）注1の花房氏著書第三章二「「詩魔」の吟詠」、及び平岡武夫氏『白居易』の「江州左遷と詩魔の発見」参照。

（12）川口久雄・若林力両氏『菅家文草　菅家後集　詩句総索引』を参照した。

（13）「詩魔」の語、及び本詩の第一句「曾向二空門一学二坐禅一」は、白居易の「閑吟」（巻十六（一〇〇四））に「自ヨ従苦学二空門法一、銷尽平生種種心。唯有二詩魔一降未レ得、毎レ逢二風月一一閑吟」とあるのによろう。また、本詩第八句「不レ作二詩魔一即酒顚」は、白居易「酔吟二首・其二」（巻十七（一〇六五））の「酒狂又引二詩魔一発、日午悲吟到二日西一」によろう。白居易の二首はいずれも江州左遷中の作である。

（14）第二部第Ⅲ章「平安朝文学における「かげろふ」について―その仏教的背景―」において、本来蜘蛛が糸に乗って飛ぶさまをいう「遊糸」が、道真等では「陽炎」（かげろふ）と把握されていたであろうと述べた。

（15）注5の金子氏著書、及び小島憲之氏『国風暗黒時代の文学　中（上）』六〇九頁以下参照。金子氏は、篁が大宰府に逗留していた唐人沈道古と元白唱和体に倣う唱和をしていたことを指摘する。記事は、文徳実録仁寿二年（八五二）十二月二十二日条の篁卒伝中に「近者大宰鴻臚館、有二唐人沈道古者一。聞三篁有二才思一、数以二詩賦一唱レ之。毎レ視二其和一、常美二艶藻一」と見える。この時の篁の詩「和下沈卅感二故郷応レ得二同時一見レ寄之作上」が残巻扶桑集（巻七、贈答部）に残り、岳守が「元白詩筆」を得た時よりも一年早い承和四年（八三七）冬頃の作と推測されることについては、小島氏著書六四〇頁以下参照。

(16)「元白」の例としては、注7の金子氏著書八七頁以下に次の例などを挙げる。紀長谷雄「延喜以後詩序」（本朝文粋巻八〔二〇一〕）の「乗レ酔執二予手一曰、元白再生、何以加レ焉」、源英明「復賦二雲字一」（扶桑集巻七）の「吟詩便是長生計、不レ信応下尋二元白一聞上」、紀斉名「三月尽、同賦二林亭春已晩一、各分二一字一、応レ教」（本朝文粋巻八〔二二〇〕）の「皇唐以降、元白之流、粗布二篇章一、垂二之竹帛一」、具平親王「贈二心公一古調詩」（本朝麗藻巻下）の「韻古潘与レ謝、調新白将レ元」、高階積善「夢中同謁二白太保・元相公一」（同）の、「二公身化早為レ塵、家集相伝属二後人一」及び「風聞在昔紅顔日」の句に付された自注「余少年時、先人対レ余、常談二元白之故事一」など。なお、御堂関白記寛弘元年（一〇〇四）十月三日条に、「（源）乗方朝臣、集注文選幷元白集持来。感悦無レ極。是有二聞書等一也」とある。

(17)島田忠臣の作品については、小島憲之監修『田氏家集注』（巻之上・中・下）参照。筆者も分担執筆している。

(18)拙稿「元白・劉白の文学と源氏物語―交友と恋の表現について―」（『源氏物語と漢文学』和漢比較文学叢書第十二巻。新間『源氏物語と白居易の文学』所収）において、元白・劉白の交友の表現と源氏物語の花宴・葵・須磨巻との関連について述べた。

(19)引用は、江談抄研究会編『古本系江談抄注解』の第八六条。また、一四八条で、道真の「低レ翅沙鷗潮落暁、乱レ糸野馬草深春」（菅家文草「晩春遊二松山館一」〔二二二〕、和漢朗詠集・暮春〔四六〕）の句が、元稹の「擺レ塵野馬春無レ暖、拍レ水沙鷗湿翅低」と相似るとするが、後者は白居易の「答二微之見レ寄」（巻五十三〔二三二七〕）の句であることを同書は指摘する。

(20)以下、元稹詩による句題については、注7の金子氏著書五八一頁以下を参照した。なお、金子氏は、「春雪映二早梅一」の句題に、「唐試題」と注記する。これについては、文苑英華（巻百八十二、省試三）に、庾敬休「春雪映二早梅一」があり、省試題であったことが分かる。

(21)大塚英子氏「嵯峨詩壇の中唐詩摂取に関する試論―落花篇と韓愈―」（『中古文学と漢文学I』和漢比較文学叢書第三巻）に、「上番」の語が元稹詩にあるという指摘がある。ただし、氏は韓愈詩の影響も考えておられる。

(22)「椶」字は、影宋鈔本では「援」字に作る。

（23）白居易に、「寒気早」という発想に類する以下の例がある。「重賦」（巻二〔〇〇七六〕）の「悲喘与二寒気一、併入二鼻中一辛」、「和三銭員外早冬翫二禁中新菊一」（巻十四〔〇七四九〕）の「禁署寒気遅、孟冬菊初拆」、「秋暮郊居書レ懐」（巻十三〔〇六八五〕）の「窮巷厭二多雨一、貧家愁二早寒一」。特に「重賦」の例は民衆の窮状を詠んだ諷諭詩である点で関連が深い。

（24）注7の金子氏著書五八二頁に指摘する。

（25）家永三郎氏『上代倭絵全史』改訂版四七頁参照。なお、御堂関白記寛仁二年（一〇一八）十月二十二日条に「佐理書唱和集」とあり、通憲入道蔵書目録の第百九櫃に「二巻唱和集　上下」、通憲書の櫃に「唱和集　二巻」とあることについても同書に記す。

（26）注24に同じ。

（27）渡辺秀夫氏『平安朝文学と漢文世界』第四篇「願文の世界」五八二頁参照。

（28）引用は、定家の奥入（定家自筆本、葵巻）に載せる本文により、訓読も主にそれに従う。なお、紹興本は「両」を「尽」に作り、「暮」を「莫」に作る。

（29）「中懐」「外物」の語については、菅野礼行氏『平安初期における日本漢詩の比較文学的研究』一四五頁以下参照。氏は、この二語が対になっている白居易の二例を挙げ、道真の場合は「心」と「身」の意味であろうと考えておられる。しかし、劉禹錫にも「酬二楽天七月一日夜即事見レ寄」（外集巻二〔〇六九五〕）に、「外物豈不レ足、中懐向レ誰傾」とあり、この「外物」は景物の意と読める。道真の場合もその意で解釈した。

（30）天野紀代子氏「交友の方法―沈淪・流謫の男同志―」（『文学』五十巻八号、昭和五十七年八月）、及び注27の渡辺氏著書五八一頁参照。

（31）注18の拙稿参照。

（32）「長恨歌」については、第Ⅳ章「白居易の長恨歌―日本における受容に関連して―」参照。

IV　白居易の長恨歌

――日本における受容に関連して――

一、「長恨歌」の成立、流行、研究史

白居易の作品の中で、もっとも愛されて来たのは玄宗皇帝と楊貴妃の悲恋を描く「長恨歌」（巻十二〔〇五九六〕）であろう。この著名な作品はどのような形態で読まれて来たのであろうか。単行の場合もあったろうし、白氏文集の一部として読まれたこともあろう。白氏文集中では、鎌倉旧鈔本の金沢文庫本をはじめ、那波本、馬元調本等の刊本においても「長恨歌」の前にあたかもその序文のごとくに白居易の友人陳鴻の「長恨歌伝」が配置されている。「長恨歌」を収める金沢文庫本白氏文集巻十二は、会昌四年（八四四）四月十四日に入唐僧恵蕚《えがく》が蘇州南禅院において書写したものの重鈔本であり、原本は南禅院に奉納された白居易手定の六十七巻本白氏文集とされる。(1)従って、「長恨歌伝」「長恨歌」と並ぶこの配列は白居易自身の意思によるものと認められる。この二作品は併せて読まれることが期待されており、「長恨歌伝」の存在は重要である。この「長恨歌伝」などの周辺作品を含めた玄宗と楊貴妃の物語をここでは「長恨歌の物語」と呼ぶことにする。

「長恨歌」制作の由来は、「長恨歌伝」の末尾に次のように記されている。(2)

元和元年冬十二月日、太原白楽天自二校書郎一尉二于盩厔一。鴻与二琅耶王質夫一家二于是邑一。暇日相携遊二仙遊寺一。
語及二此事一、相与感歎。質夫挙二酒於楽天前一曰、夫希代之事、非下遇二出世之才一潤中色之上、則与レ時銷没、不レ聞二

于世一。楽天深二於詩一、多二於情一者也。試為レ歌之、如何。楽天因為二長恨歌一。

（元和元年の冬十二月日、太原の白楽天は校書郎より盩厔《ちうしつ》に尉《ゐ》たり。鴻と琅耶《らうや》の王質夫とは是の邑《いふ》に家《いへ》せり。暇の日に相携《たづさ》へて仙遊寺に遊ぶ。語《こと》此事に及んで、相与《とも》に感歎す。質夫酒を楽天が前に挙げて曰く、夫《そ》れ希代の事は、出世の才に遇うて之を潤色するに非ずんば、則ち時と与《とも》に銷没《せうぼつ》して、世に聞えじ。楽天詩に深く、情に多き者なり。試みに歌を為《つく》らんことを如何《いかん》と。楽天因つて長恨歌を為《つく》る）

元和元年（八〇六）十二月に、白居易が陳鴻と王質夫と三人で仙遊寺に遊んだ折、玄宗と楊貴妃の話題が出て皆感嘆し、王質夫が杯を挙げつつ白居易にこの話を「歌」に作ることを勧めたという。この部分は陳鴻の創作であるとの説もあるが、現在では概ね「長恨歌」成立の由来として認められていよう。(3) 元和元年には白居易は三十五歳であり、これは「新楽府」制作の三年前、江州左遷の九年前に当たる。

こうして作られた「長恨歌」は、数年にして広く流行したことが、江州に左遷された元和十年（八一五）に親友の元稹宛に書かれた「与二元九一書」（巻二十八（一四八六））の記事により知られる。

及三再来二長安一又聞、有二軍使高霞寓者一。欲レ娉二倡妓一、妓大誇曰、我誦二得白学士長恨歌一。豈同二他妓一哉。由レ是増レ価。

（再び長安に来るに及んで又聞く、軍使高霞寓といふ者有り。倡妓を聘《へい》せんと欲するに、妓大いに誇りて曰く、我白学士の長恨歌を誦し得たり。豈に他妓と同じくせんや。是に由つて価を増す）

軍使の高霞寓が芸妓を呼ぼうとすると、芸妓は自分は白学士の「長恨歌」を暗誦できるのだから、他の芸妓と同じに見てもらいたくない、と言って花代を上げたという。

後世への影響も大きい。一例として、唐昭宗の乾寧二年（八九五）の進士である黄滔の「明皇廻レ駕経二馬嵬一賦」を挙げよう。(4) 楊貴妃が落命した馬嵬坡を再び通過する時の、彼女の魂の行方を思う玄宗の悲痛な心情を描く。

杳靄闕而難レ尋二艶質一、馬嵬而空念二香魂一。日惨風悲、到二玉顔之死処一。花愁露泣、認二朱瞼之啼痕一。莫レ不二積恨綿綿、傷心悄悄一。

（杳《えう》として靄闕《がうけつ》にして艶質を尋ね難く、馬嵬《ばくわい》にして空しく香魂を念ふ。日は惨として風は悲しく、玉顔の死せし処に到る。花愁へて露泣く、朱瞼《しゆれん》の啼きし痕《あと》を認む。積恨は綿綿とし、傷心は悄悄たらざる莫し）

一見して「艶質」「玉顔」「恨」「綿綿」「傷心」「悄悄」など「長恨歌」の語句を多用していることが知られる。

中国のみならず、わが国においてもその早い影響が認められる。小島憲之氏によれば、「与二元九一書」の書かれたわずか三年後の弘仁九年（八一八）成立の文華秀麗集巻中の巨勢識人の「奉レ和二春閨情愁一」にそれが見られるという[5]。

空牀春夜無人伴　　空牀春夜人の伴なふ無く
単寝寒衾誰共暖　　単寝寒衾《かんきん》誰《たれ》と共にか暖かならむ
鴛鴦瓦冷霜花重　　鴛鴦《ゑんあう》の瓦《かはら》冷やかにして霜花《さうくわ》重し
旧枕故衾誰与共　　旧《ふる》き枕故《ふる》き衾《ふすま》誰と共にかせむ

とあるのは「長恨歌」の楊貴妃を哀惜する玄宗の眠られぬ夜の悲しみを描いた場面の句、により、「七月七日長生殿、夜半無レ人私語時」、「芙蓉帳暖度二春宵一」などの句とも関連があるとする。遷都後間もない平安京の嵯峨天皇をめぐる当時の詩壇で、中国流行の「長恨歌」が最新の文学としてすでに読まれ始めていたことが推測される。それは、現在に及ぶ日本人の「長恨歌」愛好の第一歩であった。

十世紀の漢詩人である源英明《ふさあきら》や源順《したごう》の朗詠集所載の作にも、「長恨歌」に表現された楊貴妃の妖艶な美貌が影を落している。

写得楊妃湯後靨　　写し得たり楊妃《やうひ》が湯の後《のち》の靨《ゑくぼ》

模成任氏汗来脣　模《ぼ》し成す任氏が汗の来《のち》の脣《くちびる》
（源英明「春雨洗二花顔一」、新撰朗詠集・雨〔七五〕）

楊貴妃帰唐帝思　楊貴妃帰つて唐帝の思ひ
李夫人去漢皇情　李夫人去つて漢皇の情《こころ》
（源順「対レ雨恋レ月」、和漢朗詠集・十五夜〔二五〇〕）

英明の句は、春雨に濡れる花の比喩として、「長恨歌」に見られる楊貴妃浴後の様子と、白居易「任氏《じんし》行」(6)に登場する妖狐任氏の汗の美貌とを対として用いている。順の句では、雨の十五夜でひたすら月を慕う心を、楊貴妃を失った玄宗や李夫人を思う武帝の気持ちに擬えている。平安朝の漢詩人の見る花や月は、その背景に海彼の美女を連想する場合があった。その美女の代表が「長恨歌」の楊貴妃なのである。漢詩にとどまらず、源氏物語などの仮名作品にまでその影響が見られることは周知の事実である。

「長恨歌」の研究も幅広く行なわれて来ている。わが国での総合的な研究としては、遠藤実夫氏の『長恨歌研究』(7)（昭和九年）があり、中国、日本における後代への影響に詳しい。太田次男氏の旧鈔本本文を中心とする業績、近藤春雄氏の『長恨歌・琵琶行の研究』（昭和五十六年）をはじめとする諸論考などが重要である。下定雅弘氏の「日本における白居易の研究（戦後を中心に）上―『文集』の校勘及び諷諭詩・「長恨歌」の研究―」（『帝塚山学院大学研究論集』二十三集、昭和六十三年十二月）では、戦後の諸論文を紹介している。(補注)

昭和五十三年（一九七八）、川口久雄氏によって狩野山雪（一五九〇～一六五一）筆の「長恨歌絵巻」がダブリンのチェスター・ビーティ美術館において見出され、同氏編『長恨歌絵巻』（昭和五十七年）として出版された。このダブリン本は近世の作ではあるが、平安朝以来度々屏風、絵巻等に描かれて来た「長恨歌絵」の一端をそこから推測することが出来る。和文体の「長恨歌抄」については、国田百合子氏の『長恨歌・琵琶行抄諸本の国語学的研究資料篇』（昭和五十七年）、『同研究・索引篇』（昭和五十八年）他の研究がある。

本章では、「長恨歌」研究史の中で特に幾度か取り上げられた問題、「長恨歌」は感傷詩か諷諭詩かという主題の問題、「長恨歌序」の問題、という二点について、主に日本における受容という観点から考察を加えたい。

二、感傷詩か諷諭詩か

「長恨歌」の主題に関して、それが悲恋を歌った感傷詩であるか、それとも安禄山の乱を引き起こした玄宗と楊貴妃を批判した諷諭詩であるか、という議論が多くなされて来た。[8] 白氏文集中では、もともと感傷詩に分類されており、[9] その分類は白居易自身のものと認められているし、一般的には悲恋の作品として理解されてもいよう。それでもなお諷諭的な作品とされる主な根拠は、「長恨歌伝」の前引部に続く陳鴻の次の証言である。

意者、不三但感二其事一、且欲下懲二尤物一窒二乱階一垂中於将来上也。歌既成。使二鴻伝一焉。世所レ不レ聞者、予非二開元遺民一、不レ得レ知。世所レ知者、有二玄宗本紀在一。今但伝二長恨歌一云爾。

（意《おも》ひみれば、但だ其の事に感ずるのみにあらず、且つ尤物《いうぶつ》を懲《こら》し乱階を窒《ふさ》いで将来に垂れむを欲してなり。歌既に成りぬ。鴻をして伝をつくらしむ。世の聞かざる所の者をば、予《われ》開元の遺民に非ざれば、知ることを得ず。世の知れる所の者は、玄宗本紀在る有り。今但だ長恨歌を伝すと云ふこと爾《しか》り）

陳鴻は「長恨歌」制作の意図を、この事跡に感動するばかりではなく、「尤物」[10]（美女）の害を懲らし、乱のいとぐちを塞ぎ、将来に教訓を垂れようとするためであると記し、[11] 併せて「長恨歌伝」が白居易の要請によって作られたことを述べる。「長恨歌伝」を「長恨歌」の前に配置したのは、白居易自身と認められるので、この諷諭性を宗とする陳鴻の発言は無視し得ない。また、諷諭詩の代表作として著名である「新楽府」中の「李夫人」（〇一六〇）

詩には「長恨歌」と類似する表現もあり、「長恨歌」にも諷諭詩的な要素は確かにある。例えば、その第一句中の「傾国」の語は、単なる美女を意味するのではなく、安禄山の乱の伏線としての意味があると考えられる。国を傾けるほどの危険な美女として楊貴妃は登場している。

しかし、前述の「与二元九一書」には、

今僕之詩、人所レ愛者、悉不レ過二雑律詩与二長恨歌已下一耳。時之所レ重、僕之所レ軽。至二於諷諭一者、意激而言質。閑適者思澹而詞迂。以レ質合レ迂、宜人之不レ愛也。

（今僕が詩、人の愛する所は、悉《ことごと》く雑律詩と長恨歌已下とに過ぎざるのみ。時の重んずる所は、僕が軽んずる所なり。諷諭に至りては、意激にして言質なり。閑適は思ひ澹《たん》にして詞《ことば》迂《う》たり。質を以て迂に合はす、宜《むべ》なり人の愛せざること）

ともあって、人々の好む「長恨歌」を「雑律詩」と並列して白居易の自ら重視する諷諭詩、閑適詩からはずしている。従って、作者としては感傷詩のつもりではあろうが、「長恨歌伝」を通して読めば諷諭詩としても読み得るということになり、この主題論争では、読み手の意識の方がむしろ重要であろう。

わが国の受容の例を見てみよう。源氏物語桐壺巻で、帝と桐壺更衣との愛と死別の悲哀を玄宗と楊貴妃に擬えて描くのは、「長恨歌」の感傷詩的な受容と言えよう。(12) 帝は、宇多上皇が書かせた長恨歌屏風の絵を見ながら、更衣と生前交わした「比翼連理」の誓いを思い起こしている。

朝夕の言種《ことぐさ》に、翼《はね》をならべ、枝をかはさむと契らせ給ひしに、かなはざりける命のほどぞ、つきせず恨めしき。
（桐壺・二七）

一方、同巻の冒頭近くに、帝の桐壺更衣への偏愛ぶりに対する公卿、殿上人の批判を「かんだちめうへ人などもあいなう目をそばめつつ」と記すが、これは楊貴妃一族の専横を批判する「長恨歌伝」の「京師長吏為レ之側レ目」

（京師の長吏これが為めに目を側《そば》む）という一節を写したものである。この批判は、更衣の立場の不安定さを表わし、更衣の生んだ光源氏の政治上の不安定さにつながって行く。つまり物語の根本構想に関わる批判と言えるが、これは諷諭詩的な受容と考えられる[13]。

同様の両面的な受容は平家物語にも見られる。巻第六「小督《こごう》」では、後白河院の愛した建春門院（女御平滋子、高倉天皇母）の死に際して、やはり「比翼連理」の契りを引用している。

天にすまば比翼の鳥、地にすまば連理の枝とならんと、漢河《あまのがは》の星をさして、御契《ちぎり》あさからざりし建春門院、秋の霧にをかされて、朝《あした》の露ときえさせ給ぬ。

（日本古典文学大系による）

また、巻一「禿髪《かぶろ》」には、清盛の命を受けて赤い直垂《ひたたれ》を着、髪をかぶろ（おかっぱ頭風）に切り揃えた少年三百人が、平氏を批判する者を問答無用に捕らえるところがあり、その横暴さは次のように批判されている。

六波羅殿の禿《かぶろ》といひてしかば、道をすぐる馬、車もよぎてぞとほりける。禁門を出入《しゅつにふ》するといへども、姓名を尋ねらるるに及ばず、京師の長吏是が為に目を側《そば》むとみえたり。

「禁門云々」はやはり「長恨歌伝」の「出二入禁門一不レ問二名姓一、京師長吏為レ之側レ目」（禁門に出入するときに名姓をだも問はれず、京師の長吏これが為めに目を側む）により、少年達及び彼等を背後であやつる平清盛に対する政治批判となっている。なお、「長恨歌伝」の「名姓」の語は、金沢文庫本、管見抄本等の旧鈔本にはあるが、那波本等の刊本系ではこの二字を欠いており、平家物語の「姓名」が旧鈔本系の本文によっていることが知られる。

このように多少性格の違う両作品において、場合に応じて長恨歌の物語を感傷詩的にも諷諭詩的にも利用していることが分かるが、さらに浄土教を背景にする仏教的立場から読まれる場合もあった。

平安末の平治元年（一一五九）に制作された「長恨歌画図」は現存しないが、藤原通憲の手になるその「跋」[14]は今に残って、その制作意図を二条に分けて説明する。一つは、後代の「聖帝明王」がこの図を開いて「政教之得失」を慎むのを期待することであり、今一つは「厭離穢土《おんりえど》之志」を持つ者に福貴、栄楽は夢のごとくであることを知らせる機縁とすることである。前者では、長恨歌の物語を諷諭的に受容していることになり、後者では、阿弥陀仏に極楽往生を願う当時の浄土教思想から長恨歌の物語を見ている例となる。

こうした長恨歌の物語の受容は源氏物語掉尾の夢の浮橋巻にも見られるとかつて論じたことがある(15)が、その源流は、本朝文粋等に収められた女人追悼の願文にあろう。一例として、大江朝綱の「為二左大臣息女女御四十九日一願文」(16)を見てみよう。

(前略)伏惟、女御贈従四位上藤原朝臣者、弟子最少之児也。養在二深窓一、外人不レ識。蕙心春浅、未レ及二二八之齢一。蘭質秋深、初備二三千之列一。常念、一家之子孫、附二門戸於其顧一、満園之草木、期二栄枯於彼恩一。何図、楽未レ央哀先至、福漸始禍早成。花前辞レ恩、不レ見二掖庭之月一。燈下告レ別、長失二朝露之光一。宛転不レ閑、如レ臥二鑪炭之上一。迷惑失レ拠、似レ入二重霧之中一。(中略)漢宮入レ内之夜、傍二花輦一而成レ歓。荒原送レ終之時、混二松風一而添レ哭。綿綿此恨、生生何忘。(中略)今日一念、於レ是而尽。唯願大悲、導二此中志一。乃至三千界之中、与レ我同レ哀者、併超二生死之流一、令レ到二菩提之岸一。稽首和南、敬白。

(前略)伏して惟ふに、女御贈従四位上藤原朝臣は、弟子最少の児なり。養はれて深窓に在り、外人識らず。蕙心春浅し、いまだ二八の齢《よはひ》に及ばず。蘭質秋深し、初めて三千の列に備はる。常に念ふ、一家の子孫、門《もん》戸《こ》を其の顧に附し、満園の草木《さうもく》、栄枯を彼の恩に期すことを。何ぞ図《はか》らんや、楽しびいまだ央《つ》きずして哀しみ先づ至り、福漸《やうや》く始まりて禍《くわ》早くも成らんことを。花前に恩を辞して、掖庭《えきてい》の月を見ず。燈下に別れを告げて、長く朝露《てうろ》の光を失ふ。宛転《ゑんてん》として閑《しづ》かならず、鑪炭《ろたん》の上に臥すが如し。迷惑して拠《よりどころ》を失ふ、重霧の中《うち》に入るに似たり。(中略)漢宮内に入る夜、花輦《くわれん》に傍《そ》ひて歓びを成し、荒原終《はて》を送る時、松風《しようふう》に混じて哭《ね》を添ふ。綿綿たる此の恨み、生生《せいせい》何ぞ忘れん。（中略）今日の一念、是に於いて尽きぬ、唯《た》だ願はくは大悲《だいひ》、此の中志を導きたまへ。乃至《ないし》三千界の中《うち》、我れと哀しみを同じくする者は、併びに生死《しやうじ》の流れを超え、菩提の岸に到らしめん。稽首和南《けいしゆわなん》、敬《つつし》んで白《まう》す。）

早逝した女御の華やかな生と悲惨な死を楊貴妃的に描き、玄宗の悲しみのごとくに父親の悲しみを描く。柿村重松著『本朝文粋註釈』の「長恨歌」関係の注としては、「深窓」に「楊家有レ女初長生、養在二深閨一人未レ識」、「三千」に「後宮佳麗三千人、三千寵愛在二一身一」、「門戸」に「姉妹弟兄皆列土、可レ憐光彩生二門戸一」、「綿綿」に「天長地久有レ時尽、此恨綿綿無二絶期一」を各々通行本により注する。しかしながら、注に用いる「長恨歌」の本文は旧鈔本によるべきであろう。例えば金沢文庫本では、「養在二深窓一人未レ識」、「漢宮佳麗三千人」となっているのである。願文中の「深窓」「漢宮」の語はこの句による。

柿村注の指摘以外にも「楽未レ央哀先至」は「長恨歌伝」の「時移事去、楽尽悲来」に、「傍二花輦一而成レ歓」は、「長恨歌」の「与レ上行同レ輦」、及び「長恨歌」の「承レ歓侍レ寝無二閑暇一」に、「今日一念」は「長恨歌伝」の「由二此一念一、又不レ得レ居レ此」による。或いは、娘に先立たれた父親の苦しみを表わす「宛転」の語も、「長恨歌」の「宛転[17]蛾眉馬前死」によるのかも知れないし、「生死」も「悠悠生死別経レ年」と「長恨歌」に見える語である。

生死の流れを超えて菩提の岸へ到らしめたいというのが、願文の眼目である。こうした願文では、蓬莱山の仙女に生まれ代わった楊貴妃のような存在は、六道に輪廻して極楽に往生し得ない故に、否定すべきものとして描かれることがある。

願莫下引二専夜之昔恩一、以輪中廻於巫嶺之雨上。願莫下憶二七夕之旧契一、以悵中望於驪山之雲上。宜下受二鶏足金縷衣一、速登中鷲頭紅蓮之座上。

（願はくは専夜の昔恩《せきおん》に引かれ、以て巫嶺《ふれい》の雨に輪廻すること莫れ。願はくは七夕《しちせき》の旧契を憶ひ、以て驪山《りざん》

の雲を悵望すること莫れ。宜しく鶏足金縷《けいそくこんる》の衣を受け、速やかに鷲頭紅蓮《じゆとうぐれん》の座に登るべし
（大江匡房「円徳院供養願文」、応徳三年（一〇八六）、本朝続文粋巻十三）

楊貴妃が受けたような「専夜」の帝の恩や「七夕」の「比翼連理」の契りを忘れられず、輪廻して巫山の神女や驪山を悵望する蓬萊山の楊貴妃のようになってはいけない、ひたすら極楽の蓮の上に往生せよと願う。

「長恨歌」はこのように諷諭詩として、感傷詩として、ある場合には浄土教の背景をもって読まれ、新たに作品化されて来たのである。

三、「長恨歌序」について

わが国で単行で流布した「長恨歌」には、「長恨歌序」が付されたものがある。この序文は鎌倉時代頃の日本人の手になる偽作であるとの見方が通説化しているが[18]、その内容にはなお検討すべきところがあろう。

現存最古の写本とされるのは正安二年（一三〇〇）写の正宗敦夫文庫本で、「長恨歌伝」「長恨歌序」「長恨歌」を併せて一巻とし、奥書によれば、文永五年（一二六八）に菅家の宗本を以て書写したものの重鈔本という[19]。これを信ずれば、現在の形になったのは一二六八年以前である。

その「長恨歌序」全文を正宗敦夫文庫本から引用する（訓読等については一部改めたところがある）。

長恨歌序

長恨者楊貴妃也。既葬二於馬嵬一。玄宗却三復宮闕一与二貴妃一闕。思悼之至、令三方士求二致其魂魄一。昇レ天入レ地求レ之不レ得。乃於二蓬萊山仙室一、忽見二素貌一、惨然流レ涙、謂二使者一曰、我本上界諸仙、先与二玄宗一有二恩愛一之故、謫三居於下世一、得レ為二夫妻一。既死之後、恩愛已絶。今汝来求レ我、恩愛又生。不レ久帰二於人世一、得レ為二配偶一。以

㆑此為㆓長恨㆒耳。使者曰、天子使㆓我至㆑此。既得㆓相見㆒。願得㆓平生所㆑翫之物㆒、以明㆑不㆑謬。乃授㆓鈿合一扇金釵一盤㆒、与㆑之曰、将㆑此為㆑験。使者曰、此当用物。不㆑足㆑為㆑信。曾与㆓至尊㆒平生有㆓何密契㆒。願得以聞。答云、七月七日夜、長生殿私語時、曾復記否。使者還、因以㆓鈿合金釵㆒奏㆓御玄宗㆒。咲曰、此世所㆑有。豈得㆓相怡㆒。使者乃固以㆓貴妃密契㆒以聞。玄宗流涙慟絶良久。謂㆓使者㆒曰、乃不㆑謬矣。今世人猶言、玄宗与㆓貴妃㆒、処㆓世間㆒為㆓夫妻之至㆒矣。歌曰、（以下「長恨歌」が続く）

（長恨といふは楊貴妃なり。既に馬嵬に葬《うづも》れり。玄宗宮闕《きゆうけつ》に却《かへ》り復《かへ》つて貴妃と闕《けつ》す。思悼《したう》の至り、方士をして其の魂魄を求め致さしむ。天に昇り地に入りて、之れを求むれども得ず。乃ち蓬萊山の仙宮にして、忽ち素貌《そばう》を見る。惨然として涙を流して、使者に謂《かた》つて曰く、我れは本《もと》上界の諸仙なり。先に玄宗と恩愛有りし故に、下世に謫居《たつきよ》して、夫妻と為《な》ることを得たり。既に死しての後《のち》、恩愛も已《すで》に絶えぬ。今汝《なんぢ》が来りて我を求めむに、恩愛又生《な》れり。久しからずして人世《じんせい》に帰りて、配偶為《た》ることを得む。此を以て長恨為《た》らまくのみ。使者の曰《まう》さく、天子我れをして此《ここ》に至らしむ。既に相見《まみ》ゆることを得たり。願はくは平生に翫《もてあそ》ぶ所の物を得て、以て謬《あやま》らざることを明らかにせむ。乃ち鈿合《でんごふ》一扇金釵《せんきんさ》一盤を授く。之を与へて曰く、此れを将《も》つて験《しるし》と為《せ》よ。使者の曰《まう》さく、此れは当用の物なり。信と為《す》るに足らず。曽《むかし》至尊と平生に何《いか》なる密契か有りし。願はくは得て以聞《いぶん》せむ。答へて云く、但《た》だ七月七日の夜長生殿にして私《ひそ》かに語りし時、曾《かつ》て復た記《き》すや否や。使者の還りて、因りて鈿合金釵を以て玄宗に奏御《そうぎよ》す。咲《わら》ひて曰はく、此れは世に有《あ》らゆる所なり。豈《あ》に相怡《よろこ》ぶことを得むや。使者乃ち固く貴妃の密契を以て以聞す。玄宗に流涙慟絶することを良久《やや》し。使者に謂《い》つて曰《のたまは》く、乃ち謬らざりけり。今の世の人猶言ふ、玄宗と貴妃と、世間に処して夫妻の至り為《た》らむと。歌に曰く）

内容は、馬嵬坡でこの世を去り、蓬萊山に生まれ変わった楊貴妃と方士との会話を主体とする。「長恨歌」と相違する点がいくつかあるが、そのうちの二点を問題としたい。第一は、楊貴妃はもと「上界諸仙」であり、玄宗と「恩愛」があった故に罪を得て下界に生まれ変わって夫婦になったという二人の前世と夫婦になった由来が語られていること、第二は、方士が「金釵鈿合」の証拠としての効果に疑いを持ち、玄宗との「密契」を要求して、楊貴妃から「七月七日夜、長生殿私語時」のことを覚えているかどうかと申せ、という言葉を引き出したことである。[20]

まず、第一点の二人の前世について考える。「長恨歌伝」にもこうした記述はないので、一見日本で創作されたようにも見えるが、太平広記（巻二十、神仙二十）に類似の内容を持つ「楊通幽」と題された説話がある。楊通幽は玄宗に依頼を受けて、亡き楊貴妃を蓬萊山で見出した方士の名で、もと什五と称した。[21]

楊通幽本名什五。（中略）玄宗幸レ蜀、自二馬嵬之後一属二念貴妃一、往往輟レ食忘レ寐。近侍之臣、密令三求二訪方士一、冀三少安二聖慮一。或云、楊什五有二考召之法一。（中略）後於二東海之上、蓬萊之頂、南宮西廡一、有二群仙所一レ居。上元女仙太真者、即貴妃也。謂二什五一曰、我太上侍女、隷二上元宮一。聖上太陽朱宮真人。偶以二宿縁世念一、其願頗重。聖上降三居於世一、我謫レ於二人間一、以為二侍衛一耳。此後一紀、自当二相見一。願善保二聖体一、無二復意念一也。乃取二開元中所一レ賜金釵鈿合各半、玉亀子一一、寄以為レ信。曰、聖上見レ此、自当レ醒レ憶矣。言訖流涕而別。什五以二此物一進レ之。上瀞然良久、乃曰、師昇レ天入レ地、通レ幽達レ冥、真得レ道神仙之士也。手筆賜二名通幽一。（後略）

出二仙伝拾遺一

（楊通幽は本名什五《じふご》たり。（中略）玄宗蜀に幸《みゆき》し、馬嵬の後より念ひを貴妃に属《つ》け、往往にして食を輟《や》め寐《び》を忘る。近侍《きんじ》の臣、密かに方士を訪ね求めしめ、少しく聖慮を安んずるを冀《こひねが》ふ。或ひと云く、楊什五に考召の法有りと。（中略）後に東海の上、蓬萊の頂き、南宮西廡《せいぶ》に、群仙の居る所有り。上元女仙太真は即ち貴妃なり。什五に謂ひて曰く、我れ太上の侍女にして、上元宮に隷《れい》す。聖上は太陽朱宮の真人たり。偶《たまたま》、宿縁世念を以てし、其の願ひ頗《すこぶ》る重し。聖上世に降居し、我れ人間に謫《たく》して以て侍衛為《た》るのみ。此の後一紀、自ら当《まさ》に相見るべし。願はくは善く聖体を保ちて、復た意念すること無きことをと。乃ち開元中賜ひし所の金釵鈿合の各《おのおの》半《なか》ば、玉亀子一を取りて、寄せ以て信と為す。曰く、聖上此れを見て、自ら当に憶ひを醒ますべしと。言ひ訖《をは》りて流涕《りうてい》して別る。什五此物を以て之れを進《たてまつ》る。上潸然《しやうさんぜん》とすること良久《やや》しくして、乃ち曰く、師天に昇り地に入り、幽に通じ冥に達す。真に道を得たる神仙の士なりと。手づから筆して名を通幽と賜ふ。（後略）（仙伝拾遺に出づ）

前世については、楊貴妃は天上の上元宮の侍女で、太陽朱宮の真人であった玄宗と「宿縁世念」（人間の男女のごとく愛し合う宿命）があり、二人とも下界に罪を得て生まれ変わって夫婦になった、一紀（十二年）の後に再び夫婦となるだろう、と記す。

出典注記の仙伝拾遺[22]は、五代十国の時代の前蜀の人杜光庭の撰とされる。従って、本話の説話としての成立は晩唐期以前であろう。「長恨歌序」に見えた前世に関する件りは、唐王朝ですでに類話が語り伝えられていたようである。

わが国にも、「長恨歌序」に似て楊貴妃の前世に関する件りを含む長恨歌の物語が、十一世紀初頭の成立とも言われる説話集の注好選に見える。

漢皇涕㆓密契㆒第一百一（東寺観智院本[23]による）

此漢皇別㆓楊翁女㆒之後、心肝不㆑安。夜天更難㆑明、昼英却不㆑暮。痛心安息。悲涙弥潤。於㆓方士㆒令㆑貫㆓魂魄㆒。方士昇㆓碧落㆒入㆓黄泉㆒、適於㆓蓬莱仙宮㆒見㆓索（素）貌㆒。相更問答。貴妃云、為㆑遂㆓宿習㆒、生㆓下界㆒暫為㆓夫婦㆒。使者求㆑吾丁寧得㆓相見㆒。早退依㆑実可㆑奏。方士云、御宇恋慕甚重。以㆑言為㆑証哉。貴妃授㆓金釵一枝鈿合一扇㆒云、此皇始幸時所㆑賜物也。是以為㆑証哉。使者云、是世所㆑有物也[24]。未㆑決、猶有㆓何密契㆒。楊貴妃云、有㆑天願㆑成㆓比翼鳥㆒、在㆑地願㆑作㆓連理枝㆒。使者帰報㆑皇。時皇信㆑之泣㆓血流㆒也。

（漢皇は密契に涕《な》く第一百一　此れは漢皇楊翁の女《むすめ》に別れて後、心肝《しんかん》安からず。夜の天更に明け難く、昼英却《かす》めども暮れず。痛みの心安《いどこ》か息《や》めむ。悲涙弥《いよいよ》潤《うる》ほす。方士をして魂魄を覔《もと》めしむ。方士碧落に昇り黄泉に入りて、蓬萊の仙宮に適《ゆ》いて索（素）貌《ばう》を見る。相ひ更に問答す。貴妃が云く、宿習を遂げむが為に、下界に生れては暫《しばら》く夫婦と為《な》れり。使者吾を求むるに丁寧にして相ひ見ることを得たり。早く退きて実に依りて奏すべしと。方士の云く、御宇《ぎょう》の恋慕甚《はなは》だ重し。言《こと》ばを以つて証と為《な》さん哉《や》と。貴妃金釵一枝鈿合一扇を授けて云はく、此れ皇の始めて幸《みゆき》せし時に賜へる所の物なり。是を以つて証と為《せ》よと。使者の云く、是れ世に有る所の物なり。未だ決《さだ》まらず[25]。猶何の密契か有りしと。楊貴妃が云く、天に有りては比翼の鳥と成らんと願ひ、地に在らば連理の枝と作らむと願ふと。使者帰りて皇に報ず。時に皇之れを信じて血流を泣く也）

本話の文体には和習が感じられ、構成はほぼ「長恨歌序」に等しいが、玄宗を一貫して漢皇と呼ぶところなどは、「長恨歌」そのものによっていると考えられる。しかし、楊貴妃が、玄宗との「宿習」を遂げるために下界に生まれて夫婦となったと方士に語っている点に注目したい。「長恨歌序」や「楊通幽」のごとく前世に関する件りを含んでおり、「長恨歌」や「長恨歌伝」とは相違するのである。「宿習」の語は「楊通幽」の「宿縁世念」に近い。

さて、「長恨歌序」の第一の問題点である楊貴妃、玄宗の前世に関する件りについては、その由来が中国にあり、わが国においても、注好選成立の平安朝中期頃まで遡れることがわかった。

第二の問題点とした、方士が「比翼連理」の「密契」を楊貴妃から聞き出したということについてはどうであろうか。「長恨歌」では、対応の場面は不明確に詠まれているように思う。

空持旧物表深情　空しく旧物を持《と》りて深き情《なさけ》を表はす
鈿合金釵寄将去　鈿合金釵寄せ将《も》ちて去《い》ぬ
釵留一鈷合一扇　釵は一鈷《こ》を留め合は一扇《せん》

釵擘黄金合分鈿　釵は黄金を擘《つむざ》き合は鈿を分《わか》てり
但教心似金鈿堅　但だ心をして金鈿の堅きに似しめ
天上人間会相見　天《あめ》の上人間《よのなか》に会《たまたま》　相見む
臨別殷勤重寄詞　別れに臨んで殷勤《ねむごろ》に重ねて詞《ことば》を寄す
詞中有誓両心知　詞中に誓ひ有り両心のみ知れり
七月七日長生殿　七月七日の長生殿に
夜半無人私語時　夜半に人無くして私語《ささやきごと》せし時
在天願作比翼鳥　天に在らば願はくは比翼の鳥作《た》らむ
在地願為連理枝　地に在らば願はくは連理の枝為《た》らむ
天長地久有時尽　天長く地久しき時に尽くること有れども
此恨綿綿無絶期　此の恨み綿綿として絶ゆる期《ご》無けむ

楊貴妃が方士に「旧物」である「金釵」と「鈿合」の各々半分を託し、重ねて「詞」を寄せたとある。不明確と述べたのは、この「詞」がなぜ方士に重ねて寄せられたかについては理由を記さず、その必然性が感じられないことを指す。「長恨歌伝」では、その点が明確に記されている。

言訖黙、指㆓碧衣女㆒取㆓金釵鈿合㆒、各折㆓其半㆒授㆓使者㆒曰、為㆑我謝㆓太上皇㆒。謹献㆓是物㆒尋㆓旧好㆒也。方士受㆓辞与㆑信、将㆑行色有㆑不㆑足。玉妃固徴㆓其意㆒。復前跪致㆑詞、請当時一事、不㆑聞㆓于他人㆒者験㆓於太上皇㆒。不㆑然、恐鈿合金釵、負㆓新垣平之詐㆒也。玉妃茫然退立、若㆑有㆑所㆑思。徐而言曰、昔天宝十載、侍㆑輦避㆓暑於驪山宮㆒。秋七月、牽牛織女相見之夕、(中略)時夜殆半、休㆓侍衛於東西廂㆒、独侍㆑上。憑㆑肩而立。因仰㆑天感㆓牛女事㆒、蜜(密)相㆓誓心㆒、願㆔世世為㆓夫婦㆒、言畢執㆑手各嗚咽。此独君王知㆑之耳。

(言ひ訖《おは》りて黙して、碧衣の女を指して金釵鈿合を取りて、各《おのおの》其の半ばを折つて使者に授けて曰く、我が為に太上皇に謝せまく、謹んで是の物を献《たてまつ》れ。旧《ふる》き好《よし》びを尋ねよとなり。方士辞《こと》と信とを受けて、将《まさ》に行かむとするに、色足《あ》かざること有り。玉妃固く其意を徴《と》ふ。復《ま》た前《すす》み跪《ひざまづ》きて詞を致すらく、請ふ、当時の一事の、他人の聞かざりけむ者をもつて太上皇に験せむ。然らずんば、恐らくは鈿合金釵、新垣平《しんゑんぺい》が詐《いつは》りを負《そむ》きなむことを。玉妃茫然として退き立ちて、思ふ所有るが若《ごと》し。徐《やうや》くして言ひて曰く、昔天宝十載に、輦《れん》に侍《したが》ひ暑を驪山宮に避《さ》りき。秋七月に、牽牛織女相見し夕べ、(中略)時に夜殆《ほとほと》に半ばになんなむとして、侍衛を東西の廂《しやう》に休して、独り上《しやう》に侍りき。肩に憑《よ》りて立てり。因つて天に仰ぎ牛女の事に感じて、密《ひそ》かに心に相誓ひて、世世夫婦と為《な》らむことを願ひ、言畢《ことをは》り手を執《と》りて各《おのおの》嗚《を》咽《えつ》しき。此れ独り君王のみ之を知らくのみ)

方士は、「金釵」「鈿合」では偽物を持って来たと帝に批判されよう、帝とあなたしか知らない「一事」を聞いてあなたと出会ったという証拠としたい、と言う。それで楊貴妃は、かつて天宝十載の七月七日の夜、牽牛織女にちなんで、玄宗とひそかに「願三世世為二夫婦一」と誓ったと語ったのである。楊貴妃が方士に重ねて「詞」を寄せたのは、対面の証拠として玄宗のもとへ持ち帰らせるためであった。ここで「詞」の意味が初めて明らかにされている。

もし「長恨歌伝」がなかったとすれば、「詞」の証拠としての意味が読者には知られない。単行の「長恨歌」に長大な「長恨歌伝」が付されていたとは限らないであろう。その代わりに短い序文がついていれば、読者は重ねて寄せられた「詞」に関しての疑問を持つこともあるまい。現存する「長恨歌序」はこの目的に良くかなうのではないだろうか。「長恨歌序」は、「琵琶行序」のように作品成立の事情を記さないので序文らしくないとされるが、「長恨歌」との関わりでは、序文としての意義を持っていると思う。

「長恨歌序」、「長恨歌伝」の二話と注好選第百一話とを比較すると「比翼連理」という有名な語が前二者にはなくて、後者にはあることに気付く。この違いは何によるものであろうか。思うに、これは「長恨歌」と組み合わせられているかどうかの違いではあるまいか。つまり「長恨歌」は、「比翼連理」の語を作品の末尾に配置してそこを最大の山場としたが、そのために非説明的になり、状況説明に不明確な点を残した。「長恨歌序」や「長恨歌伝」は状況を説明的に記す一方で、「比翼連理」の語は「長恨歌」に譲って意識的に避けた、という事情があったと考えられる。注好選第百一話は「長恨歌」からは独立した作品であるから「比翼連理」という語を書き込むことが要請される。「長恨歌序」は「長恨歌伝」とともに、この点でも「長恨歌」の序文にふさわしい書き方をしているのである。

この「詞」の問題では、前述の「楊通幽」にはそれに対応する記述が全くなく、従って「比翼連理」の語もない。「金釵」「鈿合」の他に「玉亀子」が「信」として加えられている点も他と違っている。「恨」の語も見えないので、「長恨歌」とは別個に成立したとも考えられる。或いは、白居易、陳鴻らが仙遊寺で話題とした物語は、「楊通幽」のようなものであったのであろうか。こうした物語に白居易の創作した「比翼連理」の誓いを付加して「長恨歌」は成立したと考える余地があるかも知れない。

以上のように考察して来ると「長恨歌序」、注好選第百一話では「密契」という語が重要な位置を占めていることが分かる。前者では「密契」こそが方士が楊貴妃に出会ったという唯一絶対の証拠なのであり、同時に「長恨歌」で明らかにされる「比翼連理」の語を含むものなのである。後者では、その題にも使われているほどの象徴的な重みを持っている。この二話では長恨歌の物語は、「密契」の物語、「比翼連理」の物語として把握されているのであり、それは最も正当的な読み方を要請しているのではあるまいか。源氏物語や平家物語が「比翼連理」を物語の中に引用するのは偶然ではあるまい。

「長恨歌序」は、その成立に疑問はあるが、序文としてふさわしい面もあることを論じて来た。もし、この序が注好選第百一話から派生したならば、「比翼連理」の語を含むであろうから、その可能性は薄い。「長恨歌」の序文として中国で作られたか、中国で作られたものに平安中期頃までに手を加えて作られたかと考えてもよいのではないだろうか。少なくとも「長恨歌」の正当的な読み方を主張しているように思える。「今世人猶言、玄宗与二貴妃一処二世間一為二夫妻之至一矣」という「今世人」は、白居易と同時代に生きて玄宗と楊貴妃の故事を語り伝えていた人々のように感じられる。

注

（1）金子彦二郎氏『平安時代文学と白氏文集―道真の文学研究篇第一冊―』（初版、昭和二十三年。覆刻版、昭和五十二年）一二四頁参照。

（2）以下、「長恨歌伝」、「長恨歌」の引用は金沢文庫本によるが、訓読等一部あらためたところがある。なお、太田次男氏「長恨歌伝・長恨歌の本文について―旧鈔本を中心にして―」（『斯道文庫論集』十八輯、昭和五十七年三月）に同本の翻字があるのを参照した。また、「長恨歌」、「長恨歌伝」諸本の異同については、近藤春雄氏「長恨歌について―文字の異同―」（『愛知県立女子大学説林』十四号、昭和四十一年一月）、同氏「長恨歌伝について―文字の異同―」（『愛知県立女子大学説林』二十号、昭和四十七年二月）も参照のこと。

（3）太平広記（巻四百八十六）所収本は、「長恨伝」と題され、「長恨歌」成立については、「至二憲宗元和元年一、盩厔県尉白居易為レ歌、以言二其事一。並前秀才陳鴻作レ伝、冠二於歌之前一、目為二長恨歌伝一」と簡単に記していて、より詳しい文苑英華所収本などその他の諸本と内容が異なる。近藤春雄氏は「長恨歌伝について」（『愛知県立女子短期大学紀要』四号、昭和二十九年四月）で、前者が原形で、後者は陳鴻自身によって書き直されたものとするが、花房英樹氏は「近藤春雄「長恨歌伝」について」（『中国文学報』第二冊、昭和三十年四月）で、太平広記本がむしろ改変されたものであるとする。

（4）第Ⅴ章「日中長恨歌受容の一面―黄滔の馬嵬の賦と源氏物語その他―」参照。なお、清の胡鳳丹『馬嵬志』はこの黄滔の賦を含む楊貴妃関係の諸文献を網羅している。光緒三年（一八七七）版の影印本が中華民国で出版されている（美漢出版社、一九六七年）。

（5）小島憲之氏『上代日本文学と中国文学　下』（昭和四十年）一四八三頁。同氏『古今集以前』（昭和五十一年）一八一頁。また、経国集巻十一、小野岑守「五言、奉レ和二春日作一」に、「苦レ寒経二暮節一、服レ暖仰二初陽一。龍鳳長二楼影一、鴛鴦薄二瓦霜一」とあるのは、「長恨歌」の「春宵苦レ短日高起」、「鴛鴦瓦冷霜花重」の句によるという。

（6）「任氏行」は「任氏怨歌行」とも。その伝来については、太田晶二郎氏「白氏詩文の渡来について」（『解釈と鑑賞』昭和三十一年六月、『太田晶二郎著作集』第一冊所収、平成三年）に詳しい。なお、「任氏行」の逸文は大江維時撰千載佳句と宋の錦繡万花谷に残る。拙稿「もう一人の夕顔―帚木三帖と任氏の物語―」（『源氏物語の人物と構造』論集中古文学五所収、昭和五十七年）、及び「日中妖狐譚と源氏物語夕顔巻―任氏行逸文に関連して―」（『甲南大学紀要』文学編七十二、平成元年三月）参照（ともに新間『源氏物語と白居易の文学』所収）。

（7）注2の太田次男氏論文（同氏『旧鈔本を中心とする白氏文集本文の研究　中』所収）。

（8）近藤春雄氏「最近の長恨歌研究」（『漢文教室』二十四号、昭和三十年六月）、同氏「その後の長恨歌論争」（『漢文教室』二十八号、昭和三十二年一月）では、一九五三～一九五六年頃の中国における「長恨歌」の主題論争を紹介している。

（9）金沢文庫本巻十二の巻目に、「歌行曲引　感傷四　雑言　凡八十五首」とある。

（10）「尤物」については、柳瀬喜代志氏「「復古」の詩と長恨歌伝・鶯鶯伝に見える楊貴妃の像―「尤物」という語をめぐって―」（『学術研究―総合編―』二十三号、早稲田大学教育学部、昭和四十九年十二月。同氏『日中古典文学論考』所収、平成十一年）参照。

（11）楽史「楊太真外伝」末尾には「今為二外伝一、非三徒拾二楊妃之故事一、且懲二禍階一而已」とあって「長恨歌伝」と同じく諷諭的な意図が明らかに窺える。

（12）拙稿「桐と長恨歌と桐壺巻―漢文学より見た源氏物語の誕生―」（『甲南大学紀要』文学編四十八、昭和五十八年三月。新間『源氏物語と白居易の文学』所収）では、桐壺更衣の死の悲しみの中心に「長恨歌」の「秋雨梧桐葉落時」の句があり、桐壺巻巻名の「桐」はこの句に由来すると論じた。

(13) 拙稿「漢詩文をどのように取り入れているか―白楽天の諷諭詩に関連して―」（『語り・表現・ことば』源氏物語講座六、勉誠社、平成四年。新間『源氏物語と白居易の文学』所収）。

(14) 『本朝文集』（国史大系第三十巻）巻五十九所収。また、唐物語の第十八話は長恨歌の物語の和文版であるが、その末尾にやはり浄土教思想が見られる。この点については、池田利夫氏『日中比較文学の基礎研究―翻訳説話とその典拠―』（昭和四十九年）参照。

(15) 拙稿「源氏物語の結末について―長恨歌と李夫人と―」（『国語国文』四十八巻三号、昭和五十四年三月。新間『源氏物語と白居易の文学』所収）。

(16) 本朝文粋巻十四（四二二）所収。藤原実頼女、村上天皇女御述子の四十九日のための願文。天暦元年（九四七）十一月二十日の日付を持つ。

(17) 西村富美子氏は「「長恨歌」をめぐる諸問題―楊貴妃の死の周辺―」（『漢文教室』百二十五号、昭和五十三年五月）において「長恨歌」の「宛転蛾眉馬前死」の句の「宛転」について、否定的にではあるが、楊貴妃がしめ殺された時の苦痛にもがく様子を形容したもの、という『唐詩一百首』（中華書局上海編輯所編）説を紹介されている。

(18) 近藤春雄氏「長恨歌の序について」（『愛知県立女子大学説林』四号、昭和三十四年六月）、福田襄之介氏「菅家本長恨歌古写本をめぐる問題」（『東京支那学報』八号、昭和三十六年六月）、太田次男氏「長恨歌序の成立について」（『東方学』六十九輯、昭和六十年一月）参照。また、早く古城貞吉氏に「長恨歌序弁」（『東華』百十集、昭和十二年九月）があり、僧侶の偽作とする。

(19) 正宗敦夫文庫本の奥書には、「正安二年五月二日以中院三位有房卿／本書写之畢／本云文永五年二月廿一日以菅宗本／書写之畢／在判」とある。『正宗敦夫文庫本長恨歌』（昭和五十六年）として、影印本が刊行されている。同じ正安二年の七月二十四日書写の古写本として三条西公正氏旧蔵本（故神田喜一郎氏蔵本）があり、三条西公正氏「古写本長恨歌に就きて」（『文学』二巻六号、昭和九年六月）に翻刻がある。但し、「長恨歌伝」を欠き、序については末尾三行のみ。注2の太田次男氏論文に、「神田喜一郎氏蔵本」として影印を載せる。なお、「長恨歌序」は阪本龍門文庫蔵清原宣賢自筆本『長恨歌・琵琶行』（阪本龍門文庫覆製叢刊之四として影印、昭和三十七年）、京都大学付属図書館清家文庫蔵本「長恨歌」、『歌行詩諺解』（神鷹徳治氏編で貞享元年刊本の影印がある。昭和六十三年）などに見られる。

(20)　この点は、竹取物語の、かぐや姫が罪を作って月の都から流されて来たという構想と似る。物語成立の背景に「長恨歌序」のごとくの説話を想定できよう。

(21)　方士楊通幽の名は楽史の「楊太真外伝」に見える。日本では太平記巻三十七「楊国忠事」に見える。

(22)　仙伝拾遺「楊通幽」の条は『説郛』巻七（商務印書館本）「諸伝摘玄」、『旧小説』乙集六に収める。

(23)　『古代説話集　注好選　原本影印幷釈文』（昭和五十八年）による。同本は続群書類従本の祖本とされる。

(24)　今昔物語集巻十「唐玄宗后楊貴妃依ニ皇寵一被レ殺語第七」に方士の発言として「玉ノ簪ハ世ニ有ル物也、此レヲ奉タラムニ我ガ君実ト思シ不レ食ジ」とあるが、注好選第百一話の「是世所レ有物也」に極めて近い表現である。また、「長恨歌序」でも、玄宗の言葉として「此世所レ有、豈得ニ相怡一」とある。俊頼髄脳巻下の長恨歌の物語は「玉のかんざしは世にあるものなり、これは奉らんに、わが君まこととおぼしめさじ」とあって今昔物語集とほとんど同じである。「長恨歌序」の楊貴妃の発言に「此当用之物、不レ足レ為レ信」とある「当用」は、注19の阪本龍門文庫本では「常用」に作り、「常」の訓に「ヨノツネノ」とある。曾我物語巻二「玄宗皇帝の事」の「これは世の常にあるものなり」に近い。また同書は、「密契」、「比翼連理」への言及もあり、「長恨歌序」や注好選第百一話の表現を取り入れていると思われる。太平記巻三十七「楊国忠事」には「是ハ尋常世ニアル物ナリ」とある。

(25)　観智院本は、「決」（「決」の俗字）に作り、「ココロヨカラ（ズ）」と訓を付している。

補注（八二頁一五行）

下定氏の研究は、「戦後日本における白居易の研究」（『白居易研究講座　第七巻　日本における白居易の研究』平成十年）にまとめられた。なお、同書後半は「日本文学へ与えた白居易の影響に関する研究」で、私の担当執筆である。

V　日中長恨歌受容の一面

――黄滔の馬嵬の賦と源氏物語その他――

一

「長恨歌」（〇五九六）は中唐の詩人白居易によって元和元年（八〇六）に制作された。この作品がいかに当時の人々に愛されたかは、次の逸話によって知られよう。即ち、同十年、白居易は江州の司馬に左遷され、その地で「与二元九一書」（一四八六）を書いて友人の元稹に送っているが、その中で彼は、軍使の高霞寓という者が「白学士長恨歌」を朗誦できることを誇っている芸妓と出会った、ということを聞いたと記している。また、同じ「与二元九一書」の中で、世人の重んずる「長恨歌」や「雑律詩」は自分の軽んずるものだと表明している。このようにたとえ本人には不如意であったにせよ、白居易は「長恨歌」の詩人として有名であったのである。

事情はわが国でも同じく、白居易在世中の九世紀前半、おそらく承和年間に白氏文集が渡来して以来、文集は広く人々に受け入れられたが、とりわけ「長恨歌」が愛好されたようである。その愛好の一例が、宇多天皇によって作られ、源氏物語桐壺巻にも引用されている「長恨歌屏風」の存在である。伊勢集には「長恨歌の御屏風、亭子院に書かせ給ひて、ところどころ詠ませ給ひけるに、みかどの御にて」として玄宗の立場に立って詠んだ歌が五首、さらに「これはきさいになりて」として楊貴妃の立場に立った歌が五首載せられている。

ただし、「長恨歌」のすべての場面が平等に愛好されたわけではないだろう。近年川口久雄氏によって発見されたダブリン本「長恨歌絵巻」(1)では、「長恨歌」の筋書きを追って克明に各場面が展開しているが、それは絵巻ならではのことであり、亭子院の屏風ではそうではなかったと思う。伊勢集の十首を見ると初めの五首は、楊貴妃の死後、譲位して都の長安へ帰ってきた玄宗が宮廷の庭をながめて悲しんでいる場面であり、後の五首は蓬萊山で使いの方士を迎えた時の楊貴妃の悲嘆の場面である。ある特定の場面、特定の句に対してことさらに愛着が持たれたに違いない。

ところで、上野英二氏は「長恨歌から源氏物語へ」(2)の中で、わが国の長恨歌説話に見られる「馬嵬再訪」の場面について言及しておられる。例えば、今昔物語集には、

彼の楊貴妃の殺されける所に、思ひの余りに、天皇行給て見給ける時に、野べに浅茅、風に並寄て哀れなりけり。彼の天皇の御心何許なりけむ。然れば、哀れなる事の様《ためし》には此れを云ふなるべし。

（巻十、唐玄宗后楊貴妃、依二皇寵一被レ殺語第七）(3)

とあって楊貴妃が死んだ馬嵬坡の地を玄宗が再訪したという記述がある。もとより「長恨歌」では玄宗が馬嵬を訪れるのは、安禄山の乱が勃発して長安から都落ちする途中で楊貴妃が処刑される場面と、乱が一応収まり玄宗が都へ帰還する途次の場面との二箇所であり、帰還した玄宗が馬嵬の地を再訪するという描写はない。「長恨歌」の周辺作品である「長恨歌伝」にも「楊太真外伝」にもこの再訪場面はない。

上野氏によれば、今昔物語集ばかりではなく、唐物語や俊頼髄脳・奥義抄などにもこの再訪の場面もしくはその時の玄宗の気持ちを詠んだ歌が存在している。氏は、わが国での「長恨歌」鑑賞の中で「浅茅」、「風」を配したこの場面が形成されたとされる。これについては「長恨歌」の中で、玄宗が馬嵬で楊貴妃をしのぶ場面が特に愛好され、その結果本来「長恨歌」にはない馬嵬再訪の場面が作られたと解釈することができよう。今昔物語集中の「哀れなる事の様には此れを云ふなるべし」という言葉は、この玄宗の馬嵬再訪が深く人々の心を打ったことを証して

いる。

わが国ばかりではなく、中国においても馬嵬坡の場面は愛好された。玄宗の再訪でこそないが、この地を主題とした作品が少なからず存在する。(4)劉禹錫の「馬嵬行」はそうした作品の一つであり、むしろこのような中国側の作品の存在が馬嵬再訪といった新たな日本側の展開の機縁となった可能性がある。

本田済氏が紹介された(5)黄滔の「明皇廻レ駕経二馬嵬一賦」は、やはり「長恨歌」から影響を受けた馬嵬坡の悲劇を主題とする作品であり、その表現が日本の歌や文と近似していて、日本と中国の「長恨歌」受容という点で興味深いものがある。本田氏は訓読に簡単な語訳を付されたのみであり、しかも作品の一部を省略されておられるので、ここではその後を受けて全体の原文と訓読を示し、簡単な注釈をも加えた後に、日本側の諸文献との比較を試みたいと思う。

二

黄滔は唐昭宗の乾寧二年（八九五）の進士で、四門博士監察御史等を歴任した晩唐期の文人である。生没年は不詳であるが、その代表作に「明皇廻レ駕経二馬嵬一賦」がある。次にその賦の全文と訓読、及び略注を示そう。本文は四部叢刊本唐黄御史公集(6)による。

明皇廻レ駕経二馬嵬一賦（程及レ暁留二芳魂一顧レ跡）

長鯨入レ鼎二兮中原一、六龍廻レ轡二兮蜀門一。杳二鼇闕一而難レ尋二艶質一兮、経二馬嵬一而空念二香魂一。日惨風悲、到二玉顔之死処一。花愁露泣、認二朱臉之啼痕一。莫レ不二積恨綿綿、傷心悄悄一。逝川東咽以無レ駐、夜戸下扃而莫レ暁。褒雲万畳、断腸新出二於啼猿一。秦樹千層、比翼不レ如二於飛鳥一。〔初其漢殿如レ子、燕城若レ讎。駆二鉄馬一以飛至、触二金輿一而出遊。謀二於剣外一、駐二此原頭一。羽衛参差、擁二翠華一而不レ発。天顔愴恨、覚二紅袖一以難レ留。鴛鴦相驚、熊羆漸急。千行之珠涙流下、四面之霜蹄践入。神僊表レ態、忽零落以無レ帰。雨露成レ波、已沾濡而不レ及。桟閣重処、珠旒去程。玉壘之雲山暫幸、金城之煙景旋清。六馬帰レ秦、却経二過於此地一。九泉隔レ越、幾凄二惻於平生一。釵飄二彩鳳之蹤一、鬢蛻二玄蟬之跡一。〕茫茫而今日黄壌、歴歴而当時綺陌。雨鈴製レ曲、空有レ感二於宮商一。龍脳呈レ香、不レ可レ返二其魂魄一。空極二宵夢一、寧逢二暁粧一。輦路見二梧桐半死一、煙空失二鸞鳳双翔一。鏡殿三春、莫レ問二菱花之照耀一。驪山七夕、休レ瞻二楡葉之芬芬一。大凡有レ国之尊、罕レ或二傾城之遇一。孰言天宝之南面、奚指二坤維一而西顧。然則起レ兵雖レ自二於青娥一、斯亦聖唐之数。

明皇駕を廻《めぐ》らして馬嵬を経るの賦（程《みち》暁に及んで芳魂を留むるに跡を顧りみる）

長鯨は中原より鼎《かなへ》に入り、六龍は蜀門より轡《くつわ》を廻らす。鼇闕《がうけつ》を杳《はる》かにして艶質を尋ね難く、馬嵬を経て空しく香魂を念ふ。日は惨として風は悲しく、玉顔の死せし処に到る。花愁へて露泣き、朱瞼《しゆれん》の啼きし痕《あと》を認む。積恨は綿綿とし、傷心は悄悄たらざる莫し。逝川は東に咽《むせ》びて以つて駐《とど》まること無く、夜戸は下《お》り扃《と》ぢて暁《あ》くること莫し。褒雲は万畳にして、断腸は新たに啼猿より出づ。秦樹は千層にして、比翼は飛鳥に如《し》かず。〔初めは其れ漢殿に子の如く、燕城に讎《あだ》の若し。鉄馬を駆りて以つて飛び至り、金輿に触れて出遊せしむ。剣外に謀りて、此の原頭に駐まる。羽衛参差《しんし》として、翠華を擁して発せず。天顔愴恨として、紅袖を覚えて以つて留め難し。鴛鴦相驚き、熊羆《ゆうひ》漸く急なり。千行の珠涙流れ下り、四面の霜蹄践み入る。神僊態を表はし、忽として零落し以つて帰ること無し。雨露波と成りて、已に沾濡《てんじゆ》するに及ばず。桟閣の重なる処、珠旒《しゆりう》の去れる程。玉壘の雲山暫らく幸し、金城の煙景旋《たちま》ち清し。六馬秦に帰り、却《かへ》りて此地を経過す。九泉越を隔て、幾《ほと》んど平生より凄惻たり。釵《かんざし》は彩鳳の蹤《あと》に飄《ひるがへ》り、鬢は玄蟬の跡に蛻《もぬ》けたり。〕茫茫たり今日の黄壌、歴歴たり当時の綺陌。雨鈴に曲を製するも空しく宮商に感有り。龍脳香を呈するも其の魂魄を返すべからず。空しく宵の夢を極め、寧《いづく》んぞ暁粧に逢はむ。輦路《れんろ》に梧桐の半死を見、煙空に鸞鳳の双翔を失ふ。鏡殿の三春に菱花の照耀を問ふ莫れ。驪山の七夕に楡葉の芬芳を瞻《み》る休《な》かれ。大凡《おほよそ》国を有《たも》つの尊、傾城の遇あること罕《まれ》なり。孰《た》れか言はむ天宝の南面、奚《な》んぞ坤維を指して西顧するやと。然れば則ち兵を起こすは青娥によると雖ども、斯《こ》れ亦た聖唐の数ならむ。

＊〔　〕内は本田氏が省略された部分。

長鯨入レ鼎二兮中原一、六龍廻レ轡二兮蜀門一。

〔長鯨〕は安禄山のこと。〔入鼎〕は、かなえに入れられ煮られることから、退治されることをいう。〔六龍〕は天子の車。二句は、玄宗が蜀に幸した翌年の至徳二年（七五七）に安禄山が洛陽で息子の安慶緒らに暗殺され、長安へ還幸したことをいう。

杳二鼇闕一而難レ尋二艶質一兮、経二馬嵬一而空念二香魂一。

〔鼇闕〕の鼇は大亀、闕は宮殿で、大亀が背負っているとされる蓬萊山の宮殿のこと。「長恨歌」では、方士が楊貴妃の魂を求めて蓬萊山に至り、ようやく見つけ出すことができた。〔香魂〕は美女の魂。杜甫の「哀二江頭一」に「明眸皓歯今何在、血汚二遊魂一帰不レ得」と楊貴妃の魂を詠む。また、大歴三年（七六九）の進士の李益に「過二馬嵬一」詩三首があり、その第二首に[7]「濃香猶自随二鸞輅一、恨魄無レ由レ離二馬嵬一、南内真人悲二帳殿一、東溟方士問二蓬萊一、唯留二坡畔一彎環月、時送二残輝一入二夜台一」とあって、「魂」と蓬萊山を詠む。ここは楊貴妃の魂が遠い蓬萊山に求めても得られないことをいう。

日惨風悲、到二玉顔之死処一。花愁露泣、認二朱臉之啼痕一。莫レ不二積恨綿綿、傷心悄悄一

〔日惨風悲〕は日も風も悲しげなさま。「長恨歌」に「旌旗無レ光日色薄」「黄埃散漫風蕭索」とあり、劉禹錫の「馬嵬行」に「低回転二美目一、風日為無レ暉」と見える。〔玉顔之死処〕は「長恨歌」に「馬嵬坡下泥土中、不レ見二玉顔一空死処」とある。〔朱臉〕は楊貴妃の朱の顔。ここは花も露もあたかも楊貴妃の涙のあとのようである、の意。李益の「過二馬嵬一」（其三）に「託レ君休レ洗二蓮花血一、留記千年妾涙痕」とある。〔積恨綿綿〕は「長恨歌」に「此恨綿綿無二絶期一」とある。「悄悄」は寂しいさま。「長恨歌」に「夕殿蛍飛思悄然」とある。

　逝川東咽以無レ駐、夜戸下扃而莫レ暁。

〔逝川〕は論語子罕篇の「子在二川上一曰、逝者如レ斯夫、不レ舎二昼夜一」による。この川は馬嵬の南方を流れる渭水を指す。杜甫の「哀二江頭一」に「清渭東流剣閣深、去住彼此無二消息一」とあり、「清渭東流」に馬嵬での楊貴妃の死の意をこめる。ここも、渭水が東流してとどまらないことに掛けて、死んだ楊貴妃が二度と帰らないことをいう。黄滔の「馬嵬」に「鳴泉亦感二上皇意一、流下隴頭嗚咽多」と類似の句がある。〔夜戸下扃〕の句も明けることのない夜で、同じく楊貴妃の永遠の死を意味する。

　褒雲万畳、断腸新出二於啼猿一。秦樹千層、比翼不レ如二於飛鳥一。

〔褒雲〕は重なる雲。〔秦樹〕は「蓁樹」と同じく茂っている木。〔比翼〕は「長恨歌」に「在レ天願作二比翼鳥一」とある。ここは、死んだら比翼の鳥に生まれ変わろうという生前の楊貴妃との約束も空しく、現実に存在しない比翼の鳥は今林間に飛ぶ鳥にも及ばない、の意。

　初其漢殿如レ子、燕城若レ讎。駆二鉄馬一以飛至、触二金輿一而出遊。

〔漢殿如子〕は唐の朝廷で、玄宗と楊貴妃が安禄山を養子にしたことをいう。〔燕城〕は安禄山が乱を起こした燕の国の城市。〔鉄馬〕は安禄山の反乱軍の馬。黄滔の「馬嵬」に「鉄馬嘶レ風一渡レ河」とある。〔金輿〕は金のこしで、ここは玄宗が都落ちして長安を離れたことをいう。

謀㆓於剣外㆒、駐㆓此原頭㆒。羽衛参差、擁㆓翠華㆒而不㆑発。天顔愴恨、覚㆓紅袖㆒以難㆑留。

〔剣外〕は剣閣山の向こう。ここは蜀の国に一時難を避けることをいう。杜甫の「哀㆓江頭㆒」に「清渭東流剣閣深」と見え、「長恨歌」に「雲桟縈廻登㆓剣閣㆒」とある。〔羽衛〕は羽を負った侍衛。〔参差〕はばらばらなさま。〔翠華〕は翡翠で作った旗の飾りもの。天子が用いる。「長恨歌」に「翠花揺揺行復止」とある。馬嵬坡で軍隊が進行を止めたことをいう。〔難留〕は玄宗が楊貴妃が処刑されるのをとどめ得なかったこと。「長恨歌」に「君王掩㆑眼救不㆑得」とある。

鴛鴦相驚、熊羆漸急。千行之珠涙流下、四面之霜蹄践入。

〔鴛鴦〕は玄宗と楊貴妃の喩え。「長恨歌」に「鴛鴦瓦冷霜花重」とある。〔熊羆〕は熊とおおぐま。楊貴妃に死を賜ることを要求する臣下たちの喩え。〔霜蹄践入〕は騎馬の兵が楊貴妃に迫るさま。或いは楊貴妃の遺骸が馬蹄にふみにじられたことをいうか。李益の「過㆓馬嵬㆒」（其二）に「太真血染馬蹄尽、朱閣影随天際空」とあり、賈島の「馬嵬」に「一自㆓上皇惆悵後㆒、至㆑今来往馬蹄腥《なまぐさし》」と見える。「長恨歌」には「宛転蛾眉馬前死」とある。なお後述する。

神僊表㆑態、忽零落以無㆑帰。雨露成㆑波、已沾濡而不㆑及。

〔神僊表態〕は神仙のような楊貴妃が姿をあらわすこと。〔雨露〕は「長恨歌」に「廻看涙血相和流」とある玄宗の涙。〔成波〕は黄滔の「馬嵬」に「涙珠零便作㆓驚波㆒」とある。

桟閣重処、珠旒去程。玉塁之雲山暫幸、金城之煙景旋清。

〔桟閣〕は深山をめぐるかけはし。「長恨歌」に「雲桟縈廻登㆓剣閣㆒」とある。〔珠旒〕は玉で飾った旗あし。〔金城〕は馬嵬駅のある金城県。〔煙景旋清〕は、もやが晴れること。ここは、蜀の国でしばらく行幸したあと、安禄山の乱が収まったことをいう。

六馬帰レ秦、却経二過於此地一。九泉隔レ越、幾凄二惻於平生一。釵飄二彩鳳之蹤一、鬢蛻二玄蟬之跡一。

〔六馬〕は天子の馬車につける馬。〔秦〕は長安のこと。〔九泉〕は地下の世界、墓所をいう。〔隔越〕は遠い国〔越〕を隔てること。〔彩鳳〕は彩りのある鳳凰の釵を身に着けた美女。〔玄蟬〕は黒い蟬の羽のような鬢を持った美女で、ともに楊貴妃をいう。ここは楊貴妃が〔釵〕と〔鬢〕とともに痕跡だけを残して姿を消したことをいう。

茫茫而今日黄壌、歴歴而当時綺陌。雨鈴製レ曲、空有レ感二於宮商一。龍脳呈レ香、不レ可レ返二其魂魄一。

〔茫茫〕は、ひろびろとはてしないさま。「長恨歌」に、「碧落」と「黄泉」のことを「両処茫茫皆不レ見」と記す。〔歴歴〕は明らかなさま。〔綺陌〕は美しい街路。〔雨鈴〕は玄宗が斜谷において聞いた雨中の駅鈴をいう。玄宗はその音色を聞いて「雨霖鈴」の曲を作ったという。楊太真外伝に見える。〔龍脳〕は龍脳香のこと。ここは、李夫人の魂を呼び戻した反魂香を思い起こす。「長恨歌伝」に、玄宗が方士に楊貴妃の魂を招かせたが失敗したことを記す。

空極二宵夢一、寧逢二暁粧一。輦路見二梧桐半死一、煙空失二鸞鳳双翔一。鏡殿三春、莫レ問二菱花之照耀一。驪山七夕、休レ瞻二楡葉之芬芳一。

〔宵夢〕は、玄宗が夢にも楊貴妃の姿を見なかったことをいう。「長恨歌」に「魂魄不二曾来入一レ夢」とある。〔暁粧〕は楊貴妃の後朝のよそおい。〔輦〕は、てぐるま。「哀二江頭一」に「昭陽殿裏第一人、同レ輦随レ君侍二君側一」と、「長恨歌伝」に「与レ上行同レ輦、止同レ室」とある。ここは、生前ともに乗ったてぐるまも今は一人で乗らねばならぬことをいう。〔梧桐〕はあおぎり。「長恨歌」に「秋雨梧桐葉落時」とある。〔半死〕は初学記〔桐〕に龍門の桐の根について「半死半生」とある。〔鏡殿〕は鏡のかべの御殿。〔三春〕は春の三箇月。「長恨歌」に「春従二春遊一夜専レ夜」、「長恨歌伝」に「上陽春朝、驪山雪夜」とある。〔菱花〕はひしの花。ここは鏡の裏の模様。〔楡葉〕は七夕で用いたにれの葉。〔驪山〕は玄宗が楊貴妃と遊んだ驪山宮のこと。七夕の夜、玄宗と楊貴妃はここで比翼連理の誓いをなした。鏡には楊貴妃の姿は無く、共に楽しんだ七夕の行事も行なわない。

大凡有㆑国之尊、罕㆑或㆓傾城之遇㆒。孰言天宝之南面、奚指㆓坤維㆒而西顧。然則起㆑兵雖㆑自㆓於青娥㆒、斯亦聖唐之数。

〔傾城〕は城を傾けるほどの美女。漢書（外戚伝）に李延年が武帝を前にして妹の李夫人の美しさを「寧不㆑知㆔傾城与㆓傾国㆒」と歌ったとあるのによる。「長恨歌」に「漢皇重㆑色思㆓傾国㆒」とある。〔天宝〕は玄宗末年の元号。ここは玄宗のこと。誰が玄宗を非難しようか、の意。〔坤維〕は地を支える大づな（四維）のうち西南（坤）にあるもの。〔西顧〕は西を顧みること。毛詩、大雅「皇矣」に「乃眷西顧此維与宅」とあり、天帝が殷を憎んで周の文王を西に顧りみる意とする。ここは、どうして天帝が西南の大づなを指さし西を顧みる（唐王朝を憎んで王朝を交代させる）ことがあろうか、の意か。〔青娥〕はみどりの眉を持った美女で楊貴妃をいう。「長恨歌」に「椒房阿監青娥老」と楊貴妃の侍女に用いた例がある。〔数〕は命数で、定め、運命のこと。

黄滔の「唐黄御史公集」には、やはり馬嵬坡における玄宗の悲しみを詠んだ「馬嵬」詩三首を載せる。右の賦とも類似した表現が多いので次に挙げておく。

馬嵬

〔其一〕

鉄馬嘶㆑風一渡㆑河　　鉄馬風に嘶きて一たび河を渡る
涙珠零便作㆓驚波㆒　　涙珠零《お》ちて便ち驚波を作《な》す
鳴泉亦感上皇意　　鳴泉亦上皇の意を感ぜしめ
流下隴頭嗚咽多　　流れ下りて隴頭に嗚咽多し

〔其二〕
龍脳移レ香鳳輦留　龍脳香を移して鳳輦留まる
可二能千古永悠悠一　能く千古に永く悠悠たるべし
夜台若使二香魂在一　夜台若し香魂をして在らしむれば
応レ作三烟花出二隴頭一　応《まさ》に烟花隴頭に出づる作《な》るべし
〔其三〕
錦江晴碧剣鋒奇　錦江晴碧にして剣鋒奇なり
合レ有二千年降聖時一　合《まさ》に千年降聖の時有るべし
天意従来知レ幸レ蜀　天意従来《もとより》蜀に幸するを知るも
不レ関三胎レ禍自二蛾眉一　禍を胎するは蛾眉よりするに関はらず

三

「長恨歌」を題材として作られたわが国の歌や物語の中で、馬嵬坡の場面を取り上げたものとしては次の諸作品が挙げられよう。

○大弐高遠集　藤原高遠（九四九～一〇一三）

或人の、長恨歌、楽府のなかに、あはれなることをえらびいだして、これが心ばへを、廿首詠みておこせたりしに、

（中略）

馬嵬坡下泥土中

世の中を心つつみの草の葉に消えにし露にぬれてこそ行け

同長恨歌に、あはれなる事ありしを書きいでて、歌十六をよみくはへてやる

（中略）

花鈿委レ地無二人収一

はかなくて嵐の風に散る花を浅茅が原の露やおくらむ

君王掩レ眼救不レ得

いかにせん命のかなふ身なりせばわれも生きてはかへらざらまし

君王（臣）相顧尽レ霑レ衣

せきもあへぬ涙の川におぼほれてひるまだになき衣をぞ着る

○道命阿闍梨集　道命（九七四～一〇二〇）

長恨歌の歌、人の詠み侍るに、

（中略）

みにだにも見(8)じと思ひしところしも涙むせびて行きもやられず

○道済集　　源道済（?～一〇一九）

長恨歌、当時好士和歌詠みしに、十首

（中略）

不レ見二玉顔一

思ひかねわかれし人(9)（野辺）をきてみれば浅茅が原に秋風ぞ吹く

○今昔物語集巻十「唐玄宗后楊貴妃、依二皇寵一被レ殺語第七」

彼の楊貴妃の殺されける所に、思ひの余りに、天皇行給て見給ける時に、野辺に浅茅、風に並寄て哀れなりけり。彼の天皇の御心何許なりけむ。然れば、哀れなる事の様には此れを云ふなるべし。

○俊頼髄脳

思ひかね別れし野辺をきてみれば浅茅が原に秋風ぞふく

（中略）

その楊貴妃が殺されける所へおはしまして御覧じければ、野辺に浅茅風に波よりてあはれなりけむと、かのみかどの御心のうちをおしはかりてよめる歌なり。

○唐物語

物のあはれを知らぬ草木までも色かはり、なさけなき鳥けだものさへ涙をながせり。

ものごとにかはらぬ色ぞなかりけるみどりの空も四方のこずゑも

御ともに侍ける人、心あるも心なきも、たけきもたけからぬも涙におぼれて行きかたも知らず。帝の御心のうちには、

なにせむに玉のうてなをみがきけん野辺こそ露のやどりなりけれ

ただ御袖のしたより血の涙ぞながれいづる。

（中略）

時うつり事をわり楽しび尽き、悲しみきたる。池のはちす夏開け、庭の木の葉秋散れるごとに、御心のなぐさめ難きたぐひなくおぼされる時は、はかなく別れにし野辺に行幸せさせ給ひけれど、浅茅が原に風打吹きて、夕の露玉と散るを御覧じても、消えなでなごりかあるべき。たえいりぬべくぞおぼしける。

もろともに重ねし袖も朽ち果てていづれの野辺の露むすぶらむ

かやうに思ひつつ涙をおさへて帰らせ給ふ御ありさまの弱々しさも、言はばおろかに成ぬべし。

別れにし道のほとりにたづね来てかへさは駒にまかせてぞ行く

これらの作品の中で黄滔の賦と共通する点を指摘して行く。

(1)　浅茅、浅茅が原、野辺

高遠集に「浅茅が原」とあり、道済集に「浅茅が原」「野辺」とある。今昔物語集及び道済の歌を説明する俊頼髄脳にも「野辺に浅茅」とあり、唐物語にも「野辺」「浅茅が原」と見える。馬嵬坡の光景は「野辺」「浅茅が原」という語で把握されているが、上野氏が指摘されたように「長恨歌」その他の馬嵬坡の描写には類似の語句は見られない。相当する表現を「長恨歌」の中で見いだすとすれば「西宮南内多二秋草一」であろうが、これは長安の宮中であり、馬嵬の光景ではない。

黄滔の賦には「駐二此原頭一」とあって、馬嵬坡が「原」と把握されており、「浅茅が原」「野辺」の語に通ずる。また、李益の「過二馬嵬一」(其三)に「丹壑不レ聞歌吹夜、玉階唯有薜蘿風」とあって「薜蘿風」が「浅茅が原」の「風」に近い。中唐の唐求には「鳳髻随二秋草一、輿鑾入二暮山一」と、楊貴妃が「秋草」の中に埋もれたさまを詠む。前者は「長恨歌」以前、後者は「長恨歌」と同じ頃の作か。(10)

(2)　花と露

その「浅茅が原」の「浅茅」もしくは「草の葉」(高遠集)には「露」が置いていた。高遠集に「草の葉に消えにし露」「浅茅が原の露」とあり、唐物語に「野辺こそ露のやどり」「夕の露玉と散る」「野辺と露」とあって、はかなく死んだ楊貴妃や、玄宗の涙の喩えとなっている。また、高遠集は「花鈿委レ地無二人収一」を「はかなくて嵐の風に散る花」と翻案しているが、この歌の「花」は楊貴妃のことと取り得る。

一方、黄滔の賦には「花愁露泣」とあって、花が悲しげに咲き、露が涙を流しているように置いているさまを描く。「認二朱臉之啼痕一」と続くから、その様子があたかも楊貴妃の涙のように見えるという。また、「雨露成レ波、已沾濡而不レ及」と、玄宗の涙を「雨露」に喩えた所もある。

「花愁露泣」は玄宗の見た花や露が悲しげであったこと示し、「褒雲」「秦樹」「啼猿」「飛鳥」いずれも悲しみの象徴といえるが、唐物語に「物のあはれを知らぬ草木までも色かはり、なさけなき鳥けだものさへ涙をながせり」とあるのは、そうした悲しげな自然を表現している。「花」「秦樹」が「草木」に、「啼猿」が「けだもの」に、「飛鳥」が「鳥」にきれいに対応している。

(3)　嵐の風

玄宗が馬嵬を通過した（再訪した）時の情景では、高遠集に「嵐の風」、道済集に「秋風ぞ吹く」、今昔物語集、俊頼髄脳に「浅茅風になみよりて」、唐物語に「浅茅が原に風打吹きて」と「風」が強調されている。「長恨歌」の「風」としては楊貴妃が死んだ後の馬嵬から蜀に向かう道筋の描写として「黄埃散漫風蕭索」の句があるものの場面が相違する。黄滔の賦では長安への帰途の馬嵬の風景に「日惨風悲」とある。李益詩にも「薜蘿風」とあった。

(4)　涙の川

高遠集に、「君臣相顧尽霑レ衣」を「せきもあへぬ涙の川におぼほれてひるまだになき衣をぞ着る」と詠む。同集に「心つつみの」ともあるように、馬嵬坡は「坡《つつみ》」であり、川に面している。ダブリン本「長恨歌絵巻」の馬嵬の場面にも川が描かれているし、黄滔の賦にも「逝川東咽以無レ駐」の句が見られる。「君臣相顧尽霑レ衣」に対応する部分は「雨露成レ波、已沾濡而不レ及」であり、川にひきかけて涙を「波」と表わしているところが「せきもあへぬ涙の川」に近い。唐物語にも「涙におぼれて」とある。

道命阿闍梨集に「涙むせびて行きもやられず」とある「むせぶ」と同様の表現が、黄滔の賦に「逝川東咽以無レ駐」と、詩に「鳴泉亦感二上皇意一、流下隴頭嗚咽多」とあって、ともに玄宗が涙に「咽」ぶ比喩的表現となっている。

さらに、わが国の「長恨歌」受容との関連で問題となりそうな「猿声」と「馬蹄」について付け加えよう。中国伝来の「長恨歌」の諸本では「行宮見レ月傷レ心色、夜雨聞レ鈴腸断声」の「聞レ鈴」とあるところを、わが国の古鈔本及び和漢朗詠集（恋）では「聞レ猿」に作る。「聞レ鈴」の本文は、「楊太真外伝」に見られる如く、玄宗が雨中に駅鈴の音を聞いて雨霖鈴の曲を作ったことを典拠とするために有力視されるが、「断腸」と「猿」は極めて密接に関連するし、ダブリン本「長恨歌絵巻」では、行宮の場面に月とともに猿が描かれてもいる。

「聞レ猿」は日本独自の本文とみなされがちであるが、黄滔の賦に「断腸新出二於啼猿一」とあり、その対句に「比翼不レ如二於飛鳥一」とある。「比翼」が当然「長恨歌」の「比翼連理」を典拠とするように、「断腸」も「長恨歌」による。同じく「啼猿」も古い「長恨歌」の本文を典拠とする可能性がある。もっとも黄滔の賦には「雨鈴製レ曲」ともあり、雨霖鈴にも触れている。ここでは猿の断腸の声が「長恨歌」と無縁なものではなく、「聞レ猿」の本文はそれなりに典拠があることを指摘して置きたい。

早く吉川幸次郎氏が、楊貴妃の遺骸が馬蹄にふみにじられたとの記述が中国とわが国の太平記に見えると述べられている。[11] 元の「天宝遺事諸宮調」に「践二楊妃一」（巻五）、「蛾眉宛転難レ為二主人一、馬蹄踏尽無二尋処一」（巻十二）と見え、太平記に「（戎《えびす》が）楊貴妃ノ御手ヲ引放テ、轅《ながえ》ノ下へ引落シ奉リ、軈《やが》テ馬ノ蹄《ひづめ》ニゾ懸タリケル」とあるのである。「長恨歌」には「宛転蛾眉馬前死」とあるが、具体的に「馬蹄」を持ち出しているわけではない。李益に「太真血染馬蹄尽」（「過二馬嵬一」（其二））と、賈島に「至レ今来往馬蹄腥」（「馬嵬」）とあり、黄滔の賦にも「四面之霜蹄践入」とある。これらが遺骸がふみにじられた様子だとするならば、「天宝遺事諸宮調」に先だつ例となり、太平記に通う表現と言える。

四

上野論文では「浅茅」の語が源氏物語が書かれた時代の「長恨歌」享受における馬嵬の風景の中にあり、しかも桐壺更衣の母親の歌にこの語が含まれていることに着目している。

いとどしく虫の音しげき浅茅生に露おき添ふる雲の上人

ここから氏は、更衣の里第におもむく靫負命婦に楊貴妃の死地の馬嵬を再訪する玄宗のおもかげを見、さらに「いと立ち離れにくき草のもとなり」という表現は「長恨歌」の「到レ此躊躇不レ能レ去」を下敷きにしたとされる。[12]

これはすぐれた御見解であるが、私見では次のことをさらに付け加えた。すなわち、「草のもとなり」に続く靫負命婦の歌に、

鈴虫の声の限りを尽くしても長き夜あかずふる涙かな[13]

とあるが、この歌中の「長き夜」は「長恨歌」の「遅遅鐘漏初長夜」の「長夜」による、しかも漢語の「長夜」には永遠に明けることのない死者の世界の意もあることから、この「長き夜」の語も桐壺更衣の死を暗示している、と述べたのである。

この点は、更衣の里第の光景が馬嵬の情景に重なるとする上野説の補強になると思うが、黄滔の賦にも参考となる句が存在する。

逝川東咽以無レ駐、夜戸下扃而莫レ暁。

この二句では駐まることなく東流する「逝川」と暁《あ》けることのない夜の扉は、ともに現実の馬嵬坡の光景であるとともに、冥界をも暗示している。特に下の句の方は明らかに長い夜の世界を言っているから、「長恨歌」の「遅遅鐘漏初長夜」を意識して作句したと考えられる。「長恨歌」の馬嵬の描写にはこのような語句はなく、馬嵬の風景に死者の世界を取り入れたのは黄滔の賦の特徴と言える。そして、馬嵬を写した更衣の実家の情景にも、浅茅に露が置き、「長き夜」が支配する死者の世界の暗示があった。黄滔の賦と桐壺巻の更衣宅訪問の場面は、共通する描き方をしていると言えよう。

五

「長恨歌」における楊貴妃の描写は漢の武帝の寵妃の李夫人をもととしていることは良く知られている。この両者については源氏物語との関連で何度か論じたことがある(14)が、黄滔の賦においても李夫人の故事を踏まえた部分があるのでその点について考察を加えたい。

「龍脳呈レ香、不レ可レ返二其魂魄一」とあるところは、明らかに武帝が李夫人の魂を招くために方士に焚かせた反魂香の故事を踏まえている。そうすると賦のはじめにある「経二馬嵬一而空念二香魂一」の「香魂」も、幽霊の如くに出現した李夫人の魂のような楊貴妃の魂と考えることができよう。ここはそれを求めることができないので、「空しく念ふ」とあるのである。「長恨歌」においても「魂魄不二曾来入一レ夢」、「能以二精誠一致二魂魄一」と魂に関連する句があり、李夫人の故事を念頭においていよう。

しかしながら、同じく反魂香の故事を意識しながらも「長恨歌」と黄滔の賦との間には大きな隔たりがある。両者ともに楊貴妃の魂を求めているという点では共通するのであるが、その結果が相違するのである。すなわち、

「長恨歌」では方士は魂を降すのに失敗したので、蓬萊山にまで探しに行き、そこで仙女に生まれかわった楊貴妃に出会うというように展開するのに対し、黄滔の賦では馬嵬坡における玄宗の悲哀に焦点をしぼったために蓬萊山の段をあり得ないこととして否定したかのような表現をしているのである。

賦に「杳二龍闕一而難レ尋二艶質一兮、経二馬嵬一而空念二香魂一」とあるのは、蓬萊山が手の届かぬあり得ないところと玄宗に意識されていることを示す。馬嵬坡においては空しく魂を思うしかないのである。「龍脳呈レ香、不レ可レ返二其魂魄一」とあるのは魂を招くことが絶望的であることを意味する。このように魂の存在を求めつつもその手掛りすら得られないとするのが、黄滔の賦の特徴であり、蓬萊山の段が後半の大きな比重を占める「長恨歌」とは対照的である。魂を求めても得られないがゆえに、それだけ玄宗の悲哀は浮彫りにされることになろう。その点に黄滔の賦が、単に「長恨歌」の書き換えでなく新たなる生命を持ったひとつの独立した作品と呼べる理由がある。

紫式部も同様の手法を用いて源氏物語を書いたと言えないであろうか。桐壺巻においては度々「長恨歌」への言及があり、直接の引用もある。特に桐壺の帝の次の歌は更衣を思う帝の気持ちを良くあらわしている。

尋ねゆく幻もがなつてにても魂《たま》のありかをそこと知るべく

この歌の前提となるのは更衣の実家に使いした靫負命婦の存在である。命婦はあたかも「長恨歌」の方士が蓬萊山に使いして「金釵鈿合」を持ち帰ったごとくに、更衣の実家を尋ねて「御髪上《みぐしあげ》の調度めくもの」を持ち帰った。しかし、「長恨歌」の場合はそれは楊貴妃に出会ったことを示す「しるしのかんざし」（桐壺巻）であったが、桐壺巻ではそのかんざしは更衣の死を確認する働きしかしないのである。

私見によれば、桐壺更衣に生き写しの藤壺の登場はあたかも李夫人や楊貴妃の魂のようであった。[15] そこに李夫人や「長恨歌」の物語の利用があるが、実際の桐壺更衣の魂は求めても得られないというのが源氏物語の描き方でもある。「長恨歌」を利用しつつ、黄滔の賦と同様に、魂が得られないがゆえに、帝の悲哀が浮彫りにされることとなろう。

さらに全体としてながめるならば、黄滔の賦と桐壺巻の秋の悲哀の段との間には大きな共通点がある。それは、ある特定の場面に絞って帝の悲哀を描きながら、その中で「長恨歌」をうまく利用して行くという描写方法をとっている点である。黄滔の賦では長安への帰途の暁の馬嵬の情景に焦点を絞り、「長恨歌」全体の表現を用いつつ、安禄山の乱や蓬萊山にまでも言及している。桐壺巻においても靫負命婦派遣の段では、秋の夕暮れから夜明けに至るまでの時間の流れの中で「長恨歌」を巧妙に引用している。ともに、線条的に長い時間の流れる「長恨歌」とは違って、新たな凝縮された時間を作りあげており、それだけに両作品は二人の帝の悲しみをより深く描き得たと言えるだろう。

以上見てきたとおり、黄滔の賦はわが国の「長恨歌」関係の作品と表現において似るところがある。この現象についてはふたとおりの解釈を下すことができよう。一つは同じ「長恨歌」から出発しているがゆえに、似た表現になったという解釈、もう一つは黄滔の賦そのものか、もしくは同種の中国作品が「長恨歌」とともに平安人に読まれ、その上で近似したという解釈である。後者の明徴は今のところ見いだし得ないが、かれこれ比較してみると偶然の一致ということでは片付かないのではないかとも思われる。

注

（1）川口久雄氏『長恨歌絵巻』（昭和五十七年）。
（2）上野英二氏「長恨歌から源氏物語へ」（『国語国文』五十九巻九号、昭和五十六年九月、同氏『源氏物語序説』所収）。
（3）以下、引用は次の諸本による。表記など一部改めたところがある。

今昔物語集　日本古典文学全集
高遠集・道命阿闍梨集・道済集　私家集大成
俊頼髄脳　日本歌学大系
唐物語　古典文庫
長恨歌　金沢文庫本白氏文集

（4）清の胡鳳丹の馬嵬志には楊貴妃関係の諸文献が網羅されている。中華民国の美漢出版社から一九六七年に光緒三年の清刊本の影印本が出ている。本章の李益等の詩についても馬嵬志によった。

（5）本田済氏「続・五代の風気とその文章」（『梅花女子大学開学二十周年記念論文集〈国語国文学篇〉』昭和六十年三月）。

（6）黄滔の賦は馬嵬志巻八、及び御定歴代賦彙（外集巻十四、美麗）にも収める。

（7）ただし、全唐詩には「此一首作二李遠詩一」とある。

（8）私家集大成本では「身にたにもみし」とあるが、漢字を当てるならば上野氏の説く通り「見にだにも見じ」であろう（前掲論文の注十九参照）。

（9）この道済集の「別れし人」は、同歌を引く金葉集、詞花集、俊頼髄脳などでは「別れし野辺」となっている。上野氏が言われているように、これは道済集の誤りであろう（上野氏前掲論文の注十三参照）。

（10）唐求（球）は王建が蜀に帥たる時、召されたという（全唐詩の略伝）。王建は大暦十年（七七五）の進士、八三〇年頃没。これから唐求は九世紀初頭頃の人と推測される。

（11）吉川幸次郎氏「杜甫私記続稿」の「先帝貴妃」（全集第十二巻所収）および、『杜甫詩注』第三冊の「哀二江頭一」の注を参照のこと。

（12）拙稿「桐と長恨歌と桐壺巻―漢文学より見た源氏物語の誕生―」（『甲南大学紀要』文学編四十八、昭和五十八年三月。新間『源氏物語と白居易の文学』所収）。

（13）注12の拙稿では、この鈴虫の声は「長恨歌」の「猿声」から発想されたものと考えたが、一方で雨霖鈴の故事が黄滔の賦や楊太真外伝にあり、その「鈴」からも想を得たのかもしれない。江談抄（群書類従本第六）に「闇野之石」「斜谷之鈴」（匡房の「法勝寺常行堂供養願文」中の句）の出典に関しての記述があり、後者について雨霖鈴の故事をあげ、出所を忘れたとしながらも「長恨歌」の「猿」を「鈴」に改むべしとの匡房の意見が記されている。詳しくは江談抄研究会編『古本系江談抄注解』参照。なお、前者については拾遺記等に見える李夫人の暗海の温石の故事が近い。藤井貞和氏「源氏物語と中国文学」（解釈と鑑賞別冊『講座日本文学　源氏物語上』所収、昭和五十三年五月）、及び大曾根章介氏「川口久雄・奈良正一両氏の『江談證注』を読む」（『和漢比較文学』一号、昭和六十年十月）参照。

（14）拙稿「李夫人と桐壺巻」（阪倉篤義博士監修『論集　日本文学・日本語』二、中古、昭和五十二年五月。新間『源氏物語と白居易の文学』所収）、「源氏物語の結末について―長恨歌と李夫人と―」（『国語国文』四八巻三号、昭和五十四年三月。新間前掲書所収）、及び注12の拙稿。

（15）注14の拙稿「李夫人と桐壺巻」。

第二部　和歌と漢詩文

I　阿倍仲麻呂の詩歌とその周辺
――望郷の月――

一

八世紀の中葉、在唐の阿倍仲麻呂は月を眺めながら、遙か東海の果てに浮かぶわが祖国を思い一首の歌を詠んだ。その歌は紀貫之らによって古今和歌集に採録された。

もろこしにて月を見てよみける　　　　阿倍仲麻呂
天の原ふりさけ見れば春日なる三笠の山に出でし月かも
この歌は、昔仲麻呂をもろこしに物ならはしに遣はしたりけるに、あまたの年を経て、え帰りもうでこざりけるを、この国よりまた使ひまかり至りけるにたぐひて、まうできなむとて、出でたりけるに、明州といふ所の海辺にて、かの国の人馬のはなむけしけり。夜になりて、月のいとおもしろくさし出でたりけるを見てよめる、となむ語り伝ふる。
（巻九、羇旅〈四〇六〉）

唐玄宗の天宝十二載、日本の孝謙天皇の天平勝宝五年、西暦の七五三年のことであった。
しかしながら、古今和歌集は延喜五年（九〇五）の撰であり、この和歌が詠まれてからほぼ一世紀半の月日が流れている。従ってこの和歌の成立については古今和歌集の記述を全面的には信頼できまい。その点検討の余地があるといえよう。

幸いに、この歌ばかりではなく他に仲麻呂の漢詩が二首、仲麻呂と親交があった盛唐の詩人の王維や李白らの漢詩が残っており、貴重な資料を提供している。本章では、仲麻呂関係の作品資料を整理した上で、それらの詩歌の二三の点について私見を述べたいと思う。

二

まず、仲麻呂と関係があるか、もしくは関係がありそうな詩を作詩推定時期により分類して左に一覧する。〔A〕は開元五年（七一七）に入唐してから開元二十一年（七三三）頃までのもの、〔B〕は開元二十一年（七三三）のもの、〔C〕は天宝十二載（七五三）のもの、〔D〕は天宝十三載（七五四）のもの、〔E〕はその他である。

〔A〕

1儲光羲

洛中貽㆓朝校書衡㆒〔五言古詩〕

2釈弁正

与㆓朝主人㆒〔五言律詩〕

〔B〕

3仲麻呂（1）

失題〔五言絶句〕

〔C〕

4劉長卿
同㆔崔載華贈㆓日本聘使㆒〔七言絶句〕
5玄宗
送㆓日本使㆒〔五言律詩〕
6王維
送㆔秘書晁監帰㆓日本国㆒〔五言排律六韻〕（a）序、（b）詩
7趙驊（曄）
送㆔晁補闕帰㆓日本国㆒〔五言律詩〕
8包佶
送㆓日本国聘賀使晁巨卿東帰㆒〔五言排律六韻〕
9仲麻呂（2）
銜㆑命使㆓本国㆒〔五言排律六韻〕
〔D〕
10李白（1）
哭㆓晁卿衡㆒〔七言絶句〕
11李白（2）
送㆔王屋山人魏万還㆓王屋㆒〔五言古詩百二十句〕
〔E〕
12徐凝

送二日本使還一〔五言排律六韻〕

右にあげた各々の詩についてその訓読および略注と問題点を次に記そう。ただし、李白の10・11詩については第三節で触れることにする。

1 儲光羲

洛中貽朝校書衡。朝即日本人也。　洛中朝校書衡に貽る。朝は即ち日本人なり。

万国朝天中　万国天中に朝す
東隅道最長　東隅道最も長し
吾生美無度　吾生美度《はか》る無し
高駕仕春坊　高駕春坊に仕ふ
出入蓬山裏　蓬山の裏《うち》に出入し
逍遥伊水傍　伊水の傍らに逍遥す
伯鸞遊太学　伯鸞太学に遊ぶ
中夜一相望　中夜一《ひと》へに相望む
落日懸高殿　落日高殿に懸る
秋風入洞房　秋風洞房に入る
屢言相去遠　屢《しばしば》言ふ相去ること遠きを
不覚生朝光　覚えず朝光生ず

〔下平声七陽韻。全唐詩、巻百三十八〕

○全唐詩、「吾」に「一作レ朝」の注記あり。

○四庫全書本儲光羲集、本文同じ。
○唐詩紀（巻六十七）に「吾」を「朝」に作り、「朝」に「一作ㇾ吾」の注記あり。
儲光羲は開元十四年（七二六）の進士。題の〔校書〕を杉本直治郎氏は司経局校書（正九品下相当）とされ[1]、吉川幸次郎氏は東宮職づきの修文館校書（従九品下相当）、もしくは司経局校書であろうとされる[2]。この詩から仲麻呂は一時洛陽にいて皇太子に仕えていたことが分かる。
〔天中〕は天の真中、ここは中国、或いはその朝廷をいう。〔東隅〕は東の果ての日本を指す。〔吾生〕は友人の朝衡を親しんで呼び掛けたことば。異文の「朝生」も同じ。ここは後者の方が良いか。一句目と十二句目にも「朝」字を用いており、この詩では朝衡に対する親しみを込めてこの字を繰り返し使用している。〔春坊〕は皇太子の宮。また、皇太子。〔蓬山〕は蓬莱山でここは朝廷の意。〔伊水〕は洛陽近くの川で洛水に注ぐ。〔伯鸞〕は後漢の梁鴻の字。後漢書（逸民伝）に「梁鴻字伯鸞。扶風平陵人也。（中略、父の死の）後受二業太学一。家貧而尚二節介一。博覧無ㇾ不ㇾ通。而不ㇾ為二章句一」とある。孤にして「太学」に学んだこと、つつましくて博覧であったことが仲麻呂を梁鴻に喩えた理由であろう。〔太学〕は、6（a）王維の詩序（中略部）に「名成二太学一、官至二客卿一」と見える。〔相望〕は故郷の日本を思って空を眺めること。〔屢言相去遠〕も儲光羲と離れていることを寂しく思い口にする、の意に取れぬこともないが、やはり日本のことを言っているとしたい。この望郷の気持ちは「天の原」の歌に通ずるといえよう。3仲麻呂詩（1）を見ても仲麻呂は早くから故郷のことを思っていたようである。

2釈弁正
与朝主人　　朝主人に与ふ
鐘鼓沸城闉　　鐘鼓城闉に沸き

戎蕃預国親　　戎蕃国親に預る
神明今漢主　　神明たり今の漢主
柔遠静胡塵　　柔遠胡塵を静む
琴歌馬上怨　　琴歌馬上の怨
楊柳曲中春　　楊柳曲中の春
唯有関山月　　唯関山月有りて
偏迎北塞人　　偏《ひとへ》に北塞の人を迎ふ

〔上平声十一真韻。懐風藻〔二六〕〕

懐風藻の伝によれば、釈弁正は年少時に出家、大宝二年（七〇二）に第七次遣唐使(3)に従って入唐、即位前の玄宗と知り合い、ともに碁を打って賞遇せられたという。また、「有二子朝慶・朝元一。法師及慶在レ唐死。元帰二本朝一、仕至二大夫一。天平年中、拝二入唐判官一、到二大唐一見二天子一。天子以二其父故一、特優詔厚二賞賜一。還二至本朝一尋卒」ともあって、朝慶・朝元の二人の子がおり、弁正と朝慶は客死、朝元は日本へ帰り、後に遣唐使の判官として再び唐の地を踏み、玄宗から優遇されたことが分かる。(補注1)

朝元は養老三年四月に忌寸姓を賜っているから（続日本紀）、それまでに帰国したことになる。おそらく養老元年（七一七）に入唐、二年十二月に奈良に帰った第八次遣唐使とともに帰朝したのだろう。仲麻呂はこの時唐に渡っている。とすると、朝元は仲麻呂と入れ替わりに日本へ帰って来たことになる。

朝元の「天平年中」の入唐は天平五年（開元二十一年、七三三）の第九次遣唐使で、伝の記述はこの時までに弁正が死んでしまったかのように読める。(4)そうならば、この詩の制作時期は、開元二十一年（七三三）までとなろう。

小島憲之氏は、この詩題の〈朝主人〉は子の朝元或いは朝慶を指していようが、子を「主人」と呼ぶことに不自然さがあり、仲麻呂を指すのではないかという一案を出されている（日本古典文学大系『懐風藻』補注）。今枝二郎氏は積極的にその説を推されている。[5] 朝姓が中国では稀なことを[6]考えるならば、ここは仲麻呂ととって良いであろう。

年少にして出家した弁正が妻や幼少の二人の子供を中国に連れて行ったとは考えられないから、二人の母親は中国人であったろうし、朝元の名は日本では秦忌寸朝元（続日本紀）であるが、中国では只の朝元であったろう。懐風藻の伝にも二子をそれぞれ「慶」「元」と記す。即ち朝元あるいは朝慶は唐名であり、「朝」は姓であると考えられる。この「朝」は仲麻呂の唐名である朝衡と共通する。どちらの名が先につけられたかを考えるならば、朝衡よりも中国で生まれ成長した朝慶・朝元の方が先であろう。つまり、仲麻呂が「朝衡」という唐名を持ったのは、通説では「朝臣」の「朝」によるとされるが、[7] この兄弟の名にも関わるのではないか。一方、古今和歌集目録等には朝衡の名は唐の朝廷から与えられたとあるから、[8] これに従えば、朝慶・朝元の名も朝廷から与えられ、それに準じて朝衡の名も与えられたと考えられる。或いは、弁正が息子達に付けた「朝」姓を朝廷が仲麻呂に与えたということであるかもしれない。

弁正は朝元を日本へ帰国させ、同時に朝元よりやや年上に当る仲麻呂と知り合った。この若い留学生を息子のように思ったに違いない。もっと積極的に考えるならば、仲麻呂を「朝」家の同族として養子待遇としたかもしれない。少なくとも旧知の間柄である玄宗に推挙はしたであろう。後に玄宗に認められて出世する仲麻呂の唐での第一歩は、この弁正の父親のごとき愛情によるところが大きいのではないだろうか。

詩注は懐風藻の注に譲る。懐風藻にはさらにもう一首の弁正の作「在㆑唐憶㆓本郷㆒」があり「日辺瞻㆓日本㆒、雲裏望㆓雲端㆒。遠遊労㆓遠国㆒、長恨苦㆓長安㆒」と望郷の念を詠む。この弁正の二首の詩については後述する。

3仲麻呂（1）

失題

慕義名空在
輸忠孝不全
報恩無有日
帰国定何年

失題

義を慕ふも名空しく在り
忠を輸《つく》すも孝全《まった》からず
恩に報いむとするに日有る無し
国に帰るは定めて何れの年ならむ

〔下平声一先韻。内閣文庫本日本詩紀、巻六〕

○国書刊行会本日本詩紀、「有」を「何」に作る。
○群書類従本古今和歌集目録（巻二百八十五）、「輸」を「愉」に作る。

古今和歌集目録には「（前略）十九年、京兆尹崔日知薦レ之。下レ詔褒賞、超拝ニ左補闕一。二十一年、以ニ親老一上請レ帰、不レ許。賦レ詩曰」とあって、この詩を載せる。「十九年」、「二十一年」は開元年間と考えられている。従って、この詩は開元二十一年（七三三）に仲麻呂が親が年老いたことを理由に日本帰国を上奏したが許されなかった、その折に作られたものである。

〔義〕は君臣の正しい道。〔名〕は臣下としての名誉。評判。〔空在〕とは玄宗に仕えて大して功績のないことをいう。〔輸〕は、つくす、いたすの意。「愉」では意が通じがたいので採らない。〔輸忠孝不全〕は、唐に残って玄宗に仕えることと、日本に帰って親に孝行をすることが矛盾するのをいう。〔報恩〕は君主に対する恩と親に対する恩との両様に考えられるが、ここでは後述する王維の詩序6（a）に「関羽報恩」とあることなどを考慮して君主に対する恩ととる。玄宗に対して恩を報ずる機会がないから、帰国がいつになるかわからないの意。

4
劉長卿

同崔載華贈日　　崔載華の日本聘使に
本聘使　　　　　贈るに同ず
憐君異域朝周遠　君を憐れむ異域周に朝することの遠きを
積水連天何処通　積水天に連なり何処《いづこ》にか通ぜん
遙指来従初日外　遙かに指す来り従ふは初日の外《ほか》
始知更有扶桑東　始めて知る更に扶桑の東に有るを

〔上平声一東韻。全唐詩、巻百五十〕

○四部叢刊本劉随州文集巻八、本文同じ。

劉長卿は開元二十一年（七三三）の進士。崔載華が日本聘使に贈った詩に劉長卿が和したもの。全唐詩には作者としての崔載華の名はなく、劉長卿と同時の作は失われたようである。(9) 作詩時については、第九次遣唐使の開元二十一年（七三三）では劉長卿が進士となった年で早過ぎる。第十一次は、在唐の藤原清河を迎えるために派遣した変則的な遣唐使であり、日本に来た渤海使の帰国に際して同行させた。唐朝も安禄山の乱の直後で治安が乱れ、結局藤原清河の帰国は実現しなかったわけであり、この時である可能性は低いと思う（続日本紀、天平宝字三年二月条・天平宝字五年八月条）。従って、一応大使藤原清河の第十次遣唐使の時の作としたい。〔日本聘使〕は9包佶詩の「聘賀使」と同じと考える。

杉本氏はこの作を第十次遣唐使に贈られた作とされた上で、〔日本聘使〕を8包佶詩の「聘賀使」と同じく吉備真備とするが特定する必要はあるまい。(10) 詩中に後の5〜8・12に見られる送使の表現はなく、遣唐使の歓迎の宴席などで詠まれたものと思われる。当然この宴に仲麻呂も同席していたであろう。

〔周〕は中国のこと。〔来従〕は来り従うこと。〔積水〕は海の意。荀子〔儒効篇〕に「故積レ土而為レ山、積レ水而為レ海」とある。王維の詩6（b）に「積水不レ可レ極」ともある。〔初日〕は昇ったばかりの太陽。東の果てにある日本を「初日外」と強調していう。日本の国名を意識して「日」を用いたのであろう。日本の国名については、王維の詩の注参照。〔扶桑〕は十洲記などに見える東王父の住む伝説上の島。日本の位置を扶桑のさらに東にあると考えた。王維の詩に「郷樹扶桑外」ともある。

5 玄宗

送日本使　日本使を送る

日下非殊俗　日下俗を殊にするにあらず
天中嘉会朝　天中会朝を嘉《よみ》す
念余懐義遠　余を念ひて義の遠きを懐ふ
矜爾畏途遙　爾《なんぢ》を矜《あは》れみて途《みち》の遙かなるを畏《おそ》る
漲海寛秋月　漲海秋月に寛《ゆた》けからむ
帰帆駛夕飆　帰帆夕飆《せきへう》に駛《は》せむ
因驚彼君子　因りて驚かむ彼の君子
王化遠昭昭　王化遠く昭昭たるを

〔下平声二蕭韻。日本詩話叢書本全唐詩逸〕

○知不足斎叢書本全唐詩逸、「駛」を「駃」に作る。
○大日本仏教全書本日本高僧伝要文抄、「念」を「朝」に、「駛」を「駃」に作る。

○筒井英俊氏校定本東大寺要録、「念」を「朝」に作る。
○続々群書類従本東大寺要録、「念余」を「爾餘」に、「駛」を「駃」に、「驚」を「聲」に、「昭昭」を「照々」に作る。

この詩は、もと鑑真とともに日本に来朝した唐僧の思託の著延暦僧録（第一、勝宝感神聖武皇帝菩薩伝）にあったもの。この著は逸したが、日本高僧伝要文抄、東大寺要録に延暦僧録が引用されたため残った。ただし、新訂増補国史大系の日本高僧伝要文抄にはこの部分が欠けている。市河世寧（寛斎）の全唐詩逸には日本高僧伝要文抄から採録された。なお、蔵中進氏はこの詩について詳述しておられる。(11)

〔日下〕は太陽の下の日本の意。日本の国名を意識した表現。〔会朝〕は諸侯が天子に挨拶に行くこと。朝廷で会うこと。〔念余〕のところは異文が多いが、「朝余」「爾余」とあるのは前後の句と「朝」「爾」字が重複するので誤字と思われる。〔義〕は君臣の道。3の仲麻呂詩（1）にも「慕義」とあった。ここは宗主国の皇帝と朝貢国の国使との関係を〔義〕と表現した。三四句は一応右のように訓んでおく。「あなた方は余のことを思い、君臣の道の遠方にあるのを慕って来た。余はあなた方を憐れみ、帰途の遙かなことを恐れている」の意か。(12)〔駛《し》〕は、馬が速く走る、はす、疾走する、の意。異文の「駃《けつ》」は、速く走る良馬、走る、はやい、の意。「駚《あう》」は、馬のさまの意。三字いずれも仄声であるがここは「駛」が妥当。〔飆〕は、つむじ風、大風。飈は俗字。〔帰帆〕は王維詩6（b）にも「帰帆但信㆑風」と見える。

6王維（a）

送秘書晁監帰日本国（序）

秘書晁監の日本国へ帰るを送る（序）

（前略）
海東国日本為大
服聖人之訓
有君子之風
正朔本乎夏時
衣裳同乎漢制
（中略）
遊宦三年
願以君羹遺母
不居一国
欲其昼錦還郷
荘舄既顕而思帰
関羽報恩而終去
於是稽首北闕
裹足東轅
篋命賜之衣
懐敬問之詔
金簡玉字
伝道経於絶域之人

海東の国は日本を大と為す。
聖人の訓へに服し、
君子の風有り。
正朔、夏の時に本づき、
衣裳、漢の制に同じ。

宦に遊ぶこと三年、
願はくは君の羹を以つて母に遺《おく》らん。
一国に居らず、
其れ昼に錦《にしき》きて郷に還らんと欲す。
荘舄《きうせき》既に顕れて帰るを思ひ、
関羽恩に報いて終《つひ》に去る。
是に於いて北闕に稽首し、
足を東轅に裹《つつ》む。
命賜の衣を篋《はこ》にし、
敬問の詔を懐《ふところ》にす。
金簡玉字、
道経を絶域の人に伝へ、

方鼎彝尊
致分器於異姓之国
琅琊台上
回望龍門
碣石館前
敻然鳥逝
鯨魚噴浪
則万里倒回
鷁首乗雲
則八風卻走
扶桑若薺
鬱島如萍
沃白日而簸三山
浮蒼天而呑九域
黄雀之風動地
黒蜃之気成雲
渺不知其所之
何相思之可寄
嘻去帝郷之故旧

方鼎彝尊《いそん》、
分器を異姓の国に致す。
琅琊台上、
龍門を回望し、
碣石《けつせき》館前、
敻然《けいぜん》として鳥のごとく逝く。
鯨魚浪を噴くときは、
則ち万里倒《さかしま》に回《めぐ》り、
鷁首《げきしゆ》雲に乗るときは
則ち八風卻《しりぞ》き走る。
扶桑は薺《なづな》の若く、
鬱島は萍《うきくさ》の如し。
白日を沃《そそ》ぎて三山を簸《あふ》り、
蒼天を浮べて九域を呑む。
黄雀の風地を動かし、
黒蜃の気雲を成す。
渺《べう》として其の之く所を知らず。
何ぞ相思の寄すべき。
嘻《ああ》、帝郷の故旧を去りて、

謁本朝之君臣　本朝の君臣に謁せんとす。
詠七子之詩　七子の詩を詠じ、
佩両国之印　両国の印を佩ぶ。
恢我王度　我が王度を恢《おほ》いにし、
諭彼蕃臣　彼の蕃臣を諭す。
三寸猶在　三寸猶在り、
楽毅辞燕而未老　楽毅燕を辞して未だ老いず。
十年在外　十年外に在り、
信陵帰魏而逾尊　信陵魏に帰りて逾《いよいよ》尊し。
子其行乎　子其れ行けや。
余贈言者　余《わ》れ言を贈る者なり。

この詩序については、注釈として清趙殿成の王右丞集箋注、及びそれを参照して書かれた釈清潭著の続国訳漢文大成本王右丞集などがあるので、詳しくはそちらに譲りたい。右の本文は後者によった。ここでは人物を用いた比喩について述べる。

〔荘舄既顕而思帰〕は史記（陳軫伝）に見える荘舄《そうせき》の故事。越人の荘舄は楚に仕えて執珪（公爵）に至り、病気にかかった。楚王は彼が今でも越のことを思っているかどうか知りたいと中謝に問うと、病者の声を聞くと分かるという。もし越のことを思っていれば越の声で話し、そうでなければ楚の声で話すであろう。人をやって荘舄の声を聞かせると越の声であった。ここは仲麻呂が栄達してもなお日本に帰りたいと思っていることを荘舄に喩えた。「越人荘舄、仕ㇾ楚而執珪。有頃而病。楚王曰、舄故越之鄙細人也。今仕ㇾ楚執珪、貴富矣。亦思ㇾ越不。中謝対曰、凡人之思レ故、在二其病一也。彼思レ越則越声、不レ思レ越則楚声。使二人聴一レ之、猶尚越声也」（史記、巻七十、張儀列伝、陳軫伝）。建安の七子の一人である魏の王粲（仲宣）の「登楼賦」（文選巻十一）に「鍾儀幽而楚奏、荘舄顕而越吟」とある。王粲が長安の乱を避けて荊州（現湖北省）に来ていた時にこの賦を作ったという。また、李白の「書懐詩」に「楚懐冠二鍾儀一、越吟比二荘舄一」とあり、「登楼賦」によったことが明らかである。ここに見える「鍾儀」は春秋楚の伶人で琴の名手。捕われ晋に献ぜられて、恵公に琴を聞かせ、後に楚に返される（春秋左氏伝成公九年条。芸文類聚琴部に左伝を引く）。また、天元五年（九八二）に入宋僧奝然のために書かれた慶滋保胤の「奝然上人入唐時為レ母修レ善願文」（本朝文粋巻十三〈四一一〉）に、「彼鍾儀之遇二縶囚一也、尚奏二楚楽一。荘舄之得二富貴一也、不レ変二越声一。胡馬非二北風一不レ嘶。越鳥非二南枝一不レ巣。雖二誠禽獣一、猶思二郷土一。況於二人倫一、豈軽二桑梓一乎」とある。時代が降るとは言え、外国における日本人の心情を同じく荘舄と鍾儀に喩えており、興味深い。〔関羽報恩而終去〕は、三国志に見える関羽の事をいう。魏の曹操が蜀の劉備を破り、部下の関羽を捕らえ、偏将軍に任命して重用した。関羽には魏に止まる意思がないように見えたので、曹操がその意思の有無を張遼に尋ねさせると、関羽は、劉備の厚恩を受けており、背くことはできないから魏には止まれないという。後、顔良を殺して曹操の恩に報いてから関羽は魏を去り、劉備に従った。ここは、仲麻呂が玄宗の恩に報いて唐を去り、日本に帰ることを、関羽が魏を去ることに喩えたのである。〔三寸〕は舌の意。楽毅が弁舌を以ってその才能を発揮したことをいう。〔楽毅辞燕〕は史記（巻八十、楽毅列伝）に詳しい。魏の使いとして燕に赴いた楽毅は燕の昭王のもとで認められ亜卿（次位の大臣）となった。楽毅は斉に恨みを抱く昭王の為に画策し、趙楚韓魏燕の軍を率いて斉を破った。昭王の死後、子の恵王は楽毅を疑ったので楽毅は趙に降ったが、斉に敗れて非を悟り、楽毅と恵王はよしみを通じた。趙燕二国は楽毅を「客卿」に任じた。ここは、唐を去った後も日本で活躍するであろう仲麻呂を、燕を辞してからも趙で認められた楽毅に喩える。「客卿」の語はこの序の中略部に「名成二太学一、官至二客卿一」と見える。〔十年在外〕は次に述べる信陵君が十年趙にいたことをいう。〔信陵〕は戦国魏の昭王の末子無忌。信陵君と号した。史記（巻七十七、魏公子列伝）に詳しい。信陵君の姉は趙の平原君の夫人であった。秦が趙を討つに及んで平原君は信陵君に助けを求めた。しかし魏王は秦の強大を恐れて将軍晉鄙に軍を止めさせた。信陵君は策略を用いて晉鄙を殺し、軍勢を率いて秦を討った。趙は救われたが、魏王を裏切ることになったため信陵君はそのまま趙にとどまる。十年の後、再び秦が魏を攻めたので魏王は懇願して信陵君を呼び戻した。信陵君は魏に戻り、秦を函谷関の西に封じこめるのに成功した。ここは日本に帰って尊敬されるであろう仲麻呂を十年趙にいてなお魏に帰って尊敬された信陵君に喩えた。

6王維（b）

送秘書晁監　　秘書晁監の日本
帰日本国　　国へ帰るを送る
積水不可極　　積水極むべからず
安知滄海東　　安《いづく》んぞ知らむ滄海の東
九州何処遠　　九州何れの処か遠き
万里若乗空　　万里空に乗ずるが若し
向国惟看日　　国に向ひては惟《ただ》日を看《み》る
帰帆但信風　　帰帆は但風に信す
鰲身映天黒　　鰲身《がうしん》天に映じて黒く
魚眼射波紅　　魚眼波を射て紅なり
郷樹扶桑外　　郷樹扶桑の外

主人孤島中　　主人孤島の中
別離方異域　　別離して方《まさ》に域を異にせむとす
音信若為通　　音信若為《いかん》ぞ通ぜむ
〔上平声一東韻。王右丞集箋注〕

○極玄集（上巻）、「遠」を「所」に、「鰲」を「黿」に作る（「鰲」は「黿」の俗字）。
○唐詩記事（巻十六）、「秘」なし。「処遠」を「重去」に、「惟」を「唯」に、「鰲」を「黿」に作る。
○文苑英華（巻二百六十八）、「魚」に「作レ蜃」の注記あり。「若」を「苦」に作る。
○全唐詩（巻百二十七）、「遠」に「一作レ所」、帆に「一作レ途」、魚に「一作レ蜃」の注記あり。
○王右丞集箋注、「遠、極元集作レ所」、「帆、一作レ途」、「魚、一作レ蜃」の注記あり。
○唐詩品彙（巻七十四）、題を「奉三秘書晁監還二日本一」とし、「姚合極玄集以二此篇一圧巻」と注記する。「九州」に「劉云、九州用レ騶忌レ語」と注記する。

この詩、唐詩品彙にあるように、中唐姚合撰の極玄集では巻初に載せる。唐詩選にも採られ、古来有名なものである。

〔九州〕は序にある「九域」と同じで中国及び他の八つの地域、つまり世界全体をいう。〔積水〕は、4劉長卿詩に見えた。〔向国惟看日〕とあるのは、東の方向を見ると母国は見えずに太陽ばかりが見えることをいうが、唐詩正声に「国名二日本一、故借レ看レ日言レ之」と注するように、太陽のもとにあるという日本の国号を意識している。旧唐書倭国日本伝に「日本国者倭国之別種也。以三其国在二日辺一、故以二日本一為レ名」とあり、唐王朝に至って始めて日本の国号が正式に認識された。また、晋書、明帝紀に見える「長安日辺」の故事にもよる表現。「明皇帝、幼而聡哲、為元帝所レ寵レ異。年数歳、長安使来。因問レ帝曰、汝謂下日与二長安一孰遠上。対曰、長安近、不レ聞下人従二日辺一来上、居然可レ知也。元帝異レ之。明日宴二群僚一。又問レ之。対曰、日近。元帝失レ色、曰、何乃異二間者之言一乎。対曰、挙レ目則見レ日、不レ見二長安一。由レ是益奇レ之」。前述の、2釈弁正「在レ唐憶二本郷一」詩に「日辺瞻二日本一、雲裏望二雲端一」とあるのもこの故事と日本の国号を意識している。〔鰲〕（鼇）は大海亀。三神山を背負うという。〔主人〕は仲麻呂を指すという説が有力である。(補注2)

7趙驊（曄）

送晁補闕　　晁補闕日本国に

帰日本国　　帰るを送る

西掖承休瀚　　西掖休瀚を承け
東隅返故林　　東隅故林に返る
来称郯子学　　来りては称す郯子《たんし》の学
帰是越人吟　　帰るは是れ越人の吟
馬上秋郊遠　　馬上秋郊遠く
舟中曙海陰　　舟中曙海陰《くら》し
知君懐魏闕　　知る君の魏闕を懐ひ
万里独揺心　　万里独り心揺がすを

〔下平声十二侵韻。全唐詩、巻百二十九〕

○唐詩記事（巻二十七）、「郯」を「剡」に作る。
○唐詩紀（巻百六十二）、「驊」を「驛」に作る。題下に「按二此題一当下与二王維一同時作上」の注記あり。「郯」を

「剡」に作る。

趙驊《か》は全唐詩の伝に「一作ㇾ曄」とあり、趙曄《よう》ともされる。杉本氏は旧唐書忠義伝に「趙曄」とあるのを引かれ、後者を本来の名とされる。(13)

この詩は題に「補闕」とあって、王維の詩に「秘書監」、李白の詩に「卿」とあるのと矛盾する。それで杉本氏は開元二十一年（七三三）に帰国しようとして許されなかった折の作ではないかとされる。(14) それに対し、吉川氏や今枝氏は天宝十二載（七五三）の作であるとし、補闕は兼官とする。(15) 一応天宝十二載説に従うとすると、詩中に「秋郊」とあり、季節では5玄宗詩の秋に一致する。

〔休瀚〕は官吏の休暇をいう。〔称〕は、となえる、たたえるの意では平声、かなうの意では仄声。四字目の「子」は仄声であるからここは平声の方が良いであろう。〔郯子《たんし》〕は唐詩記事に「剡子《えんし》」とある。「剡子」は周の人で、二十四孝の一人。父母が牝鹿の乳を求めたので鹿の皮を被って手に入れたという。ここは全唐詩の「郯子」の方が良い。〔郯子〕は春秋郯国の君。昭公の時魯に朝す。春秋左氏伝の昭公十七年条に「秋、郯子来朝、公与ㇾ之宴。昭子問ㇾ焉曰、少皞氏、鳥名官、何故也。郯子曰、吾祖也、我知ㇾ之。昔者黄帝氏以ㇾ雲紀。（中略）仲尼聞ㇾ之、見ニ於郯子一而学ㇾ之。既而告ㇾ人曰、吾聞ㇾ之、天子失ㇾ官、学在ニ四夷一。猶信」とある。魯の国が古い制度を失ったので、孔子が古制を良く知る郯子に学を習ったというのである。これが即ち「郯子の学」である。6（a）王維の詩序に「海東国日本為ㇾ大。服ニ聖人之訓一、有ニ君子之風一。正朔本ニ乎夏時一、衣裳同ニ乎漢制一」とあって、日本が中国の古い制度を伝えていることを述べている。ここで趙驊のいう「郯子の学」とは孔子も教えを受けたように趙驊らも仲麻呂から中国の古制を学ぶことができたという意で、古い中国の伝統を伝える日本の文化と仲麻呂の博識を褒めた措辞である。〔越人吟〕はやはり王維の詩序に見えた荘舄の「越声」の故事をいう。この「吟」はいかなる意味であろうか。典拠となる史記には「越声」とあり、この「声」は単なる声にも歌声にもとれる。しかし、王粲の対に

「楚奏」「越吟」とあり、保胤の対に「楚楽」「越声」とあって「吟」は歌声の意ととれる。ここは仲麻呂の歌声のことを「越人吟」といったと思われる。荘舃にとってはそれは越の歌のはずだが仲麻呂にとっては日本語の歌の意となる。王維・趙驊らが参加した仲麻呂送別の宴で、或いはそれ以前に、仲麻呂は日本語で歌を詠んだのではあるまいか。それが王維が「荘舃既顕而思レ帰」といい、趙驊が「帰是越人吟」といった理由なのではないか。その日本語の歌は漢訳されて王維・趙驊らに伝えられたかもしれない。その歌は現在残っている資料からいえば「天の原」歌以外にはない。土佐日記には「天の原」歌が中国人に伝えられ、感愛されたと書かれている。「かの国人、聞き知るまじくおもほえたれども、ことの心を男文字にさまを書きいだして、ここの言葉伝へたる人に言ひ知らせければ、心をや聞き得たりけむ、いと思ひのほかになむ愛でける。もろこしとこの国とは、言ことなるものなれど、月の影は同じことなるべければ、人の心も同じことにやあらむ」という土佐日記の記述は、趙驊の「越人吟」を解説したような内容であり、送別の宴の真実をかなり正確に伝えているのではないかと思われる。

8包佶

送日本国　　日本国聘賀使
聘賀使晁　　晁巨卿東帰す
巨卿東帰　　るを送る
上才生下国　　上才下国に生る
東海是西隣　　東海は是れ西の隣
九訳蕃君使　　九訳蕃君の使にして
千年聖主臣　　千年聖主の臣たり

野情偏得礼　　野情偏へに礼を得
木性本含仁　　木性本より仁を含む
錦帆乗風転　　錦帆風に乗じて転ず
金装照地新　　金装地を照して新たなり
孤城開蜃閣　　孤城蜃閣開き
暁日上車輪　　暁日車輪上る
早議来朝歳　　早く議せよ来朝の歳
塗山玉帛均　　塗山玉帛均しからむ

〔上平声十一真韻。文苑英華宋刊本、巻二百九十六〕

○文苑英華明刊本、「巨」を「臣」に、「閣」を「閤」に作る。
○全唐詩（巻二百五）、「仁」を「真」に作り、「一作ㇾ仁」と注記する。「車」を「朱」に、「議」を「識」に作る。

包佶は天宝六載（七四七）の進士。題の「聘賀使」は「聘問賀正使」のことで、おとずれ、賀する使いの意。天宝十二載（七五三）正月に第十次遣唐使の大使藤原清河らが諸国の使いとともに朝賀したことが、続日本紀（巻十九）、冊府元亀（巻九百七十一、ただし三月とする）、日本高僧伝要文抄所引延暦僧録などに見える、と杉本氏が論じておられる。(16)

また、杉本氏は全唐詩に「巨」とあるところが、文苑英華に「臣」とあることを指摘され、この詩は「晁卿」と呼ばれた仲麻呂に贈られたのではなく、「晁臣卿」に贈られたとされた。そして「晁臣卿」は吉備真備を指すという。(17) しかし、「臣」とあるのは明刊本の文苑英華であり、宋刊本は全唐詩と同じく「巨」とある。(18) 上平声十一真韻は仲麻呂詩と同韻であり、詩体も六韻排律で同じである。やはりこの詩は仲麻呂に贈ったものとして良かろう。〔巨卿〕は全唐詩巻七百三十二、朝衡条の伝に「朝衡、字巨卿」とあり、中国ではある時期からは仲麻呂の字と認識されていた。或いはこの包佶の詩題によって字を巨卿と判断したのかもしれない。全唐詩の伝が文苑英華の包佶の詩題によったのならば、それは「晁臣卿」ではなく「晁巨卿」とある本文によったことになる。いずれにしろ、この「巨卿」を字ととることの可能性は否定できない。

〔木性〕は、〔野情〕と同じく仲麻呂の質朴の性質をいう。論語（子路篇）「剛毅木訥」の集解に「木、謂二質樸一」とある。〔蜃閣〕は蜃気楼のこと。6（a）王維の序に「黒蜃之気成レ雲」とあり、12徐凝の詩に「蜃気状二仙宮一」とある。〔車〕は「朱」とともに平声。この一聯は、孤城と見えたのは蜃気楼であり、明け方の太陽は（赤い）車輪のようである、の意。ここで「日」を持ち出すのは「日本」の国名を意識してであろう。〔錦帆〕は錦で帆を飾った船。〔金装〕は金で飾った車馬。遣唐使は船で旅するとのみ思われがちであるが、7趙驊の詩にも「馬上秋郊遠。舟中曙海陰」の対句があり、陸路の車馬での旅も日程の大きな部分を占めると認識されていた。〔塗山〕は安徽省淮河の東南の山名。禹が妃の塗山氏を娶ったところ。位置については諸説ある。春秋左氏伝の哀公七年条に「禹会二諸侯于塗山一、執二玉帛一者万国」とあり、禹の婚礼を祝して万国が会したという。〔玉帛〕は諸侯が会する時に持ち執る礼物の玉ときぬ。前引の左氏伝にも見えた。その注に「諸侯執レ玉、附庸執レ帛」とあり、諸侯は玉を執り、その下の小国（附庸）は帛を執った。ここは、仲麻呂が帰国した後、塗山に多数の国々が玉帛を持って会した如くに、唐の朝廷に来朝することを早く議するように要請した。

9仲麻呂（2）

衘命使本　　命を衘《ふく》みて本国に

国　　胡衡　　使ひす　　胡衡

銜命将辞国　　命を銜み将《まさ》に国を辞せんとす
非才忝侍臣　　非才侍臣を忝なうす
天中恋明主　　天中明主を恋ひ
海外憶慈親　　海外慈親を憶ふ
伏奏違金闕　　伏奏して金闕を違《さ》る
騑驂去玉津　　騑驂して玉津を去る
蓬萊郷路遠　　蓬萊郷路遠く
若木故園隣　　若木は故園の隣なり
西望懐恩日　　西望して恩を懐ふ日あらむ
東帰感義辰　　東帰して義に感ずる辰《とき》あらむ
平生一宝剣　　平生の一宝剣
留贈結交人　　留めて結交の人に贈らむ

〔上平声十一真韻。文苑英華、巻九十六〕

○唐雅、作者を朝衡とする。
○唐詩品彙（巻七十六）、「本国」を「日本国」に作る。
○全唐詩（巻七百三十二）、題を「銜㆑命還㆑国作」に作る。「隣」を「林」に作る。作者を「朝衡」とし、「品彙作㆓胡衡㆒」の注記あり。

○本朝一人一首、本文同じ。題に「或本字上有㆓日字㆒者非」、作者名に「胡当㆑作㆑朝」とある。
○日本詩紀（巻六）、「遠」を「近」に作る。

この詩の作者は文苑英華・唐詩品彙に「胡衡」とあり、唐雅・全唐詩に「朝衡」とある。杉本氏は、文苑英華の「胡」が実は「朝」の誤りであることを発見したのは日本では林羅山の第四子、林靖（春徳）であることを詳説されておられる。[19] また、氏は唐雅に「朝衡」とあることを見出したのは松下見林の異称日本伝であることも指摘されている。[20]

新旧両唐書日本伝には「朝衡」とあるのだから中国側ではこの誤りに早くから気付いていたと見え、唐雅・全唐詩には正しく「朝衡」としている。題に「本国」とあるところ、唐詩品彙は「日本国」とする。仲麻呂は玄宗の命を受けていたのであるから、「日本国へ使ひす」とあって良い。むしろ「本国」のみでは仲麻呂が日本人であることがわからないのではあるまいか。6王維・7趙驊の詩題にも「帰㆓日本国㆒」とあった。

〔天中〕は天の中央。唐の朝廷をいう。5玄宗の詩にも「天中嘉㆓会朝㆒」と見えた。〔騑驂〕はそえ馬のこと。轅を挟む両側の馬を服馬といい、さらに服馬を挟む馬をいう。また、馬のとどまらないさま。ここは、港まで陸路を馬で進むことをいうか。〔銜命〕は仲麻呂が唐を去るについては玄宗の勅命があったことをいう。その内容は、日本に帰ることを許すだけではなく、日本の朝貢に対しての答礼の意味もあったと思われる。6（a）王維の詩序に、「篋㆓命賜之衣㆒、懐㆓敬問之詔㆒。金簡玉字、伝㆓道経於絶域之人㆒。方鼎彝尊、致㆓分器於異姓之国㆒」と見え、下賜の衣と敬問の詔などを日本に伝えることが仲麻呂の使命でもあった。〔憶慈親〕は、仲麻呂が日本に戻りたかった最大の理由は親に会いたかったことであることを示す。3仲麻呂（1）「失題」詩にも「輸㆑忠孝不㆑全」とあって、開元二十一年（七三三）にも同じ理由で帰国を申請していた。

12徐凝

送日本使還　　日本使の還るを送る
絶国将無外　　絶国将《まさ》に外無し
扶桑更有東　　扶桑更に東有り
来朝逢聖日　　来朝して聖日に逢ふ
帰去及秋風　　帰り去るは秋風を及《お》ふ
夜泛潮迴際　　夜は泛ぶ潮迴る際《あひだ》
晨征奔蒼中　　晨《あした》は征く奔蒼の中《うち》
鯨波騰水府　　鯨波水府を騰げ
蜃気状仙宮　　蜃気仙宮を状《かた》どる
天眷何期遠　　天眷《てんけん》何ぞ遠きを期《ちぎ》らむ
王文久已同　　王文久しくして已に同じ
相望杳不見　　相望むとも杳として見えず
離恨托飛鴻　　離恨飛鴻に托す

〔五言六韻、上平声一東韻。文苑英華、巻二百九十七〕

○全唐詩（巻四百七十四）、作者を徐凝とする。「奔蒼」を「蒼奔」に作る。

この詩は全唐詩では作者を徐凝としている。徐凝は全唐詩の伝に「元和中官至㆓侍郎㆒」とあって、元和中に活躍した人であり仲麻呂よりも時代がくだる。江州左遷中の白居易に寄せた「寄㆓白司馬㆒」の作があり、「三条九陌花時節、万戸千車看㆓牡丹㆒。争遣㆓江州白司馬㆒、五年風景憶㆓長安㆒」（都の牡丹の花を何とか白居易のもとへ送りたい、江州での五年の風景に長安を思っているのではないか）とある。白居易の江州左遷は元和十年（八一五）から十三年（八一八）までの四年間であり、「五年」は不審であるが、一応江州司馬時代の終わりの元和十三年頃の作と考えられよう。徐凝がこの前後に長安におり、日本の遣唐使の送別の宴に参加したとすると、この詩の「日本使」は、延暦二十三年（八〇四）に日本を発った第十六次遣唐使か、承和六年（八三九、唐開成四年）に長安に至り文宗と謁見した第十七次遣唐使ということになろう（入唐求法巡礼行記）。一方、白居易には開成三年（八三八）作の「憑三李睦州訪二徐凝山人一凝即睦州民也」があり、この時徐凝は故郷の睦州で隠遁していたことが分かる。従って、後者の送別宴の時の作ではありえない。

それでは前者の第十六次遣唐使帰朝の折の作であろうか。詩中に「及二秋風一」とあって、詩は秋に作られたようである。この遣唐使の帰朝は秋だっただろうか。一行には空海と最澄が同行し、その行動はおおかた分かっている。日本後紀延暦二十四年（八〇五）六月条の大使藤原葛野麻呂の上奏によれば、次のごとくであった。

延暦二十三年（八〇四、唐貞元二十年）七月六日肥前出発。第二船は九月一日に明州着。十一月十五日長安着。第一船は八月十日福州着。十二月二十三日長安着。第二船の人々と合流。徳宗の勅を受ける。

延暦二十四年（八〇五、唐貞元二十一年）正月元日朝賀。二十三日徳宗崩御。二月十日順宗より本国帰還の勅を受ける。三月二十九日越州着。四月三日明州着。五月十八日出発。六月五日第一船対馬着。第二船は十七日に肥前値嘉島着。

この帰還に当たって送別の宴が行なわれたとすれば、二月十日から三月にかけてであったろう。ただし、この時遣唐使の全員が帰国したわけではなく、判官高階真人遠成は残留し、遅れて翌元和元年（八〇六）に空海とともに帰国を請い許されている。高野大師御広伝（続群書類従、巻二百九）には、空海が帰るに当たっての送別の詩序と詩が載せられている。朱千乗の詩序に「元和元年春沽（姑）洗之月」とあり、この送別宴は三月に行なわれていることが分かる。この伝によれば、出帆は八月で、まもなく帰朝し、十月二十二日には高階遠成を通じて請来経等の目録を上奏している。また、高階遠成は十二月十三日に復命し、特に従五位上を授けられている（類聚国史、巻九十九、叙位）。

　このように第十六次の場合長安で秋に送別の宴が行なわれたとは考えられず、詩中の「及二秋風一」の表現が理解しがたい。そもそも、徐凝の活躍時期としては元和元年頃は早過ぎるのではないか。唐詩記事では徐凝は白居易の後輩に当たるとされている。

　従って、時期から見てこれは徐凝の作ではありえない。とすると文苑英華の「徐嶷《ぎょく》」という作者名が生きてくる。徐嶷の名は他に未見であり、作歌時期も第十五次遣唐使以前とする以外には明らかにはしがたい。しかし、一方でこの詩は6（b）王維詩と、詩体・韻を同じくし、「扶桑」「鯨波」「蜃気」などの語彙も似ているので王維と同時の天宝十二載（七五三）の作かとする余地もあろう。今、一応この詩の作者を徐嶷と考えておく。もしそうであれば王維とともに仲麻呂もその場にいたことになる。

〔奔蒼〕は「蒼奔」と同じく蒼天や野のぼうっとした青い色。ここは蒼海をいう。〔天眷〕は天子の恵み。〔王文〕は帝王の王化をいうか。九・十句の意は、天子の恵みは何と遠くまで行きわたっていることか、またその化は久しきに及んですでに日本も同化している、となろうか。〔相望〕の主語は徐嶷。日本使との別れの恨みを飛鴻に託す以外にはない、との意。

三

　さて、仲麻呂は藤原清河、鑑真らとともに第十次の遣唐船で天宝十二載（七五三）十一月十六日、蘇州より出航したが、仲麻呂の乗る第一船は安南に漂着した。李白はこの遭難を聞いて、仲麻呂は死んだものと思い、彼を悼む詩を作った。

10李白

哭晁卿衡　　晁卿衡を哭す

日本晁卿辞帝都　　日本の晁卿帝都を辞す
征帆一片遶蓬壺　　征帆一片蓬壺を遶る
明月不帰沈碧海　　明月帰らず碧海に沈み
白雲愁色満蒼梧　　白雲の愁色蒼梧に満つ

〔上平声七虞韻〕

この詩についてアーサー・ウェイリーはその著『李白』の中で「天の原」歌と関連させ、「もともとこの詩は中国語で書かれ、誰かほかの人の手によって日本語に訳されたということもありうる」、「「明月」への言及から、仲麻呂が出発にあたって書いた詩を李白は知っていたように思われる。事実、日本の伝説では、仲麻呂の歌は中国の友人のために中国語に翻訳されたということになっている」[21]と述べている。この伝説とは土佐日記の記事であるが、「明月」と「天の原」歌との関連の指摘はウェイリーの新説であり、この著の訳者の一人である小川環樹氏も特に注意されたところである。[22]確かに「天の原」歌の「月」と李白の「明月」が偶然一致したとするよりも、李白が仲麻呂の歌の原詩、もしくはその翻訳詩を知っていたと考えた方が合理的である。黒川洋一氏はこのウェイリーの説をさらに発展させ、「「あまの原」の歌の原詩は漢詩であり、それは仲麻呂が李白に贈ったものであったかもしれない」[23]と述べられている。

黒川説の根拠は11李白詩「送三王屋山人魏万還二王屋一」の詩中に魏万の着ている「日本裘」について李白が「裘則朝卿所レ贈、日本布為レ之」と自注していることによる。黒川氏はこの「日本裘」は通説のように仲麻呂が魏万に贈ったものではなく、仲麻呂が帰国に際して李白に贈ったものであり、この時「天の原」歌の原詩も李白に贈られたと推測されたのである。

この黒川説は魅力的であり、「日本裘」についてはその通りであろう。しかし、李白に「天の原」歌の原詩が贈られたかどうかは推測の域を出ない。ここはウェイリーの説のように仲麻呂の詩（それが「天の原」歌の原詩であろうが翻訳詩であろうが）を「李白は知っていた」とすれば良いのではなかろうか。

さらに「月」が詠まれたもう一つの詩に注目したい。それは5玄宗「送二日本使一」詩である。この詩の中で玄宗は「漲海寛二秋月一」（漲海秋月に寛けからむ）と大海を行こうとする遣唐使船を思い遣っている。それがなぜ「秋月」であるかは、おそらくこの詩が秋に作られたという理由によるのであろう。夏に長安を立ち、秋に出帆する予定であったと考えられなくもないが、7趙驊「送三晁補闕帰二日本国一」詩にも「馬上秋郊遠」と秋の陸路の旅が詠み込まれている。実際の出帆は冬の十一月であるから、おそらく長安を旅立ったのは秋の七八九月のいずれかであったと思われる。

この玄宗の月と仲麻呂歌の月、さらに李白の月とを並べて見ると、これらが全く偶然に詠まれたとは考えにくいものがある。通常仲麻呂の歌は出帆時に詠まれたと解されており、冬の月と見られているが、歌の言葉から受ける印象は秋の明月であろう。これらの月の詩が偶然に詠まれたのではないとすれば、その制作順序はどうであったろう。李白が最後に来るのは当然であるが、玄宗と仲麻呂の順序はどうか。常識的には玄宗、仲麻呂の順と考えたほうがよいのではなかろうか。

玄宗が仲麻呂を加えた日本使を送るに当たって、「秋月」の語を含む送別詩を作った。それを受けて仲麻呂は

「天の原」歌を詠み、中国人の友人に示した。それが王維の「荘舄」の故事の利用となり、趙嘏の「越人吟」の語となった。その歌の漢訳を李白は知っていて、追悼の詩に「明月」を詠み入れた。こうした経緯があったのではないか。

四

次に「望郷の月」という点で考えてみたい。異郷で眺める月は異郷の月であるが、同時に故郷で眺めた月と同じである。こうした発想は辺塞の兵士を詠んだ詩や匈奴に嫁した王昭君を詠んだ詩に多く現れる。楽府題に「関山月」があるが、この月は琵琶などの楽の音の他には慰めるものとてない辺境の夜の貴重な慰めであり、故郷を偲ぶよすがでもあった。

2の釈弁正の詩に「唯有二関山月一、偏迎二北塞人一」と、この「関山月」が詠まれていた。もともとこの詩は「琴歌馬上怨」の句があるように王昭君的な詩であった。詩の内容についてはすでに小島憲之氏も述べられているように、前半は漢王朝の徳化があって、異民族が朝貢するという内容、後半は懐柔策として皇女（公主）を異民族に降嫁させるが、その公主（所謂和蕃公主）の気持を詠んだものである。表面的にはあたかも王昭君のように見えるが、内容は当時の唐王朝で実際に行なわれたことを詠んだのではないかということである。[24]

この詩がなぜ「朝主人」即ち仲麻呂に贈られたのであるか。異郷の地に降嫁して故郷を思う公主の立場が、やはり異郷の地にある弁正に同情を呼び起こし、弁正と同じ境遇にある仲麻呂に贈られたと考えることができよう。朝貢する国々の立場は日本と同じであり、異郷に住むという点では弁正も仲麻呂も公主と同じ立場なのである。

こうした「関山月」を「漢月」とも呼ぶことがあったことに小島憲之氏が言及されている。[25] この「漢」は兵士や王昭君にとっては「胡」に対する「漢」であり、すなわち故国（故郷・都）の月である。(26)「長安月」という表現もある。つまり、月は一方で異郷の月であるが、それと同時に故郷でかつて眺めた故郷の月ともいえる。こうした発想は、仲麻呂の「天の原」歌の「三笠の山にいでし月」と同じ意味を持って来るのである。

李白にも王昭君を詠んだ雑言の詩がある。

王昭君　　李白

漢家秦地月　　漢家秦地の月
流影照明妃　　流影明妃を照す
一上玉関道　　一たび玉関の道を上れば
天涯去不帰　　天涯去りて帰らず
漢月還従東海出　　漢月還《ま》た東海より出づるも
明妃西嫁無来日　　明妃西に嫁して来る日無し
燕支長寒雪作花　　燕支長く寒く雪、花を作《な》す
蛾眉憔悴没胡沙　　蛾眉憔悴して胡沙に没す
生乏黄金枉図画　　生きては黄金に乏しく枉げて図画せられ
死留青塚使人嗟　　死しては青塚を留めて人をして嗟かしむ

はじめ六句の意は「漢の月は王昭君を照し出す。王昭君がひとたび玉門関への道に去ってからというもの、月は東海よりまた昇るけれども、王昭君は再び帰って来ることはない」となろう。この詩において特徴的なことは、月と王昭君がはじめは一体のものとして詠まれている点である。

この詩と仲麻呂を悼んだ10李白詩の発想は極めて近い。「明月帰らず碧海に沈む」の句は、仲麻呂と月が一体の

ものとして詠まれているのである。もし、「天の原」歌に原詩もしくは翻訳詩があり、それを李白が知っていたならば、その詩は王昭君が見た「漢月」の詩と同想のものではなかったろうか。その詩を見た李白はやはり王昭君的な発想で仲麻呂の追悼詩を作ったのではないか。

そもそも「天の原」歌は王昭君的な歌なのではないだろうか。異郷にあって月を眺めながら故郷の月を思うという発想は王昭君詩にあっては「漢月」の一語に集約されている。仲麻呂は、弁正から2の「与㆓朝主人㆒」詩を贈られたり、友人李白の王昭君詩を読んだりして、王昭君の存在を身近に感じ、その境遇に同情を禁じ得なかったであろう。王昭君を詠んだ後世の詩人たちの作「漢宮万里月前腸」（大江朝綱、和漢朗詠集、王昭君〔七〇二〕）、「漢月不㆑知懐㆑土涙」（大江匡衡、新撰朗詠集、王昭君〔六五七〕）などの句が仲麻呂の「天の原」歌の心境に似ているのは決して偶然ではないはずだ。

さらに、東から昇る月を望郷の月として眺めるという発想の類想の存在についても指摘しておきたい。すでに第二節で述べたように、弁正詩の「日辺瞻㆓日本㆒、雲裏望㆓雲端㆒」（日辺に日本を瞻《み》むとするも、雲裏に雲端を望むのみ）や、6（b）王維詩の「向㆑国惟看㆑日」は日本の国名を意識するとともに「長安日辺」の故事を踏まえる。故国は太陽の昇る方向にあり、故郷を思うことは太陽を眺めることであったのである。この発想と王昭君的な「漢月」の発想を組み合わせた時に仲麻呂の「天の原」歌はこの世に誕生したのではないか。この歌は仲麻呂が詠んだのではないという説があるが、漢詩の素養のある仲麻呂にして初めてなし得た作といえるであろう。

注

（1）杉本直治郎氏『阿倍仲麻呂伝研究』（以下『研究』と呼ぶこととする。昭和十五年）二〇一・三二四頁参照。
なお他に杉本氏の次の三論文を参照した。

「阿倍仲麻呂の歌についての問題点」（『文学』昭和四十三年十一月）
「阿倍仲麻呂の詩の周辺―「銜命使本国」詩の場合―」（『東方学』三十七号、昭和四十四年三月）
「阿倍仲麻呂の詩の周辺―「失題」詩の場合―」（『東方学』三十九号、昭和四十五年三月）

（2）吉川幸次郎氏「仲麻呂在唐」（『学鐙』七十三巻七号、昭和五十一年七月）。

（3）遣唐使の次数等については主に森克己氏『遣唐使』（日本歴史新書増補版、昭和四十一年）を参照した。

（4）小島憲之氏『懐風藻』（日本古典文学大系、昭和三十九年）の月報「校注者から一言を」参照。氏は弁正の客死を開元二十一年（七三三）頃以前とされる。

（5）今枝二郎氏『唐代文化の考察(1)―阿倍仲麻呂研究―』（昭和五十四年）七三・七四頁。

（6）杉本氏『研究』の一七七頁に朝姓の例をあげる。

（7）杉本氏『研究』の一六八頁以下参照。

（8）古今和歌集目録に「国史云、本名仲麻呂。唐朝賜二姓朝氏一。名衡、字仲満」とある。藤原顕昭の古今集註も同文を引く。

（9）杉本氏『研究』の二〇八頁では作者を崔載華とするが劉長卿の作であろう。

（10）杉本氏『研究』の二〇八・二〇九頁参照。

（11）蔵中進氏『唐大和上東征伝の研究』（昭和五十一年）四二三頁以下。

（12）蔵中進氏はこの三四句を「余はなつかしきよしみの遠きをおもう」、「卿ら危難多き帰途のはるけきをあわれぶ」と訳しておられる（同氏前掲書四三五頁）。

（13）杉本氏『研究』の二一一頁以下、及び注1の第二論文参照。

（14）杉本氏『研究』の二一四頁以下、及び注1の第二論文参照。

（15）吉川氏注2論文、及び今枝氏注5の著作参照。

（16）杉本氏『研究』の二〇五頁以下、及び注1の第二論文参照。

（17）杉本氏『研究』の二〇二頁以下、及び注1の第二論文参照。

(18) 北平図書館所蔵の宋刊残本を一部底本にした新文豊出版公司本（一九七九年十月刊行）による。
(19) 杉本氏『研究』の二二六頁以下、及び注1の第二論文参照。
(20) 杉本氏『研究』の二二七頁参照。
(21) アーサー・ウェイリー著『李白』（小川環樹・栗山稔両氏訳、昭和四十八年、岩波新書）。
(22) 小川環樹氏「三笠の山に出でし月かも」（『図書』昭和四十二年九月。『文学』昭和四十三年十一月に再録）。
(23) 黒川洋一氏「阿倍仲麻呂の歌について―アーサー・ウェイリーの説に関連して―」（『文学』昭和五十年八月。同氏『杜詩とともに』所収）。
(24) 注4の小島氏の懐風藻の注、及び月報の文章参照。
(25) 小島氏『古今集以前』（昭和五十一年）八九頁以下参照。
(26) 文華秀麗集巻中（楽府）の嵯峨天皇御製「王昭君」に「唯余長安月、照送幾重山」とある。

補注1（一三〇頁一三行）
万葉集巻十七に、天平十八年（七四六）正月に大雪が降り、元正上皇の宮殿で左大臣橘諸兄以下が雪かきをした時の歌が見える。その折、秦朝元が歌を作れずに諸兄から代わりに麝香をもって贖えと冷やかされたという記事が見える（三九二六番の左注）。この記事によれば、唐に生まれ育った朝元は和歌を作ることが不得手であったようである。

補注2（一四二頁四行）
初出では、「主人」は仲麻呂の主君である日本の天皇を意味すると考えたが、やはり仲麻呂説に従う。

II　仏教と和歌
——無常の比喩について——

一

平康頼の宝物集は、種々の宝物の中で、仏法こそが最高の宝物であると主張する。その仏法の中では、

おろおろ承りしは、諸行無常を観ずるを仏法の大意とは申すとこそ承りしか。(1)

と、無常観の重要性をまず強調している。

次に、

大聖世尊四十余年の間、多く法を説き給へるにも、皆諸行は無常なりとのみこそ侍れ。少々その文どもを申し侍るべし。

(a)　一切有為法　如㆓夢幻泡影㆒
如㆑露亦如㆑電　応㆑作㆓如㆑是観㆒

(b)　是日已過　命即衰滅
如㆓小水魚㆒　斯有㆓何楽㆒

(c)　譬如㆔旃陀羅　駆㆑牛至㆓屠所㆒
歩々近㆓死地㆒　人命亦如㆑斯

(d)　一切諸法　　皆悉空寂
　　無レ生無レ滅　　無レ大無レ小
(e)　人命不レ停　　過二於山水一
　　今日雖レ存　　明亦難レ停

と具体的に経文を列挙している。無常の説明としてこのような経文を列挙することは、源信の往生要集に先例がある。宝物集の引例と往生要集大文第一「厭離穢土」の引例とを対照すると、(a)〜(e)の五条のうち、(d)を除く四条が重複している。[2] 多分、宝物集は往生要集から例を引いたのだろう。

しかし、宝物集は次の段に至って、往生要集とは異なる、その独自性を主張している。「維摩経十喩」に言及し、その「心」を詠んだ歌を数例引くのである。

又、維摩経の十喩にも、この身は水に宿れる月の如し、電の如し、芭蕉の如しなんど申したれば、諸行無常なりと観じて、仏法を宝と思ひ給ふべきなり。維摩経の心をば歌にも詠み侍り。

手に結ぶ水に宿れる月影のあるかなきかの世にも住むかな　貫之
世の中を何にたとへん秋の田の穂の上照らす夜半の稲妻　源重之
長き夜の夢の中にて見る夢は何かうつつかいかが定めん　権僧正永縁

このように、経文に並べて歌を引くのが宝物集の特徴である。本章ではこの宝物集の方法を手掛りとして、仏教と和歌、特に無常の比喩と和歌についてのいくつかの問題を取り上げてみたい。

二

宝物集の三首の歌の典拠とされる維摩経の十喩とは、一般には、同経方便品に見える身の無常を説く十の比喩を言うとされる。

是身如二聚沫一、不レ可二撮摩一。是身如レ泡、不レ得二久立一。是身如レ炎、従二渇愛一生。是身如二芭蕉一、中無レ有レ堅。是身如レ幻、従二顛倒一起。是身如レ夢、為二虚妄見一。是身如レ影、従二業縁一現。是身如レ響、属二諸因縁一。是身如二浮雲一、須臾変滅。是身如レ電、念々不レ住。

即ち十喩とは、㈠聚沫（しぶき）、㈡泡、㈢炎（かげろう）、㈣芭蕉、㈤幻、㈥夢、㈦影、㈧響、㈨浮雲、㈩電である。宝物集の三首のうち、重之の「稲妻」は㈩の「電」を詠み、永縁の「長き夜の夢」は㈥の「夢」を詠んでいるが、貫之の「水に宿れる月影」はこの中に該当するものがない。

このことについては、すでに国枝利久氏が論じて居られる。[3] 氏の御論に添いつつ、この十喩に組み込まれた「月影」の問題を考察して見よう。

維摩経には、さきの引用部と類似した次の表現がある。その中に「水中月」があるのである。

一切法生滅不レ住、如レ幻如レ電。諸法不二相待一、乃至一念不レ住。諸法皆妄見、如レ夢如レ炎、如二水中月一、如二鏡中像一、以二妄想一生。　（弟子品第三）

菩薩観二衆生一為レ若レ此。如三智者見二水中月一、如三鏡中見二其面像一、如二熱時焔一、如二呼声響一。　（観衆生品第七）

有以二夢幻影響鏡中像水中月熱時炎如レ是等喩一、而作二仏事一。（菩薩行品第十一）

右に見える「水中月」が貫之歌の「水に宿れる月影」となっているのであろう。宝物集の言う維摩経十喩は、方便品の十喩そのままではなく、「水中月」を中に加えているようである。

藤原公任にこの十喩を詠んだ連作がある。(4)

維摩会《ゑ》の十のたとへ

此身泡の如し

ここに消えかしこに結ぶ水の泡のうき世にすめる身にこそありけれ

此身水の月の如し

水の上に宿れる夜半の月影のすみとぐべくもあらぬ我身を

此身かげろふの如し

夏の日の照しも果てぬかげろふのあるかなきかの身とは知らずや

此身芭蕉葉の如し

風吹けばまづ破れぬる草の葉によそふるからに袖ぞ露けき

此身幻の如し

此身をばあとも定めぬ幻の世にある物は思ふべしやは

此身夢の如し

常ならぬ此身は夢の同じくは憂からぬことを見るよしもがな

此身影の如し

世の中にわがあるものと思ひしは鏡のうちの影にぞありける

　此身響の如し

ありと聞くほどに聞えずなりぬれば身は響にもまさらざりけり

　此身雲の如し

定めなき身を浮雲にたとへつつ果てはそれにぞ成り果てぬべき

　此身稲びかりの如し

稲妻の照らすほどには入る息の出る待つ間もかはらざりけり

「此身は何の如し」という詞書の書き方から見ても、維摩経方便品の十喩を詠んでいることは明らかであるが、第一と第二の比喩が異なっている。方便品では、㈠聚沫、㈡泡、であったが、公任の詠では「泡」「水の月」となっているのである。公任が「水中月」を十喩に加えている点は、宝物集と軌を一にしていると言えよう。

国枝氏は、㈠聚沫、㈡泡が近似していること、南朝宋の謝霊運の「維摩詰経中十譬讃八首」(5)の第一首に「聚沫」と「泡」を合して詠んでいることなどを考え合わせ、

公任あたりも、意識的に「是身如㆓聚沫㆒」の喩を詠むことを避け、そのかわりに「観衆生品」その他に見える「如㆓水中月㆒」という喩を詠みあげて十喩に加えたのではあるまいか。

と考察された。従うべき結論である。(補注)

氏もあげて居られるように、同様の例は後拾遺集以下にも見える。

　同喩（筆者注、維摩経十喩をさす）の中に、此身水月の如しといふ心をよめる　小弁

常ならぬ我身は水の月なれば世にすみとげんこともおぼえず

（後拾遺集巻二十、雑六、釈教〔一一九二〕）

維摩経十喩此身如二水中月一といへる心をよめる　　宮内卿永範

澄めば見ゆ濁ればかくる定めなきこの身や水に宿る月影

（千載集巻十九、釈教〔一二二一〕）

慈円の次の歌もこれらの例にならって維摩経十喩の「水中月」を詠んでいると考えて良いであろう。

水の面に映れる月の喩ひにてあるかなきかの世にもあるかな

（拾玉集、無常十首〔八六〕）

和歌ばかりでなく、漢詩にも「水中月」が無常の比喩として詠まれている。

雖レ観二秋月波中影一　未レ遁二春花夢裏名一

（和漢朗詠集、無常、大江朝綱〔七九五〕）

北村季吟（詩文註は永済）の和漢朗詠集註はこれに対し、「此詩ノ心上句維摩経云此身如二水中月一云々」と注している。上の句の「影」、下の句の「夢」が十喩の(七)(六)にあることを考え合わせるならば、従って良い注と思われる。

なお、公任の第一首に「すめる」とあるのは「水」の縁語、第二首に「すみとぐべくもあらぬ我身」とあるのは「水」「月」の縁語で、共に「澄む」と「住む」とを掛けてあるが、これは仏教語の「住《トドム》」から来ているのではないか。維摩経方便品に「是身如レ電、念々不レ住」、弟子品に「一切法生滅不レ住」「一念不レ住」などとあった。無常とは「住」しがたいものの謂なのである。(6)

また、十喩の(七)影は、維摩経の最も代表的な注釈である注維摩経(7)によれば、光の及ばない暗いかげを言う。(8)それを公任が第七首で「鏡のうちの影」と詠みかえているのは、「水中月」の場合と同じく、弟子品の「如二鏡中像一」、観衆生品の「如三鏡中見二其面像一」などによっていると思われる。

公任の第十首には「入る息の出る待つ間」とある。この「待つ」に近い表現は、弟子品に「如レ幻如レ電諸法不二相待一」とあるものの、「入る息」に相当する語は見えない。宝物集巻二にも「出る息は入る息を待たず。石火の光中に幾の楽しみかあらん」と使われている。これらの「入る息」「出る息」は、往生要集大文第二の第五に引く、出所不明の次の経文によると考えられる。

故経言、出息不レ待二入息一。入息不レ待二出息一。非二唯眼前楽去哀来一、亦臨二命終一随レ罪堕レ苦。

右の「楽去哀来」は大江朝綱によって次のようにも用いられている。

生者必滅、釈尊未レ免二栴檀之煙一
楽尽哀来、天人猶逢二五衰之日一
（和漢朗詠集、無常〈七九三〉）

三

十喩で知られた維摩経は、聖徳太子の維摩経義疏の存在からもわかるように、上代より広く普及した経典である。また藤原鎌足のこの経に対する信仰に由来するとされる山階寺（後の興福寺）の維摩会《え》(9)は、宮中の御斎会、薬師寺の最勝会と共に南都三会の一つに数えられる盛大な仏教行事であった(10)。公任の十喩の詞書にも「維摩会の十のたとへ」と見えた。

その維摩経は、在家の維摩詰（浄名大士）が方便を以って病人となり、見舞客に仏法を説くという構成になっている。この維摩詰について、万葉集巻五の山上憶良の文に触れるところがある。

(1) 蓋聞、四生起滅、方二夢皆空一。三界漂流、喩二環不レ息。所以維摩大士疾二于方丈一、有レ懐二染疾之患一。釈迦能仁坐二於双林一、無レ免二泥洹之苦一。

（「日本挽歌」〔七九四〕の前文）

(2)　先聖已去、後賢不レ留。（中略）未レ聞下独存遂見二世終一者上。所以維摩大士疾二玉体于方丈一、釈迦能仁掩二金容于双樹一。

（「悲三歎俗道仮合即離、易レ去難二留詩一」序）

(1)は大伴旅人の亡妻を哀悼した文、(2)は人の世の無常を悲歎した文である。憶良は人間の免れがたい病苦や死苦に直面して、方丈に病臥する維摩詰と沙羅双樹下で死に行く釈迦を思ったのである。

このような発想は、前引の大江朝綱の句、「生者必滅、釈尊未レ免二栴檀之煙一」や、宝物集巻二の病苦を描くところ、

大聖世尊も免れ給はず、頭病背痛と宣ふ。況んや浄名居士の床に沈む、衆生の業を病むなり。

と共通する。その発想の由来はどこにあるのであろう。

釈迦については、大般涅槃経巻下[11]に臨終の釈迦の言葉として、「一切諸行、皆悉無常。我今雖二是金剛之体一、亦復不レ免二無常所一レ遷」とあり、

如来天人尊　金剛身堅固
猶不レ免二無常一　而況於二余人一

という偈もある。

維摩詰の方は、注維摩経に鳩摩羅什の説として、維摩詰が病臥している理由を、

什曰、欲レ明下履レ道之身、未レ免二斯患一、況於二無徳一而可上レ保也。

と説く。維摩詰のような有道の身でさえ病患を免れない。無徳の身では言うまでもないのである。聖人も庶民も病苦から免れがたい。それを示すために維摩詰は方便を以って病臥しているのである。

憶良が病臥の維摩詰を例に引いて、人生の無常を慨歎したのは、こうした維摩経の意図を正しく受けとめた上でのことであろう。その病臥の維摩詰が説いたのがさきの十喩であった。十喩は抽象的な教えではなく、病人が我が身の「無常」を説いた、極めて具体的な教えであったのである。

十喩に続く維摩経の経文は以下のようである。

是身無レ主、為レ如レ地。是身無レ我、為レ如レ火。（中略）是身如二丘井一、為二老所一レ逼。是身無レ定、為二要当一レ死。是身如二毒蛇一、如二怨賊一、如二空聚一。陰界諸入所二共合成一。諸仁者、此可二患厭一、当レ楽二仏身一。

右の「陰界諸入所二共合成一」の注維摩経の注に注目したい。

肇曰、陰五陰、界十八界、入十二入。此三法仮合成レ身。猶若二空聚一無レ可レ寄。

憶良の文(2)の題に見える「仮合」[12]の語がここにあるのである。しかも(2)に続く憶良の詩、

俗道変化猶二撃目一　人事経紀如二申臂一
空与二浮雲一行二大虚一　心力共尽無レ所レ寄

の「無レ所レ寄」と注維摩経の「無レ可レ寄」とは極めて近い。この詩の「浮雲」が十喩の(九)に当たることを考慮するならば、これらは暗合ではなく、注維摩経によるものとして良いのではなかろうか。

憶良には「仮合」を用いた例がもう一つある。

(3)　伝聞、仮合之身易レ滅、泡沫之命難レ駐。　（巻五〔八八六〕序）

この「仮合之身」も注維摩経の「仮合成レ身」から来ているとするならば、対になっている「泡沫之命」の「泡」「沫」も十喩の、(一)聚沫、(二)泡の両方を合した所に由来すると言えよう。憶良は、病臥の維摩詰を思い浮かべ、注維摩経にある「仮合」の語を用い、十喩中の「浮雲」「泡」「沫」、或いは(1)に見えた「夢」を喩えとして、無常を

語っているのである。

こうした憶良が、「老身重レ病、経レ年辛苦、及思二子等一歌七首」の連作を作っている。その第六首に、

水沫《みなわ》なすもろき命も栲《たく》縄の千尋《ひろ》にもがと願ひくらしつ　（巻五〈九〇二〉）

と、まさに「泡沫之命」を詠んだ作がある。題に「重レ病」とあるから、当然ここで病身の維摩詰が連想される所であり、「水沫なす」も十喩的な表現であると言えよう。

憶良ばかりでなく、柿本人麻呂や大伴家持も同想の歌を詠んでいる。

巻向《まきむく》の山辺響《とよ》みて行く水の水沫《みなわ》のごとし世の人われは　（巻七、柿本朝臣人麻呂歌集〈一二六九〉）

水泡《みつぼ》なす仮《か》れる身そとは知れれどもなほし願ひつ千年の命を　（巻二十、家持、願レ寿作歌一首〈四四七〇〉）

万葉集を代表する三人の歌人が同想の歌を詠んでいることに興味を引かれるが、右の二首の「水沫」「水泡《みつぼ》」についても、維摩経の十喩を念頭に置きたい。人麻呂歌にはさきに言及した謝霊運の「維摩詰経中十譬讃八首」の第一首に通ずるところがある。

聚沫泡合

水性本無レ泡　激流遂二聚沫一
即異成二貌状一　消散帰二虚壑一
君子識二根本一　安事二労与一レ奪
愚俗駭二変化一　横復生二欣怛一

この讃は、水が泡を生じ、激流が聚沫（しぶき）を生じて、その姿を変化させつつ、虚《そら》や壑《たに》に消散して行く姿を詠む。人麻呂歌も、「山辺響《とよ》みて行く水」（激流）が「水沫」（聚沫）に姿を変え、そしてはかなく消えて行くのを我身に喩えているのである。十喩の(八)に当たる「響」字を使っているのもおそらく偶然ではあるまい[13]。

家持は自分の身を「仮れる身」と表現している。巻三の「亡妾歌」（四六六）でも「うつせみの借れる身」という語句を用いている。これらは憶良の「仮合之身」、注維摩経の「仮合成レ身」と同じ意味である。「水泡《みつぼ》」は「聚沫」ではなく、「泡」を言うのであろう。

さて、「仮合」は普通は四大（地水火風）が仮りに合して人身となる意ととるが、注維摩経のさきの例では、五陰・十八界・十二入の「三法」が「仮合」するとしていた。聖武天皇宸翰雑集[14]の中の次の例は「四大」「五陰」（色受想行識）を人身とし、聚沫の比喩をも使っている。

夫五陰虚仮、四大浮危。事等ニ驚飈一、有同ニ聚沫一。（平常貴勝唱礼文）

この「五陰」「四大」についても注維摩経に説くところがある。先に引いた維摩経本文の「是身如ニ毒蛇一」「如ニ怨賊一」に対し、各々「肇曰、四大喩ニ四蛇一也」、「肇曰、五蔭喩ニ五賊一」と注を付した上で、さらにこの「四蛇」「五賊」の登場する比喩譚[15]をも記している。

什曰、昔有レ人得ニ罪於王一。王欲ニ密殺一。篋盛ニ四毒蛇一、使ニ其守護一。有ニ五怨賊一、抜レ刀守レ之。善知識語レ之令レ走。其人即去、入ニ空聚落一、便於レ中止。知識復言、此処是悪賊所レ止。若住レ此者、須臾賊至、喪ニ汝身命一、失ニ汝財宝一。宜速捨離、可レ得ニ安隠一。其人従レ教即便捨去。復見ニ大水一、縛レ栰而渡。渡已安隠、無ニ復衆患一。王喩レ魔也。篋喩レ身也。四蛇四大也。五怨賊五陰也。空聚落六入也。悪賊六塵也。河生死也。善知識教令レ逃者、謂仏菩薩教下衆生離ニ悪魔一棄ニ四大一捨中五陰上。衆生従レ教雖レ捨ニ患三悪一、而未レ出ニ諸聚落一、未レ免ニ悪賊一。復教令下乗ニ八正

栰㆒度㆗生死流㆖。度㆓生死流㆒、已坦然無為、無㆓復衆患㆒也。

王に罪を問われた人が持たされた筐《はこ》（身）に入っていた四毒蛇が「四大」であり、その人を追った五人の賊が「五陰」である。それらを振り捨てて彼岸に渡れと言うのである。

仏足石歌にこの「四大」「五陰」を詠み込んだ一首がある。

　四つの蛇《へみ》五つのものの集まれる汚なき身をばいとひ捨つべし離れ捨つべし

「四つの蛇」は「四大」、「五つのもの」は「五賊」即ち「五陰」を言う。この歌はさきの罪人の比喩譚を背景として作られ、享受されたのであろう。「いとひ捨つべし離れ捨つべし」とあるのも、比喩譚中の善知識（仏菩薩）の言葉に「宜しく速かに捨て離れ安隠を得べし」とあったり、善知識の言葉を解釈して「悪魔を離れ、四大を棄て、五陰を捨てしむ」とあったりするのに近い。

四

「四大」を「四蛇」に喩えた例として憶良に次の句がある。

二鼠競走、而度㆑目之鳥旦飛。
四蛇争侵、而過㆑隙之駒夕走。
（巻五、「日本挽歌」（七九四）の前文）

ここで「四蛇」と対になっている「二鼠」にもやはり比喩譚がある。注維摩経は、維摩経の本文「是身如㆓丘井㆒」の注として以下のように記している。(16)

什曰、丘井丘墟枯井也。昔有㆑人、有㆑罪㆓於王㆒。其人怖㆑罪逃走。王令㆓酔象遂㆒㆑之。其人怖急、自投㆓枯井㆒。半井得二一腐草一、以レ手執レ之。下有二悪龍一、吐レ毒向レ之。傍有二五毒蛇一、復欲レ加レ害。二鼠嚙レ草、草復将レ断。大象臨二其上一、復欲レ取レ之。其人危苦極大恐怖。上有二一樹一。樹上時有二蜜滴一、落二其口中一。以レ著レ味故而忘二怖畏一。丘井生死也。酔象無常也。毒龍悪道也。五毒蛇五陰也。腐草命根也。黒白二鼠白月黒月也。蜜滴五欲楽也。得二蜜滴一而忘二怖畏一者、喩下衆生得二五欲蜜滴一、不上レ畏レ苦也。

王から罪を問われた男が、酔象に追われて古井戸に逃げ込む。井戸の中ほどで腐草をつかみ、下を見ると悪龍がねらっている。そばには五毒蛇がいて害を加えようとしている。又、黒白二匹の鼠が草をかみ切ろうとしつつある。男は恐怖におののくが、たまたま樹の上から落ちて来た蜜滴でその恐怖を忘れる。古井戸は生死、酔象は無常、毒龍は悪道、五毒蛇は五陰、腐草は命根、二鼠は白月黒月[17]、蜜滴は五欲楽の比喩と言うわけである。

この比喩譚は諸経に散見し、中国や我国の詩文にもしばしば関連した表現が現れる。のみならず、ヨーロッパに伝わり、一角獣の物語として知られ、切支丹文学として日本に輸入されたことが、板橋倫行氏等[18]によって明らかにされている。

和歌に於ても、平安中期の歌人藤原高光により、「黒白二鼠」が「月のねずみ」として詠まれている。

世の中はかなくて法師にならんと思ふころ
たのむ世か月のねずみのさわぐ間の草葉にかかる露の命は
（高光集（三四）、続詞花集巻十、釈教（四六二））

高光以後、この「月のねずみ」を詠み込んだ歌が散見する。源俊頼の俊頼髄脳に花山院御製として二首を載せ、先の比喩譚を紹介している。

露のいのち草の葉にこそかかれるを月のねずみのあわただしきかな
草の根に露のいのちのかかる間を月のねずみのさわぐなるかな

この他夫木和歌抄巻二十七「鼠」部に数首集められている。

同（筆者注、十題百首）　後京極摂政

後の世に弥陀の利生をかぶらずはあなあさましの月のねずみや

家集、月をながめて　俊頼朝臣

わがたのむ草の根をはむねずみとぞ思へば月のうらめしきかな

百首御歌　土御門院御製

冬がれの草葉にさわぐ日のねずみ昨日は今日になるぞ程なき

久安百首　清輔朝臣

のどけかれ月のねずみよ露の身をやどす草葉のほどもなき世に

同　花園左大臣家小大進

いかにせんかかれる草の露の世を月のねずみはねにさわぐなり

良経の作の「かぶる」は、かじる意の「かぶる」とこうむる意の「かぶる」を掛けているのだろう。この歌に「弥陀の利生」とあり。土御門院御製に「日のねずみ」とある他は、高光歌の詠みぶりと大して差はない。宝物集巻二にも、「月のねずみ、羊のあゆみ思ひ知られて」と登場する。歌学書としては俊頼髄脳の他に、藤原清輔の奥義抄、藤原範兼の和歌童蒙抄等に前述の比喩譚を載せている。その大筋は注維摩経と一致するが、登場する動物などに違いがある。今、注維摩経と最も内容が近い和歌童蒙抄から引用しよう。(19)

たのむ世かつきのねずみのさわぐまのくさばにかゝるつゆのいのちを

高光少将詠也。量義述義記下巻云、たとへばひとのつみを王にうるなり。その人遁れ走る。王酔象をしておはしむ。おそれ急にして自枯井に投ず。井のなかばにひとつの朽たる草あり。手をもてこれをひかへたり。下に悪龍ありて毒を吐てこれに向ふ。五毒蛇ありて又害をくはへんとす。（二鼠ありて、とらへたる草のねをかはるがはるかぶりくらふに、草のねたえなむとす）大象うへにのぞみてまたなめむとす。其人くるしみきはまりて大におそれ、井の上に一の樹あり。樹の上に蜜滴ありて口のうちにおちいる。味ひにつきて、しかくおそれをわすれぬ。枯井は生死也。酔象は無常也。毒龍は悪道也。五蛇五陰也。腐草は命根也。二鼠は白黒、日月也。蜜滴は五欲楽也。蜜滴おちて怖を忘ると云は、衆生の五欲楽をえて生死の無常もよほしせむることを忘れたるに喩る也。又明宿願果報経に、此たとひあり。二白鼠は日月なりと云り。

量義述義記、明宿願果報経とも佚書らしく、その実体は不明であるが、この比喩譚はほぼ注維摩経の内容と等しい。量義述義記は注維摩経からこの話を引いた可能性もある。

しかし、従来歌語の「月のねずみ」の出典として諸先学が挙げて居られる諸経典、歌学書等は和歌童蒙抄ほど注維摩経に一致しないし、細部に於て相互に異なる部分がある。今、「ねずみ」（何の比喩とされているか）と「男が取りすがったもの」の二点に着目して、その異同を確かめよう。(20)

(イ)　賓頭盧突羅闍為優陀延王説法経「樹根」「白黒鼠」（昼夜）
(ロ)　仏説譬喩経「樹根」「黒白二鼠」（昼夜）
(ハ)　衆経撰雑譬喩経「草根」「両白鼠」（日月）
(ニ)　翻訳名義集「藤」「黒白二鼠」（日月）
(ホ)　経律異相「樹根」「二鼠」
(ヘ)　注維摩経「腐草」「黒白二鼠」（白月黒月）
(ト)　瑯耶代酔編（巻三十二）、「藤」「二鼠」（日月）
(チ)　俊頼髄脳「草（の根）」「白き鼠黒き鼠」（日月）

(リ)　奥義抄「草（の根）」「白き鼠黒き鼠」（日月）
(ヌ)　和歌童蒙抄「腐草」「二鼠白黒」（日月）

「男が取りすがったもの」は「樹根」「藤」「草」（草根・腐草）の三種にわかれる。このうち、(ニ)(ト)に見える「藤」は、

象来行及、鼠至弥煎。猶貪㆓蜜滴㆒、豈懼㆓藤懸㆒。（聖武天皇宸翰雑集、真観法師無常頌）

世路芭蕉、人間闉城。[21]鼠藤易㆑断、虵篋難㆑停。（家伝上、貞慧伝）

などと用いられている。しかし、高光歌をはじめとする和歌に於ては、命が「草」にかかるというのが[22]常套表現であり、「藤」や「樹根」の例は見えない。

「ねずみ」の方はどうであろう。和歌では「月のねずみ」と言うのであるから、ねずみは「月」の喩えか、「日月」の喩えであるはずであり、(イ)(ロ)のように「昼夜」を比喩とするのは具合が悪い。

「草」と「月のねずみ」という二つの条件を満たすものが、高光歌等の典拠となり得るが、それは仏典の中では(ハ)と(ヘ)しかないということになるのである。しかし、(ハ)は「両白鼠」とあって、和歌童蒙抄の引く明宿願果報経と同じであるものの、歌学書(チ)(リ)(ヌ)の「白き鼠黒き鼠」とは違っている。「草」をかじる「白黒」二匹の鼠を「月のねずみ」と呼ぶとするならば、その典拠となり得るのは、実に(イ)〜(ト)の中では(ヘ)の注維摩経しかないのである。

その(ヘ)にも問題は残る。それは(ヘ)と極めて近い(ヌ)の和歌童蒙抄とでは、鼠が何の比喩であるかについての違いがあるのである。(ヘ)が「白月黒月」であるのに対し、(ヌ)は「白黒日月也」とある。

思うに、これは(ヌ)の誤りではなかろうか。これ以外の所では(ヘ)と(ヌ)は良く一致している。しかも(ヘ)は大正新脩大

蔵経の校異によれば、底本が「黒白二鼠白月黒月也」とある所、平安朝古写本という甲本は[23]「黒白二鼠白日黒月也」となっているのである。甲本では意味が通ぜず、誤りと言うほかないが、このような異文の存在と、(ハ)(ニ)のように鼠を「日月」の比喩とする他経の存在とが、(ヌ)をして(ヘ)との違いを生ぜさせたと考えのである。

おそらく、(ヘ)の注維摩経系の本文が「草」「月のねずみ」の語を含む高光歌の背景にあったのだろう。つまり、「月のねずみ」は、はじめは「白月黒月」の比喩とされた二匹の鼠の謂であったと思われる。そう考えるならば、「日のねずみ」の例が少なく、もっぱら「月のねずみ」と呼ばれていた、その理由がはっきりする。太平記に見える「黒白二つの月のねずみ」[24]というのも「白月黒月」の喩えとしての「月のねずみ」なのである。土御門院御製の「日のねずみ」は、例外的に、「日月」の喩えとしての「二鼠」の一方が詠まれた例であろう。

なお、和漢朗詠集無常部の句、

観㆑身岸額離㆑根草　論㆑命江頭不㆑繋舟　〔七九〇〕

の上の句に対し、朗詠集のいくつかの古注は、この「月のねずみ」の比喩譚を注記している。[25]「岸の額《ひたひ》に根を離れたる草」は「月のねずみ」にかじられつつある、そういう読み方が中世にはなされていたようである。

五

宝物集巻三に、

常磐丹後守為忠朝臣の子どもこそ、三人ながら道心を発して、出家遁世して山住し、大原にこもり霊山に居て侍りけれ。行ひのひまには、和歌の道をも未だ捨てあへず。

と紹介された三人―寂念・寂超・寂然―は世に常磐三寂と呼ばれる。その一人、寂然は釈教歌の代表的作品として知られる「法門百首」を残している。その中の無常部十首を最後に取り上げよう。

　如二空中雲須臾散滅一

1　風に散るありなし雲の大空にただよふ程やこの世なるらん

　人命不レ停過二於山水一

2　瀬を早み岩ゆく水も淀みけり流るる年のしがらみぞなき

　此日已過、命即衰滅

3　けふすぎぬ命もしかとおどろかす入相の鐘の声ぞ悲しき

　採花萱（ママ）日中、能得二幾時鮮一

4　朝顔の日かげ待つ間を盛りとぞ花めく世こそ哀れなりけれ

　世皆不二牢固一、如二水沫泡焔一

5　結ぶかと見れば消ゆく水の泡のしばしたまゐる世とは知らずや

　如レ露亦如レ電、応レ作二如レ是観一

6　稲妻の光のほどか秋の田のなびく穂ずゑの露の命は

　水渚不二常満一

7　いつまでかかくてもすまむ播磨潟満ひる潮の定めなき世に

　火滅不二久燃一

8　烟だにしばしたなびけ鳥辺山立別れにしかたみとも見ん

　日出須臾入

9　いかにせんひまゆく駒の足早み引返すべき方もなき世を

　　　月満已復缺

10　常ならぬこの世にすめば望月の心ぼそくもなりまさるかな

このうち3と4については、国枝氏が法華懺法の六時偈の、黄昏、日中の各偈中の句であることを考証されている。(26) 5は法華経随喜功徳品中の偈に見える。2は涅槃経、6は金剛般若経を出典とし、3とともに宝物集に引かれていた。各々第一節の(e)(a)(b)に当たる。当然、2と6は往生要集にも見える。実は1と7以下も往生要集大文第一「厭離穢土」に見えるが、その点について少々述べたい。

群書類従本法門百首は1「如二空中雲須臾変滅一」に対し、「維摩」と注記する。これは維摩経十喩の(九)浮雲、「是身如二浮雲一須臾変滅」を1の出典と認めて注記したのであろうが、勿論同文とは言えない。同経観衆生品には「如二空中雲一」とあるので、この二つを組み合わせて題としたと考えられなくもない。

しかし、往生要集は、次の経文を引いているので類従本の、「維摩」の注記は当たっていないことがわかる。

　有為諸法、如レ幻如レ化。(中略)無常既至、誰得レ存者。如二空中雲、須臾散滅一。(27)

また、往生要集は無常の条に「又、罪業応報経偈曰」として、次の偈をあげている。

　水渚不二常満一　火盛不二久燃一
　日出須臾没　月満已復欠
　尊栄高貴者　无常速過レ是
　当二念勤精進一　頂二礼無上尊一

この偈のはじめ四句を7~10の題としたのである。大正新脩大蔵経第十七巻の罪業応報教化地獄経を見ると、第一句の「水渚」が「水流」となっている。第二句に「火盛」とあり、対句として見るならば、「水渚」よりも「水流」の方が良い本文と言えよう。底本に建長五年版本を用いる日本思想大系往生要集(『源信』所収)は、青蓮院本の異本注記「流イ」を根拠として、底本の「水渚」を訓読文では「水流るれば」と改めている。

しかし、法門百首の句題7では「水渚」となって居り、同じ句題を持つ新古今集の崇徳院御製に於ても「水渚」となっている。

水渚常（マヽ）不満といふ心を　崇徳院御歌

おしなべてうき身はさこそなるみ潟みちひる潮のかはるのみかは

（巻二十、釈教歌〔一九四六〕）

このことから、往生要集に引かれた罪業応報経の偈はもともと「水渚不常満」の本文を持ち、それが法門百首と新古今集に引かれたと考えて良かろう。この「水渚」（なぎさ）から寂然の「播磨潟みちひる潮」、崇徳院の「鳴海潟みちひる潮」という表現が出て来るのである。法門百首、新古今集の注釈では、この「水渚」と「水流」の違いに留意する必要があろう。

10の「月満已復缺」は、月の満ち欠けが無常を表わす比喩となっている。万葉集にこの比喩を用いて作った歌がある。

世間《よのなか》は空しきものとあらむとそこの照る月は満ち欠けしける

（巻三、悲二傷膳部王一歌一首、作者未詳〔四四二〕）

こもりくの泊瀬の山に照る月は満ち欠けしけり人の常なき

（巻七、寄レ物発レ思、古歌集出〔一二七〇〕）

世の中は常なきものと、語り継ぎ流らへ来れ、天の原振りさけ見れば、照る月も満ち欠けしけり……

（巻二十、家持、悲二世間無常一歌一首〔四一六〇〕）

この三首に対し、契沖の万葉代匠記は易経の「日中則昃、月盈則食」を注しているが、仏典はあげていない。罪

業応報経の「月満已復缺」は月の満ち欠けを無常の喩えとした適例と言えよう。(28)

以上、宝物集・往生要集・維摩経等を参照しつつ、無常の比喩と和歌との関連について考察して来た。一般的に言えば、平安初め以来の天台宗の興隆と共に法華経が流行し、和歌の世界に於ても法華経二十八品歌の出現など、法華経の比重が高くなって行く。しかしながら、「無常」という観点に立つ限りでは、維摩経等の存在も無視できないと言えよう。ここではその一端を示したにすぎない。

注

（1）宝物集の引用は元禄六年刊本を底本とする名著文庫（七巻本）を用いた。一部表記を改めた所がある。古典文庫宝物集（九冊本）は、ここの所「無常」の代りに「空」となっている。

（2）往生要集ではその出典を記している。(a)は金剛経（金剛般若波羅蜜経）、(b)は出曜経、(c)は摩耶経（摩訶摩耶経）、(e)は涅槃経（大般涅槃経、南本）である。ただし(b)は直接には出曜経によらず、天台法華懺法の六時の無常偈（黄昏）によったものであろう。後述する寂然の法門百首に「此日已過、命即衰滅」の句題が見え、注26の国枝利久氏の論文で、その句題は六時無常偈によることを考証されている。なお、(d)は法華経信解品中の偈に見える。

（3）国枝利久氏「維摩経十喩と和歌―釈教歌研究の基礎的作業（六）―」（『仏教大学研究紀要』六十四号、昭和五十五年三月）。

（4）引用は私家集大成大納言公任集による。ただし、第十首「稲妻の」の歌の第三句、「出る息」を群書類従前大納言公任卿集により、「入る息の」と改めた。

（5）広弘明集巻十五。加地哲定氏『中国仏教文学研究』三三三頁参照。

（6）山上憶良に「哀二世間難レ住歌一首」（万葉集巻五〈八〇四〉）がある。注15参照。

（7）注詰摩詰経。後秦釈僧肇撰。大正新脩大蔵経（以下大正蔵と略す）三十八巻。僧肇の他に維摩経を訳した鳩摩羅什や道生などの注を載せている。

（8）「什曰、形障二日光一、光不レ及レ照、影此現。由三無明三業隔二実智慧一、所以有レ身也」。

（9）続紀天平宝字元年閏八月十七日条に、「今有二山階寺維摩会一者、是内大臣之所レ起也」とあり、家伝（上、鎌足伝）に「毎年十月、荘二厳法筵一。仰二維摩之景行一、説二不二之妙理一」とある。また万葉集巻八、一五九四番の左注に「右冬十月、皇后宮之維摩講」と見え、鎌足の孫の光明子によっても行なわれたことがわかる。

（10）三宝絵下巻、三月「薬師寺最勝会」条に、「維摩、御斎、最勝、是を三会といふ。日本国の大きなる会これにはすぎず」とある。維摩会については、同書下巻十月「山階寺維摩会」条に詳しい。

（11）東晋法顕訳。大正蔵一巻二〇四・二〇五頁。

（12）「仮合」の例として芳賀紀雄氏は、成唯識論以下五例を提示して居られる（「理と情―憶良の相剋」、『万葉集研究』二集）。

（13）『釈教歌詠全集』一巻「万葉時代釈教歌集」のこの歌の注に、「人世を泡沫にたとへ、反響にたとふるは、仏典の常套なり」とある。

（14）天平三年九月八日書写。隋唐代の釈教関係の詩文を中心としている。『書道芸術』十一巻に影印と翻刻があり、平野顕照氏の解題を付す。なお、この雑集と憶良の詩文等の関係を論じたものとして、佐藤美知子氏に「憶良の釈教的詩文について―聖武天皇宸翰『雑集』との関係―」（『橘茂先生古稀記念論文集』、佐藤氏『万葉集と中国文学受容の世界』所収）等がある。

（15）この比喩譚は大般涅槃経巻二十一（大正蔵十二巻七四二頁以下）等にも見える。憶良の歌に「世の中のすべなきものは、年月は流るごとし、とり続き追ひ来るものは、百種《ももくさ》にせめ寄り来《き》る」（八〇四）とある。せめ来るものは、この比喩譚の毒蛇や怨賊、後述の比喩譚の酔象などを考えれば良いであろう。

（16）日本古典文学全集『万葉集』㈡四九頁、憶良の「二鼠」の注に、注維摩経の名をあげている。

（17）月の前半を白月、後半を黒月という。

（18）板橋倫行氏『万葉集の詩と真実』所収「黒白二鼠比喩譚について」「奈良朝芸文に現れた『二鼠四蛇』」。なお、次の諸論考に詳しい。

村岡典嗣氏「二鼠譬喩談と平田篤胤」（『続日本思想史研究』）。

国枝利久・千古利恵子両氏「続詞花和歌集釈教部私注㈠―釈教歌研究の基礎的作業（五）―」（『親和国文』十一号、昭和五十二年三月）。

松原秀一氏「一角獣の話」（『中世の説話・東と西の出合い』）。

小峯和明氏「『俊頼髄脳』月のねずみ考―仏典受容史の一齣―」（『中世文学研究』六号、昭和五十五年八月）。

(19) 引用は日本歌学大系別巻一（二九四頁）による。ただし、引用部の括弧内は、和歌童蒙抄には欠けているので、同大系三巻所収の和歌色葉（二一五頁）により補った（和歌色葉は奥義抄と和歌童蒙抄の二つの比喩譚を引用並記している）。この処置は前掲の小峯氏論文にならったものである。

(20) 以下(イ)～(ホ)の大正新脩大蔵経に於ける巻数と頁数を記す。(イ)三十二巻七八七頁、(ロ)四巻八〇一頁、(ハ)四巻五三三頁、(ニ)五十四巻一一四一頁、(ホ)五十三巻二三四頁。なお、法苑珠林（大正蔵五十三巻六二六頁）が(イ)を引くことを前掲小峯氏論文が指摘している。

(21) 乾闥婆城（蜃気楼）のこと。これも無常や空の比喩として、仏典ではしばしば登場する。

(22) 草の上の露を無常の喩えとした例としては、大宝積経（大正蔵十一巻二四四頁）に、「草端の垂露の、日光に照されて、須臾も暫停せざるが如く、人命も亦是の如し」と見える。

(23) 「平安時代写大和多武峯談山神社蔵本、題名維摩経集解」と大正蔵三十八巻三二七頁の校異欄に見える。維摩会を始めた鎌足ゆかりの談山神社の古写本である。

(24) 巻三十三、新田義興自害の条に、「倩是を譬ふれば、無常の虎に追れて煩悩の大河を渡れば、三毒の大蛇浮び出て是を呑まんと舌を暢べ、其飡害を遁んと岸の額なる草の根に命を係て取付たれば、黒白二つの月の鼠が其草の根をかぶるなる、無常の喩へに異ならず」と見える。また巻二十七にも「無常の虎の身を責る、上野の原を過行ば、我ゆゑさわがしき、月の鼠の根をかぶる、壁《イツマデ》草のいつまでか、露の命の懸るべき」とある。

(25) 和漢朗詠集鈔（版本、六巻本）、和漢朗詠集詩諺解（書陵部蔵、五〇一函一一一号）など。このことについては川口久雄氏の日本古典文学大系『和漢朗詠集』、及び小峯氏前掲論文に言及がある。注24に引用の太平記にも「岸の額なる草の根に」とあった。

(26) 国枝利久氏「法門百首私注(二)―釈教歌研究の基礎的作業(三)―」(『親和国文』九号、昭和五十年二月)。なお、法門百首の引用は『釈教歌詠全集』一巻により、一部表記を改めた。

(27) 付法蔵因縁伝巻五(大正蔵五十巻三一五頁)に見える(日本思想大系往生要集の頭注による)。

(28) 罪業応報経の偈は唐の道世の諸行要集(大正蔵五十四巻一六五・一七二頁)に見える。

補注(一六三頁一五行)

この結論については、次の第Ⅲ章において考察し直した。一九〇頁以下参照。

III　平安朝文学における「かげろふ」について

――その仏教的背景――

一

右大将道綱の母は自らの書いた日記について次のように語っている。

かく、とし月はつもれど、思やうにしもあらぬ身をしなげけば、声あらたまるも、よろこぼしからず。なほものはかなきを思へば、あるかなきかの心地する、かげろふのにきといふべし。

（蜻蛉日記、上巻末尾）

ここに見られる「かげろふのにき」はこの書の書名とされ、通常蜻蛉日記と表記されるが、それでは、この「かげろふ」の実体は何か。古来より多くの説が提唱されているが、次の四種にまとめられよう。

○陽炎（陽焰・炎）・野馬
○遊糸（糸ゆふ）・ゴサマー[1]（蜘蛛の吐く糸）
○蜉蝣（現在の虫の「かげろう」）
○蜻蛉（とんぼ、古名「あきづ」）

道綱の母の脳裏にあったのはいずれであろうか。蜻蛉日記という表記上から、一般には虫の「かげろう」と理解されているむきもあるが、現在では「陽炎」説が有力視されている。[2] が、「蜉蝣」説も消えたわけではない。[3]

源氏物語蜻蛉巻は、

　何ごとにつけても、ただかの一つゆかりをぞ思ひ出で給ひける。あやしくつらかりける契りどもを、つくづくと思ひ続けながめ給ふ夕暮、かげろふのものはけなげに飛びちがふを、

「ありと見て手にはとられず見ればまたゆくへもしらず消えしかげろふ

あるかなきかの」と例の、ひとりごち給ふとかや。　（蜻蛉・一七〇）

と結んでいる。ここには、「飛びちがふ」とあって、一見して虫を意味していると思われ、「陽炎」説を取った場合の蜻蛉日記とは異なることになる。しかし、蜻蛉日記の「ものはかなげに」「あるかなきかの」という語句と、源氏物語の「ものはかなげに」「あるかなきかの」という語句とは表現が共通しており、「かげろふ」の実体は異なるとしても、言い表わそうとしている内容は必ずしも異なっているわけではない。

　中世の源氏物語の注釈書の河海抄（巻二十）は、「かげろふ」について、

　涅槃経云、受者熱時之炎疏曰熱炎輪、但有二其名一而無二其実一。華厳経曰、譬如下春月時衆生見二炎気一愚者謂上為レ水。又同経ニ野馬多アリ。

と、涅槃経とその疏、及び華厳経の「炎」（陽炎）の例をまず挙げている。河海抄は「かげろふは詩にも色々いひて一様ならず」と記して、虫の例も挙げ、「陽炎」説にこだわっているわけではないが、仏教的な背景を想定してその意味を捉えようとしている点は、それ以前の注釈書の態度とは異なっている。

　本章では、時代を平安期に限定して、「かげろふ」の語、もしくはその語を含む詩歌に仏教的な背景を想定する方向から、新たな「かげろふ」像を追究して見ることとする。

二

平安朝の「かげろふ」の語を含む歌の中で、注目すべきものには次のような諸例がある。（便宜上、通し番号を付す。以下、引用は『新編国歌大観』所収のものは同書により、その番号を付した。一部表記を改めたところがある）

○古今和歌六帖

a、第一、天、景呂布（かげろふ）

(1)世の中と思ひしものをかげろふのあるかなきかのよにこそ有りけれ　〔八二〇〕
(2)かげろふのそれかあらぬか春雨のふる人みれば袖ぞぬれぬる　〔八二一〕
(3)かげろふのさやにこそ見ねむま玉のよるの人めは恋しかりけり　〔八二二〕
(4)かげろふのひとめからにやあやしくもおもわすれせぬいもにも有るかな　〔八二三〕
(5)かげろふのひとめばかりはほのめきてこぬよあまたになりにけるかな　〔八二四〕
(6)ありと見てたのむぞかたきかげろふのいつともしらぬ身とはしるしる　〔八二五〕
(7)かげろふのほのめくかげに見てしよりたれともしらぬ恋もするかな　〔八二六〕
(8)つれづれのはるひにまよふかげろふのかげ見しよりぞ人は恋しき　〔八二七〕
(9)てにとれどたえてとられぬかげろふのうつろひやすき君が心よ　〔八二八〕

b、その他

(10)なつの月光をましててる時は流るる水にかげろふぞたつ

(11)いなづまはかげろふばかりありし時秋のたのみは人しりにけり
（第一、歳時、天、夏の月〔二八七〕）

(12)かげろふのかげをばゆきてとりつとも（人のこころをいかがたのまん）
（第一、いなづま〔八一六〕）

(13)おぼつかなゆめかうつつかかげろふのほのめくよりもはかなかりしか
（第四、恋、ざふの思ひ、女をはなれてよめる、きのつらゆき〔二三一五〕）
（第五、雑思、あした〔二五九二〕）

○後撰集

(14)あはれともうしともいはじかげろふのあるかなきかに消ぬる世なれば
（巻十六、雑二、題しらず、読み人知らず〔一一九一〕）

(15)世の中といひつるものはかげろふのあるかなきかのほどにぞありける
（巻十八、雑四、題しらず、読み人知らず〔一二六四〕）

○公任集

(16)夏の日の照しも果てぬかげろふのあるかなきかの身とは知らずや
（維摩会《ゑ》の十のたとへ、此身かげろふの如し〔二九一〕）

○発心和歌集、選子内親王、寛弘九年（一〇一二）

(17)かげろふのあるかなきかの世の中にわれあるものとたれたのみけん
（法華経随喜功徳品、世皆不㆓牢固㆒、如㆓水沫泡焔㆒。汝等咸応㆔当疾生㆓厭離心㆒〔四二〕）

○金葉集

⒅いつをいつとおもひたゆみてかげろふのかげろふほどの世をすぐすらん
（二度本、巻十、依他の八つのたとひを人々よみけるに、この身かげろふのごとしといへることをよめる、懐尋法師〔六四一〕）

右の諸例のうち、古今六帖ａの⑴〜⑼は「天部」に分類されているから「陽炎」と解されていたと判断できる。[4] ⑽以下の諸例についても、積極的に虫のかげろうと見られる例はなく、すべて「陽炎」と解されよう。

蜻蛉日記や源氏物語に見られる「はかなさ」を表わす「あるかなきか」の表現を持つものは、⑴・⒁・⒂・⒃であり、成立年代からすると前の三つが、蜻蛉日記の作者が引歌として利用した歌の候補となると思われる。[5] 同じころの宇津保物語（俊蔭巻）にも「かげろふのあるかなきかにほのめきてあるはあるとも思はざらなむ」と「あるかなきか」を用いた例が見える。「あるかなきか」以外にも、⑸「ありと見てたのむぞかたき」、⑻「てにとれどたえてとられぬ」、⑿「ほのめくよりもはかなかりしか」などには、「かげろふ」の「はかなさ」を強調する類型表現が見られる。これらは仏教的な「無常観」と結びついて詠まれた例であると一応考えられるが、⒃・⒄・⒅の諸例では明確に経典名等を記しており、その背景を分析し得るので、そこから考察を進めて行きたい。

まず、⒃の公任の「維摩会の十のたとへ」であるが、これは奈良時代以来南都の興福寺（山階寺）で修された維摩会[6]における説法中にあった「維摩経十喩」のことを指すと考えられる。[7]「維摩経十喩」は維摩経（維摩詰所説経、大正蔵十四巻）方便品に見える十の比喩であり、病いを得た維摩詰が、見舞いに来た多くの者達を前にして、自らの病気を例にして身のはかなさを説くという場面に出て来る。

諸仁者、是身無常、無レ強無レ力無レ堅、速朽法、不レ可レ信。苦悩、所レ集ニ衆病一。諸仁者、如レ此身明智者所レ不レ怙。是身如ニ聚沫一、不レ可ニ撮摩一。是身如レ泡、不レ得ニ久立一。是身如レ炎、従ニ渇愛一生。是身如ニ芭蕉一、中無レ有レ堅。是身如レ幻、従二顛倒一起。是身如レ夢、為二虚妄見一。是身如レ影、従二業縁一現。是身如レ響、属二諸因縁一。是身如二浮雲一、須臾変滅。是身如レ電、念念不レ住。

すなわち、「聚沫」「泡」「炎（陽炎）」「芭蕉」「幻」「夢」「影」「響」「浮雲」「電」の十の要素について「是身」の喩えとするのが、「十喩」である。「かげろふ」はこのうちの一比喩であるが、当然他の比喩との関係を考慮しなければならない。以下はこれらの比喩全体を視野に入れて検討する。

一般にこれらの喩えは「無常観」を表わすと考えられているが、そうとばかりは言えない。なぜならば、維摩経の代表的な注釈書である注維摩詰経（大正蔵三十八巻）巻二では、鳩摩羅什と僧肇の二人の注釈者の意見が「十喩」の意味するところについての解釈で相違しているからである。

什曰……従二如沫一至二如電一尽喩二無常一也。或以レ無レ堅、或以レ不レ久、或以レ不レ実、或以レ属二因縁一、明三其所二以無常一也。

肇曰、撮二摩聚沫之無レ実、以喩レ観二身之虚偽一。自レ此下至二電喩一明二空義一也。

肇曰、渇見二陽炎一、惑以為レ水、愛三見四大一、迷以為レ身。

鳩摩羅什は確かに「明三其所二以無常一也」といって「無常」を明らかにするための比喩としているが、それに対し僧肇は「自レ此下至二電喩一明二空義一也」といって「空義」を明らかにするためとしている。

以上が「維摩経十喩」の概要であるが、公任の歌はこれをそのまま歌として表現したものではない。公任集から十首全体を挙げよう。

ゆいまゐの十のたとへ
この身あわのごとし
ここに消えかしこに結ぶ水の淡のうき世にすめる身にこそ有けれ[8]

此身水の月のごとし
水の上にやどれる夜半の月かげのすみとぐべくもあらぬ我が身を
此身かげろふのごとし
夏の日のてらしもはてぬかげろふのあるかなきかの身とはしらずや
この身芭蕉葉のごとし
風吹けばまづやぶれぬる草のはによそふるからに袖ぞ露けき
この身まぼろしのごとし
此身をばあともさだめぬまぼろしの世にあるものは思ふべしやは
この身夢のごとし
常ならぬこの身は夢の同じくはうからぬことを見るよしもがな
この身かげのごとし
世の中にわがあるものと思ひしは鏡のうちの影にぞありける
この身ひびきのごとし
ありときくほどに聞こえずなりぬれば身はひびきにもまさらざりけり
この身雲のごとし
さだめなき身を浮雲にたとへつつ果てはそれにぞなり果てぬべき
この身いなびかりのごとし(9)
稲妻のてらすほどには入る息のいづる待つまにかはらざりけり

〔二八九〕〜〔二九八〕

これらの歌と維摩経方便品の該当部とを比較するといくつかの点で異なっている。まず、第一第二において、維摩経では「聚沫」「泡」とあるところが公任の歌ではそれぞれ「あわ」「水の月」となっているのである。「水の月」は「維摩経十喩」には含まれていないが、後拾遺集、千載集などにも同様に「水の月」を「維摩経十喩」に数える例があり、これは公任だけのことではない。

同喩（維摩経十喩をさす）の中に、此身水月の如しといふ心をよめる　小弁

常ならぬ我身は水の月なれば世にすみとげんこともおぼえず

（後拾遺集巻二十、雑六、釈教（一一九二））

維摩経十喩此身如二水中月一といへる心をよめる　宮内卿永範

澄めば見ゆ濁ればかくる定めなきこの身や水に宿る月影

（千載集巻十九、釈教[10]（一二二一））

おそらく、この「水中月」の比喩は、維摩経の該当部以外のところから「維摩経十喩」に加えられたのであろう。
また、第七は「影」の比喩で一致してはいるが、公任の歌には「鏡のうちの影」とあり、維摩経でいう光に応じてできる「影」とは異なっている[11]。公任の歌は他に見える「鏡中像」の比喩を歌に詠み込んでいるのである。「水中月」の方については国枝利久氏に論がある[12]。氏は、「聚沫」（しぶき）と「泡」が似ており、維摩経の弟子品・観衆生品・菩薩行品に「水中月」の比喩が見えることから、

公任あたりも、意識的に「是身如二聚沫一」の喩を詠むことを避け、そのかわりに「観衆生品」その他に見える「如二水中月一」という喩を詠みあげて十喩に加えたのではあるまいか。

と述べられ、かつ、公任以前から仏教的な「水中月」の素材が多く歌や詩に用いられていたことを考慮すべきであると論ぜられた。私かつてもこの結論に従ったことがある[13]。

しかしながら、公任以前になぜ「水中月」が歌や詩の素材とされたかについて、この説は答えていない。維摩経の弟子品等の例が方便品の「十喩」ほどに一般的で良く知られていたということもない。「維摩経十喩」が広く知られたように、一般的であった他の経典の比喩の存在が「水中月」を歌や詩に登場させたのではないか。ここでは、「水中月」や「鏡中像」の比喩は維摩経以外の経典から取り入れられたのではないか、という方向で考察してみたい。

河海抄に、涅槃経や華厳経の例を示し、(17)の発心和歌集の歌に法華経の例があがっていたように、さまざまな経典に同じような比喩がある。[14] ただし、それらが維摩経の「十喩」のように明確な思想を表現しているかというと、そうでもあるまい。例えば、(16)の例は、維摩経の十喩を知っていた大斎院選子が法華経随喜功徳品の「焰」（陽炎）を見て歌にした、というような事情であったのかも知れない。法華経等にある断片的な例ではなく、維摩経における「十喩」と同様なまとまりを持った例を考察の対象とすることとして、ここでは次の四例をとりあげて見る。

第一に、鳩摩羅什訳摩訶般若波羅密経（大品般若経、大正蔵八巻）序品の「十喩」の例。

解二了諸法一、如レ幻如レ焰如二水中月一如二虚空一如レ響如二揵闥婆城一如レ夢如レ影如二鏡中像一如レ化。

「諸法を解了するに、幻のようであり、かげろうのようであり、……」とするこの例は、「序品」というその位置からも、その数が十であることからも、まとまりを持ったものと言えるが、その注釈である大智度論（大正蔵二十五巻）の巻六、大智度初品中「十喩釈論」第十一に詳しい解説が付されているという点が重要であろう。

大智度論は「是十喩為レ解二空法一故」と、まず、「十喩」全体が「空法」を解するためのものであることを述べ、「幻」以下について詳説する。「焰」（炎）「水中月」については、以下のようになっている。

如レ炎者、炎以二日光風動一塵故、曠野中見レ如二野馬一。無智人初見謂レ之為レ水。男相女相亦如レ是。結使煩悩日光、熱二諸行塵邪憶念風一、生死曠野中転、無二智慧一者謂下為二一相一為レ男為上レ女。是名レ如レ炎。復次、若遠見レ炎

想レ為レ水、近則無二水相一。無智人亦如レ是。若遠二聖法一不レ知二無我一、不レ知二諸法空一、於二陰界入性空法中一、生二人相男相女相一、近二聖法一則知二諸法実相一、是時虚誑種種妄想尽除。以レ是故説、諸菩薩知二諸法如一レ炎。

如二水中月一者、月実在二虚空中一影現二於水一。実法相月、在二如法性実際虚空中一、而凡天人心水中、有二我我所相現一。以レ是故名レ如二水中月一。復次、如下小児見二水中月一歓喜欲上レ取。大人見レ之則笑。無智人亦如レ是。身見故見レ有二吾我一、無二実智一故見二種種法一、見已歓喜欲レ取二諸相男相女相等一。諸得道聖人笑レ之。如二偈説一。

如二水中月炎中水一　夢中得レ財死求レ生
有レ人於レ此実欲レ得　是人癡惑聖所レ笑

第二に、空海の性霊集に「詠二十喩一詩」があり、「詠二如幻喩一」以下十首よりなるが、これは大日経（大毘盧遮那成仏神変加持経、大正蔵十八巻）の「入真言門住心品第一」に見える「十縁生句」によるとされる。

秘密主、若真言門修二菩薩行一諸菩薩、深修観二察十縁生句一、当下於二真言行一通達作証上。云何為レ十、謂、如二幻、陽焔、夢、影、犍闥婆城、響、水月、浮泡、虚空華、旋火輪一。

ここでの十喩は右に見える「幻」「陽焔」（かげろふ）「夢」「影」「犍闥婆城」「響」「水月」「浮泡」「虚空華」「旋火輪」の比喩である。ただし、空海は「影」のところを「鏡中像」として詩に詠むが、これは大日経に「以二影喩一解三了真言能発二悉地一。如下面縁二於鏡一而現中面像上」とあるように、「影」を「鏡中像」の「影」と解するからである。

この点、公任の第七首の詠みぶりと一致する。

空海の「陽焔」の詩をあげよう。

詠陽焔喩　　陽焔の喩へを詠ず
遅遅春日風光動　　遅遅たる春日風光動き
陽焔紛紛曠野飛　　陽焔紛紛として曠野に飛ぶ

挙体空空无所有　体を挙げ空空として所有無し
狂児迷渇遂忘帰　狂児迷渇して遂に帰るを忘る
遠而似有近无物　遠くにして有る似《ごと》しといへども近づきて物無し
走馬流川何処依　走馬流川何処《いづく》にか依る
妄想談議仮名起　妄想の談議は仮名より起る
丈夫美女満城囲　丈夫と美女と城囲に満つ
謂男謂女是迷思　男と謂ひ女と謂ふは是れ迷思なり
覚者賢人見即非　覚者と賢人と見れば即ち非なり
五蘊皆空真実法　五蘊皆空は真実の法なり
四魔与仏亦夷希　四魔と仏と亦た夷希たり
瑜伽境界特奇異　瑜伽の境界は特に奇異なり
法界炎光自相暉　法界の炎光は自ら相暉く
莫慢莫欺是仮物　慢づること莫れ欺くこと莫かれ是れ仮物なり
大空三昧是吾妃　大空三昧は是れ吾が妃なり

空海がこれらの詩を作るに際して、大日経の注の大日経疏を参看したことがすでに指摘されている。(15)その該当部を見ると、「十喩」のうち大智度論と重複するものについては「釈論云」のかたちで大智度論を引用して説明する。「幻」「陽焰」についても大智度論を引用しているので、結局空海は大智度論の説に従って詩を組み立て、真言の立場からの結論付けをするという方法で作詩していることになる。実際に詩の語彙は大智度論に一致する場合が多い。

第三に、大方広仏華厳経十忍品第二十四（六十巻本、大正蔵九巻、以下華厳経と略す）に、十種の「忍」として、

「順音声忍」「順忍」「無生法忍」「如幻忍」「如焔忍」「如夢忍」「如響忍」「如電忍」「如化忍」「如虚空忍」をあげる。「忍」とは、道理に安住して心を動かさぬことを言う。

第四に、⒅金葉集の「依他の八つの喩へ」であるが、これは唯識家（法相宗）の「依他八喩」を言う。[16] その内容は成唯識論（巻八）によれば、「幻事」「陽焔」「夢境」「鏡像」「光影」「谷響」「水月」「変化」である。

法相宗では「一切諸法」について、「遍計所執性」「依他起性」「円成実性」の三性を立てる。各々、妄執により実体のないものをあると思い込むこと、ものが因縁により生ずること、諸法真実の性質、の意である。「依他八喩」とは、「依他起性」を説明する八つの比喩を言う。

さて、公任で問題となった「水中月」「鏡中像」について見ると、摩訶般若波羅密経及び大智度論に「水中月」「鏡中像」、大日経の「十縁生句」に「水月」「影」（鏡中像の意）、空海の「詠二十喩一詩」に「水月」「鏡中像」、唯識の「依他八喩」に「水月」「鏡像」の比喩がある。公任はこれらのいずれかに依拠して「水中月」と「鏡中像」の比喩を「十喩」に加えたのではないか。

「水中月」の比喩は菅原道真と大江朝綱の漢詩にも見られる。道真の作は、菅家文草[17]巻二（一一六）に、

水中月

満足寒蟾落水心
非空非有両難尋
潜行且破雲千里
徹底終無影陸沈
円似江波初鋳鏡
映如沙岸半披金

水中の月

満足せる寒蟾水心に落つ
空にあらず有にあらず両つながら尋ね難し
潜行して破らむとす雲千里
底に徹りて終に影の陸沈すること無し
円《まどか》なることは江波に初めて鋳る鏡に似たり
映りて沙の岸に半ば披く金《こがね》の如し

人皆俯察雖清浄　人皆俯して察《み》て清浄なりといへども
唯恨低頭夜漏深　唯だ恨むらくは頭を低れて夜の漏の深きことを

とあり、菅家後集〔五〇六〕に、

晩望二東山遠寺一　晩に東山の遠寺を望む
未得香花親供養　いまだ香花は親ら供養することを得ず
偏将水月苦空観　偏へに水月を将ちて苦《ねんごろ》に空観す
（以下略）

ともある。大江朝綱の作は和漢朗詠集無常部〔七九五〕に載せる。

雖観秋月波中影　秋の月の波の中の影を観ずといへども
未遁春花夢裏名　いまだ春の花の夢の裏《うち》の名を遁れず
（「送二僧帰一山」詩、延長六年〈九二八〉屏風土代詩）

これらは公任以前の例として参考になろう。このうち道真の「水中月」詩の「非レ空非レ有両難レ尋」の句に注目したい。ここに見える「非空非有」（「非有非空」とも言う）とは唯識家の術語である。[18]「非有」は、「三性」中の「遍計所執性」を説明する語で、妄執により物が「有」ると思い込むことを「非」とする。ここでは、水に映る月が実在しないことを言う。「非空」とは、同じく「三性」中の「依他起性」と「円成実性」を説明する語で、前者はものが因縁によって存在すること（あるのに似ている、「似有」）、後者はものの真実に存在する性質（実際にある、「実有」）を言うから、ともに「空」ではないとされる。ここでは、水月が月と水との因縁によって生じて、「空」ならざることを言う。

この、「非空非有」は、大智度論に見える般若の「空」の思想とは違う。「晩望二東山遠寺一」詩の方は同じ「水月」を引きながら「空観」と言っているので「空」の思想によっていると考えられる。(19) ⑱の金葉集の例も「依他八喩」を詠んでいた。

時代が若干下るが、続古今集（一二六五年成立）に、

　　非有非空の心を

　大空を空しとみれば糸ゆふのあるにもあらずなきにしもなし

（巻八、釈教歌〔七六三〕）

とあるのも参考になろう。いずれも法相宗の唯識の考え方が作品化されていると考えられる。

公任が「十喩」のうちに「水中月」と「鏡中像」を加えたのはこの唯識の「依他八喩」中の二つを取り入れたのではないだろうか。「維摩会」とは、もともと興福寺（山階寺）で行なわれた行事である。興福寺は法隆寺、薬師寺とともに法相宗の大寺であり、公任の家である藤原氏の氏寺でもある。そこでの教説に「維摩経十喩」が用いられたとするならば、唯識の思想が反映するのは自然である。「維摩経十喩」が何を意味しているかについては、すでに注維摩経においても「無常」、「空」と説が分かれていた。唯識の立場に立てば、「非有非空」とも言えるのである。

前引の続古今集の「大空を」の歌に「あるにもあらずなきにしもなし」とあったのは「非有非空」による表現であった。ここから、さらに「かげろふ」の「あるかなきか」という語句が仏典によるのではないかという推測ができる。

「あるかなきか」に似た表現を関連する経典の中に見いだすならば、大智度論の「如ニ鏡中像一」に見える「有」「無」を説いた所が注目される。

如ㇾ是無辺皆有ニ因縁一。以ㇾ是故因縁中、果不ㇾ得ㇾ言ㇾ有、不ㇾ得ㇾ言ㇾ無、不ㇾ得ㇾ言ニ有無一、不ㇾ得ㇾ言ニ非有非無一。

（このように際限なく因縁がある。このゆえに因縁の中に結果が「ある」ということも、「ない」ということも、「あり、そしてない」ということも、「あるというわけでも、ないというわけでもない」ということも、言えない）

空海の「詠二十喩一詩」の第四「詠二鏡中像喩一」詩に、

詠二鏡中像喩一

長者楼中円鏡影　秦王台上方丈相
不レ知何処忽来去　此是因縁所レ生状
非レ有非レ无離二言説一　世人思慮絶二籌量一
莫レ言自作共二他起一　外道邪人繞二虚妄一（以下略）

とある「非レ有非レ无」も大智度論によっていよう。

また、華厳経十忍品の「如焔忍」の説明にも、

此菩薩覚二悟一切世間皆悉如レ焔。如二熱時焔一、無レ有二方処一。菩薩摩訶薩、決定了下知一切諸法、亦無二方処一、非レ内非レ外、非レ有非レ無、非レ常非上レ断。

とある。これらの「非有非無」に類する表現が、歌語の「あるかなきか」となって行くのではないか。(20)

拾遺集に見える紀貫之の死に際しての歌、(21)

手に結ぶ水に宿れる月かげのあるかなきかの世にもあるかな　（巻二十、哀傷〈一三二二〉）

は、「水中月」の比喩を詠み込んでおり、そこに「あるかなきか」という言葉を用いているのも、大智度論等によっていると思える。

このように、歌の言葉は仏典によるものがあると考えられるので、「かげろふ」に関しての歌語を仏典と比較して見る。

まず、源氏物語蜻蛉巻の歌に「ありと見て」とあった。これは、直接には、(6)の「ありと見てたのむぞかたきかげろふのいつともしらぬ身とはしるしる」を受けたものであるが、もともとは、仏教的に「有」と認識しての意で、「非有」の「有」であると考えられる。

次に「世の中」について。

(1)「世の中と思ひしものを」

(15)「世の中といひつるものは」

(17)「世の中にわれあるものと」

右の(17)の「世の中」は、直接には法華経随喜功徳品の「世皆不㆓牢固㆒、如㆓水沫泡焔㆒」の「世」を受けたものだが、前引の華厳経十忍品の「如焔忍」にも「此菩薩覚㆓悟一切世間皆悉如㆑焔」とある。これらは、「世の中」が因縁によって仮に存在することを言い、人間の身を問題とする維摩経の「是身如㆑炎」とは表現の上で異なっている。公任の十喩歌の題詞に「この身何のごとし」と言い、歌に「わが身」「身」と言っているのはただしく、「維摩経十喩」的な表現なのである。

「かげろふ」を手にとることについて。

(9)「手にとれどたえてとられぬ」

(11)「かげろふのかげをばゆきてとりつ」

は、「かげろふ」が近づくと手に取り難いことを言うが、これは、大智度論に、「復次若遠見㆑炎想㆑為㆑水、近則無㆓水相㆒」と、「かげろふ」が遠くには水と見え、近づくと水がない、と見えるのに当たる。空海の「詠㆓陽焔喩㆒」詩にもこれを踏まえて、「遠而似レ有近无レ物、走馬流川何処依」とあった。

より似ているのは大智度論の「炎」に続く、「水中月」を説明するところである。

復次、如下小児見二水中月一歓喜欲上取、大人見レ之則笑。無智人亦如レ是。身見故見レ有二吾我一、無二実智一故見二種種法一。見已歓喜欲レ取二諸相男相女相等一、諸得道聖人笑レ之。如二偈説一。

如二水中月炎中水一　夢中得レ財死求レ生
有レ人於レ此実欲レ得　是人癡惑聖所レ笑

このように子供が水の中の月を手に取ろうとして大人に笑われると記す。その後の偈では、「水中月」と「炎」（かげろふ）を並列して「人が水中の月やかげろうの中の水を求めるのは愚かであり聖人から笑われる」と述べる。源氏物語蜻蛉巻の歌に「手にはとられず」とあるのも、直接には(9)を受けていようが、これらの具体的な比喩譚を想定できる。帚木巻で、空蟬が、遠くからは見え近づくと消えてしまう「帚木」を「あるにもあらず」という仏教的表現を用いて、

数ならぬふせやに生ふる名のうさにあるにもあらず消ゆる帚木　（帚木・一〇〇）

と、詠んでいるのは、巧みにこの「陽炎」の比喩を応用しているのではないか。「男相女相」も「空」であるとするのが大智度論の立場であり、同様にこの歌の「帚木」は、実体を捉えられずに姿を消す女性の喩えとなっている。

「たのみ」について。

(6)「ありと見てたのむぞかたき」

(11)「秋のたのみ（田の実）」

(12)「人のこころをいかがたのまむ」

「かげろふ」は「たのみ」がたいものとして描かれている。維摩経方便品の十喩について触れる前の所に、「是身無常、無㆑強無㆑力無㆑堅、速朽法、不㆑可㆑信。苦悩、所㆑集㆓衆病㆒。諸仁者、如㆑此身明智者所㆑不㆑怙。是身如㆓聚沫㆒……」とあった。この身は病気の集まる所で明智の者の「怙まざるところ」であると言っている。

三

以上、検討して来たのは、「陽炎」としての「かげろふ」であった。それに対し、源氏物語蜻蛉巻の例では、「飛びちがふ」とあって、虫の「かげろう」すなわち「蜉蝣」と考えられ、それが定説となっている。

花鳥余情に、

今案、かげろふに二つの義あり。一は陽焔をいふ。春陽の気の煙のやうにみゆるをいふ。かげろふのもゆる春日とよめるはこれ也。一は蜻蛉といふ虫也。はかなくいのちみじかき物也。軒ばにあそぶなどよめるはこれ也。この歌はいづかたへもその心わたりて聞こえ侍り。さりながら秋の時分なれば猶虫の心にかなへるにや。

とあるように、季節も秋であり、春、もしくは夏の強い日差しの中で生じる「陽炎」とは時期の上でも異なっているので、この場合は虫とするのが妥当である。言葉の表現上は、「陽炎」の「かげろふ」と共通することについては前述の通りであるが、それ以前に一般的であった「陽炎」から「蜉蝣」へと変っているのは、どのような背景があってのことだろうか。その点を考察してみたい。

「蜉蝣」の用いられた代表的な例は次のようなものであろう。

○毛詩（詩経）国風、曹風、蜉蝣

蜉蝣之羽、衣裳楚楚。心之憂矣。於㆑我帰処。

a、詩序　蜉蝣刺レ奢也。昭公国小而迫。無二法以自守一。好レ奢而任二小人一。将レ無レ所レ依焉。

b、毛伝　興也。蜉蝣渠略也。朝生夕死。（下略）

c、鄭箋　興者。喩、昭公之朝、其群臣皆小人也。徒整三飾其衣裳二、不レ知下国之将二迫脅一君臣死亡無上日、如二渠略一然。

ここでは、蜉蝣の羽が美しく短命であるのを、曹国の君臣が贅沢をして美服を着、国の危機が迫って君臣の死ぬ日が近いことに喩えている。

○淮南子、説林訓

鶴寿千歳、以極二其游一。蜉蝣朝生暮死、而尽二其楽一。

ここは、高誘注に「修短各得二其志一」とあるように、鶴や亀のように長命のものも、蜉蝣のように短命のものも各々その寿命を楽しむ意。

○文選巻二十一の郭璞（景純）「遊仙詩七首」

a、其三

借問蜉蝣輩、寧知二亀鶴年一

李善注　大戴礼夏小正曰、蜉蝣朝生而死。

五臣注　銑曰、蜉蝣朝生夕死。以比二此世人一。亀鶴之寿皆千歳、以比二仙人一也。

b、其七

蕣栄不レ終レ朝、蜉蝣豈見レ夕。

李善注　潘岳朝菌賦序曰、朝菌者時人以為二蕣華一、荘生以為二朝菌一。其物向レ晨而結、絶レ日而殞。毛萇詩伝曰、蜉蝣朝生夕死。

五臣注　銑曰、蕣槿花也、朝栄暮落。蜉蝣小虫名、朝生夕死。此皆比二人生之短一也。

この二例は、五臣注で指摘するように、仙人の長命に比して、人間の寿命の短さを蜉蝣に喩えて表わそうとしているが、それゆえに仙人を目指そうというものであって、その宿命を嘆き悲しんだり、仏教的な無常観を表現しようとしているわけではない。

しかし、次の空海の例となると、この「蜉蝣」が仏教的な無常の比喩として用いられている。

○空海、性霊集（続遍照発揮性霊集補闕抄）

a、為二亡弟子智泉一達嚫文（巻八）

遂使下无明羅刹斫二亀鶴之命一、異滅旃陀殺中蜉蝣之体上。乍無乍有既如二浮雲一、忽顕忽隠還似二泡沫一。

ここでは弟子の死に際し、生きるものが必ず死を迎えることが、「亀鶴」と「蜉蝣」の対を以って述べられている。この対は文選の「遊仙詩」（其三）にあったので、「遊仙詩」の仏教的な利用と考えられる。同時に「浮雲」「泡」「沫」もはかないものの喩えとして見えるが、これは「維摩経十喩」的な表現である。「乍無乍有」ともある。

b、為三弟子求寂真際入二冥扉一達嚫文（巻八）

三界縁生幻化不レ留、四生因起電泡即滅。聖也不レ免、何況凡夫。逝水蔵レ舟良有レ以也。念亡法子、性是顔回、命則蜉菌。

この例では、亡き弟子の性質を孔子の短命の弟子であった顔回（淵）に喩え、その短命を「蜉蝣」、「朝菌」（あさがお）に喩えている。「蜉蝣」「朝菌」の対は、「遊仙詩」（其七）に「蕣」「蜉蝣」として見えた。ここも「幻」「電」「泡」という「維摩経十喩」的表現とともに用いられている。「化」については般若経に見えた。

c、九想詩十首、新死相、第一（巻十）

世上日月短　　泉裏年歳長

速疾如㆓蜉蝣㆒　暫爾同落崩

これらの例は「蜉蝣」を仏教的な無常の文脈で用いた例であり、「維摩経十喩」的な無常の表現の中に組み込んでいる。次にあげる橘在列の例は、そうした作品の延長上に置くことができよう。

○新撰朗詠集（無常〔七三九〕）　橘在列「出家以後」

未㆑及㆓暮景㆒、蜉蝣之世無㆑常。不㆑待㆓秋風㆒、芭蕉之命易㆑破。

（いまだ暮景に及ばず、蜉蝣の世常無し。秋風を待たず、芭蕉の命破れ易し）

この作に於ても「蜉蝣」は「維摩経十喩」の一つである「芭蕉」とともに使われている。「維摩経十喩」の方から見れば、その中に「蜉蝣」が割り込んで来ていることになる。本来「十喩」に含まれていた「陽炎」（かげろふ）と「蜉蝣」（かげろふ）が置き換っているかのようである。

和語で表わせば同じ「かげろふ」ではあるが、「蜉蝣」の場合は、夕暮れに死ぬという違う要素が加わっている。おそらく歌の世界では、「はかなさ」を詠む場合、もともと「陽炎」主体で詠まれて来た「かげろふ」の語が、「蜉蝣」に対しても用いられるようになったのであろう。その時期は、橘在列の作品が有名になった頃であると推測したい。在列は源順の先生に当たり、順は敬公集七巻を撰し、序文を書いてもいるから、その時期は十世紀半ばということになろうか。

源氏物語蜻蛉巻の場合は「あやしくつらかりける契りどもを、つくづくと思ひ続けながめたまふ夕暮、かげろふのものはけなげに飛びちがふを」とあって、「夕暮」が文脈の中にある。これは「蜉蝣」の「朝生夕（暮）死」という性質によるものである。

以後、新古今集（巻十三、恋三〔一一九五〕）に、

けふと契りける人の、あるかととひて侍りければ　　読人しらず

夕暮れに命かけたるかげろふのありやあらずや問ふもはかなし[22]

とあるように、「ありやあらずや」という仏教的な表現と「夕暮」という「蜉蝣」の要素が習合して行く場合があるのである。

四

前節までをまとめてみると、以下のようになろう。

1、「あるかなきか」に類する表現は仏典により、本来それとともに用いられた「かげろふ」は、「維摩経十喩」等に由来する「陽炎」を意味する。

2、蜻蛉日記の場合は一般的な「あるかなきか」の「かげろふ」であり、「陽炎」と解すべきである。

3、空海、橘在列等によって「蜉蝣」が無常の喩えとして「維摩経十喩」的な文脈の中で用いられた。

4、それが和文和歌の世界に入り込み、従来の「陽炎」に対して用いられた「あるかなきか」というような表現が「蜉蝣」に対しても使われるようになった。

5、源氏物語蜻蛉巻はそうした例の早いものである。

6、「蜉蝣」が次第に一般的になって行く。

最後に川口久雄氏が主張される、「かげろふ」はある種の蜘蛛の糸（遊糸、ゴサマー）を意味する、という説について述べたい。

中国で詠まれる「遊糸」はこの「ゴサマー」のようである。[23] 日本に入って来た有名な例は和漢朗詠集の春興部に見える劉禹錫の次の一聯である。

野草芳菲紅錦地　　野草芳菲たり紅錦の地
遊糸繚乱碧羅天　　遊糸繚乱たり碧羅の天　（一九）

この劉禹錫の句は、早く千載佳句（春興（七三））に見えている。この句を踏まえて作られたと思われる日本人の作品が和漢朗詠集にいくつか見られるので検討してみる。

まず、春興部に小野篁の一聯がある。

著野展敷紅錦繡　　野に著きては展敷す紅錦繡
当天遊織碧羅綾　　天に当つては遊織す碧羅綾　（二二）

「紅錦」と「碧羅」の対語が一九番と一致することから、明らかにこの篁の句は劉禹錫の作によっていることが分かり、当然下の句にある「綾」は「遊糸」によって「織」られていることになる。これに連続する次の島田忠臣の一聯も「花錦」「遊糸」の対の存在から、劉禹錫の作によっていると考えられる。

林中花錦時開落　　林中の花錦は時に開くもあり落つるもあり
天外遊糸或有無　　天外の遊糸は或いは有りとやせん無しとやせん　（二三）

この忠臣の句については、「遊糸」の語を用いていることと、それを「有無」と表現していることが注目される。

また、同集の晴部には「遊糸」の和語に当たる「糸ゆふ」の和歌も見える。

かすみ晴れみどりの空ものどけくてあるかなきかにあそぶ糸ゆふ　（四一五）

この「みどりの空」は劉禹錫の「碧羅天」を、「あるかなきか」については忠臣の「或有無」を踏まえていよう。島田忠臣にはさらに田氏家集（中巻）の「残春宴集」（七〇）に、「麴水有㆑皃依㆓茂藻㆒、碧天無㆑蜑曳㆓遊糸㆒」の例もある。この「碧天」の語も劉禹錫の「碧羅天」によろう。「遊糸」を詠むことは九世紀末の流行であったらしく、菅原道真の「春、惜二桜花一、応レ製」(菅家文草〔三八四〕)にも「欲レ裛二飛香一憑二舞袖一、将レ纏二晩帯一有二遊糸一」とある。

右の諸例では、「遊糸」は春の空の景物であるという以外に、どう理解していたかは分からないが、次の道真の和漢朗詠集(暮春〔四六〕)の例は「野馬」と関わりを持たせた「糸」を詠み、道真の「遊糸」理解を示していると考えられる。

低翅沙鷗潮落暮　翅を低る沙鷗は潮の落つる暁
乱糸野馬草深春　糸を乱る野馬は草の深き春

(菅家文草「晩春遊二松山館一」〔二二二〕)

ここでは、「乱レ糸」は「野馬」にかかる修飾語として使われている。「野馬」は荘子(逍遙遊篇)に、「野馬也塵埃也。生物之以レ息相吹也」とある。司馬彪注に「野馬春月沢中游気也」とあり、成玄英注に「青春之時、陽気発動、遙望二藪沢一猶如二奔馬一。故謂二之野馬一」とあって、この「野馬」はすなわち「陽炎」を指す。道真は「糸」の語を用いているから、「遊糸」を「野馬」と同一視しているのであろう。[24]

伝道真撰とされる新撰万葉集にも、

夏之月光不惜照時者流水丹遊糸曾立
月光連行不レ惜レ暉　流水澄江無二遊糸一
岩沓摧レ楫起レ浪前　人間眼病歎且多

(巻下、夏〔一四四〕)

と「遊糸」が現れる。新撰万葉集下巻の漢詩は体をなしていないものが多く、例証とはし難い面もあるが、ここでは和歌とそれを翻訳した絶句の双方に「遊糸」を用いている。その和歌の方に注目したい。同じ歌が寛平御時后宮

歌合に、

夏の月光をしまず照る時は流るる水にかげろふぞ立つ（夏歌〔七四〕）

と見え、「遊糸」は「かげろふ」（陽炎）に相当する。新撰万葉集二八七番の「遊糸」は普通に訓まれるように「かげろふ」と訓ずべきであろう。「遊糸」が「かげろふ」と同一視された一例となる。

道真が「遊糸」と「陽炎」（野馬）を同じと見ていたならば、島田忠臣もそう見ていたのではないか。和漢朗詠集二三番に「天外遊糸或有無」とあるのも「遊糸」を「陽炎」と考えて作したと考えたい。「陽炎」（かげろふ）の「非有非無」や「あるかなきか」に類する表現をそれと同一視した「遊糸」に応用し、「或有無」と作ったと思われる。

忠臣の一聯に、劉禹錫の佳句の趣を加えて和歌に翻案したのが、晴部の「かすみ晴れみどりの空ものどけくてあるかなきかにあそぶ糸ゆふ」〔四一五〕ということになろう。今度は、「或有無」とあるのを「あるかなきかに」と置き換えたわけである。

逆の場合を想定できなくもない。忠臣の「或有無」がもっとも早く、古今六帖などの和歌に見られる「あるかなきか」という表現を導いたとも考えられようが、おそらくそうではあるまい。なぜなら、忠臣の「或有無」には仏教的な無常観も空観も表われていないからである。(1)・(14)・(15)等に見られた「かげろふ」と「あるかなきか」を組み合わせた時に見られる「はかなさ」は忠臣の作にはない。

このように推論すると本節のはじめにあげた1〜6にさらに次の三項を加えることができる。

7、劉禹錫詩等に詠まれた「遊糸」を平安朝の日本人は「陽炎」（野馬）と同じものと思い、詩に作った。

8、従って、新撰万葉集に見られるように、「遊糸」を「かげろふ」と訓ずることになった。

9、ただし、「遊糸」については「糸ゆふ」という和語で呼ぶ場合もあった。

蜻蛉日記の「かげろふ」は「陽炎」であり、源氏物語の「かげろふ」は「蜉蝣」である。この結論は現在の定説を確認したことになろう。しかし、その背景に仏教的な要素を見なければその理解も不十分なものになるのではないか。例えば、「陽炎」と「蜉蝣」とは物自体も違い、作品としての表現のされ方も違う。「陽炎」は、因縁によってたまたま生じたものでしかない「是の身」（維摩経）や「一切諸法」（般若経）の、その存在の根拠のなさを喩える比喩として用いられる。それに対し、「蜉蝣」は短命の代表とされ、人間の短命の比喩とされる。両者はかろうじて「無常」という概念でつながっているのであるが、源氏物語のように、「あるかなきか」という「陽炎」に関わる表現を用いた場合は、単なる「蜉蝣」の「無常」とは異なった意味が生じるはずなのである

　蜻蛉巻の末尾において、薫は浮舟を見失った。彼女は宇治川に身を投げたのであろうか。もとはと言えば大君を愛した薫であった。その大君は死に、薫の手の届かない世界に行ってしまった。浮舟はその「形代」に過ぎなかったはずである。しかし、またしてもその「形代」に執着した薫である。

　ものの存在は実在ではなく、因縁によって仮に存在するように見えるだけである。維摩経の経文に「是身如㆑炎、従㆓渇愛㆒生」とあり、注維摩経の僧肇は「渇見㆓陽炎㆒惑以為㆑水。愛㆓見四大㆒迷以為㆑身」（渇してかげろうを見て惑って水と思う。四大〈地・水・火・風〉から成るからだを愛見するからこそ身が存在するように見える）と注する。「渇愛」とは「渇して水を愛する如く凡夫の五欲に愛着する」[25]ことである。

　愛情によって存在するかに見えた浮舟も、だから、すぐに薫の眼前から姿を消してしまうことになるのである。

　「ありと見て手にはとられず見ればまたゆくへもしらず消えしかげろふ
　あるかなきかの」

という蜻蛉巻の末尾は、「かげろふ」の語を巧みに用い、長大な源氏物語を仏教の世界の中で終わらせようという

宇治十帖にふさわしい巻の結末であった。

注

(1) 主に川口久雄氏がこの説を主張される。同氏「かげろふ日記の書名について―「かげろふ」の語義とその変遷―」(『国文学言語と文芸』七巻四号通巻四十一号、昭和四十年七月)、『かげろふ日記』(日本古典文学大系)の解説等参照。

(2) 例えば、柿本奨氏『蜻蛉日記全注釈』(昭和四十一年八月)、上村悦子氏『蜻蛉日記の研究』第一章「蜻蛉日記名義考」(昭和四十七年)等。

(3) 例えば、武山隆昭氏「『かげろふ日記』の「かげろふ」考」(『椙山国文』八号、昭和五十九年三月)、星谷昭子氏「『蜻蛉日記』書名考」(『国文学』三十三巻十四号、昭和六十三年十二月)、同氏「『蜻蛉日記』の書名について―「かげろふ」の語義の変遷―」(『日本大学短期大学部(三島)研究年報』一集、平成元年二月)等。

(4) 江戸時代の坂徴、かげろふの日記解環で指摘する。

(5) 蜻蛉日記は天暦八年(九五四)から天延二年(九七四)までの記事を載せるので成立はそれ以後とされる。なお、源氏釈等の源氏物語の古注は、蜻蛉巻の注に「たとへてもはかなきものはかげろふのあるかなきかの世にこそありけれ」を引くが、出所が不明であり、蜻蛉日記以前のものかどうかはわからない。

(6) 三宝絵詞巻下の三月「薬師寺最勝会」条に「維摩、御斎、最勝、是を三会といふ。日本国の大きなる会これにはすぎず」とある。また、同書巻下十月「山階寺維摩会」に詳しい。

(7) 「維摩経十喩」については、国枝利久氏「維摩経十喩と和歌―釈教歌研究の基礎的作業(六)―」(『仏教大学研究紀要』六十四号、昭和五十五年三月)、および第II章「仏教と和歌―無常の比喩について―」参照。

(8) この歌と第九の「さだめなき」の歌は千載集巻十九の釈教歌〔一二〇二〕に載せる。また、この歌は新撰朗詠集無常部〔七四三〕にも載せる。

(9) 「入る息の」は、新編国歌大観所収本は「出づる息」とある。ここは、群書類従前大納言公任卿集により改めた。

この部分は往生要集大文第二の第五に引く経文「故経言、出息不レ待二入息一。非二唯眼前楽去哀来一。亦臨二命終一随レ罪堕レ苦」（出典不明）によろう。第Ⅱ章参照。

(10) 注8で述べたように千載集巻十九釈教歌には、公任の「維摩経十喩」の歌をも二首載せる。なお、公任には「世の中は水にやどれる月なれやすみとぐべくもあらずもあるかな」（公任集〔四五九〕）の詠もあり、やはり「水中月」を詠む。

(11) 注維摩経に「什曰、形障二日光一光不レ及レ照、影此現。由三無明三業隔二実智慧一、所以有レ身也」とあって、光の当たらない「影」と解釈している。

(12) 注7の国枝氏論文参照。

(13) 第Ⅱ章参照。

(14) 例えば、金剛経（金剛般若波羅蜜経、鳩摩羅什訳、大正蔵八巻）に、「一切有為法、如二夢幻泡影一、如レ露亦如レ電、応レ作二如レ是観一」とあり、大般涅槃経（四十巻本、大正蔵十二巻）序品に、「是身不レ堅、猶如三蘆葦伊蘭水泡芭蕉之樹一。是身無常念念不レ住、猶如二電光暴水幻炎一、亦如三画レ水随レ画随レ合」とある。

(15) 坂田光全氏『性霊集講義』（昭和十七年）、渡辺照宏・宮坂宥勝両氏『三教指帰　性霊集』（日本古典文学大系、昭和四十年）参照。

(16) 北村季吟八代集抄は(18)の注として、「まづ、依他とは、依他起性といふことを略していへる也。解深密経に円成実性、依他起性、偏計所執性の三性を説給ふ。円成実性とは真如理性也。此理性は諸法に偏満して常住にして真実なれば円成実性と云也。依他起性とは他に依て起る性といふ事也。一切諸法の自性はもと真如の妙理にして円成実性なれども、無明妄想の他の迷ひに依てかりに有情無情と起れば、其相は只かりに有て実体はなき物也。これをたとへによりて顕す時摂大乗論に八の喩を挙げ給。一ニハ幻事、二ニハ鹿渇、三ニハ夢想、四ニハ影、五ニハ光影、六ニハ谷響、七ニハ水月、八ニハ変化也。皆仮に有て実体なきたとへ也。偏計所執性とは一切の諸法は依他起の性にして、幻のごとく夢のごとく水月のごとくに、皆仮の物なるをしらずして、此身は勿論、眼に見、耳に聞事まで偏皆実にある物とのみ計て、執心し、悪業をなして生死の苦を受るを、偏計所執性と云也。されば、八の喩を以依他起を明す事は、摂大乗論に出たる事也。此集にいへるもこれなるべし」と記す。また、金葉集の異本に「維摩経依他の八つのたとへ」とあるのを「依他八喩」と維摩経の比喩とを混同したものとして批判している。

(17) 以下、菅家文草、菅家後集の本文引用については、川口久雄氏『菅家文草 菅家後集』(日本古典文学大系)により、その番号を記す。

(18) ただし、空海の「詠二如幻喩一」詩中の「非レ有非レ空越二中道一」に対し、『性霊集講義』は、「中道迄は華厳の教旨を指す」と注する。

(19) 菅原道真の「路見二芭蕉一」(菅家文草巻四〔三〇〇〕)に「過レ雨芭蕉不レ耐レ秋、行行念念意悠悠。三千世界空如レ是、所以停レ鞭泣二馬頭一」とあり、この「芭蕉」も「空」の比喩として詠まれている。「維摩経十喩」によったものか。

(20) 華厳経十定品にも「非有非無」を含む同種の表現が見られる。

(21) 詞書に「世の中心ぼそくおぼえて常ならぬ心地し侍りければ、公忠朝臣のもとによみてつかはしける、このあひだやまひ重くなりにけり」とあり、左注に、「此歌よみてほどなくなくなりにけるとなん家の集にかきて侍る」とある。貫之集巻九〔九〇二〕、および和漢朗詠集無常部〔七九七〕にも見える。

(22) この歌の場合、詞書中の「あるか」が、「あるかなきか」を連想させ、「かげろふ」の歌を詠む機縁となっている。

(23) 岡田要之助氏「遊糸彙聞」(『思想』昭和十四年八月)参照。岡田氏は論文中で、小川環樹氏の集められた中国における「遊糸」の用例と、「遊糸」を「かげろふ」の義とする例は中国にはないようだとする小川氏の見解とを紹介されている。

(24) 「遊糸」を「野馬」と同一視することについては、和漢朗詠集私注の劉禹錫の句〔一九〕の注に、「遊糸者、春三月空中、其望似レ糸、如レ有如レ無之物也。書曰、遊糸一名野馬。荘子曰、其急似二野馬之走去一」と見え、日本では普通の捉え方である。「書曰」の「書」は不明。ただし、注1の川口氏論文によると、宋の林希逸の荘子口義に「野馬遊糸也、水気也」と見え、同様のものは中国にもある。

(25) 織田得能著『織田仏教大辞典』による。

Ⅳ　大和物語蘆刈説話の原拠について
――本事詩と両京新記――

一

大和物語第百四十八段は、難波を舞台とする離別した男女の再会の物語であり、難波の「蘆」を刈る男を題材として取り上げているため蘆刈説話と呼ばれる。その大要は以下の如くである。

津の国の難波に住む夫婦が零落して生計が立てられない。男は女に、一緒では生きて行けない、おまえは京へ行け、自分は何とか生きて行くから、と提案する。

「おのれは、とてもかくても経なむ。女のかく若きほどにかくてあるなむ、いといとほしき。京にのぼり、宮仕へをもせよ。宜しきやうにもならば、我をもとぶらへ。おのれも人のごともならば、必ずたづねとぶらはむ」

二人は泣く泣く再会を約束して別れる。女は「やむごとなき」宮へ仕えて愛され、北の方の死後正妻格に納まる。しかし、元の夫を忘れられず、再会を期しつつ、夫の宮に難波へ一人ではらえをしに行きたいと申し出る。難波で乞食のような姿をした蘆をになう男を見かけるが、果たしてそれはかつての夫であった。女は蘆の代金を多く支払い、物などを食べさせようとするが、女に気付いた男は歌を女に贈る。

「君なくてあしかりけりと思ふにもいとど難波の浦ぞ住み憂き」

女の返歌は、付け足しのようなかたちで物語の末尾に記されている。
「あしからじとてこそ人の別れけめ何か難波の浦も住み憂き」

本章では、この蘆刈説話の原拠を、中国の唐代伝奇の一つである本事詩や唐代の地誌の両京新記に見える徐徳言とその妻の物語に求めようと思う。今昔物語集などにもこの蘆刈説話があるので(1)、説話の展開の問題を含めて、その原拠としての意味を考察して行きたい。

二

本事詩は唐末の孟棨の撰で、その成立は序文によると僖宗の光啓二年（八八六）である(2)。その序文は、撰述の由来を「感動にまかせて書かれ詠まれた文や詩が、いかに感情をこめた作品であっても、その感情の本核を明らかにしてやらなければ、その意義のわかる者もないだろう。そんなわけで、私は感動的な作品を採り集めて、本事詩を作」ったと述べている(3)。つまり、詩の内容意義を明らかにするための説話集といえる。書名も、ある事跡を本とする詩を集めたという意であろう。全体は「情感」以下の七部に分類され、通行本では四十一篇の説話を収める。

その第一話がいわゆる「破鏡」の故事で有名な徐徳言と楽昌公主の物語である。今はこれを「徐徳言説話」と呼び、大和物語の蘆刈説話の原拠と考えて、両者を比較して行く(4)。この二つの説話は詩あるいは歌を中心としているところに基本的な共通点があろう。(補注)

なお、この徐徳言説話は唐物語の第十話、及び漢故事和歌集(5)の「徳言分鏡」の原拠ともなっており、平安末とも鎌倉初とも言われる唐物語成立時には少なくとも流布していたと認められる説話である。

まず、本事詩第一話の全体を唐代叢書本によって引用し、その大要を記す。

陳太子舎人徐徳言之妻、後主叔宝之妹、封二楽昌公主一、才色冠絶。時陳政方乱。徳言知レ不二相保一、謂二其妻一曰、「以二君之才容一、国亡必入二権豪之家一、斯永絶矣。儻情縁未レ断猶冀二相見一、宜レ有二以信一レ之」。乃破二一鏡一人執二其半一、約曰、「他日必以二正月望日一、売二都市一。我当レ在、即以二是日一、訪レ之」。及二陳亡一、其妻果入二越公楊素之家一、寵嬖殊厚。徳言流離辛苦、僅能至レ京。遂以二正月望日一、訪二於都市一。有下蒼頭売二半鏡一者上、大高二其価一。人皆笑レ之。徳言直引至二其居一、設レ食、具言二其故一、出二半鏡一以合レ之。仍題レ詩曰、

　鏡与レ人倶去　　鏡帰人不レ帰
　無二復嫦娥影一　　空留二明月輝一

陳氏得レ詩涕泣不レ食。素知レ之、愴然改レ容。即召二徳言一、還二其妻一、仍厚遺レ之。聞者無レ不二感歎一。仍与二徳言陳氏一偕飲、令二陳氏為一レ詩曰、

　今日何遷次　　新官対二旧官一
　笑啼倶不レ敢　　方験作レ人難

遂与二徳言一帰二江南一、竟以終レ老。

陳の皇太子に仕えていた徐徳言の妻は陳の最後の王の叔宝の妹という名門の女性であった。隋の侵攻にともなう陳の滅亡と夫婦の別離を予測した徳言は、妻に、「おまえの才能と容貌があれば、国が亡びても必ず権力者の家に入るだろう。それでも再会できるように」といって鏡を半分に割り、その片割れを互いに持ち、正月の十五日に市で売れ、と再会を約束した。陳の滅亡後、零落して長安にたどりついた徳言は半鏡が高価で売られているのを知り、事情を問うと果たして元の妻の召使であった。徳言は詩を女に贈る。

「鏡とあの人はともに去り、鏡は帰ったが人はもどらない。鏡に月の神女（愛する妻）は映らず、空しく光を映すだけ」

その詩を見て悲しむ妻を見た今の夫の楊素は徳言に妻を返すことにする。楊素は妻との別れに際して宴席を設けて、妻に詩を作らせる。

「今日は何の任官の日か（何とあわただしいこと）。新任の役人（新しい夫）が旧き役人（もとの夫）と向い合う。笑うことも泣くこともできず、人であることの難しさを思い知る」

その後、徐徳言とその妻は江南で生涯幸せに暮らしたという。

ここで大和物語の蘆刈説話との間には次のような共通点があることが指摘できる。

1、愛しあっている夫婦が何等かの事情（戦乱あるいは貧窮）で別れざるを得なくなる。

2、別れた後（美貌の）妻は貴人のもとへ行くと男は予想する。

3、別れに際して縁あらば再会せんことを約束する。

4、男の予想通りに女は貴人の妻に収まり、一方男は零落する。

5、女と男はあるもの（「蘆」あるいは「鏡」）を手がかりとして相手の素姓を知る。

6、高価ではありえないそのあるものを高価であがなう。

7、男が女にそのあるものを題材とした歌（詩）を送る。

8、女は男の歌（詩）を受け取って涙にくれる。

9、女は歌（詩）を詠む。

筋を追って比較して見るといかにこの両者に共通点が多いかが分かるが、なお話の根幹の部分での類似を指摘できる。

歌物語としての大和物語においては「蘆刈り」の語を含む男の歌が当然話の根幹となろう。本事詩は詩の由来を語ったものであるから、話の根幹は二首の詩にある。そのうち徐徳言の作の第一首は再会の鍵となる鏡を詠み込んでおり、最も中心的といえよう。それらが、7の詩と歌となる。具体的には、大和物語は、

君なくてあしかりけりと思ふにもいとど難波の浦ぞ住み憂き

となっており、本事詩は、

鏡与レ人倶去　鏡帰人不レ帰
無二復嫦娥影一　空留二明月輝一(6)

となっている。両者を比較すると、ともに、男が愛する妻の去って帰らない嘆きを「蘆」もしくは「鏡」にひきかけて述べていることが分かる。両者は説話の一番の核になる部分で類似の表現を持っているのである。また、歌(詩)を詠んだ状況を見ても、大和物語ではわざわざ逃げ込んだ「人の家」であり、本事詩の方は徳言の家である。ともに家の中で女の召使いを前にして詠んだことになっている点が共通しよう。

説話を構成する場においても両者には共通点がある。蘆刈説話は離別再会の物語であり、徐徳言説話もその点では変りがない。その離別の動機が、前者では貧窮の故、後者では陳末隋初の戦乱の故となっていて違いがある。しかし、二人の離別の土地が蘆刈説話では難波と京、徐徳言説話では江南の建康(現在の南京)と京(長安)というように両説話がともに二箇所の土地の特殊性と関わっていることに注目したい。

陳は南朝最後の王朝で北朝系の隋に滅ぼされた。滅びた陳都建康と新興の隋都長安との南北の対照がこの説話の舞台なのである。陳末の戦乱がなければ、この離別は生じ得ないし、離別がなければ、再会もあり得ない。

大和物語では夫婦の住まいを難波に設定している。「難波」という土地と「蘆(刈り)」とは、密接な関連があり、

「難波」という土地抜きではこの説話は成立しがたい。一方、「京」は女のいわば「出世」した場所である。「京」で身分のある人の妻に納まることが難波で蘆を売るという男の零落を際立たせる働きをしている。徐徳言説話と蘆刈説話はともに京と京以外の（かつて都でもあった）土地との二箇所での離別を話の本質としていることが分かる。

一方、相違点ももちろんある。最大の違いは、蘆刈説話においては新しい夫が物語の末尾で何の役割も果たさないのに対し、徐徳言説話では、新しい夫である楊素は妻の嘆きを問いただし、その理由を知った上でもとの夫である徐徳言に妻を返していることである。

こうした結末上の相違点については、改めて後節で述べることとして、今は共通点が存在するのは大和物語の蘆刈説話は徐徳言説話の影響下に成立したゆえである、との仮定に立って論を進めたい。

三

幕末の漢学者斎藤拙堂はその著拙堂文話の中で、物語、草紙の類は多く漢籍に基づくことを言い、伊勢物語については、「伊勢物語如下従二唐本事詩・章台楊柳伝一来者上」と、その本事詩等によることを指摘している。

伊勢物語と本事詩との関連については、山岸徳平氏が、「月やあらぬ春や昔の春ならぬわが身ひとつはもとの身にして」の歌を含む伊勢物語第四段と「去年今日此門中、人面桃花相映紅、人面秖今何処去、桃花依レ旧笑二春風一」の詩を含む本事詩（情感第一）の第十二話の「崔護」の物語との類似を指摘され、伊勢物語が本事詩の如きものの暗示と影響を受けて成立したと論じておられる(7)。

また、福井貞助氏は、拙堂の説を取り上げ、山岸氏と同じく伊勢物語第四段と本事詩の「崔護」の物語との類似に着目されたことから、伊勢物語第四段を中心とする初段から第五段までが、本事詩第十二話の影響を受けて作られて行ったと考察されている。[8]

もとより、元慶四年（八八〇）に没した在原業平の「月やあらぬ」の歌は唐信宗の光啓二年（八八六）の本事詩成立以前に作られているので、「人面桃花」の詩が業平本人の歌に影響を与えたというわけではない。山岸氏は伊勢物語の成立を十世紀中頃の天暦天徳の頃とする。福井氏も、伊勢物語の作者が業平の歌と本事詩の類似に注目し、本事詩を参考にしながら、伊勢物語の五段までを構成して行ったと考えられた。

今ここで論じている蘆刈説話と本事詩第一話との関連についても同様な事情が想定出来なくもない。例えば、「君なくてあしかりけりと思ふにもいとど難波の浦ぞ住み憂き」という古歌、あるいはこの歌を含む簡単な説話がまずあり、その歌を中心にして、大和物語に見られるような蘆刈説話が本事詩の徐徳言説話を媒介として次第に構成されてきた、という解釈である。

しかし、福井氏も言われるとおり、大和物語の成立時期とされる十世紀中頃までの本事詩の伝来は不明であり、右のような想定はあくまでも本事詩が伝来していたという仮定の上に成り立つものである点多少の問題を残す。

ところが、徐徳言の説話に関してはそのような想定は不要だ。なぜならこの説話は本事詩のみに見られるわけではないからである。前述のようにこの徐徳言説話は唐物語第十話に翻案されているが、早く江戸後期の清水浜臣は唐物語提要の中で、その原拠として本事詩とともに両京新記を挙げている。

両京新記は唐の韋述撰で、その二都長安と洛陽の城坊寺観等を記したものである。成立は唐の玄宗の開元十年（七二二）に遡り、すでに福山敏男氏、平岡武夫氏の詳細な研究がある。[9] わが国への伝来については、寛平三年（八九一）頃までの成立といわれる藤原佐世の日本国見在書目録[10]に、「両京新記四 韋述撰」（廿一土地家）と著録されており、それ以前の伝来であること分かる。

のみならず、見在書目録以前に成立した円仁の入唐新求聖教目録[11]にも「両京新記三巻」と著録されているのを見出し得た。この目録は承和十四年（八四七）奏上のものであり、さらに半世紀ほどその伝来を遡らせることができる。

それゆえ、徐徳言説話は本事詩の伝来を待たずとも、両京新記によって本朝の知識人の間に流布し、蘆刈説話の中に取り入れられたと考えられるのである。

四

両京新記所載の徐徳言説話は「次南曰二延康坊一。西南隅西明寺」とある本文に付された、小字双行の西明寺[12]に対する注文の中にある。次に尊経閣文庫蔵の影印本[13]によってその注文の全文を挙げよう。便宜上、全体を三段に分けることとする。

本隋尚書令越国公楊素宅。大秦中素子玄感殊後没レ官。武徳初為二万春公主宅一。貞観中賜二濮恭王泰一。泰死後官市立レ寺。寺内有二楊素旧井一。玄感被レ誅家人以レ金投レ井。後人窺見釣汲無レ所レ獲。今寺衆謂二之霊井一。在二僧厨院内一。（以上第一段）

初楊素用三事隋朝一、奢僭過レ度。制三造珍異一、資貨儲積。（以上第二段）

有二美姫一。本陳太子舎人徐徳言妻、即陳主叔宝之妹、才色冠レ代。在レ陳封二楽昌公主一。初与二徳言一夫妻情義甚厚属。陳氏将レ亡。徳言垂レ泣謂レ妻曰、「今国破家亡、必不二相保一。以二子才色一必入二帝王貴人家一。我若死幸無二相忘一、若生亦不レ可二復相見一矣。雖レ然共為二一信一」。乃擘三破一鏡一、各収二其半一。徳言曰、「子若入二貴人家一、幸将二此鏡一令下於二正月望日市中一貨上之。若存当レ冀三志之一知二生死一耳」。及二陳滅一、其妻果為二隋軍所一レ没。隋文以賜レ素。渠[14]為三素所二寵嬖一。為営二別院一姿[15]（恣）二其所一レ欲。陳氏後令下閹奴望日齎二破鏡一詣上市。務令二高価一。果値二

徳言、徳言随レ価。便酬引レ奴帰レ家。垂レ涕以告二其故一。并取二己片鏡一合レ之。及レ寄二其妻一題レ詩云、

鏡与レ人倶去　　鏡帰人不レ帰
無二復恒娥影一　　空余二明月輝一

陳氏得レ鏡得レ詩悲愴流レ涙。因不レ能二飲食一。素怪二其惨悴一而問二其故一。具以レ事告レ素。惜然為レ之改レ容。使レ召二徳言一、還二其妻一。并夜装(16)恚与レ之。陳氏臨レ行、素邀令二作レ詩叙一レ別。固辞不レ免。乃為二絶句一曰、

今日何遷次　　新官対二旧官一
笑啼倶不レ敢　　方験作レ人難

時人哀二陳氏之流落一、而以レ素為二寛恵一焉。（以上第三段）

右の文と本事詩第一話との違いを検討してみよう。まず、これは西明寺の縁起譚として載せられている点に注意される。第一段は、西明寺はもと隋の権勢家楊素の邸宅であって、子の玄感がそれを引継ぎ、玄感が誅（殊）されるに及んで官に没せられ、万春公主、濮恭王泰と伝領されてのち寺となった、寺には玄感の家人が金を投げ入れたという「霊井」も現存する、という内容だが、これらの記事は当然本事詩にはない。

第二段は、その楊素が財力にまかせて贅を尽くしていたとの記述である。その贅沢の一部として楊素は「美姫」を持ち、それが亡国の陳王の妹という名門の出身で、隋の文帝から楊素が賜った女であった、というのが第三段なのである。

第三段が本事詩第一話に相当し、その内容も小異はあるが、ほぼ同じである。本事詩の成立は八八六年であり、両京新記の成立が七二二年であることを考慮するならば、本事詩は直接両京新記に取材した可能性がある。その場合は西明寺や楊素に関係する第一第二段を省略し、詩を含む第三段の徐徳言と陳氏夫婦の話に内容を絞ったと考えられる。しかも、字数から見ると本事詩第一話は二百七十四字で両京新記の第三段三百四十一字の約八割なので、

二割分を節略してもいる。

視点の違いもある。両京新記第三段の方は楊素という人物を中心に据えた説話となっている。そうでなければ、もと楊素の邸宅であったこの西明寺の縁起譚とはなり得ないからである。本事詩第一話では楊素を中心に据える必要はなかった。その違いは末尾の部分によく現れている。両京新記では「時人哀㆓陳氏之流落㆒、而以㆑素為㆓寛恵㆒焉」の一文があり、亡国の憂き目に遭い、二人の夫を持つことになった陳氏の悲劇とそれを助けた楊素の「寛恵」が強調されているのである。この部分は本事詩にはなく、楊素が徳言に陳氏を返して多大の贈物を二人に贈ったところに、わずかに「聞者無㆑不㆓感歎㆒」と楊素を褒める記述がある。末尾には二人が江南に帰って生涯幸せに暮らしたことが記されており、いかにも徐徳言夫婦中心に説話が構成されていることが知られる。

このように両京新記所載の説話と本事詩所載の説話とでは若干の違いがある。清水浜臣は唐物語第十話の原拠にこの両方を挙げていたが、そのいずれがより適当であろうか。次のような点から、両京新記が唐物語の原拠になったと判断するのが妥当と思われる。

唐物語では二人が再会を約して別れる時に「(徳言が)と言ひつつ、いといたううち泣きて」と、涙ながらに別れている。これについては、両京新記には「徳言垂㆑泣謂㆑妻曰」と相当する部分があるが、本事詩第一話には涙はない。

陳氏が男の歌(詩)を得て悲しむ場面、唐物語では、

> 女これを聞きけるより覚えずなやましき心地うち添ひて、うつし心ならぬ気色を、見とがめて親王あやしみ問ひ給ふを、さすがに覚えてしばしは言ひまぎらはしけれど、しひてのたまはすれば、わびしながらありのままに聞こえさせつ。

とかなり詳しい。これに相当する部分は、本事詩第一話では「陳氏得㆑詩涕泣、不㆑食。素知㆑之、愴然改㆑容」と簡

単に記述するが、両京新記では、「陳氏見レ鏡得レ詩悲愴流レ涙。因不レ能二飲食一。素怪二其惨悴一而問二其故一。具以レ事告レ素。惜然為レ之改レ容」と詳しい。唐物語に見える女の衰弱するさま、楊素の質問とそれに答える陳氏のさまなどが、両京新記にのみあって本事詩第一話にはないのである。

唐物語第十話末尾には、本事詩第一話に見える、二人が故郷に帰って終生幸せに暮らしたという記述はなく、

いやしからぬありさまをふり捨てて昔の契りを忘れざりけん人よりも、親王のなさけはなほたぐひあらじや。

と楊素を置き換えた「親王」に対するほめ言葉がある。これも両京新記第三段末尾の「時人哀二陳氏之流落一、而以レ素為二寛恵一焉」に相当するものである。

唐物語第十話は以上のような点から両京新記所載の徐徳言説話を原拠とすると判断できよう。

また、大和物語第百四十八段の方も本事詩第一話の徐徳言説話を取り上げて原拠と仮定したが、両京新記所載のものを原拠としたとして考え直すことができる。離別を前にして徐徳言が再会を約束した場面、両京新記では涙を流していたが、本事詩第一話では涙に関する記述はなかった。大和物語では相当する場面に、「泣く泣くいひ契りて」とあって、両京新記の方に一致するのである。

五

大和物語と今昔物語集の二つの蘆刈説話の比較についても、この原拠の問題はある視点を与えてくれる。両者の主な違いは、

○夫婦の離別前の状況

難波に住む。「下種」ではないが、生活が苦しい。（大和物語）

京に住む。「身貧き生者《なまもの》」。（今昔物語集）

○離別後の状況

女は上京し、身分ある「宮」の妻となる。男は難波で零落。（大和物語）

女は京に留まり身分あるものの妻となる。（今昔物語集）

○夫婦の再会

女はかつての夫と出会うために一人で難波へ赴き、そこで再会する。（大和物語）

新しい夫は摂津の守となって夫婦で難波に下り、そこで再会する。（今昔物語集）

○二首の歌

男からまず詠み贈る。（大和物語）

女からまず詠み贈る。（今昔物語集）

ということになろう。

もし、大和物語の方の原拠を徐徳言説話であると想定すると、これらの違いがどのように解釈されるであろうか。

1、徐徳言説話では身分ある夫婦の零落の物語であり、貧しさを前提とする今昔物語集よりも大和物語の設定に近い。

2、徐徳言説話では夫婦は南の建康で離別し、北の長安で女は結婚してそこで男と再会する。この点難波で離別し、女は京で再婚する大和物語の方に近い。

3、徐徳言説話では歌は男から先に詠まれ、大和物語の方に一致する。

これらの諸点については今昔物語集よりも大和物語に類似点が見られるが、細部を見ると今昔物語集の方が徐徳言説話に近い点もある。

女の容貌才能に関して、今昔物語集では、「其の妻年若くして形ち有様宜くて、心風流也ければ」とあり、宮仕えする時にも、もう一度「妻は年も若く、形ち有様も宜かりければ、□の□と云ける人の許に寄て被仕ける程に、女の心極て風流也ければ」と繰り返している。女の容貌と才能が再婚に関して大きく関わることをはっきりと打ち出している。

それに対し、大和物語でははじめは若い妻であるとだけ記し、宮仕えした後に「いと清げに顔かたちもなりにけり」とその美貌となったことを記している。徐徳言説話では、陳氏は陳王の妹という名門の出身であって、はじめに「才色冠絶」（本事詩第一話）、「才色冠レ代」（両京新記）とあって、この点今昔物語集に近い。

また、大和物語では女が宮に仕える前に難波を思い出して、「一人していかにせましとわびつればそよとも前の荻ぞ答ふる」と、歌を詠む場面があるが、今昔物語集にはこのような場面はない。徐徳言説話にも相当する場面はなく、この点今昔物語集の方に一致する。

夫婦離別の場面では、今昔物語集でも「泣く泣く別れにけり」とあって涙を流している。この点は大和物語とともに両京新記の徐徳言説話に一致している。

これらの現象をいかに解釈すればよいであろうか。話の根幹の類似から見て、大和物語の方が徐徳言説話に近いと言える。つまり、徐徳言説話から大和物語と今昔物語集の両方の蘆刈説話が生まれたが、細部はともかく話の根幹に関する限り、今昔物語集の方の改変の度合が大きいということになろう。

蘆刈説話は大和物語、今昔物語集以外にも拾遺和歌集や拾遺抄などに見られる。ともに簡単な詞書と和歌よりなるが、離別の事情、新しい夫のことなどには全然触れず、男女の難波での再会とその折の歌に内容が絞られている。

なにはにはらへしにある女まかりたりけるに、もとしたしく侍りけるをとこのあしをかりてあやしきさまになりてみちにあひて侍りけるに、さりげなくてとしごろはえあはざりつる事などいひつかはしたりけれ

ば、をとこのよみ侍りける

君なくてあしかりけりと思ふにもいとどなにはの浦ぞすみうき

返し

あしからじよからむとてぞわかれけんなにかなにはの浦はすみうき

（拾遺集巻九、雑下〔五四〇〕〔五四一〕）

なにはにはらへしに或をんなのまかりたりけるに、もとしたしく侍りけるをとこのあしをかりてあやしきさまに成りて道にあひて侍りけるに、をんなさしりげもなくて、としごろあはざりつることなどをよそにいひつかはしたりければ、このをとこのよみ侍りける

君なくてあしかりけりとおもふにはいとどなにはのうらぞすみうき

（拾遺抄巻十、雑下〔五三〇〕）

このように拾遺抄に至っては女の歌も載せない。[17] 宝物集も女の再婚に触れてはいるが、極めて簡単である。

世の中を思ひわびて、妻男和儀してはなれて後、女はよき人のめになりて、難波がたへまかりてけるに、男はあやしきすがたにて、葦をかりてうりけるに、おとこのよみ侍りける、

君なくてあしかりけりと思ふにもいとど難波の浦は住うき

（宝物集、九巻本三、愛別離苦の条）

これらの蘆刈説話の形成には常識的には二通りの可能性が考えられよう。一つは拾遺抄のように核となる歌とそれにともなう詞書程度の簡単な説話がまずあり、後に大和物語や今昔物語集のような詳しい説話に展開して行くという可能性、もう一つはその逆で、大和物語や今昔物語集のようなものがまずあり、単純化されて拾遺抄のような形になって行くという可能性である。

原拠を徐徳言説話に求める立場からは当然後者の可能性を選択することになる。両京新記によってわが国に入った徐徳言説話が翻案されて大和物語や今昔物語集の蘆刈説話となり、一方で翻訳（直訳ではない）されて唐物語第十話となった。本来歌物語であった蘆刈説話はさらに簡略化されて、歌と詞書からなる拾遺抄や宝物集の如くの短い形になったということになる。

同様の状況は徐徳言説話が伝承された中国側にも起こっている。そもそも両京新記から本事詩に収録される時に楊素のみに関する記事（第一第二段）が削られ、徐徳言夫婦に関する部分（第三段）も圧縮された。晩唐の成立と言われる独異志ともなると全体がさらに圧縮されている(18)。

宋代の太平御覧（巻三十、時序部、正月十五日）は、本事詩とほぼ同じであるが、徳言に妻を返し贈り物を与えたことに対しての楊素への賞賛を表わす「聞者無レ不二感歎一」という部分がない。説話の中心が詩にあるのであるから、楊素的なものは影が薄くなって行くのである(19)。

日本の蘆刈説話においても女の新しい夫に対する興味が薄くなっている。大和物語と今昔物語集とで新しい夫についての設定が違っているのは、そもそもあまり重要な役割を果たしていないという理由によるのであろう。拾遺集、拾遺抄には新しい夫は一切登場しない。ただし、徐徳言説話においては詩の第二首が新しい夫（「新官」）と旧い夫（「旧官」）との間における陳氏の心の揺れを表現しているために、楊素の存在を抜きにしては詩そのものが理解できなくなるという面があり、影は薄くとも姿を消すことはなく、新しい夫が登場しないという例はない。この点わが国の蘆刈説話とは事情が異なる。

蘆刈説話以外にもこの徐徳言説話の影を伝える作品はないであろうか。源氏物語須磨巻において、須磨に旅立つ光源氏が紫上と別れを告げる場面は鏡を中にしている。

〔光源氏〕

身はかくてさすらへぬとも君があたり去らぬ鏡の影は離れじ

〔紫上〕

別れても影だにとまるものならば鏡を見てもなぐさめてまし　（須磨・二一二）

「鏡にあなたの影が残るものならば、鏡を見て心をなぐさめましょうに（鏡を見ても影は映らないからつらいだろう）」という紫上の歌は、あたかも徐徳言の「鏡与レ人倶去、鏡帰人不レ帰、無二復恒娥影一、空余二明月輝一」という詩を意識しているかのようである。二人の離別において紫式部は徐徳言説話を脳裏に置いていたと考えたい。(20)

以上述べて来たように、両京新記に見える徐徳言説話を蘆刈説話の原拠と想定すると、蘆刈説話の日本における展開がうまく説明できる。唐物語第十話も両京新記所載のものを原拠とする方が良いという結論になる。

本事詩はその作品形式が歌物語の形式に近いので、山岸氏、福井氏が伊勢物語との関連を指摘されたように、考慮すべきことが多いとは思うが、本章ではその伝来の確実な両京新記を主に取り上げた。

注

（1）この説話は今昔物語集巻三十「身貧男去妻成二摂津守妻一語第五」、拾遺集巻九雑下、拾遺抄巻十雑下、七巻本宝物集二、九巻本宝物集三、源平盛衰記三十六、神道集七の四十三、謡曲「蘆刈」などにも見られる。なお、蘆刈説話の原拠に言及したものとしては、川口久雄氏が敦煌変文に見られる「韓朋賦」を挙げ（同氏『三訂平安朝日本漢文学史の研究（中）』四六八頁）、小林弘子氏が中国の竈神説話を挙げる（同氏「蘆刈説話―その源流と伝承について―」『国語と国文学』五十四巻十二号、昭和五十二年十二月）。また、民話の炭焼長者再婚型の話などの古伝とされることもある。

（2）内山知也氏『隋唐小説研究』（昭和五十二年）第五章「晩唐小説論」、第二節「孟棨と『本事詩』について」参照。

（3）この序の訳は内山氏前掲書五六九頁による。原文は「詩者情動於中、而形於言。故怨思悲愁、常多感慨。抒懐佳作、諷刺雅言。著於雖群書、盈厨溢閣、其間触事興詠、尤所鍾情、不有発揮、孰明厥義。因采為本事詩」（第三節「本事詩校勘記」）。

（4）離別の際の「破鏡」の故事はもともと神異経の「昔有二夫婦一、相別、破レ鏡各執二其半一。後其妻与レ人通、鏡化レ鵲飛至二夫前一。後人鋳レ鏡背為二鵲形一、自レ此始也」という古伝による。わが国では、「破鏡」は、本朝文粋（巻一）の源英明「織月賦」〔二〕に「観夫飛鵲猶慵、喘牛何在、疎二於破鏡之姿一、寧見二如レ珪之彩一」と例があり、月の意で用いられる。柿村重松著『本朝文粋註釈』は初学記（天部、月）の「破鏡」の注「古詩曰、藁砧今何在、山上復有レ山、何当二大刀頭一、破鏡飛在レ天」を挙げる。柿村注は「飛鵲」は七夕の鵲橋のこととするが、「飛鵲」も神異経により、月を意味するものとしたい。

（5）池田利夫氏『日中比較文学の基礎研究―翻訳説話とその典拠―』（昭和四十九年）に「校本漢故事和歌集　翻印」を載せる。

（6）この詩で鏡を月に喩えているのは、注4に記したように、もともと「破鏡」と月とは縁のあったものであったという理由による。

（7）山岸徳平氏「韓詩外伝及び本事詩と伊勢物語」（『物語随筆文学研究』山岸徳平著作集Ⅲ所収、昭和四十七年。初出は『桃源』二号、昭和二十二年一月）。

（8）福井貞助氏『伊勢物語生成論』（昭和四十年）第三章「伊勢物語の生成」第五節「伊勢物語と本事詩」。

（9）福山敏男氏「校注両京新記巻第三」（『美術研究』百七十号、昭和二十八年九月）。平岡武夫氏「唐代の長安と洛陽資料篇序説　主として河南志と両京新記のために」（『唐代の長安と洛陽（資料）』唐代研究のしおり第六所収）。なお、成立については、玉海（巻百六十）に、両京新記は開元十年（七二二）に作られたとあり、両氏もこれに従っておられる。

（10）日本国見在書目録の成立は藤原佐世が勅勘を受け陸奥守に左遷された寛平三年（八九一）正月以前とされる（群書

解題)。また、藤原信西(一一五九年没)の通憲入道蔵書目録にも「両京新記一巻」と著録されている。なお、両京新記の巻数については、新唐書巻五十八などに「韋述両京新記五巻」とあるのがもとのかたちであるとされる。福山氏論文参照。

(11) 入唐新求聖教目録は大正新脩大蔵経五十五巻『目録部』所収(二一六七号)。大日本仏教全書『仏教書籍目録』第二にも収める。「右件法門仏像仏道具等、於長安城興善、青龍及諸寺求得者、謹具録如前(件)」とあるところに著録されているので、承和七年から十二年までの間、円仁の長安滞在中に入手したことが知られる。大正新脩大蔵経では、「両京新記三巻」とある下に「(依蔵人所宣符大宰野少弐進上已了)イ」の校異がある。円仁の漢籍将来については太田晶二郎氏が「白氏詩文の渡来について」(『解釈と鑑賞』二十一巻六号、昭和三十一年六月。『太田晶二郎著作集』第一冊所収)の中で、白居易の詩文に関して詳しく述べておられる。

(12) 白居易の新楽府「牡丹芳」(〇一五二)の中に「衛公宅静閉二東院一、西明寺深開二北廊一、戯蝶双舞看人久、残鶯一声春日長」と西明寺を詠み込んだ一節がある。この著名な詩によって西明寺は牡丹の名所として平安朝の日本人には知られていた。

(13) 両京新記は尊経閣文庫に旧金沢文庫蔵の巻三のみの写本が蔵される。現在見られる両京新記は佚存叢書本などすべてがこの写本に出るものとされ、資料的価値が高い。昭和九年十一月に尊経閣叢刊の一つとして影印され、「解説」が付される。近時では平岡武夫氏編『唐代の長安と洛陽(資料)』唐代研究のしおり第六(昭和六十年)に、写本の錯簡を改めたうえで影印されている。翻刻としては、前述福山氏の「校注両京新記巻三」、周叔迦氏の「訂正両京新記」(『服部先生古稀祝賀記念論文集』昭和十一年)などがあるが、後者は尊経閣本によらず佚存叢書本によったため誤りが多いとされる。今は主に福山氏の翻刻を参照し、問題点を一、二指摘した。

(14) 福山氏の校注本は「深」に作るが「渠」の字体に似るので訂した。

(15) 「姿」は福山氏の校注本は佚存叢書本に「恣」とあるのを注記する。これによるべきであろう。

(16) 「夜装恙」はこのままでは意味がとりがたい。福山氏の校注本では佚存叢書本に「衣衾悉」とあるのを注記する。本事詩第一話では、「厚遺レ之」とあり、意味的には楊素が陳氏に最大限の援助を与えたということ。

(17) ただし、島根大学本には男の歌の前に女の「あしからじとてこそ」の歌と詞書が載る（新編国歌大観「異本歌」条）。この場合の二首の順序は今昔物語集と同じである。

(18) 独異志は李冗（李亢とも）撰。内山氏前掲書（三二四頁）によると九世紀後半の成立とされる。叢書集成所収本（稗海本）によると百四十九字で本事詩第一話二百七十四字の約五割四分。鏡を売る期日が正月望日ではなく、端午の日となっている点、末尾に江南に帰って幸せに暮らしたことが書かれていない点などが本事詩と異なっている。

(19) 太平広記巻百六十六では本事詩第一話より掲出しているが、「気義一」に分類され、「楊素」の表題が付けられているので、楊素中心に受容された例と言える。

(20) 光源氏が自分の「面やせたまへる影」を鏡の中に見る点、愛する人の姿が鏡に映らないことをいう点については白居易の「感㆑鏡」（〇四七五）詩に「美人与㆑我別、留㆑鏡在㆓匣中㆒、自㆓従花顔去㆒、秋水無㆓芙蓉㆒」、「今朝一払拭、自照㆓憔悴容㆒」という類想がある。

補注（二一四頁一六行）

日向一雅氏に蘆刈説話と本事詩とを比較する論がある。それに関連する本章初出時の付記を以下に記す。

「本稿執筆後に、日向一雅氏が最近の二つの御論文で、大和物語の蘆刈説話と本事詩の徐徳言説話との関連を指摘されていることを知った。本稿に先行する御論考なので、是非参照されたい。同氏「大和物語『蘆刈』譚をめぐって—本事詩『徐徳言』条・三国遺事『調信』条との比較を中心にして—」（『聖心女子大学論叢』七十五集、平成二年七月）、「大和物語『蘆刈』段と本事詩『徐徳言』条」（『日本古典文学会々報』第百十九号、平成三年一月）」。

第三部　源氏物語の表現と漢詩文

Ⅰ　源氏物語葵巻の神事表現について
――かげをのみみたらし川――

一

源氏物語の葵巻は、神事に関わる表現が豊かな巻である。続く賢木巻との対偶性が顕著で、女性が関わる平安朝の二大神事とも言える、賀茂の斎院と伊勢の斎宮をめぐる場面が両巻の中心に来る。その細部の表現も神事との関わりの中で読まれなければならない。

葵巻の葵上と六条御息所の車争いは、賀茂の斎院の御禊の日のことであった。斎院のみそぎは、毎年四月の中の午の日に賀茂川で行なわれたが、葵巻のみそぎは新帝の即位に伴う特別なものである。(1) 即位後、新たに卜定された斎院は「初度の御禊」を行ない、宮中の初斎院に入る。それから三年目の四月の中の午の日に「二度の御禊」を賀茂川で行ない、中の酉の日に初めて賀茂別雷《わけいかづち》神社（上賀茂社）および賀茂御祖《みおや》神社（下鴨社）両社に参詣する。(2) この「二度の御禊」の日に問題の車争いが起きる。

斎院御禊の行粧を見物に来ていた六条御息所の二台の車は、葵上の一行に場所を譲らなかったため、一部を壊されて奥に押し遣られてしまった。御息所は来たことを後悔するが、如何ともしがたい。

ものも見で帰らむとしたまへど、通り出でむ隙《ひま》もなきに、「事なりぬ」と言へば、さすがに、つらき人の御前わたりの待たるるも、心弱しや。笹の隈《くま》にだにあらねばにや、つれなく過ぎ給ふにつけても、なかなか御心づ

くしなり。（葵・七一）

そのまま帰るにも抜け出る隙間もなく、さすがに光源氏の通過が待たれるのも女心の弱さである。「笹の隅」ですらないからなのか、御息所には「つれな」く光源氏が通り過ぎるのもかえって見ない方がましなほどつらいことであった。

大殿のは、しるければ、まめだちてわたり給ふ。御供の人々うちかしこまり、心ばへありつつわたるを、おし消たれたるありさま、こよなうおぼさる。

かげをのみみたらし川のつれなきに身の憂きほどぞいとど知らるる

と、涙のこぼるるを、人の見るもはしたなけれど、目もあやなる御さま、容貌の、いとどしう、出栄《いでばえ》を見ざらましかばとおぼさる。（葵・七一）

葵上に対しては意識して取り繕う光源氏とそのお供の者達であった。御息所は、無視されたそのつらさを「かげをのみ」の歌に詠みこんだが、光源氏の美しい姿には心を動かされるのであった。

ほどほどにつけて、装束、人のありさま、いみじくととのへたりと見ゆるなかにも、上達部はいと異なるを、一所の御光にはおし消たれためり。（葵・七二）

行列中の上達部と言えども光源氏の「御光」には及ぶべくもない。ここまでの一連の表現について、「かげをのみ」の歌を中心に据えて考察して行く。

二

まず、「みたらし川」であるが、普通は神社の前を流れる清めの小川の称とされ、代表的には、上賀茂社および下鴨社の境内を流れる「みたらし川」の名を挙げることが多い。しかし、平安朝における一般的な「みたらし川」については再考の要があろう。また、清めの川であればそこを「みたらし川」と称し得るから、個々の場合の文脈により指す川は異なるはずである。御息所の歌の場合は、御禊の日という状況上、斎院のみそぎが行なわれる賀茂川を指すと考えなければならないと思う。現代の諸注の中では、日本古典文学全集が賀茂川説に立つ(3)が、少数派なのでこの説の妥当性を検討したい。

孟津抄は、御息所の歌に古今集歌を引く。

　恋せじとみたらし川にせしみそぎ神はうけずもなりにけらしも　（巻十一、恋一〔五〇一〕）

この「みたらし川」については、顕注密勘に次のようにある(4)。

　みたらし河は、神山よりながれいでて、賀茂の御社のきぶねかたをかの社の中よりとをれる小河也。御みたらしとは御手洗ともかけり。又、他神社の前にながるるをもみたらし河とよめり。松尾のやしろにてもみたらし川とよめる歌諸家集にも侍歟。其歌不ㆁ覚悟ㆎ。不ㇾ可ㇾ有ㆂ異ㆁ儀賀茂のみたらしのすゑを詠歌ㆎ。

顕昭は「みたらし川」を上賀茂社境内の摂社貴布禰社と片岡社の中を流れる奈良の小川とし、他神社の川もそう呼ぶ例があると述べて、定家もそれを認めている。この説は河海抄に継承され(5)、源氏物語の注に多大な影響を与えたようである。

同歌は伊勢物語の第六十五段に第五句に小異がある形で載せる。在原業平とおぼしき男が後の二条后藤原高子とされる女性への思いに堪えかね、「恋せじ」という祓えを受けるという段である。

陰陽師、巫《かむなぎ》よびて、恋せじといふ祓への具してなむ行きける。祓へけるままに、いとど悲しきこと数まさりて、ありしより異《け》に恋しくのみ覚えければ、

恋せじとみたらし川にせしみそぎ神はうけずもなりにけるかな

といひてなむ去にける。

ここでは、陰陽師と巫が行なう陰陽道の祓えを「みそぎ」と呼び、川を「みたらし川」と称している。この川も諸注は概ね神社の境内を流れる川とし、代表的な下鴨社境内の川の例などを挙げる。しかし、一条兼良の伊勢物語愚見抄には、「賀茂川へ祓へしにゆくなり」とあって賀茂川説である。(6)

斎院であった村上天皇皇女選子身辺の歌を収める大斎院前の御集には、「人形《ひとがた》」をなでたり、息を吹きかけたりして穢れを移し、それを川に流す陰陽道的な夏越《なごし》の祓えの歌が見える。

六月十四日、祓へせさせ給ふ。ひんがしの御前の今遣り水に集まり降りて、草ひとがた作りてみな祓へて後に、宰相(7)

祓ふれど離れぬものはみそぎ川ただひとかたの事にぞありける　〔一二九〕

進

ことならばしめのうちはへ行く水のみたらし川となりにけるかな　〔一三〇〕

むま

あふ事のなごしの祓へしつるよりみたらし川ははやくならなむ　〔一三一〕

一二九番は、「人形」と「ひとかた」とを掛けて、祓い切れないものはただ一つのことと言い、祓えをした川を

「みそぎ川」と呼んでいる。一三〇番は、斎院の御殿の東の標《しめ》の内を流れる「今遣り水」がみそぎを行なったために「みたらし川」となったと詠む。一三一番は、逢瀬の無い不本意さをお祓いした「みたらし川」は速く流れてほしい、あの人と逢えるようになりたい、の意である。この歌群では、「みたらし川」と「みそぎ川」が同義に使われている。

源氏物語にも「人形」に関わる「みたらし川」がある。宿木巻で、中の君が大君の身代りとして、異母妹の浮舟の存在を薫に初めて告げる場面である。

「……昔おぼゆる人形《ひとがた》をもつくり、絵にも描《か》きとりて、行ひはべらむとなむ、思う給へなりにたる」とのたまへば、「あはれなる御願ひに、またうたてみたらし川近きここちする人形こそ思ひやりいとほしくはべれ」（中略）今すこし近くすべり寄りて、「人形のついでに、いとあやしく思ひ寄るまじきことをこそ思ひ出ではべれ」とのたまふけはひの、（宿木・二二一）

薫が亡き大君の姿を「人形（肖像）」に写して本尊として拝み勤行したいと語ったことを承けて、中の君が「みたらし川近きここちする人形（形代）」は（流されてしまうから）かわいそうだと言いつつ、大君によく似た「人形（肖像）」のような異母妹の浮舟の話を持ち出す。

東屋巻では、二人は浮舟を「形代」に見立てて、話題にしている。

〔薫〕見し人の形代ならば身に添へて恋しき瀬々の撫で物にせむ

と、例の、たはぶれに言ひなして、まぎらはし給ふ。

〔中の君〕

「みそぎ川瀬々にいださむ撫で物を身に添ふ影と誰かたのまむ
引く手あまたに、とかや。いとほしくはべるや」とのたまへば、　（東屋・三〇二）

宿木巻の「人形」がここでは「形代」「撫で物」と言い換えられている。また、それを流す川瀬を「（恋しき）瀬々」、「みそぎ川瀬々」と表わす。宿木巻の「みたらし川」は東屋巻では「みそぎ川」となっており、両者は同じ川を指す。

平安時代中期においては、この「人形」を流す川瀬で一般的に連想されたのは、賀茂川であった。なぜなら、毎月晦日に行なわれる賀茂川の「七瀬の祓え」が最も有名であったからである。村山修一氏は、次のように述べておられる。(8)

ちなみに七瀬祓とは平安中期より始まったもので、川合・一条・土御門・近衛・中御門・大炊御門・二条末の賀茂川畔七ヵ所で毎月晦日に、天皇が息を吹きかけた人形を陰陽師が川に流す祓いの儀式で、後冷泉天皇のときより隔月に耳敏川・河合・東滝・松崎・石影・西滝・大井川と祓いの個所が洛外に延び、さらに臨時の大規模な行事として河臨祓へと発展し、難波・農太・河俣（以上摂津）、大島、橘小島（以上山城）、佐久那谷・辛崎（以上近江）の七ヵ所になりました。

このように祓えの場所としての七瀬は、賀茂川の川合以下の七箇所にあった。次第に七瀬の祓えは、京都の近郊の七箇所、そして畿内の七箇所へと広がって行った。

伊勢物語の歌が詠まれた頃は宮中行事としての七瀬の祓えは未だ成立していなかったが、祓えの場所としては賀茂川が一般的であり、それが賀茂川の七瀬として固定したのであろう。(9) 源氏物語が描く十世紀頃は、祓えの場所としては賀茂川の七瀬が代表的なのである。東屋巻の「みそぎ川瀬々にいださむ」とあるのも、賀茂川と高野川の合流地点の「川合」から下流に向けて二条末までに七箇所ある連続した賀茂川の川瀬を想定するのが良いと思う。伊勢物語と古今集の陰陽道的な祓えの場の「みたらし川」も伊勢物語愚見抄に従い、賀茂川を指すと考える。

大斎院前の御集には、四月の賀茂の祭の斎院のみそぎに際して詠まれた歌群が七一番以下と一四七番以下の二箇所に見える。

　四月、みそぎの夜、河原にて神のいたう鳴りければ、右近の君の乗りたる車にいひやる、進

右近

常よりもみそぎを神のうくればやなりぬつら(ママ)の空にみゆらむ　〔七一〕

河神もあらはれて鳴るみたらしに思はむ事をみなみそぎせよ　〔七二〕

　実方の兵衛の佐、車のもとに立ち寄りてものなどいふ

兵衛の佐

なかれても語らひはてじほととぎす影みたらしの川とこそみめ　〔七三〕

よそにてもしのぶる声はほととぎす祈るいがきのかきねばかりを　〔七四〕

四月二十日、みそぎの河原におくりたる人、宰相君をおり給へとあれば

なほみたらしの川とこそみめ

　とあれば、進

みそげどもかひなき恋の苦しきに　〔一四七〕

　とあり。

　風の吹くは河波いといたうするを御覧じて

年を経てみそぎ河波たちかへりいくたびかかるかげを見つらむ　〔一四八〕

進

みそぎしてねぶる河原にかげ見れば神さびにけるここちこそすれ　〔一四九〕

「河原」とあるのは賀茂河原であり、これらの歌にも「みそぎ川」と「みたらし川」が同義で詠まれている。陰陽道的な祓え、みそぎの川と賀茂祭に際してのみそぎの川は呼称では区別されていないし、内容を見ても一四七番の連歌は、恋の思いを振り払おうと言っており、伊勢物語第六十五段の「恋せじ」の祓えを踏まえている。賀茂祭のみそぎと人形を用いての陰陽道的祓えとは別の行事ではあるが、「みたらし川」での「みそぎ」という点では同一視されている。

藤原高遠の大弐高遠集に上下賀茂社参拝の歌があり、「みたらし川」を上賀茂社で詠んでいる。

賀茂に詣でて、下《しも》のみやしろにて

神山のははその紅葉いちしるくわが思ふことを照らすなるべし　〔四二〕

上《かみ》のみやしろにて

いさぎよきみたらし川の底深く心をくみて神は知らなむ　〔四三〕

四二番歌の「紅葉」から秋または冬の詠であると知られ、十一月の賀茂臨時祭に際しての歌とも考えられる。四三番歌の「みたらし川」は、上賀茂社の奈良の小川を指すのであろうが、祈りの川としており、祈る心を賀茂の神に知ってもらいたいと言っている点が注目される。

さて、源氏物語に戻ると、葵巻の「かげをのみみたらし川」歌の後段には、

定めかねたまへる御心もやなぐさむと、立ち出で給へりしみそぎ川の荒かりし瀬に、いとど、よろづいと憂くおぼし入れたり。　（葵・七八）

とあって、「みそぎ川」の語を使っており、斎院がみそぎをした賀茂川を指す。「みたらし川」と「みそぎ川」は前述のように同じものを指すから、御息所の歌の「みたらし川」も賀茂川を指すことになる。御息所は、歌の上でみそぎをしたように詠んでいるのである。

みそぎの時に「みたらし川」で「かげ」を「見る」ことは、大斎院前の御集の一四八番の選子内親王歌と、一四九番の女房の「進」の歌にあった。みそぎをする時に手を水に入れてすすぐが、その時に水鏡に自分の影を見る。一四九番に見える「ねぶ」は、年を取ってふける意であり、一四八番とともに、水鏡の影に年齢を感ずるという内容になっている。「かげをのみみたらし川」にある「みたらし」の「み」と「見る」の掛詞についても、七三番歌に「影み（見）たらし」という先蹤がある。また、同集七一・七二・一四七番歌のようにみそぎの時には祈りをこめる。「かげ」については、東屋巻の中の君の歌に、「みそぎ川」の「身に添ふ影」ともあり、これも水面に映る自分の影であろう。

以上を参考にして、御息所の歌「かげをのみみたらし川のつれなきに身の憂きほどぞいとど知らるる」を解して見ると、

　光源氏との逢瀬を祈るみそぎをしたが、水鏡に自分の影が映るだけでみたらし川はつれなく流れて神様は聞き届けてくれず、我が身のつらさの程がいよいよ知られたのであった。

となろう。ただし、「かげ」の語は後述のように別の意も担っていると考えられるので、この解釈は一面的なものに過ぎない。

三

「かげをのみみたらし川」の「かげ」の語は水鏡に映る御息所自身の姿の意と考えた。しかし、一方で「かげ」はその前段の「笹の隅《くま》にだにあらねばにや」という「笹の隅」の引歌による語でもある。その歌は源氏釈が引く、古今集巻二十「神遊びの歌」に見える歌である。

ひるめの歌

笹の隅ひのくま河に駒とめてしばし水飼へかげをだにみむ　〔一〇八〇〕

この歌の引用については、小山利彦氏が注目されている。(10)（ひるめは）皇祖であり太陽神であった天照大神のことであり、つまり『古今集』の歌は天照大神に奉った三十一文字であった。こうした歌を敷いて六条御息所の歌が配され、「かげ」は転じて神の子光源氏のことになっている。

竹岡正夫氏『古今和歌集全評釈』は、この歌の解釈についてA、B二説に分けて説明している。同書から顕昭の注と古今童蒙抄を両説の代表として引用する。

A、教長卿云、ヒルメノ歌ハ大嘗会ニ米ヒルトテウタヘル歌也。恋ノ歌ニヨメリ。（顕昭）

B、おほよそ、ひるめの歌は、あまてらす御神の天へあがらせ給ふを、しばらくとどめ奉らむとする心なり。故、影をだにみむ、又しばしとどめむなどと歌にもうたへり。又日をば白駒と詩にもいひ、ひま行く駒などもいへば、日に縁あるけだものなり。（古今童蒙抄）

A説は大嘗会の際に米を簸《ひ》る女と解釈する説、B説は「日霊女《ひるめ》」すなわち天照大御神と解釈する説である。一方、神楽歌「ひるめの歌」では、

いかばかり良きわざしてか天照るやひるめの神をしばしとどめむ　（本）

いづこにか駒をつながむ朝日子がさすや岡べの玉笹の上に玉笹の上に　（末）

とあって、古今童蒙抄が指摘するように、「（ひるめの神を）しばしとどめむ」という発想や「駒」の語などが共通する。竹岡氏は、この神楽歌との相似をも考慮されて、「天に帰って行こうとする日の神に対し「しばし……影をだに見む」と名残を惜しむ歌と解される」とB説を可とされた。本章においてもこの結論に従いたい。(11)

葵巻では、古今集の「神遊びの歌」を引いて、光源氏を日神の天照大御神に喩えているのである。天照大御神に、馬から下りて馬に水を与えて下さい、その間お姿をしばし拝見したい、と願う気持ちで、しばし光源氏に馬から下りていただきたいが、その場所「笹の隅」ではないので、それは実現できない、との意になる。「笹の隅」歌を馬に乗ったままで水を与えて下さいと解釈する説もあるが、神楽歌には「駒をつながむ」とあるので、馬から下りて水を与えよ、の意と考える。

この「ひるめの歌」を踏まえた、賀茂川で思う人の姿を見たいという女の願いの先蹤歌が後撰集に見える。

河原に出でて祓へし侍けるに、大臣《おほいまうちぎみ》も出であひて侍ければ

あつただの朝臣の母

誓はれし賀茂の河原に駒とめてしばし水かへ影をだに見む　（巻十六、雑二〈一一二九〉）

大臣は藤原時平である。敦忠[12]の母が、時平と賀茂川の祓えの時行き会い、しばし時平様の御姿を拝見したいとの意を「笹の隅」歌の第三句目以下をそのまま用いて詠じた。御息所の「かげをだに」歌の先蹤と言って良いと思う。さて、「笹の隅」の歌で詠まれているのは天照大御神であるから、御息所歌の「かげ」の語は単に「姿」の意味ではなく、神仏が姿を表わす意を持つ影向《ようごう》ということであろう。

神の影向は、賀茂の祭の由来譚に見える神託と関連する。天に昇った賀茂別雷命が、「あれ」を立て「葵」「桂」をかざしにするなどして祭を行なえば天降ると夢で告げた。[13]祭の日は神の出現を期待する日でもある。

この「あれ」を詠んだ「あれ引きに引きつれてこそちはやぶる賀茂の川波たちわたりけれ」（古今六帖（一〇七八））では、「あれ引き[14]」に皆を引き連れて川を渡ったとの意と、「あれ」を引くとともに神が霊威を示して川が「荒れ」て波が立ったとの意が掛けてあり、神の示現の歌と詠み得る。

前引の大斎院前の御集七二番歌の「河神もあらはれて鳴るみたらしは」は、雷を詠むが、雷神でもある賀茂別雷命の託宣を念頭に置いて、神が現われたと言っているのであろう。また、七三番歌は、亡き人の言葉を伝えるほととぎすが語り尽くせないほど鳴いている、亡き人の影が見えるみたらし川である（あなたの姿を見ました、話かけられてもお話しは尽きないことでしょう）、との意に解せる。いずれも賀茂の神の示現に関わる内容であると思う。

須磨巻で、光源氏が亡き桐壺院の御陵を拝して「面影」を見るのも糺《ただす》の森にある下鴨社を遙拝した後である。ここに賀茂社が登場するのは偶然ではなく、その背景に賀茂の神の天降る姿があるのではないか。[15]

拝み給ふに、ありし御面影さやかに見え給へる、そぞろ寒きほどなり。

亡きかげやいかが見るらむよそへつつながむる月も雲隠れぬる　（須磨・二二〇）

この「かげ」は、桐壺院の「面影」であると同時に院を見立てた月の「光」でもある。[16]賀茂の神が現れるという賀茂祭の由来譚は、「かげ」という語を通じてうまく源氏物語に利用されているのである。

こうして見ると、御息所歌の「かげ」は、天照大御神だけではなく賀茂の神の姿も連想される語でもある。そもそも「笹の隅」歌を引用したのは、御息所の娘がその任に当る斎宮の縁とともに、賀茂祭の時に再臨する賀茂の神の姿がその背景にあったからだと考えられる。

また、「かげ」は、桐壺院の「かげ」を詠んだ歌でもそうであったように、「光」でもある。御息所には、前に立ち並ぶ牛車のはざまにちらっと見える光源氏の姿は「光」が通り過ぎるように見えたとも言える。後段には、「一所の御光にはおし消たれためり」(葵・七二)とあって、光源氏の姿を「一所の御光」とことさらに表現している。行列に加わっている上達部ですら光源氏の「光」に「おし消た」れるのであった。また、その前に見える「出栄《いでばえ》」という語も「出映え」であって、本来は光が映える様子を表わす語である。

光源氏は、「光」源氏と呼ばれ、その晴れ姿には、「常よりも光ると見え給ふ」(紅葉賀・一二)、「この君を光にし給へれば」(花宴・五一)と、何度も「光」の語が使われている。神が照らす存在であることは、日神の場合は勿論であるが、賀茂の神についても、前引の大弐高遠集四二番に、「いちしるくわが思ふことを照らすなるべし」とあった。御禊の日の「笹の隅」歌の引用から始まる一連の表現には、光源氏の姿を、人を照らす賀茂の神や斎宮が祀るべき日神天照大御神の姿に重ね合わせるという意図が見られるのである。小山氏の「「かげ」は転じて神の子光源氏のことになっている」との論もこの点で認められよう[17]。

さらに、古今童蒙抄が「又日をば白駒と詩にもいひ、ひま行く駒などもいへば、日に縁あるけだものなり」と記していることに注目したい。これは、荘子知北遊篇に見える「白駒」を指す。

人生天地之間、若白駒之過隙。忽然而已。

(人天地の間に生まるるは、白駒の隙を過ぐるが如し。忽然たるのみ)

荘子の成玄英疏には、「白駒駿馬也。亦言レ日也」とあり、この白い駒は「日」を意味している。古今童蒙抄にも「日をば白駒と詩にもいひ」とあった。人間の生涯は、白い駒即ち日の光が隙間を通り過ぎるようなものだという。日光を「白駒」に喩える比喩は当時良く知られていた。和漢朗詠集の九月尽部所収の大江以言の作は、この比喩を用いている。

文峯案轡白駒景　詞海艤舟紅葉声

（文峯に轡《くつばみ》を案ず白駒の景《かげ》、詞海に舟を艤《よそ》ふ紅葉の声）（二七六）

詩題は「秋未レ出二詩境一」であり、秋が擬人化されて描かれている。秋尽きる日、秋の白い日の光がかろうじて詩の世界だけに残っていることを、秋が「文峯」を越える時に、白駒のくつばみを押え、留まっていると表現している。下句は、秋が「詞海」で船出の準備に滞留している、そのざわめきのように紅葉の声が聞こえる、の意である。

以言の上句は直接には、新撰朗詠集の白部に載せる謝観の「白賦ノ」によったであろう。「白賦」はいわば白づくしである。

寸陰景裏、将窺過隙之駒。広陌塵中、欲認度関之馬。

（寸陰の景《かげ》の裏《うち》に、将に隙《ひま》を過ぐる駒を窺はむとす。広陌の塵の中《うち》に、関を度る馬を認《と》めむとす）（七四五）

「過レ隙之駒」は、荘子の「白駒」を踏まえる。一寸の光陰の中に隙間を通り過ぎる駒の白さを窺う、広い街路の塵の中に公孫龍が白馬の論を持って関を通るのを認める[18]、という意である。

光源氏が御息所から見て牛車の隙間を馬で通り過ぎる姿は、賀茂の神や日神が神馬に乗って過ぎるのに見立てられており、「白駒」が隙を過ぎるという表現と相似と言える。紫式部は、これらを念頭に置いて、この段を構成したと考える。

しかし、直接荘子の「白駒」によったわけではあるまい。なぜなら、「白賦」と以言の一聯にはともに「景」の語が使われているが、この語は荘子の該当部には見えないからである。「かげをのみ」歌には、「かげ」の語がある。紫式部は、この「隙」を通り過ぎる「白駒」すなわち「景」を「白賦」等から得てこの一段の想を得たのであろう。「白賦」が当時流行していたことは、この以言の作からも知られる。また、和漢朗詠集の雪部、白部にもその一部が残されていることによっても分かる。そもそも白部に収める中国人の作は、和漢、新撰両朗詠集とも謝観のこの賦のみであり、白部という設定自体が「白賦」の流行によって生まれたという一面があるのではあるまいか。(19)

四

前節までで、「かげ」は、水鏡に映る自分の姿と、神の影向の二つの意味が掛けられていたと考察した。それを踏まえて御息所の歌を次のように解釈することができよう。

神様(すなわち光源氏)が賀茂川で馬に水を与えている間のお姿を拝見したいと思い、こちらにお顔を向けていただくことを祈りつつみたらし川(賀茂川)でみそぎをした。

しかし、馬上のお姿を隙間を過ぎる光のように遠目で拝見するのみで、水鏡に自分の影が空しく映って、みそぎの祈りは承けていただけなかった。それにつけても愛する人に顧みてもらえないわが身のつらさの程度がいよいよ思い知られるのであった。

このように解釈した上で、改めて以下の文脈を追って行きたい。「かげをのみ」の歌の、「身の憂きほど」の「憂き」が「川」の縁語の「浮き」の掛詞となっていることが後段につながって行く。

車争いの後の御息所の心の悩みは、次のように描かれている。

かくこよなきさまに皆思ひくたすべかめるも、やすからず、「釣する海人のうけなれや」と、起き臥しおぼしわづらふけにや、御ここちも浮きたるやうにおぼされて、なやましうし給ふ。（葵・七七）

この段では、源氏釈が指摘するように、御息所が下向しようとしている伊勢の地の海人を詠みこんだ次の古今集歌を引いている。

伊勢の海に釣する海人のうけなれや心一つを定めかねつる（巻十一、恋一〈五〇九〉）

伊勢に下向しようか、光源氏のいる都での暮らしを続けようかという迷いの心を、伊勢の海人の使う「うけ（うき）」が海面で浮きながら漂う様子に喩えている。この後に前引の「荒かりし瀬」を含む一段が来る。

定めかね給へる御心もやなぐさむと、立ち出で給へりしみそぎ川の荒かりし瀬に、いとど、よろづいと憂くおぼし入れたり。（葵・七八）

「定めかね」とあるのは、「伊勢の海に」の歌の「定めかねつる」を承けている。「みそぎ川の荒かりし瀬」は、前の歌の「かげをのみみたらし川」を承け、「いとど、よろづいと憂く」も歌の「身の憂きほど」を承けており、「いと浮く」という「川」の縁語の掛詞となっている。「浮く」は、荒い瀬の中で心が鎮まりがたいことを言う。「荒かりし瀬」は、賀茂川の荒瀬を指す。川波が荒れることについては、前引の古今六帖の「あれ引きに引きつれてこそちはやぶる賀茂の川波たちわたりけれ」〈一〇七八〉に見える神の示現の表現でもあった。みそぎをしても受け入れてもらえず、かえって手痛い目にあった辛い気持ちを言っていると考えられる。大斎院前の御集の一四八・一四九番も「河波がいといたうする」時の歌であり、荒い瀬の賀茂川を詠む先例となっている。

この「荒かりし瀬」の段の心境はそのまま生霊の段に再現されている。

はかなきことのをりに、人の思ひ消ち、なきものにもてなすさまなりし、御禊ののち、ひとふしにおぼし浮かれにし心、しづまりがたうおぼさるるけにや、

（葵・八三）

ここでは、御息所の心は車争いが原因で「浮かれ」て、「しづまりがた」いものとして描かれている。この心が遊離して生霊になり葵上に取り憑く。

御息所の歌から順序立てて見て行くと、「かげをのみ」の歌で使われた川の縁語としての「身の浮（憂）き」は、「伊勢の海」歌の定まらない「うけ」「浮きたるここち」、「荒かりし瀬」での「浮（憂）く」を介して、「浮かれ」出て生霊となり、葵上を取り殺すということになっているのである。紫式部の表現の細やかさが現れているところであろう。

注

（1）前例としては、仁明天皇の承和二年（八三五）四月二十日甲午の条に、「高子内親王禊㆓于賀茂川㆒、始入㆓斎院㆒」（続日本後紀）とあり、陽成天皇の元慶四年（八八〇）四月十一日甲午の条には、「賀茂斎内親王臨㆓於鴨水㆒解禊、即入㆓紫野院㆒」（三代実録）とあって、四月の午の日に賀茂川で行なわれている。

（2）延喜式巻六に詳しい。

（3）新編日本古典文学全集も同説。

（4）引用は、『顕註密勘』（日本古典文学影印叢刊二十二、中央大学蔵本）により、返り点を加えた。

（5）河海抄（葵）には、「みたらし河は神山よりながれ出て賀茂社貴布禰社の中よりとをれる小河なり。御手洗ともかけり。余社の前にながるる河をもみたらし川とよめる歌あり。松尾社にもみたらし川とよめり。但松尾は賀茂一体の

神なる故歟。能因歌枕には、神の御前なる水をみたらしといふと云々。兼盛歌にあさまなるみたらし川といへり。富士の事也」とあり、前半は顕昭説による。

（6）　片桐洋一氏編『鉄心斎文庫　伊勢物語古注釈叢刊』所収の諸注の中では、十巻本伊勢物語註に、「陰陽師巫ヨビテハラヘスルトハ吉備ノ大明ト云陰陽師ヲヨビテ賀茂河ニテ恋セジト云ハラヘシケル也」とある外、増纂伊勢物語抄、伊勢物語聞書、伊勢物語秘用抄等が賀茂川説である。毘沙門堂本古今集注も十巻本伊勢物語註に類した注を引いている。

（7）　秋葉安太郎・鈴木知太郎・岸上慎二三氏「大斎院前の御集の研究―いはゆる馬内侍歌日記―」（『日本大学創立七十年記念論文集』一巻人文科学編、昭和三十五年十月）の、一七一番歌の後の詞書は、本来一二九番の前に来るもの、という指摘に従う。

（8）　村山修一氏『日本陰陽道史話』一九〇頁。氏の説明は、公事根源七瀬御祓条によると思われるが、公事根源は、七瀬がすべて賀茂川であることを明記していない。なお、「七瀬の祓え」については、瀧川政次郎氏「八十嶋祭と陰陽道（二）」（『国学院雑誌』六十七巻二号、昭和四十一年一月）に詳しい。しかし、氏は七瀬の一つ「二条末」を、賀茂川ではなく、大内裏の東側の壕とされる耳敏川の二条堀川辺とされるが、当たらない。

（9）　七瀬の祓えの古い例としては、村上天皇御記応和三年（九六三）七月二十一日条に、「令下天文博士保兼赴二難波湖及七瀬一三元河臨禊上云々」とある。ここでは、難波と七瀬は区別されているから、七瀬は、畿内の七瀬ではなく、賀茂川の七瀬であると思われる。河海抄（乙通女）にもこの例を挙げる。

（10）　小山利彦氏『源氏物語　宮廷行事の展開』（平成三年）、一「賀茂神の信仰」。

（11）　万葉集巻十二「古今相聞往来歌類之下」に、「左檜隅檜隅河爾駐馬馬爾水令飲吾外将見（さひのくまひのくまがはにうまとどめうまにみづかへわれよそにみむ）」（三〇九七）と原歌とも思われる歌がある。女が離れた場所から愛する男の姿を見ようという意の相聞歌であるが、引歌という点で見れば、「笹の隅」ではなく「さひの隅」であり、歌中に「かげ」の語もなく、葵巻との関連はない。

（12）　片桐洋一氏『後撰和歌集』（新日本古典文学大系）によれば、行成筆本に「あきただ」とあるという。「敦忠母は在原棟梁の娘、顕忠母は大納言源湛の娘である」ともある。

(13) 年中行事秘抄（群書類従巻八十六）所引の「旧記」による。

(14) 「あれ」および「あれ引き」については、土橋寛氏「賀茂のミアレ考—日本古代の呪禱と説話』土橋寛論文集（下）平成元年）参照。「あれ引き」は、鈴をつけた「あれ」（賢木で作った柱状様のもの）の標縄を引くことで、鈴が鳴ると願いがかなうという。

(15) 松井健児氏「光源氏の御陵参拝」（『王朝歴史物語の世界』所収、平成三年）には、御陵を参拝する光源氏の姿に賀茂の神を招き降ろす「神招ぎ」の姿を認めており、その祈りに対し桐壺院が姿を現したとする。

(16) このあたりの表現は、古今集巻十七雑下に「（田村の帝の御時に、斎院に侍りける慧子内親王を、母過ちありといひて、斎院を替へられむとしけるを、その事やみにければよめる、尼敬信）大空を照りゆく月しきよければ雲かくせども光消なくに」（八八五）とあるのを意識していよう。なお、浮雲と日月の光の比喩については、第Ⅲ章「須磨の光源氏と漢詩文—浮雲、日月を蔽ふ—」参照。

(17) 小山氏は、注10著書で「かげ」については、下鴨社の御蔭祭との関連を重要視されている。しかし、この祭は座田司氏氏「御蔭祭について」（『神道史研究』八巻五号、昭和三十五年九月）や土橋氏の注14論文が説くように、平安時代まで遡れない。なお、小右記寛仁二年（一〇一八）十一月二十五日条に、「皇御神初天降給小野郷大原御蔭山也」との下社（鴨）久清の解文が見えるので、御蔭山に神が天降ったとの説は、平安中期に遡ることが分かる。

(18) 初学記関部の事対「白馬　青牛」の白馬の条に「劉向七論曰、公孫龍持二白馬之論一以度レ関」とある。柿村重松著『和漢新撰朗詠集要解』参照。

(19) 和漢朗詠集の白部については、三木雅博氏「『和漢朗詠集』の部立「白」に関する考察—『和漢朗詠集』の構成ならびに周辺の文学を視野において—」（『源氏物語と漢文学』和漢比較文学叢書十二所収、平成五年。同氏『和漢朗詠集とその享受』所収）参照。

II　源氏物語葵巻の「あふひ」について
――賀茂の川波――

一

源氏物語を宗教的側面から見ると、第三部の宇治十帖では仏教的な要素が色濃いが、第一部においては、神事に関する事柄も多く描かれている。とりわけ、対偶的な葵巻と賢木巻は、神事に関わる表現が豊かな巻であり、平安朝における女性が主役となる二大制度とも言うべき賀茂の斎院と伊勢の斎宮をめぐる場面が両巻の中心に来る。葵巻では賀茂祭見物での光源氏と若紫の同車の場面の歌が、賢木巻では斎宮の潔斎の場である嵯峨野の野の宮での光源氏と六条御息所との出会いの場面の歌が巻名の由来となっている。

両巻の展開を見ると、葵巻冒頭では、桐壺帝の退位と朱雀院の帝の即位が既定のこととして語り出され、新帝の即位に伴う六条御息所の娘の斎宮決定と、光源氏の冷たさを理由に娘とともに伊勢へ下向しようかという六条御息所の悩みの記述が続く。以下、御息所を中心に見ると、この悩みが少しでも解消するかと思い、新任の斎院の御禊の日の行粧見物に出かけて車争いに巻き込まれる。その結果悩みはより深くなり、生霊が遊離して葵上に取り憑いて死に至らしめ、伊勢下向が決定的になる。賢木巻に入ると、野の宮の場面での光源氏の引き留めの努力も功を奏さず、結局は御息所は斎宮とともに伊勢へ下るということになる。

つまり、葵巻と賢木巻は、御息所の娘の斎宮決定に始まり、御息所が悩みの末に娘の斎宮とともに伊勢に下向するに至る、という二巻にわたる斎宮に関わる大きな枠組を持つ。葵巻の斎院の御禊の日と賀茂の祭の行粧の場面はその間に挿入されていると見ることができる。

いずれにしても、両巻が伊勢神宮と賀茂社という重要な神社に関わる神事に即して展開することは明らかである。その細部の表現も両社の神事との関わりの中で読まれなければならない。

前章では、葵巻で車争いのおりに詠まれた六条御息所の歌に着目した。

かげをのみみたらし川のつれなきに身の憂きほどぞいとど知らるる　（葵・七一）

「みたらし川」は斎院の御禊が行なわれた賀茂川を意味する、「かげ」はその直前に古今集所載の「ささのくま」の歌を引用した上での語なので天照大御神の像を付与されており、また賀茂の神とともに光源氏の姿をも意味する、という前提のもとに、次のように解釈した。

神様（すなわち光源氏）が馬に水を与えている間の影向を拝見したいと思い、こちらにお顔を向けていただくことを祈りつつみたらし川（賀茂川）でみそぎをした。

そして、馬上のお姿を隙間を過ぎる光のように遠目で拝見するのみで、水鏡に自分の影が空しく映って、みそぎの祈りは承けていただけなかった。それにつけても愛する人に顧みてもらえないわが身のつらさの程度がいよいよ思い知られるのであった。

さらに、「身の憂き」が、「身の浮き」にかけてあることから、後段の「御心地も浮きたるようにおぼされて」（葵・七七）や、「定めかね給へる御心もやなぐさむと、立ち出で給へりしみそぎ川の荒かりし瀬に、いとど、よろづいと憂くおぼし入れたり」（葵・七八）という心境描写に展開して行く。そして、結局、「御禊ののち、ひとふしにおぼし浮かれにし心、しづまりがたうおぼさるるけにや」（葵・七八）と、生霊が浮かれ出て葵上を取り殺すことになる。これらは、賀茂の斎院の賀茂川での禊にちなんだ一連の表現なのである。

本章では、葵巻の車争いに続く後段に当たる光源氏と若紫との同車の場面に出て来る「あふひ（葵）」について、賀茂祭の神事との関わりを考えつつ、物語の中でどのような意味を持つかという点を考察して行く。また、表現の背後にある漢籍についても言及したい。

二

葵巻の葵上と六条御息所の車争いは、斎王（斎院）の御禊の日のことであった。また、光源氏と若紫が同車したのは、勅使、斎王等が上下両賀茂社へ向かう行粧の見物に際してであった。ともに陰暦四月の中頃に行なわれる賀茂社の祭に関わる一連の神事である。その祭の行事に対する理解は、本文の解釈には不可欠のものであるから、迂遠のようではあるが、少々考察を加えたい。この方面の先学の研究としては、伴信友の『瀬見の小河』、栗田寛の『神祇志料』『神祇志料附考』及び座田司氏、土橋寛、三宅和朗各氏の研究等[1]を参照した。

祭の構成は時代によっても変化しているので、理解しやすくするため四月中頃の一連の祭をここでは広義の賀茂祭と呼ぶことにする。それに対し、狭義の賀茂祭は、朝廷が勅使、斎王等を上下両賀茂社へ派遣する祭で、当日一日だけのことであり、これを勅祭賀茂祭[2]と呼んで区別することにする。現在、五月十五日に行なわれている葵祭は、この勅祭賀茂祭を復興したものである。広義の賀茂祭は他に神社本来の祭、勅祭のための斎王の御禊や祭の警固等を含む。

まず、広義の賀茂祭の由来を概観する。賀茂社及びその祭の由来は、釈日本紀巻九所引の山城国風土記、袖中抄巻十七所引の「或書」、本朝月令所引の秦氏本系帳等にも見えるが、ここでは、「あふひ」が登場する年中行事秘抄

所引の「旧記」（以下単に「旧記」と呼ぶ）を引用する。(3)

賀茂《かも》建角身命《たけつのみのみこと》の娘の多々須玉依姫《ただすたまよりひめ》は賀茂川を流れて来た丹塗矢を持ち帰った。夜、矢は美男に変じ、男子が生まれた。その子賀茂別雷《わけいかづち》命（神）は、天神の子であると称して天に昇った。夢に現れて、母親の玉依姫に語った。

> （前略）夜夢二天神御子一云、各将レ逢レ吾、造二天羽衣天羽裳一、炬レ火擎レ鉾。又飾二走馬一、取二奥山賢木一立二阿礼一、悉二種々綵色一。又造二葵楓蘰一、厳飾待レ之。吾将レ来也。御祖神即随二夢教一、令三彼神祭、用二走馬幷葵蘰楓蘰一、此之縁也。

賀茂別雷命は、「吾に逢はむとす」るならば、「天羽衣天羽裳」を造り、火をかかげ、鉾をささげ、走馬を飾り、奥山の賢木を取って「阿礼」を立て、「種々」の「綵色」を尽くし、(4)「葵《あふひ》」と「楓《かつら》（桂）」(5)の蘰《かずら》を飾るなどして私を待て、そうすれば、私は降臨するだろう、と告げた。

「あれ」を立てること、そして「葵」と「桂」をかざすことなどが賀茂別雷命が天降って祖父や母玉依姫に再会するための条件であった。賀茂祭の日は、神が約束した出会いの日とされていたとも言える。「あふひ（葵）」が「逢ふ日」の掛詞になる背景には、賀茂祭のこのような由来譚がある。(6)

天に昇った賀茂別雷命を祭神とするのが賀茂別雷神社（上賀茂社）で、賀茂建角身命と玉依姫を祭神とするのが賀茂御祖《みおや》神社（下鴨社）である。

類聚国史巻五（神祇部五、賀茂大神）に、「元明天皇和銅四年四月乙未（二十日）、詔、賀茂神祭日(7)、自今以後、国司毎レ年親臨検察焉」とあって、賀茂の祭は山城国司の検察のもとに置かれた。

平安京遷都前後より、上下両社は、王城鎮護の神社として朝廷から厚い崇敬を受け、平城天皇の大同年間に勅祭賀茂祭が創始される。(8)嵯峨天皇の弘仁元年（八一〇）には伊勢神宮に倣って内親王が斎王（斎院）として神に仕えるようになる。初代斎王は有智子内親王であった。勅使が立ち斎王が上下両社に参拝することになる。神の降臨を願う神社本来の祭の上に重層的に勅祭が行なわれるようになった。賀茂社は、勅祭と関連神事を施行するようになったのであるが、以下その日取りについて考察する。

本朝月令（四月、中酉賀茂祭事）所引の弘仁神式に、

凡四月中申酉祭二賀茂二社一〈斎内親王向レ社。史一人左右史生各一人。官掌一人向二祭所一、検二校諸事一〉

（〈　〉内は小字双行注、以下同）

とあって、四月の中の申の日、酉の日の両日に祭が行なわれたことが分かる。

平安朝初期に成立した内裏式(9)（中）「賀茂祭日警固式」にも、

山城国乃申世流賀茂上下社以二某日一〈中申酉日〉可レ祭事申賜久止奏〈無二勅答一〉。先レ祀一日、大臣〈若無二大臣一者中納言已上亦得レ之〉令下内侍奏中可二衛固一之状上。

とあり、祭は申の日、酉の日であり、祭の前日に特別な警固の儀が行なわれたことが知られる。

延喜式（太政官式）にも、

凡賀茂二社、四月中申酉祭、山城国司預録二祭日一申レ官、云々。

とあって、弘仁神式を襲っている。

しかし、延喜式（巻六）の「斎院司」の方は、勅祭の日付を中の酉の日としている。

凡斎王毎年中酉日、参二上下両社祭一〈先参二下社一（中略）駕二牛車一、参二於上社一（後略）〉勅使内蔵寮五位已上官一人（後略）。

一方、実際の施行の記録を列挙した類聚国史（賀茂大神）を見ると、承和三年（八三六）四月乙酉（十七日）に、天皇が紫宸殿に賀茂祭の使いを閲覧したという記事から始まり、仁和三年（八八七）四月十八日辛酉に至るまで、

祭の記事を載せているが、すべて酉の日になっており、申の日は、警固の記事ばかりである。例えば、清和天皇の貞観九年（八六七）の記事は次のようになっている。

　九年四月十五日甲申。諸衛警固。縁㆓賀茂祭㆒也。〇十六日乙酉。賀茂祭如㆑常。〇十七日丙戌。諸衛解㆑厳。

勅祭の日取りが申酉の二日にわたるのか、酉の日の一日だけなのかについて、どう考えれば良いだろうか。土橋論文は、初めは申酉の両日のうち一日を選んで勅祭の日としたが、延喜式（斎院式）で初めて酉の日と定められたと述べているが、座田論文が引用するように貞観のものと言われる儀式[10]には、賀茂祭の日取りを「四月中酉、若有㆓三酉㆒、則用㆓中酉㆒、有㆓二酉㆒、用㆓下酉㆒」と記している。酉の日が月に三度の場合は中の、二度の場合は下の酉の日に勅祭を行なう。いずれの場合でも、月の二番目の酉の日に祭を行なうという規定である。類聚国史の記事とも考え合わせて、延喜式成立以前に酉の日に固定していたことは間違いない。そもそも、勅祭の創始も酉の日だった[11]のだから、勅祭は、当初から酉の日であったと考えられる。

それでは、申と酉の両日を祭日とした弘仁神式や内裏式の記述をどう理解するか。三宅和朗氏は、「酉日は勅使や斎院が派遣される、いわば中央政府主催の賀茂祭日、申酉日は山城国司の側からの祭日であったと判断される」と土橋説を批判しておられる。確かに、申酉の両日は国司が関わる神社側の祭で、そのうち朝廷は酉の日に勅祭を行なったとすればよい。申の日は、後述するように国祭と呼ばれる。

三宅氏も言及されるように、文徳実録の仁寿三年（八五三）四月二十五日乙酉の記事には、

　以㆓疱瘡染行人民疫死㆒故、停㆓賀茂祭㆒。（中略）但山城国司斎供如㆑常。

とあって疱瘡の流行を理由に、勅祭賀茂祭は停止されたが、国司は例年通り「斎供」を行なっている。類聚国史も同記事を引き、同様の記事は、同四年（八五四）、貞観八年（八六六）にも見える。普通に勅祭が行なわれた年には、国司の「斎供」に関する記述はないが、これらの記事から、その記述がない年にも国司の「斎供」は勅祭と平行し

て行なわれていたことが分かる。類聚国史は、朝廷の歴史を主に記録するから、勅祭は記録されたが、例年の国司の「斎供」の方は勅祭停止の時以外は記録されなかったのであろう。例え勅祭が施行されなくとも、賀茂社は祭を行なった。その時に国司は「斎供」したと考えられる。

酉の日の勅祭賀茂祭の数日前には参拝に備えて斎王の禊が行なわれていたが、その日は類聚国史（賀茂斎院）の記事では、一定していない。儀式の「賀茂祭儀」の条に、「前㆑祭擬㆑禊、弁官仰㆓陰陽寮㆒預択㆓吉日㆒」とあり、吉日を選んで決めていたからである。延喜式（斎院司）の規定では、天皇の即位に伴い新たに卜定された斎王が賀茂川で禊をして、宮中の「初斎院」に入る。それから三年間「斎」し、それが終わった後、四月の吉日を択んで、賀茂川で禊をし、勅祭の酉の日に初めて両社に参詣する。これが、所謂「初度の御禊」、「二度の御禊」である。「尋常四月禊」は、これに準じたので、日取りはやはり吉日を選ぶという規定である。

鎌倉時代の成立と言われる年中行事秘抄は、平安末までの行事の記録を載せるので、十・十一世紀の祭の状況を見るには便利である。同書によると勅祭は儀式の通り、中の酉の日であるが、その三日前の午の日に斎王の禊は固定され、警固の日も九世紀の記録では申の日であったものが未の日になり、申の日が「賀茂国祭」となっている。平安初期とは日取りに変更が見られるので、次のようにまとめて置く。

Ⅰ、午の日　斎王禊
（未の日　警固）
Ⅱ、申の日　賀茂国祭
Ⅲ、酉の日　賀茂祭（勅祭賀茂祭）
（戌の日　警固解陣）

午の日を第一日目とすると、申の日は第三日目、酉の日は第四日目に当たる。第五日目の「警固解陣」で祭の日程が終了する。

Ⅰの禊の日は、九条年中行事に、「祭前午日行レ之。有二未日之例一」とあり、小野宮年中行事[12]に、「中午日　斎院禊事〈有二未日之例一〉」とあって、平安中期成立の両書ともに午の日を慣例とし、未の日にも行なわれたとする。日本紀略を見ると、禊の日取りは、延喜十五年（九一五）は四月十六日丙午の日であるが、延喜十七年は四月十九日丁酉の日であり、一定ではない。その頃から次第に午の日の例が一般的になって行き、次の記事は、確かに午の日が慣例となっていたことを証している。午の日でない場合は、未の日かというと必ずしもそうではなく、申の日の例もある。

○天暦元年（九四七）四月十六日辛未。賀茂斎内親王（婉子）御禊也。恒例用二午日一、依レ有二不具事一延引、及二今日一。

○天暦三年（九四九）四月十九日壬辰。（中略）来廿一日（甲午）。斎院禊可レ改二未日一之由、召二仰諸司一。○廿二
乙未。賀茂斎内親王御禊。

○天徳四年（九六〇）四月廿七日丙申。斎院禊。先例午日行レ之、而依レ満二穢限一、今日行レ之。

葵巻の御禊も恒例通りであれば、午の日であったはずである。

Ⅱの申の日の賀茂国祭という呼称は、九世紀には見られないが、九条年中行事に、「先二賀茂祭日一警固事〈雖レ停レ祭、有二警固例一。謂二先一日国祭前一。（後略）〉とあり、「国祭」の名が見える。注の後半は、国祭の一日前が警固の日である、という意味であろう。また、「中申日　賀茂祭事〈申日有レ祭、酉日廃務。雖レ停レ祭、猶廃務例、延長八年〉」とあって、申の日の祭の項がある。この申の日の祭が国祭に当たろう。この書は、中の酉の日の賀茂祭のことを記していないが、自明のこととして項目を立てなかったのであろう[13]。小野宮年中行事には、「中申酉日　賀茂祭事。〈酉日廃務、当日使立〉」とあり、申と酉の日が祭日であることを明記している。「当日使立」は、酉の日当

日に勅使が立ったことを言う。

公事根源の「関白賀茂詣」条に、「この事は必賀茂祭の前の日ある事なり」とあり、酉の日の勅祭の前日である申の日に関白賀茂詣でが行なわれたことが分かる。この日を「みあれ日」と称する場合があることについては後述する。

Ⅲの酉の日の勅祭賀茂祭は、九世紀から変更はない。勅使と斎王が下社から上社へと両社に参拝する日であり、その華やかな行粧を多くの人が見物した。行粧の人々も賀茂の氏人に倣い、「葵」と「桂」をかざしにして参加した。斎院が卜定後初めて参拝する場合は特に華やかであった。葵巻の光源氏と若紫の同車の場面もこの日である。

三

広義の賀茂祭の中に「みあれ（の）日」と呼ばれる日がある。栄華物語（巻三十九、布引滝巻）承保四年（一〇七七、十一月に承暦元年に改元）の白河天皇の行幸について述べた記事に、

行幸は、この御時には、年ごとにみあれの日せさせ給ふ。

とある日である。「みあれ」は、「旧記」の夢の神託で「葵」「桂」のかざしとともに神の降臨の条件の一つとされて賢木を立てた「あれ」に基づく。「あれ」及び「みあれ日」については、諸説で解釈が異なっており、一考の余地がある。

通説では、「あれ」は「生《あ》れ」「現《あ》れ」で、神が生まれ現れるの意だと考えられ、神の依代となるとされて来た。しかし、土橋氏は、「あれ」を神の依代ではなく、フェティシュ（呪物）として立てられたもので、賢木に木綿がつけられた「みあれ木」と五色の布を付した「あれの幡」があり、ともにひらひらと旗めくところにタマフリの働

きがあって、その場を聖化する意味があると言う。賀茂の上社には、「みあれ木」と「あれの幡」(14)の両方が立てられたが、下社には「あれの幡」のみが立てられ、この「あれの幡」は賀茂社ばかりでなく、正月十七日の宮廷の大射の儀式等にも立てられたものとされた(兵庫寮式)。ここでは、「あれ」については、土橋氏の説に従うことにする。

「みあれ木」の方は、神聖な賢木に標縄と鈴がつけられたもので、標縄を引いて鈴が鳴れば願いごとが叶うとされた。これを「あれ引き」もしくは「みあれ引き」と言い、次に挙げる貫之集以下の歌により、その様子が知られる。(15)

延喜十九年(九一九)東宮の御屏風の歌、うちよりめしし十六首

車に乗れる人賀茂に詣づ

人もみなかづらかざしてちはやぶる神のみあれに逢ふ日なりけり

(貫之集〔一三〇〕、古今六帖・やしろ〔一〇七七〕)

延長六年(九二八)、中宮の御屏風の歌、四首。右近権の中将うけたまはりて(16)

あれ引きに引きつれてこそちはやぶる賀茂の川波立ちわたりけれ

(貫之集〔二四四〕、古今六帖・やしろ〔一〇七八〕)

村上の先帝の御屏風のゑに

四月みあれ引く

君をのみ祈りおきてはうち群れて立ちかへりなん賀茂の川波

(中務集〔三八〕、伊勢集〔一一二〕)

康保五年(九六八)、女五男八親王の御屏風の歌

みあれひく
わが引かんみあれにつけて祈ることなるなる鈴もまづ聞こえけり
（順集〔二〇六〕）

思ふことみあれのしめに引く鈴のかなはずはよも鳴らじとぞ思ふ
（山家集〔一〇二二〕）

貫之から西行の歌までがこの「みあれ」と「みあれ引き」を詠んでいるから、この行事は平安時代を通じて行なわれていたことが分かる。信友は、藤原頼長の台記（別記巻八）久寿二年（一一五五）四月二十日丙申の賀茂詣での記事を引く。頼長が下社参詣の後上社に詣でたおりに、「馬場立レ榊付二鈴木綿一、庶人鳴レ之」と「あれ引き」を記録するが、下社には同種の記事が見えない。この事実に基づき、「あれ」は上社のみに立てられたと論ずる。

一方、延喜式（内蔵寮式）に「阿礼料五色帛各六疋、下社二疋、上社四疋」とあり、「あれ」の料とされた五色の絹布は、下社にも奉献されている。信友は、幣物の「あれ」は上社に準じて下社にも奉られたが、榊は立てられなかったと解釈している。土橋説では、「みあれ木」と「あれの幡」を区別するので、榊すなわち「みあれ木」は上社のみに立てられ、下社は「あれの幡」だけが立てられたことになる。

「あれ」を立てることは、もともと賀茂別雷神の神託であるから、「みあれ引き」は、おそらく、上賀茂社のみで行なわれた上代からの古い行事なのだろう。貫之歌の「人もみな」「引きつれて」等の語句から、多くの人がみあれ引きに集まったことが知られる。古今六帖の次の歌もそうした雰囲気をよく表わしている。

ちはやぶる神の卯月になりにけりいざうち群れてあふひかざさん
（あふひ〔三九五一〕）

この「うち群れて」の語句は、中務集の歌にも共通する。「みあれ引き」は、朝廷や山城国司の奉幣のような公的な行事ではなく、一般民衆も多く参詣した上社本来の行事であったと思われる。

はじめの貫之歌では、「かづら（鬘）」と「逢ふ日」に掛けて「桂」と「葵」を詠み込んでおり、[17]「みあれ」の語とともに「旧記」の神託に基づく祭の様子を表現している。

もう一つの貫之歌の「引きつれてこそ」は、「あれ引き」に皆を引き連れて賀茂川を渡ったとの意と、「あれ」を引くとともに神が霊威を示して川波が立ったの意味が掛けてある。その場合の「あれ」は「荒れ」の掛詞と見られる。[18]「ちはやぶる賀茂の川波立ちわたり」とあるのは、度々洪水を引き起した賀茂川を荒れる川としての側面から詠んだのであろうが、荒ぶる神としての賀茂の神の霊威をも示す。「ちはやぶる」は単なる枕詞ではなく、雷神水神の性格を持つ荒ぶる賀茂の神という意識があろう。[19]中務集の歌にも「立ちかへりなん賀茂の川波」とあり、同じ賀茂の川波を詠みこむ。いずれも神の霊威が立ち現れる、の意であり、鈴が鳴るのと同じ意味を持つ。

古く賀茂の祭は騒乱を伴ったという記録があるが、[20]神の示現（への期待）は神と人との魂の興奮を呼んだ。それは山城国や朝廷が祭に関わって行くにしたがって穏やかなものに変質して行ったのであろうが、車争いの一件には、その名残が留められているのであり、六条御息所の魂が浮遊する遠因もそこにある。

「みあれ日」については、前引の栄華物語の白河天皇行幸記事に対する日本古典文学大系の頭注が一般的な解釈を示している。「「御生」は、上賀茂社で陰暦四月中の午の日に行われた祭」と記し、「みあれ」に「御生」の字を宛てた上でⅠの御禊と同日の午の日の行事としている。

土橋氏は、これはかつて午の日に行なわれ、現在は五月十二日の深夜に行なわれている「御阿礼の神事」（御阿礼祭）と混同していると指摘されている。「御阿礼の神事」の場合は、「みあれ」は、「御生」と解釈され、賀茂別雷神が降臨する神聖な祭とされるが、栄華物語の「みあれ日」とは別な行事であると考える方が良い。

土橋氏は、「みあれ日」の由来については栗田寛説を支持されている。『神祇志料』（巻六・賀茂別雷神社）は、その名称の由来を「みあれ木」に求め、申の日の行事としている。

凡賀茂祭、四月中申酉日を用ふ。申日これを国祭といひ、又御阿礼日とも云ふ。此祭に御阿礼木立つることあるを以て也。其酉日には勅使を差て幣及走馬を奉り、斎王も下上社に参でて、其祭に仕奉り給ふ。

この説は、信友説に基づくと思われる。『瀬見の小河』（二之巻・別記）に、

さて賀茂の祭の日を、御あれの日とも、ただにみあれとも云ふは、かの阿礼立て祭るが、主とある重き神事なるが故に、然もいひならはしたるにて、年中行事秘抄に、四月中申日賀茂国祭、今日奉幣とあるこれなり。

とある。その根拠として、百錬抄承保三年（一〇七六）条の白河天皇の賀茂行幸記事に「四月廿六日、行二幸賀茂社一。自二今年一以二御阿礼日一可レ為二式日一之由、被レ載二宣命一。此後為二毎年事一」とあるのを引き、この「御阿礼日」は、IIの申の日の賀茂国祭に当たると言う。さらに、同じ行幸について、扶桑略記（巻三十）同年条に、「又毎年四月中申日、為二賀茂行幸式日一」とあり、前引の栄華物語、また、源氏物語藤裏葉巻の紫上の「みあれ詣で」をも引いている。

この信友の考証に対し、土橋氏は、百錬抄の「廿六日」の干支は辛亥であって、扶桑略記の前文に「四月廿三日戊申、行二幸賀茂社一」とある「廿三日戊申」の方が正しいとされ、信友の説を訂正している。しかし、「みあれ日」を申の日とすることについては、信友の説によっている。

「みあれ日」の名称の由来、及び百練抄等に拠ってそれを申の日とすることについては、信友説に従いたいが、藤裏葉巻では賀茂の祭日を「みあれ」と呼んでおり、それまでを申の日とみなすのは疑問がある。その点後述したい。

信友はさらに、公事根源の「関白賀茂詣」条に「この事は必賀茂祭の前の日ある事なり」とあるのを引いて、勅祭の前日の申の日に関白賀茂詣でが固定したと考えており、土橋氏も同説である。「みあれ日」すなわち申の日、

すなわち賀茂詣での日、ということになる。しかし、この点については、時代的な変遷があるので、日本紀略の記事で実態を確認する。同書に見える広義の賀茂祭に際しての摂政・関白・大臣の賀茂詣でを寛弘年間まで列挙すると左のようになる。

○天延元年（九七三）四月十二日乙未。内大臣（兼通）参二賀茂社一。
○貞元元年（九七六）四月廿五日辛酉。賀茂祭。（中略）今日太政大臣（兼通）自二堀川第一参二賀茂社一。弁少納言供奉。
○天元元年（九七八）四月十八日壬申。左大臣（頼忠）参二詣賀茂社一
○天元二年（九七九）四月廿四日壬申。太政大臣（頼忠）参二賀茂社一。
○永観元年（九八三）四月廿二日丁未。警固。今日右大臣（兼家）被レ参二賀茂社一。
○寛和元年（九八五）四月廿三日丁酉。終日大雨。賀茂祭。（中略）今朝太政大臣（頼忠）参二賀茂社一。
○永延二年（九八八）四月廿二日戊申。摂政（兼家）参二詣賀茂社一。
○正暦三年（九九二）四月廿一日甲申摂政（道隆）参二詣賀茂社一。○廿二日乙酉。賀茂祭。○廿五日戊子。内大臣（道兼）参二詣賀茂社一。
○正暦五年（九九四）四月十五日丙申関白（道隆）被レ参二賀茂社一。
○寛弘三年（一〇〇六）四月十六日丁亥。関白左大臣（道長）賀茂詣。
○寛弘四年（一〇〇七）四月十八日甲申。左大臣（道長）参二賀茂社一。
○寛弘七年（一〇一〇）四月廿三日壬申。左大臣（道長）参二詣賀茂社一。
○寛弘八年（一〇一一）四月十七日庚申。左大臣（道長）参二詣賀茂社一。

右に見られるように、大臣等の賀茂参詣は次第に申の日に固定する傾向はあるが、決っているわけではない。未

の日もあり、IIIの勅祭当日の酉の日もある。正暦三年の道兼は道隆に遠慮してか、勅祭の三日後の子の日に参詣している。これから分かることは、広義の賀茂の祭の期間内、もしくはその頃参詣すれば良いのであり、申の日はその中でも参詣しやすかった日なのであろう。

信友が引く藤裏葉巻の紫上の「みあれ詣で」は次の場面である。

対の上、みあれにまうで給ふとて、例の御方々いざなひ聞こえ給へど、（中略）御車二十ばかりして、御前なども、くだくだしき人数多くもあらず、ことそぎたるしも、けはひことなり。祭の日の暁にまうで給ひて、かへさには、物御覧ずべき御桟敷におはします。

（藤裏葉・二九三）

この「みあれ詣で」を信友は、「みあれ日」すなわち申の日とみなし、「中つ申の日のみあれに詣で、翌《あく》る中つ酉の日に、公家ざまよりの御使を見むよしなり」と述べる。[21] 土橋氏も同じくIIの中の申の日とするが、そうであろうか。

紫上は「祭の日」の暁に参詣して、そのまま勅使と斎王の行粧を見物している。「祭の日」は、明らかにIIIの勅祭の日である。もし申の日に参詣しているのならば、二度参詣していることになり、不自然と言わざるを得ない。牛車二十台を連ねているのであるから、二度参詣するとか、或いは参詣後に宿泊するとかを想定するのは疑問である。

紫上はIIの申の日ではなく、IIIの酉の日の早朝に下社上社の順で上下賀茂社を拝したと考えられる。[22]「まうで給ふとて」は、これから参詣することを言い、「まうで給ひて」は、勅祭の日、即ち酉の日の早朝に参詣したことを言っている。引続き一条大路の桟敷で行粧を見物し、同行した光源氏も昔の車争いの一件を思い出している。

IIIの勅祭の酉の日に参詣するというのは、前引の日本紀略の貞元元年の兼通の例や寛和元年の頼忠の例と同じである。特に後者は、「今朝太政大臣参二賀茂社一」とあって、朝に参詣した点も紫上と同じである。江談抄（摂政関白賀茂詣共公卿并子息大臣事）[23]に、

小野宮殿者、大臣之時、祭日早旦被二参詣一。還向之次、於二一条大宮若堀川之辻一、立レ車見物。前駆纔十余人歟。

とあって、小野宮実頼も早朝に参詣した後行粧を見物したことがある。実頼は天慶七年（九四四）に右大臣に任ぜられ、天禄元年（九七〇）に摂政関白太政大臣として没した。

紫上がIIIの酉の日に賀茂社に詣でることを「みあれ」に詣でると言っているのだから、この「みあれ」は、IIの申の日の「みあれ日」と同じとみなすことはできない。信友も土橋氏も紫上が申の日に参詣したとするが、そうではないのである。

紫上の場合の「みあれ」は、賀茂社の四月の祭の代名詞的な用い方なのであろう。それでは、広義の賀茂祭の何時を「みあれ」と称することができるだろうか。信友は、「国祭」について、続日本紀の和銅四年四月乙未（二十日）の詔に「賀茂神祭日、自今以後、国司毎レ年親臨検察焉」とあるのと弘仁神式の「凡四月中申酉祭二賀茂二社一」とあるのとを引いて、「もとは（申酉の）両日とも国祭とも称《いひ》しなるべし」と述べ、勅祭が酉の日になるとともに、国祭が申の日となるが、その結果勅祭だけが重要視されていることを「古実には乖ふべし」と批判している。本来の賀茂社の祭の上に勅祭が重層的に乗っているというこの指摘は大事である。信友が初めに国祭に当たると考えたこの両祭日を平安時代は「みあれ」と称したのではないだろうか。

「あれ」を立て葵や桂をかざしにするのは、賀茂別雷神の降臨に備えるためである。賀茂の祭は、もともと申と酉の両日に行なわれていたのであるから、「あれ」を立てたのもその両日だったと考えられる。だから、「あれ引き」も、「みあれ」に詣でることも一般にはその両日に可能であったろう。しかし、酉の日は勅祭賀茂祭の日で、勅使や斎王が参詣する日でもあるから、牛車を引きつれて参詣することは難しい。それが「祭の日の暁にまうでた

まひて」とある紫上早朝参詣の理由なのである。白河天皇の御幸や摂政関白の賀茂参詣が、IIの申の日、すなわち「みあれの日」に固定されて行くのは、こうした理由によると思われる。申の日に固定する以前は、申の日、酉の日のどちらかの日に参拝することが「みあれ」に詣でることであったと思う。

したがって、「あれ引き」を詠んだ前引の歌々の場面は、申の日でも酉の日でも良いことになる。この両日には、「旧記」の夢の託宣に従い、人々は「あれ」を立て、「葵」と「桂」を身につけた。貫之の「人もみな」歌では、「あれ」と「桂」「葵」を同時に詠み込んでいる。

IIIの酉の日に勅使や斎王の行粧に「葵」「桂」が用いられたのも、もとからの神社側の風習に従ったということであろう。「葵」「桂」が歌に詠まれたのは、IIIの酉の日のみと誤解されやすいが、申酉の両日と考えられる。

須磨巻に、三月下旬に光源氏が須磨に旅立つ直前、桐壺院の御陵に参拝する場面がある。その途次に下鴨社を遙拝するが、光源氏とともに須磨に下ることになっている右近の尉が以前の事を思い出して歌を詠んでいる。

賀茂の下の御社を、かれと見わたすほど、ふと思ひ出でられて、下りて御馬の口を取る。

引きつれて葵かざししそのかみを思へばつらし賀茂のみづがき

（須磨・二一九）

この右近の尉は、その前段に、「かの御禊の日、仮の御随身にてつかうまつりし右近の尉の蔵人」と紹介されていて、車争いのあった御禊の日の行粧に光源氏に付き従っていたことが知られる。したがって、葵をかざした「そのかみ」というのは、一見御禊の日のように見えるし、諸注の解釈も普通はそうである。

しかし、Iの斎王の御禊の午の日は、広義の賀茂祭の一環とはいえ、上下社に参詣する日ではない。あくまで禊をして身を清め、参詣に備えるための日であり、場所も神社ではなく賀茂川である。前述のように葵と桂をかざすのは、IIの申の日かIIIの酉の日であるから御禊の日には葵をかざさなかったと思われる。(24) したがって、葵をかざした「そのかみ」の日は、申の日か酉の日でなければならない。もし、行粧を思い出しているのならば、それはIIIの勅祭の酉の日と考えられる。勅使と斎王は内裏を出発し下社から上社へ参詣するから、その時の行列に参加し、下社への参詣を思い出しているとすべきであろう。

なお、「引きつれて」は、貫之歌の「あれ引きに引きつれてこそ」から採った語句であり、本来は、上社の「あれ引き」にちなんだ語句であったが、ここは下社への参詣に用いた。右近の尉は、行粧に参加したのではあろうが、公的立場ではなく、一般の人々が「みあれ」に詣でる気持ちで、葵をかざして賀茂の神に個人の幸いを祈ったであろう。通念からすれば、役人である彼は出世を祈ったであろうが、そのかいもなく、出世の道は断たれて光源氏のお供をして須磨に落ちなければならなくなった。それを賀茂の神に「思へばつらし賀茂のみづがき」と言って、恨んでいる。

光源氏は、

憂き世をば今ぞ別るるとどまらむ名をばただすの神にまかせて

（須磨・二二〇）

と詠んで、無実を糺の森に座す下賀茂の神に訴えつつ暇乞いをした。二年後の秋、神の御加護もあってか、光源氏は晴れて都へ帰ることができた。

四

車争いの一件の後、光源氏は若紫を伴って祭の見物に出かけようとするが、その前に髪そぎを行なう。光源氏みずから髪をそいで、「千尋《ちひろ》」と祝いつつ、若紫に詠みかけた。

はかりなき千尋の底の海松《みる》ぶさの生ひゆくするゑはわれのみぞ見む　（葵・七五）

若紫は、それに答えて、

千尋ともいかでか知らむさだめなく満ち干る潮ののどけからぬに　（葵・七五）

と書きつけている。

その後、光源氏は若紫と同車して出かけた。その日はIIIの勅祭の日に当たり、行粧の人々も祭の由来に因み、「葵」「桂」をかざした。そこでの源典侍とのやりとりの中で「あふひ」という巻名となる語が用いられている。源典侍は扇のはしに歌を書いて光源氏に贈った。

〔源典侍〕

「はかなしや人のかざせるあふひゆゑ神のゆるしのけふを待ちけるしめの内には(25)」とある手をおぼしいづれば、かの典侍なりけり。あさましう、旧りがたくも今めくかな、憎さに、はしたなう、

〔光源氏〕

かざしける心ぞあだにおもほゆる八十氏人になべてあふひを

女は、つらしと思ひ聞こえけり。

〔源典侍〕

くやしくもかざしけるかな名のみして人だのめなる草葉ばかりを　（葵・七六）

源典侍が歌の上で「あふひ」をかざしにしつつ光源氏とこのようなやりとりをした背景は、広義の賀茂祭のどのあたりに位置づけられるであろうか。勅祭を見物するのではあるが、神に祈るという点からは、個人で「みあれ」に詣でている立場とすべきであろう。勅祭の勅使や斎王の立場であれば、豊穣や疫病の流行をとどめることなど鎮護国家的な祈りに重点が置かれるであろうが、個人の立場からは個人の利益を祈るのである。源典侍の祈りの内容は、愛する光源氏との出会いの実現であった。このような個人の祈りをする場は、「みあれ」に詣でる一般民衆の立場と同じである。源典侍は「みあれ」に詣でたつもりで歌を詠んでいるのである。

賀茂祭の由来は、賀茂の別雷神の示現を実現させるところにあった。つまり、神と人との出会いが願われているのであり、それが人と人との出会いの願いに移されたのであろう。神と人との出会いに用いられた「あふひ（葵）」が、「逢ふ日」と掛けて理解され、愛する人と出会うための「あふひ（逢ふ日）」となった[26]。

光源氏の「かざしける」歌と源典侍の第二首「くやしくも」歌に見える「かざし」は、源典侍が歌の上で「葵」を髪にさすことを示す。つまり、歌の上で、源典侍は賀茂の神の託宣のままに葵をかざして光源氏との出会いの実現を神に祈りつつ祭の日を待ち受けた。典侍の第一首「はかなしや」歌の意味は、「つまらないことよ、人がかざしている葵、それを私はあなたと「逢ふ日」というので（かざして）、神のお許しになる今日の祭の日を待ったのでした」となる。

この「人のかざせるあふひ（葵）」は、通説では、若紫がかざしている葵と解釈している。しかし、ここは光源氏がかざしている、と解釈する方が良いのではないだろうか。そう解釈すると光源氏は思い人と逢うことを願って葵をかざし、功を奏して祭の日にはその思い人と逢うことができたということになる。即ち若紫と逢うことが出来た。源典侍から見れば、せっかく自分も葵をかざしたのに、同じ葵は光源氏ばかりに恩恵を与えて「はかなしや」ということになる。

光源氏が葵をかざしているとすると、同車している若紫を葵に喩えているという側面も生じよう。若紫即ち葵草ということになる。若紫の巻で、「若草」と呼ばれた少女は、ここでは、「葵草」なのである。(補注)

五

「あふひ」を「葵」という漢字で表現することについて考えたい。漢語の「葵」は、この植物が日に向かうという性質を持っていることから主君に向かう忠臣の比喩となり、また、陽光に逢うという意で「あふひ」と訓まれた。そのような「葵」を含む著名な例としては、魏の曹植（子建）の「求㆑通㆑親㆑親表」（文選巻三十七）がある。

若㆓葵藿之傾㆒㆑葉、太陽雖㆑不㆓為之廻㆒㆑光、終向㆑之者誠也。

善曰、淮南子曰、聖人之於㆑道猶㆓葵之与㆒㆑日。雖㆑不㆑能㆓終始㆒其郷㆑之誠也。

良曰、葵藿草也。傾㆓葉於日㆒。然日雖㆑不㆓為迴㆒㆑光、終是向㆑日之誠心也。

臣竊自比㆓葵藿㆒。若㆘降㆓天地之施㆒、垂㆗三光之明㆖者、寔在㆓陛下㆒。

また、初唐李嶠の李嶠百二十詠「日」に、「傾㆑心比㆓葵藿㆒、朝夕奉㆓尭曦㆒」とある。(27) 文選の例では、「葵藿」となっているが、李善注所引の淮南子では、「葵」であり、両者は同じものである。源光行の百詠和歌では、この「葵藿」を賀茂社で用いられる「葵」と同一視している。(28)

傾㆑心比㆓葵藿㆒　あふひ草は日影のめぐるかたに葉をかたぶけて根をかくすなり。朝には東北、夕には西南に葉をかたぶけてをのが根をあらはさざるなり。あふひの葉をかたぶけて日に向へるがごとく人も心を傾て君に向ひたてまつるとなり。

神山の峰の朝日にあふひ草をのが影のみかたぶきにける

「神山」は、賀茂の上社の北方の神聖な山であるから、この「葵草」は、賀茂祭に用いられるものと同一視されているると言えるのである。

紫式部が好んで読んだと思われる白居易の諷諭詩にも、この太陽の光に関わる「葵」が出てくる。「続古詩十首[30]〔其十〕」〔〇〇七四〕に、忠臣の比喩として、「葵」が詠まれている。

春旦日初出　春旦日初めて出で、
曈曈耀晨輝　曈曈として晨輝を耀かす。
草木照未遠　草木照すこと未だ遠からざるに、
浮雲已蔽之　浮雲已に之れを蔽ふ。
天地黯以晦　天地黯として以つて晦く、
当午如昏時　当午も昏時の如し。
雖有東南風　東南の風有りと雖も、
力微不能吹　力微にして吹く能はず。
中園何所有　中園何の有る所ぞ、
満地青青葵　満地青青たる葵。
陽光委雲上　陽光雲上に委す、
傾心欲何依　心を傾けて何くに依らんと欲す。

この詩では、天子を太陽に、邪臣を浮雲に、忠臣を葵に喩えている。[31]天子の明を邪臣が覆い、忠臣が天子の明に心を傾けようとしても陽光が及ばない。葵は、常に日の光に向かうものとして描かれている。

大斎院選子内親王も太陽に関わる葵を歌に詠み込んでいる。

後一条院おさなくおはしましける時まつり御覧じけるに、いつきのわたり侍りけるをり、入道前太政大臣（道長）いだき奉りて侍りけるを見奉りて、後に、太政大臣のもとにつかはしける　選子内親王

光り出づるあふひの影を見てしかば年へにけるもうれしかりけり

返し　入道前太政大臣

もろかづら双葉ながらも君にかくあふひや神のしるしなるらむ

（後拾遺集[32]巻十九、雑五（一一〇七）（一一〇八））

選子歌では、幼い敦成親王の御姿[33]を「あふひの影」と詠んでいる。「あふひの影」の「影」は、「縵《かげ》」であり、第一義的には頭にかざした鬘（かづら）の意味であるから、「あふひの影」は、「葵の鬘」の意になる。その中に「ひ（日）の影」（太陽の光）という語を含んでいるので、「あふひ」は光を発するものとみなして第一句に「光り出づる」と置き、敦成親王を光り輝く存在であると詠んだ。

道長の返歌「君にかくあふひや神のしるしなるらむ」は、「かく」に「掛く」、「あふひ」に「逢ふ日」を掛けている。「あなた様が頭に掛けている葵は神の御しるしなのでしょう」と述べて、「あなたにこのように逢う日となったのは、賀茂の神さまのお蔭なのでしょう」との意を込めている。

道長の「葵」と「逢ふ日」の掛詞は常套的であるが、選子が「あふひの影」を太陽の光に掛けて詠んだのは珍しい[34]。このように日（太陽）に縁のあるものとして葵を捉えているのは、祭で用いる「日影のかづら」からの連想もあったろうが、選子に前述の漢籍の知識があったからではないか[35]。

選子より約百年後に成立した堀河百首には、夏歌の中に「葵」題があるが、そこではっきりと漢籍的な「葵」が歌に詠まれるようになる。

匡房

大空の光になびく神山のけふの葵やかざしなるらん　〔三五四〕

日影山生ふる葵のうらわかみいかなる神のしるしなるらん　師頼〔三五六〕

葵草照る日は神の心かは影さすかたにまづなびくらん　基俊〔三六三〕

大江匡房や藤原基俊等特に漢籍に造詣の深かった歌人が率先して、いずれも太陽に向かうものとしての葵を詠んでいる。この「葵」題は、夏四月の賀茂祭に際してのものであるはずだが、そこに漢籍的な「葵藿」の性質が持ち込まれているのである。「葵藿」を賀茂の「葵」のように詠んだ源光行の百詠和歌の詠みぶりはこの延長上にあると言えよう。

源氏物語は、光源氏の「光」について度々語っている。光源氏は光り輝く存在なのである。前章においても、六条御息所の歌「かげをのみみたらし川」の解釈に際して、「かげ」は、天照大御神や賀茂神の影向とともに御息所の前をはかなくも通り過ぎる光源氏の姿を意味すると論じた。

一方、前節での源典侍の歌の私解では、葵草は若紫の喩えであった。それは、選子の歌で敦成親王を葵に喩えたことと同じである。漢籍に通暁した紫式部は当然「葵藿」の意味を知っていたであろう。若紫が「あふひ」であるとするならば、それは、「日」即ち太陽に向かう存在であることになる。つまり、若紫が光源氏の方を向くという意味をも「葵」は担っているのではあるまいか。

栄華物語で選子が「葵」の歌を詠んだのは寛弘七年（一〇一〇）という。(36) 紫式部日記によれば、寛弘五年には、少なくとも若紫巻を含む源氏物語の一部分は書かれていた。葵巻を読んだ上で選子の歌が作られた可能性もある。

結論としては、巻名としての「葵」は、賀茂の祭の日に光源氏と若紫が初めて人前で神の許しを得て「逢ふ日」

という意味を持つ。また、日に向かう「葵」は光源氏だけを見つめる若紫の象徴となる植物ということになろう。「あふひ」の掛詞、「陽光に会う」と「出会う日」との二つの意味をこの巻名は担っていると思われるのである。

葵巻の「葵」は、葵上と結びつけて考えられやすいが、物語中の彼女の呼称は、「大殿の君」「大殿の姫君」等であり、「葵上」とは呼ばれていない。(37) この巻名は、葵上とは関係なく、光源氏と若紫の二人の出会いと光源氏に向かう若紫のあり方を意味すると考えられる。

藤裏葉巻での紫上の「みあれ詣で」の記述は、それが第一部の大団円の巻であるがゆえに、葵巻に呼応していると考えられる。光源氏との出会いは賀茂の神によって保証された。それに対するお礼参りの意味があるのである。(38) 紫上とともに勅使と斎王の行粧を見ながら光源氏は車争いの当事者であった二人の女性、葵上と六条御息所のことを思い出し、各々の現在の子供達のことを思う。夕霧は「ただ人」で、かつての斎宮は中宮となって時めいている。そこに光源氏は「定めなき世」を感ずるのであった。その夕霧は、行粧に加わった惟光の娘の藤典侍に歌を贈っている。

何とかや今日のかざしよかつ見つつおぼめくまでもなりにけるかな

それに対し、藤典侍は答えた。

かざしてもかつたどらるる草の名は桂を折りし人や知るらむ　(藤裏葉・二九五)

ここでは、祭にちなむ「桂」の名は藤典侍歌に詠み込まれているが、両首ともに「葵」の名は隠されている。それは、源典侍の「くやしくもかざしけるかな」の歌と同様の詠みぶりであり、「あふひ」が「逢ふ日」であることを表に出さないことによって強調する技法であると言えよう。時は流れ、新しい世代の新しい出会いがこの贈答歌によって印象づけられているのである。

葵巻全体の中での光源氏と若紫の出会いの意味を考えたい。車争いの結果、六条御息所の生霊が葵上に取り憑き、葵上を死に至らしめる。葵上の死にともなって、六条御息所が正妻の地位に着くのが順当である。しかし、御息所の生霊が葵上を取り殺したということは、光源氏にも御息所にも分かっていたので、正妻の地位に着くことはできない。その正妻の地位の空白の場に若紫が入って来る。具体的には葵上の死後に二人は新枕をかわす。

そうした視点で、葵巻の始めから若紫を中心にして見て行くと、二条院の深窓に育てられていた若紫が、「千尋」に及ぶような髪の美しく長い女として成長して来て、人前に光源氏の恋人として連れ出されるほどになる。その二人の愛情の証人としての役割を源典侍は果している。そして新枕をかわして実際上の光源氏の妻となって行く、という展開になる。

葵巻は、車争いや葵上の死などの大事件が起こり、その陰となって見過ごされやすいが、結局は、光源氏をめぐる女たちの軋轢の末に、二条院という別世界でようやく成長して来た若紫が第一の妻の坐につくという巻なのである。

「かげをのみみたらし川のつれなきに」と詠んだ六条御息所にとっては、「かげ」すなわち「光」は目の前をつれなく通り過ぎて行くものであったが、若紫にとっては、身近に仰ぎ見る日の「光」であった。「あふひ」という巻名は、よくその内容を含んでいると言えよう。

その背景にあるのは、「あれ引き」を通じて一般民衆が信仰し、朝廷や摂関家も多大な期待を寄せた祭に際しての賀茂の神の霊威である。「あれ」を引くとともに立ち渡る「賀茂の川波」に見られるちはやぶる神の霊威は、光源氏にも紫上にも恵みを与えているのであろう。葵巻の神事性は、そのように理解されるべきものと思う。

注

（1）座田司氏「御阿礼神事」（『神道史研究』八巻二号、昭和三十五年三月）、「御蔭祭について」（同誌八巻五号、同年九月）、「勅祭賀茂祭一・二」（同誌九巻一・二号、昭和三十六年一・三月）、土橋寛氏「賀茂のミアレ考（上）―日本のフェティシズム―」（『日本古代の呪禱と説話』土橋寛論文集〔下〕平成元年）、三宅和朗氏「賀茂斎院の再検討」（佐伯有清先生古稀記念会編『日本古代の祭祀と仏教』平成七年）を参照した。

（2）「勅祭賀茂祭」という呼称は、注1の座田氏の論文によった。

（3）引用は群書類従本により、一部信友の校訂に従った。なお、信友は、袖中抄所引の「或書」を「賀茂縁起」、年中行事秘抄の「旧記」は「賀茂旧記」と呼ぶ。本朝月令は群書類従巻八十一、年中行事秘抄は巻八十六所収。

（4）群書類従本の「悉」を信友は、一本により「垂」と校訂し、「垂《し》で」と訓んでいる。

（5）和名抄（二十巻本巻二十）には、「楓」に「和名乎加豆良」、「桂」に「和名女加豆良」とあり、「をかつら」と「めかつら」を区別しているが、ここでは区別しない。

（6）祭で用いられる「あふひ（葵）」に掛けて、神と人とが出会うということの「旧記」の説が作られた可能性もある。

（7）続日本紀、日本紀略では、「神」字を欠く。

（8）注1の座田氏「勅祭賀茂祭一」参照。皇年代略記、世世枢覧、一代要記、本朝皇胤紹運録によれば、勅祭の創始は平城天皇延暦二十五年四月癸酉（十六日）の勅命であるが、座田氏は、同年三月十七日に桓武天皇が崩御されたことをもってこの日付を疑っておられる。氏は、上社の社務補任記の記載に、大同二年四月癸酉（中の酉、十六日）に勅祭が創始されたとあることの方を正しいとしておられる。

（9）内裏式は弘仁十二年（八二一）撰、天長十年（八三三）改訂、群書類従巻七十九所収。注1の土橋論文に引かれる。

（10）注1の座田氏「勅祭賀茂祭一」参照。儀式は、貞観十二年以降の撰と言われる。新訂増補『故実叢書』三十一所収。同書の「賀茂祭警固儀」には、警固の日は未の日となっている。六国史に徴すると、警固が行なわれたのは、申の日がほとんどで、未の日で管見に入ったのは、貞観二年四月十五日乙未のみである。

（11）注8参照。

（12）九条年中行事は、藤原師輔撰。群書類従巻八十三所収。小野宮年中行事は、藤原実頼撰。同巻八十四所収。

（13）小野宮年中行事の「中申酉日」の記述と比較して九条年中行事は「中申日」となっているのであるから、単に「酉」字が落ちている可能性もある。

（14）注1の土橋論文では、「旧記」の「取二奥山賢木一立二阿礼一、悉二種々綵色一」の部分を「みあれ木」と「あれの幡」を立てると解釈する。信友は、「あれ」に、「種々綵色」を付すとする。

（15）新編国歌大観所収歌の引用は同書によった。ただし、表記を改めたところがある。なお、岡本保孝の古今要覧稿（巻四百七・草木部・あふひ）に葵の歌を列挙する。

（16）「立ちわたり」は群書類従本による。歌仙歌集版本では「うちわたり」となっているが、古今六帖や中務集の歌によっても「立ち」が良いと認められる。

（17）古今集巻十「物名」に「あふひ、かつら」の題で、「かくばかり逢ふ日のまれになる人をいかがつらしと思はざるべき」（四三三）と読み人知らずの歌があり、延喜十九年作のこの貫之歌に先行する。

（18）注1の土橋論文では、「あれ」の語源について、「ある」の露出形とし、「ある」には、派生義の「生る」「荒る」とが分化する前の段階として、霊力・生命力の活動を意味する古義があったと想定する。もし、そうであれば、「あれ」は、「荒れ」に通ずることになる。

（19）勅祭賀茂祭に際しての賀茂川の増水の記録は、日本紀略天慶二年（九三九）四月十四日乙酉条に、「賀茂祭。終日雨下。秉レ燭。斎王（婉子）参二社頭一。供奉諸司不レ得レ渡二河水一」と見える。また、大斎院前の御集には、御禊のおりに、「（四月、みそぎの夜、河原にて神のいたう鳴りければ、右近の君の乗りたる車にいひやる、進）常よりもみそぎを神のうくればやなりぬ（ママ）つらの空にみゆらむ（七一）、（右近）河神もあらはれて鳴るみたらしに思はむ事をみなみそぎせよ（七二）」と雷を賀茂の神の示現とみなした例がある。なお、葵巻の「みそぎ川の荒らかりし瀬」（葵・七八）や、少女巻の光源氏から朝顔の前斎院へ贈った歌「かけきやは川瀬の波もたちかへり君がみそぎの藤のやつれを」（少女・二二七）は、御禊の日における賀茂川の波瀬に掛けた表現である。

（20）続日本紀文武天皇二年（六九八）三月二十一日辛巳、及び、大宝二年（七〇二）四月三日庚子、和銅四年（七一

一）四月二十日条に賀茂祭に際して衆を会し、騎射することを禁じている（類聚国史）。

(21) 最新の注である新日本古典文学大系では、藤裏葉巻の「みあれ」を賀茂神社の異称とし、新編日本古典文学全集では、申の日で神の降臨を迎える祭としている。

(22) 前引の台記の頼長や前章で引いた高遠（大弐高遠集〔四二〕〔四三〕）の例では、勅使・斎王と同じく下社から上社に参詣しているので、紫上の参詣も同様と考える。なお、新日本古典文学大系、新編日本古典文学全集は共に紫上の参拝の日を酉の日としている。

(23) 江談抄の同条に、「治部卿（伊房）云、九条殿御遺誡曰、為二我後人一者、賀茂春日御祭日必可レ参二詣社頭一也」との師輔の遺言が載り、摂関家の賀茂参詣の背景が分かる。しかし、このことは、九条殿御遺誡の現存本には見えないという。江談抄研究会編『古本系江談抄注解』三六〇頁参照。

(24) 現在の御禊の儀は、上社、下社一年交替で行なわれる。両者ともに境内の「みたらし川」で行ない、葵も用いる。

(25) 「しめのうち」は、大斎院前の御集に数例見られ、斎院の内側のことを意味する。例えば、「朝夕に大ぬさ掛かるしめの内は常に夏越の月かとぞ思ふ」〔一一五〕。

(26) 小山利彦氏は、「源氏物語にみる賀茂神の聖婚「あふひ」考（上）」（『王朝文学史稿』二十一号、平成八年三月）、「同（下）」（『専修国文』五十八号、平成八年一月）で、下鴨社のみあれの神事の祭神を大原奥の御蔭山においては大山咋神と賀茂玉依媛であったとし、両神を夫婦神とみなした上で、両者の結婚を「聖婚」としている。光源氏と若紫の出会い（あふひ）の背景にこの「聖婚」を見ているが納得できない。同氏は、下鴨社の御蔭祭との関連を重要視されているが、この祭は注1の座田氏「御蔭祭について」や土橋氏の論文が説くように、平安時代まで遡れない。ただし、「あふひ」を通じて光源氏と若紫の出会いを説く点は、本論の主旨に合致する。

(27) 李嶠百二十詠では、「日」詩に「月」詩が続く。後者の句に、「桂生三五夕、蓂開二八時」とあり、「葵」と「桂」は、「日」「月」の詩に出てくる。俊成歌に「いかなれば日かげに向かふ葵草月の桂の枝をそふらん」（新後撰集〔一五九〕）とあるのは、李嶠百二十詠的意識を以って詠まれている。そもそも「葵」と「桂」の組み合わせは、「日」「月」或いは「陽」と「陰」の組み合わせとして始まったのかも知れない。賀茂社は、秦氏の祀る松尾社と関わりを持ち、祓えの行事などに中国伝来の陰陽道的な一面がある。

（28）杤尾武氏編『百詠和歌注』所収の内閣文庫本百詠和歌によった。ただし、表記は一部改めている。

（29）源氏物語と白居易の諷諭詩との関わりについては、拙稿「漢詩文をどのように取り入れているか―白楽天の諷諭詩に関連して―」（『語り・表現・ことば』源氏物語講座六、平成四年。新間『源氏物語と白居易の文学』所収）、及び「源氏物語の表現と漢詩文―白楽天の諷諭詩と夕顔・六条御息所―」（『平安文学論究　第九輯』平成五年十一月、新間同書所収）参照。

（30）この十首連作は、文選（巻二十九）の「古詩十九首」に倣ったものである。引用の詩は、「古詩十九首」の第一首「行行重行行」詩の、特に「浮雲蔽二白日一」の句を意識して作られている。

（31）浮雲と日月の光の比喩が源氏物語に使われていることについては、第Ⅲ章「須磨の光源氏と漢詩文―浮雲、日月を蔽ふ―」参照。

（32）栄華物語（初花）、大鏡（師輔）、古本説話集（大斎院事）にも見える。栄華物語では、寛弘七年（一〇一〇）四月二十五日のこととする。大鏡、古本説話集では、道長が敦成、敦良の両親王を同行したとなっている。御堂関白記によれば、両親王を同行したのは翌寛弘八年四月十八日であると新日本古典文学大系『古本説話集』（中村義雄・小内一明両氏注）は指摘する。おそらく、「もろかづら双葉」の語があるので、親王二人という見方が生じたのであろう。一人の場合は「もろかづら」は「双葉」の枕詞的な役割を果たす。いずれにしても「もろかづら」に「かつら（桂）」を詠み込む。なお、大鏡では、返歌の作者を上東門院彰子とする。

（33）大鏡、古本説話集では、「葵」に喩えられたのは敦成、敦良両親王である。

（34）枕草子第六十六段、「草は」の条に、「唐葵《からあふひ》、日の影にしたがひてかたぶくこそ、草木といふべくもあらぬ心なれ」とある。この「唐葵」の性質を賀茂祭に用いるフタバアオイに応用したのである。

（35）大斎院前の御集に見える白居易の句「背レ燭共憐深夜月、踏レ花同惜少年春」（千載佳句・春夜〔八二〕、和漢朗詠集・春夜〔二七〕）を題材とした歌の存在（〔一四六〕〔三二五〕〔三二八〕〔三二九〕）や、発心和歌集の存在などから、大斎院と周囲の女房が漢籍に親しんでいたことが分かる。

（36）注32参照。

（37）池田亀鑑氏編『源氏物語事典』（下巻、作中人物解説）には、「「葵の上」（九条家本、為氏本古系図）はその死んだ巻名による慣用の呼称」とある。

（38）小山利彦氏『源氏物語　宮廷行事の展開』（平成三年）二「藤裏葉の巻にみる賀茂神の信仰」参照。なお、同氏は、紫上のみあれ詣でが、明石姫君入内を前にしていることに注意しておられる。

補注（二七五頁二行）

若菜下巻において、柏木が女三の宮と関係を結んだ後で、「童べの持たる葵」を見て「くやしくぞつみをかしける葵草神のゆるせるかざしならぬに」（若菜下・二一三）と詠んでいる。この場合は女三の宮を「葵草」に喩えており、この源典侍の「はかなしや」歌解釈の参考になる。なお、若紫と「草」との関わりについては、新間「源氏物語と廬山―若紫巻北山の段出典考―」（『源氏物語と白居易の文学』所収）参照。

III　須磨の光源氏と漢詩文
――浮雲、日月を蔽ふ――

一

河海抄「料簡」は源氏物語執筆の由来について、西宮左大臣源高明が大宰の権帥に左遷させられたいわゆる安和の変（九六九）に関わる次のような伝説を紹介している。

紫式部が高明の左遷を嘆いていたころ、大斎院選子内親王から面白い物語が読みたいという依頼が彰子にあった。その依頼を受けた紫式部は、旧来の物語ではつまらないだろうということで新しく物語を書くことにした。石山寺に参籠し、琵琶湖の水面に映る月影を見ながら、須磨巻の「今宵は十五夜なりけり」のくだりから筆を起こしたという。その須磨の光源氏については、「光源氏を左大臣になぞらへ、紫上を式部が身によそへ、周公旦、白居易のいにしへを考へ、在納言、菅丞相のためしを引きて書き出しけるなるべし」とある。

この伝説はにわかには信じられないが、「高明」「周公旦」「白居易」「在原行平」「菅原道真」の姿が須磨の光源氏に投影されているという点についてはうなづけるものがある。

また、紫明抄は、光源氏が荒れ果てた「大江殿」を見て詠んだ、

唐国に名を残しける人よりもゆくへ知られぬ家居をやせむ　（須磨・二一二五）

との歌に、「楚屈原をいふ」と注を付けている。

本章では、須磨巻に散見する、「月」が「雲」に隠れるという描写の背景を探りつつ、光源氏の姿にうかがえる菅原道真、およびその源泉となっていると考えられる屈原の像を考察して、紫式部がいかに漢詩文の表現を取り入れ、自らの文学世界に生かして行ったかを明らかにしようと思う。

二

須磨巻では「月」が「雲」に隠れるという描写、あるいはそれに関連すると考えられるものは以下のような場面に現れる。

まず第一に、光源氏が須磨に退居するに先立ち、花散里に別れを告げるところ。西山に入る月を見ながら「月の入り果つるほど、よそへられてあはれなり」と立ち去る光源氏が沈み行く月によそえられ、花散里が「月かげのやどれる袖はせばくともとめても見ばやあかぬ光を」と詠み、光源氏がそれに対し、慰めの意を込めて、次の歌を返している。

ゆきめぐりつひに澄むべき月かげのしばし曇らむ空ながめそ　（須磨・二一四）

自らの身を月に喩え、その身が都をしばらく去ることを「(月が)曇る」と表現している。しかしその月はいずれ「澄む」のであるから、安心して待っていれば良いというのである。

第二に、朧月夜の君とも別れを告げたあと、糺《ただす》の森を通り、賀茂御祖《みおや》神社（下鴨社）を拝しつつ北山の桐壺院の御陵に詣でる場面、御墓は、道の草茂くなりて、分け入り給ふほど、いとど露けきに、月も雲隠れて、森の木立、木深く心すごし。帰り出でむかたもなきここちして、拝み給ふに、ありし御面影さやかに見え給へる、そぞろ寒きほどなり。

　亡きかげやいかが見るらむよそへつつながむる月も雲隠れぬる

（須磨・二二〇）

ここで月によそへられているのは幽霊のごとくに姿を見せた桐壺院であり、その月（桐壺院）が雲隠れてしまう。一体、故院は追われるようにして須磨に下る自分のことをどう思われているのか、という疑問が歌の内容となっている。月に喩えられているのが、前例では光源氏であるのに対し、この例では桐壺院となっている。

第三は、光源氏が須磨に下って秋を迎え、十五夜の月を眺めるところ、

月のいとはなやかにさし出たるに、今宵は十五夜なりけりとおぼし出て、殿上の御遊び恋しく、所々ながめ給ふらむかしと思ひやり給ふにつけても、月の顔のみまもられ給ふ。「二千里の外の故人の心」と誦じ給へる、例の、涙もとどめられず。入道の宮の、「霧や隔つる」とのたまはせしほど、言はむかたなく恋しく、をりをりのこと思ひ出で給ふに、よよと泣かれ給ふ。

（須磨・二四〇）

ここでは実際の月は曇っておらず、光源氏は涙で月を曇らせながら、月が霧に隠されるという意の藤壺の歌「霧や隔つる」を想起している。この歌を想起するについては「二千里の外の故人の心」という白居易の詩句からの連想がある（1）。

この句を含む白居易の「八月十五日夜、禁中独直、対レ月憶二元九一」（〇七二四）詩は、白居易が都長安の禁中から、江陵に左遷されている友人の元稹に贈ったものであり、全詩は「銀台金闕夕沈沈、独宿相思在二翰林一。三五夜中新月色、二千里外故人心。渚宮東面煙波冷、浴殿西頭鐘漏深。猶恐清光不二同見一、江陵卑湿足二秋陰一」となって

いる。

この詩の第七・八句が「月の光をともに見ないことを恐れる、あなたの居る江陵は低湿で秋の陰《くも》りが多いから」という意であり、ここから「霧や隔つる」が想い起こされる。藤壺の歌は、

九重に霧や隔つる雲の上の月をはるかに思ひやるかな　（賢木・一六七）

となっており、桐壺院の亡き後、政治状況がますます悪くなる中で、皇太弟の我が子を抱えた藤壺が時の朱雀院の帝を疎遠なものに感じて、亡き桐壺院を「雲の上の月」として遙かに思いやるという内容である。(2) 桐壺院を月に喩えている点については、第二例と規を一にするといえよう。

第四に、須磨における冬の月の場面。雪の吹き荒れたあと雲が晴れる。

月いと明かうさし入りて、はかなき旅の御座所は、奥まで隈なし。床の上に夜深き空も見ゆ。入りかたの月かげ、すごく見ゆるに、「ただこれ西に行くなり」と、ひとりごち給ひて、
いづかたの雲路にわれもまよひなむ月の見るらむこともはづかし　（須磨・二四六）

光源氏が朗詠した「ただこれ西に行くなり」は、後述の菅原道真の「代レ月答」詩中の句である。道真詩がそうであるように、曇って月の見えない状態から晴れて月の明るい状態へと移っていることがこの朗詠の前提となっている。

これらの「月」が隠れるという表現とともに、類似の「日」の「くもり」という言い方も須磨巻にはある。第五例として、須磨での二度目の春、今は参議となった頭の中将が人目を恐れずにあえて光源氏を訪れ、旧交をあたためて帰京するところを挙げよう。

さるべき都の土産《つと》など、由あるさまにてあり。主人《あるじ》の君、かくかたじけなき御送りにとて、黒駒たてまつり給ふ。「ゆゆしうおぼされぬべけれど、風にあたりては、嘶《いば》えぬべければなむ」と申し給ふ。世にありがたげなる御馬のさまなり。「形見にしのび給へ」とて、いみじき笛の名ありけるなどばかり、人とがめつべきことは、かたみにえし給はず。

日やうやうさしあがりて、心あはただしければ、かへりみのみしつつ出で給ふを、見送り給ふけしき、いとなかなかなり。「いつまた対面たまはらむとすらむ。さりとも、かくてやは」と申し給ふに、主人、

「雲近く飛びかふ鶴《たづ》もそらに見よわれは春日のくもりなき身ぞ

かつは頼まれながら、かくなりぬる人は、昔のかしこき人だに、はかばかしう世にまたまじらふこと難くはべりければ、何か、都のさかひをまた見むとなむ思ひはべらぬ」などのたまふ。宰相、

「たづかなき雲居にひとりねをぞなくつばさ並べし友を恋ひつつ」

（須磨・二五三）

ここでの光源氏の歌中の「春日のくもりなき」は晴天のことを言っていると受け取れる。この晴天と「鶴」の組み合わせは和漢朗詠集松部の「青山有レ雪諳二松性一、碧落無レ雲称二鶴心一」（許渾「寄二殷堯潘先輩一」（四二二））の下の句によると思われる。雲のない青空は鶴の脱俗の心にふさわしい、との意で殷堯潘先輩をほめて鶴に喩える。しかし、「くもりなき身」と続く場合には意味が違って来るのではないか。つまり、その場合の「春日のくもり」は「日やうやうさしあがりて」とある春の太陽の曇りを意味する。

また、この歌が詠まれる直前に、光源氏から頭の中将へ都への土産として贈られた「黒駒」とこの「春日のくもり」の語句は無関係とは言えない。なぜかというと、「黒駒」が「風にあたりては、嘶《いば》えぬべければ」というのは、文選巻二十九に見える「古詩十九首」の第一首中の句「胡馬依[3]二北風一」によるのであり、その詩中にある「浮雲蔽《オホフ》二

白日ヲ二」(4)という第十一句が「春日のくもり」に相当するものと考えられるからである。次に文選六臣注本の当該詩を、関係する注を付して引用する。

行行重行行。与レ君生別離。

銑曰、此詩意為三忠臣遭二佞人讒譖一、見二放逐一也。

相去万余里。各在二天一涯一。

道路阻且長。会面安可レ知。

胡馬依二北風一。越鳥巣二南枝一。

善曰、韓詩外伝曰、詩云、代馬依二北風一、飛鳥棲二故巣一。皆不レ忘レ本之謂也。翰曰、胡馬出二於北一、越鳥来二於南一。依二望北風一、巣二宿南枝一、皆思二旧国一。

相去日已遠。衣帯日已緩。

浮雲蔽二白日一。游子不二顧返一。

善曰、……浮雲之蔽二白日一、以喩三邪佞之毀二忠良一。故遊子之行不二顧返一也。文子曰、日月欲レ明浮雲蓋レ之。陸賈新語曰、邪臣之蔽レ賢、猶三浮雲之障二日月一。古楊柳行曰、讒邪害二公正一、浮雲蔽二白日一。義与レ此同也。

……良曰、白日喩レ君也。浮雲謂二讒佞之臣一也。言佞臣蔽二君之明一、使二忠臣去而不レ返也。

思レ君令二人老一。歳月忽已晩。

翰曰。思レ君謂レ恋レ主也。恐歳月已晩、不レ得レ効二忠於君一。

棄捐勿二復道一。努力加二餐飯一。

さて、現代の注ではこの詩は「遠く旅する夫を思う妻の嘆き」(5)を内容とするとされるが、五臣注では、その詩意を「銑曰、此詩意為三忠臣遭二佞人讒譖一、見二放逐一也」と説明している。「忠臣」が「佞人」の「讒譖」のために

「放逐」されたことがその主題である。

「春日のくもり」と関係すると思われる「浮雲蔽二白日一」の句は、李善注や五臣注によれば、この詩の主題と密接に関わる語とみなされる。李善注に、「浮雲之蔽二白日一、以喩三邪佞之毀二忠良一。故遊子之行不三顧返一也。文子曰、日月欲レ明浮雲蓋レ之。陸賈新語曰、邪臣之蔽レ賢、猶三浮雲之障二日月一。古楊柳行曰、讒邪害二公正一、浮雲蔽二白日一。義与レ此同也」とあり、五臣注に、「良曰、白日喩レ君也。浮雲謂二讒佞之臣一也。言佞臣蔽二君之明一、使二忠臣去而不一レ返也」とある。

また、紫式部が日頃親しんだと推測される白居易の白氏文集中に古詩十九首にならって制作された「続古詩十首」があり、その第十首〔〇〇七四〕にこの「浮雲」と「日」の比喩が使われている。[6]

春旦日初出　瞳瞳耀二晨輝一
草木照未レ遠　浮雲已蔽レ之
天地黯以晦　当午如二昏時一
雖レ有二東南風一　力微不レ能レ吹
中園何所レ有　満レ地青青葵
陽光委二雲上一　傾レ心欲二何依一

ここでは、「春」、「葵」という新しい要素が入って来ている。前述のように光源氏の歌に「春日のくもりなき身」とある「春日」は春の朝の太陽と見られるが、或いはこの「春旦日」から来ているとも考えられる。比喩を見ると「(春旦)日」が主君、「浮雲」が邪佞の臣、「葵」が忠臣となろう。

和漢朗詠集蘭部の兼明親王（前中書王、醍醐天皇の第十六皇子）の、

扶桑豈無レ影乎、浮雲掩而乍昏。

叢蘭豈不レ芳乎、秋風吹而先敗。　（二八七）

も「浮雲蔽二白日一」を基本にして構成された対句である。「扶桑」は太陽の出るところであるが、ここは「白日」と同じく太陽の意。「雲」と「蘭」を対にしているのは、文子の「（文子曰）日月欲レ明、浮雲蓋レ之。叢蘭脩発、秋風敗レ之」（芸文類聚、蘭）などによる。(7)

兼明親王は、安和の変で大宰府に左遷された源高明の弟に当たり、変に際しては殿上を止められたが、後に左大臣に至る。貞元二年（九七七）四月に時の関白藤原兼通の策略で親王に復され、中務卿という閑職に追われて嵯峨への隠遁を志した。(8) その時の作が「菟裘賦」（本朝文粋巻一、賦、退隠〈一三〉）で、右に引用した朗詠集所載の句はその一節である。意味は「太陽に光はあるが、浮雲が掩ってたちまちに暗い。叢蘭は芳しく咲いているが、秋風が吹いて真っ先に枯れる」となり、自らを太陽と蘭の花に、兼通を浮雲と秋風に喩えている。(9) 閑職に追いやられ、隠棲しようとする親王の心境は須磨の光源氏の「春日のくもりなき身」に先立つものである。

これらの例に見られる「浮雲」は「邪佞」「讒邪」の臣の喩えとなっているが、「日」「月」の比喩には微妙に違う点があるので、見やすくまとめると次のようになる。

李善注	「白日」	忠良（の臣）		
文子	「日月」			
陸賈新語	「日月」	賢（臣）		
古楊柳行	「白日」	公正（の臣）		
五臣注	「白日」	君		
続古詩	「日」	（君）	「葵」	（忠臣）
菟裘賦	「扶桑」	（忠良、親王自身）		

ここで注意されるのは、文子および陸賈新語では「白日」ではなく「日月」とあることである。「浮雲」が蔽うのは「白日」のみではなく、「月」も蔽われる対象として並列されている。須磨巻で見られた「月」が雲に隠れるという表現および類似の「日」の「くもり」という表現は文子の「日月欲レ明浮雲蓋レ之」という語句から見れば、同じ比喩から出た両様の表現と認めることが出来る。須磨の光源氏が「月」と「日」のくもりを問題としていたのも、その両様の表現ということに他ならない。

また、比喩の内容が李善注等と五臣注等とでは異なっている点も重要である。前者の場合は、「浮雲」「白日（日月）」が各々「邪佞の臣」と「忠臣」を表わしているのに対し、後者は「邪佞の臣」と「君」を表わしている。これは、この比喩の利用については二つの表現が可能であることを示している。例えば、源氏物語の例を見るなら、放逐された「忠臣」の光源氏を月に喩えた第一例や第四例などは、李善注的な比喩を用いているわけであり、「君」にあたる桐壺院を月に喩えた第二、第三例などは五臣注的な比喩の利用と言える。

三

「浮雲」が「月」を蔽うということで思い起こされるのは須磨巻で光源氏が「ただこれ西へ行くなり」と口ずさんだ菅原道真の詩である。全詩は、問答体の二首からなり、菅家後集に収められている。

問秋月　　秋月に問ふ[10]〔五一〇〕

度春度夏只今秋　　春を度り夏を度りて只今の秋
如鏡如環本是鈎　　鏡の如く環の如くして本是れ鈎なり
為問未曾告終始　　為に問ふ、未だ曾つて終始を告げずに

被浮雲掩向西流　浮雲に掩《おほ》はれて西に向かひて流るることを

代月答　月に代りて答ふ〔五一二〕

蓂発桂香半且円　蓂発き桂香しくして半に且た円なり

三千世界一周天　三千世界一周《めぐ》りする天

天廻玄鑑雲将霽　天、玄鑑を廻らして雲将《まさ》に霽《は》れんとす

唯是西行不左遷　唯だ是れ西に行く、左遷ならじ

月よ、或る時は満ち或る時は欠けてその終始を告げず、「浮雲」（邪佞の臣、すなわち左大臣藤原時平）に掩われて西へ流れ去るのは何故か。道真は自らの身を月に喩えながら、雲はいずれ晴れ、この西行も左遷ではないと月に答えさせる。

光源氏が第二首目末尾の句の「唯是西行」を誦したのは、自分は道真と同様都から放逐された境遇にあり、今見る月のように皎潔である点においても道真と同様であるつもりだ、との意を込めたのである。その時、「いづかたの雲路にわれもまよひなむ月の見るらむこともはづかし」と詠んだが、この上の句で「われも」といっているのは道真の第一首「問二秋月一」を意識している。浮雲におおわれて西へ行く月と同様に自分も浮雲（邪佞の臣）のために何処の雲路に迷うのであろうか（どこへ流浪して行くのか）というのがその内容である。

下の句の方は月が自分を見ることが恥ずかしいというのだが、これは道真の第二首における雲が晴れた状態のくもりのない月（皎潔そのものの月）と比較した場合に、現在の自分は雲路に迷う存在でしかなく、自らの潔白を強くは主張しえない、という自信のなさを表現している。上の句、下の句とも直接に道真の詩を意識した作歌と言えよう。

また、前節の第一例の光源氏の歌「ゆきめぐりつひに澄むべき月かげのしばし曇らむ空なながめそ」と道真の二

首を比較すると、下の句の「しばし曇らむ空」というところが道真の第一首に、上の句の「ゆきめぐりつひに澄むべき月かげ」というところが第二首にきれいに対応している。源氏の歌は恋の場面ではあるが、おそらく紫式部は道真の二首に想を得てこの歌を作ったのであろう。

さて、道真の詩は「月」が「浮雲」に「掩」われるという表現をしている。この「月」は、古詩十九首第一首の「白日」とは違い、その李善注に引く文子あるいは陸賈新語の並列された「日月」から「月」だけを取り出した場合に相当する。しかし、この詩については単独の「月」が「浮雲」に蔽われるという表現がある楚辞の宋玉「九弁」（九首のうち五首のみ文選巻三十三に所収）に典拠を求めるのが良いと思う。

宋玉は王逸注の序に「宋玉屈原弟子、閔二惜其師忠而放逐一、故作二九弁一以述二其志一也」とあるように、師の屈原が放逐されたのを哀れんでこの「九弁」を作ったという。

「悲哉秋之為レ気也。蕭瑟兮、草木揺落而変衰」で始まるこの有名な作品には、道真が依拠したと思われる「浮雲」「明月」[11]の比喩を用いた描写がある。王逸注とともに関連する部分を引用する。

何氾濫之浮雲兮　　何ぞ氾濫せる浮雲

（王逸注）浮雲掩翳興二讒佞一也。

猋壅蔽此明月　　猋《へう》として此の明月を壅蔽す

（王逸注）妨二遮忠良一害二仁賢一也。夫浮雲行、則蔽二月之光一。讒佞進、則忠良壅也。

ここでの「浮雲」は「讒佞」の、「明月」は「忠良」「仁賢」すなわち屈原の比喩となっている。「浮雲」と「月」との関係を述べたこの一節は道真詩の典拠足るものであると思う。

さらに、「九弁」を通読すると次に挙げるような類似の比喩が数多く使われていることに気付かされる。文選に載せるものは王逸注と五臣注を、載せないものは王逸注のみを付して列挙する（括弧内の漢数字は楚辞補注の分段数）。

Ⅰ、去白日之昭昭兮　白日の昭昭たるを去り

銑曰、白日喩レ君。言放逐、去レ君。

襲長夜之悠悠　長夜の悠悠たるに襲《よ》る

銑曰、襲ニ長夜一謂因レ受ニ覆蔽一也。悠悠無レ窮也。（二）

Ⅱ、心怵惕而震盪兮　心怵惕《じゅってき》して震盪す

逸曰、思慮沸動若レ湯也。翰曰、怵惕震蕩自驚動也。

何所憂之多方　何ぞ憂ふるところの方《はし》多き

逸曰、内念ニ君父及兄弟一也。翰曰、方猶レ端也。

仰明月而太息兮　明月を仰ぎて太息す

逸曰、上告ニ昊天一愬ニ神霊一也。

歩列星而極明　列星に歩みて明くるに極《いた》る

逸曰、周覧ニ九天一、仰観ニ星宿一、不レ能ニ臥寐一、乃至レ明也。済曰、極至也。（三）

Ⅲ、君之門以九重　君の門以て九重なり

銑曰、雖レ思レ見レ君、而君門深邃不レ可レ至也。

塊独守此無沢兮　塊として独り此無沢を守る

仰浮雲而永歎　浮雲を仰ぎて永歎す

逸曰、不レ蒙ニ恩施一、独枯槁。愬レ天語レ神、我何咎也。（四）

Ⅳ、白日宛晩其将入兮　白日宛晩として其れ将に入らんとす

年時欲レ暮才力衰也。

明月銷鑠而減毀　明月は銷鑠して減毀す

形容減少顔貌虧也。（七）

V、何氾濫之浮雲兮　何ぞ氾濫せる浮雲

浮雲掩翳興二讒佞一也。

猋壅蔽此明月　猋として此の明月を壅蔽す

妨三遮忠良一害二仁賢一也。夫浮雲行、則蔽二月之光一、讒佞進、則忠良壅也。（八）

VI、願皓日之顕行兮　皓日の行ひを顕はさんことを願へど

思三望聖君之聘請一也。日以喩レ君。

雲蒙蒙而蔽之　雲蒙蒙として之を蔽ふ

群小専恣掩二君明一也。（八）

VII、卒壅蔽此浮雲兮　卒に此の浮雲に壅蔽せられて

終為三讒佞所二覆冒一也。

下暗漠而無光　下暗漠として光無し

忠臣喪レ精不レ識レ謀也。（九）

これらの例は「浮雲」と「月」以外の多彩な比喩を含み、源氏物語の表現とも類似して、比較する価値があるように思われるので分析してみよう。

第I例は「白日」を「君」の喩えとした例で、その五臣注は古詩十九首第一首の五臣注と同じ解釈をしている。第II例は「君父及兄弟」を思いつつ「明月」を仰いで「太息」する例。王逸注は上は「昊天」に告げ、「神霊」に

愬《うった》えるという意味にとる。このあたりは、須磨退居に先立って桐壺院の陵を北山に拝した光源氏が院の霊を見、雲隠れる月をそれに見立てて歌を詠んだ状景に似ていると言える。

第Ⅲ例は、主君に会おうと思うけれども「九重」の深きにある「君門」を隔てて会えないことを嘆き、「浮雲」を仰いで「天」「神」に無実を愬えている。須磨の名月の夜に光源氏が回想した藤壺の「九重に霧やへだつる」の歌と並べると、「九重」の語を「君」との隔てに用いた点の一致が注意される。(12)

第Ⅳ例は「白日」と「明月」を並列的に述べてわが身の喩えとした例。日が暮れ、月が欠けることで年歯の衰えを言っている。日月をわが身の喩えとした点で古詩十九首第一首の李善注の解釈、或いは道真詩、そして光源氏の「ゆきめぐり」「いづかたの」「雲近く」の各歌に相当しよう。

第Ⅴ例はすでに述べた。なお、王逸注に「浮雲晻翳」と「掩」字に通ずる「晻」字が用いられていることが目につく。次の第Ⅵ例にも「掩㆓君明㆒」とあるが、これは道真が「被㆓浮雲掩㆒」と用いた字であり、古詩十九首の「行行重行行」詩の本文と注、白居易の続古詩中の「蔽」「蓋」「障」字とは違っている。これらの字はすべて仄声であり、道真としてはいずれを用いても良かった。王逸注の「掩」字を道真が用い、さらに兼明親王が「浮雲掩而乍昏」と襲ったのであろう。

第Ⅵ例は「皓日」(日)を以て君に喩えている点で第Ⅰ例と同じ。「雲」が、「群小」が「専恣」することの喩えとなって、「君明」を蔽うとする。ここに見られる放逐されながらも「君」を慕うという発想は道真もし、光源氏もしたところであるが、もともと楚辞的な発想であったといえる。第ⅤⅥ例は第八段の中にあり、「明月」が「忠臣」、「日」が「君」、「雲」が「讒佞」「群小」の比喩となっている。

第Ⅶ例は「浮雲」に蔽われ尽くされたために、(日月に比すべき)「忠臣」が自失してなすすべのなくなった(光りを失った)さまを描く。

以上の例の中の特に第V例の「浮雲」と「月」に関する表現が道真詩の源泉になったと思われるが、前節で述べた兼明親王の「菟裘賦」にも屈原に関わりのあるところがある。[13]

不レ歠二其醨一、雖レ孤二漁夫之誨一。
不レ容何病、可レ祖二顏子之詞一。
（新撰朗詠集、述懐〔七〇六〕）

尼父之一望也、歎二亀山之蔽一レ魯。
霊均之五顧也、繞二沅湘一而傷レ楚。
（新撰朗詠集、山水〔四五九〕）

この二例はいずれも新撰朗詠集に載せられ、人口に膾炙したと思われる。前者の始め二句は楚辞の屈原「漁父」（文選、巻三十三）による。放逐された屈原に出会った漁夫はなぜここにやって来たのかと問う。屈原の「衆人皆酔、我独醒。是以見レ放」という言葉に対し、漁夫は「衆人皆酔、何不下餔二其糟一而歠中其醨上」と濁った世俗に順応して生きることを勧めるのである。次の二句は史記の孔子世家に見える逸話により、世俗に容れられなくともそれを憂えることはないという顔淵の言葉を祖とすべきであるという。どちらも、世俗に容れられなくとも自らの志しは守るという強い意志が見られる。

第二例の始め二句は、尼父（孔子）の自らの国である魯における季桓子の専横を嘆くさまをいう。次の二句は霊均（屈原）が放逐されて沅水・湘水の間をさまよいつつ、なお祖国の楚を思っていたことをいう。

これらの屈原或いは孔子に関する故事を詠み込んだ兼明親王の意は、自分が如何に世俗（兼通ら）に受け入れられなくとも自らの志しは捨てず、如何に冷たい仕打を受けても国（君）を思う気持ちを捨てることはない、というものであろう。

道真も兼明親王も邪佞の臣によって放逐されてもその志しを捨てず、国（君）を思っていたこと屈原の如くであり、ともにその像を借りて自らの文学を作り上げている。これらは須磨における光源氏の先蹤となる。光源氏にとって邪佞の臣とは、右大臣であり、その娘の弘徽殿大后であり、また、彼らに味方する人々である。それらの「浮雲」は桐壺院、朱雀院の帝、そして光源氏を蔽うこととなる。

四

兼明親王は、嵯峨の小倉山、大堰（井）河畔に山荘を営んでそこに隠棲した。その事跡が松風巻の古注釈に登場する。

光源氏の帰京後、明石の姫君が生まれてから、光源氏は明石上にさかんに上京を勧める。そこで明石の尼君は「昔、母君の御祖父、中務の宮と聞こえけるが領じ給ひける所、大堰川のわたりにありけるを」（松風・一二〇）と、祖父「中務の宮」の大堰河畔の別荘を思い起こす。尼君は明石上と三歳になった姫君を連れて、この祖父ゆかりの大堰河畔の山荘に移り住むことになるが、ここに見える「中務の宮」について、紫明抄は「前中書王、中務卿兼明親王」と注し、「菟裘賦序」の冒頭部を引用している。後の花鳥余情では「醍醐御子中務卿兼明親王山荘大井河畔号二雄蔵殿一也。此親王を明石上の母君の祖父といへり」とはっきりと「宮」を親王に比定し、山荘の名称を「雄蔵《をぐら》殿」と記している。

親王と源氏物語との関連をこの花鳥余情を引きつつ述べられたのは大曾根章介氏であったが、村田年子氏は、明石の入道における隠逸思想、明石の尼君が王家出身者であること、明石上が達筆であること等をあげて、それらの要素は兼明親王の性格から受け継がれたものとされた。[14] さらに、親王がかつて播磨権守であり（公卿輔任）、和漢

兼作集巻七には、

小倉に住みはじめける秋を、月を見て

小倉山隠れなき世の月影に明石の浜を思ひこそやれ

という親王の歌が載せられていることから、親王と明石一族が明石と大堰河畔という共通の土地に居住したことに注目されている。

大堰河畔の山荘に移り住んだ明石の尼君の歌、「身をかへてひとり帰れる山里に聞きしに似たる松風ぞ吹く」（松風・一二九）が「松風」という巻名の由来として認められるが、この大堰河畔の景色から明石を連想することについては、親王の歌に先蹤があると見られる。紫式部は親王のことを念頭に置きながら明石から大堰河畔にいたる構想を作り上げたのであろう。

その松風巻で、光源氏は明石上を大堰の山荘に尋ねたあと桂の院に立ち寄って遊宴するが、その時の歌は、地名の「桂」にちなみつつ、やはり「月」を主題としたものである。

〔光源氏〕

めぐり来て手に取るばかりさやけきや淡路の島のあはと見し月

頭の中将、

浮雲にしばしまがひし月影のすみはつるよぞのどけかるべき

左大弁、すこしおとなびて、故院の御時にも、むつましうつかうまつりなれし人なりけり。

雲の上のすみかを捨てて夜半の月いづれの谷にかげ隠しけむ

（松風・一四一）

光源氏の「めぐり来て」歌は、かつて「あはと見」た（ぼんやりと淡く見た）明石の月を今では都近くではっきりと見られるという。明石の月は薄雲にでも蔽われていたという詠みぶりである。

頭の中将の「浮雲に」の歌は、はっきりと「浮雲」と「月」の比喩を用いながら須磨明石での光源氏を表現する。この歌は、須磨巻で道真詩を朗詠しつつ詠んだ「いづかたの雲路にわれもまよひなむ月の見るらむこともはづかし」(第二節第四例)という光源氏の歌に、「その雲も今は晴れております」と応えているわけである。

左大弁の歌も須磨巻で光源氏が亡き桐壺院を月に喩えた歌「亡きかげやいかが見るらむよそへつつながむる月も雲隠れぬる」(第二節第二例)に応えるものであり、三首はいずれも雲隠れる月に関連している。

はじめの二首は道真の「問㆓秋月㆒」「代㆑月答」両詩を意識していることは明らかであり、特に頭の中将の歌は直接に「浮雲」に蔽われ、そして雲が霽れた「月」を描いている。

道真においては詩の表現だけにとどまり、実現し得なかった曇りのない(罪がはれた)月が、この桂の院において澄んだ光をなげかけたのである。

また、これらの歌は大堰川(桂川)の月を見ながら須磨明石の月を思い出すという点で兼明親王の歌「小倉山隠れなき[15]世の月影に明石の浜を思ひこそやれ」と異なるものではない。しかも左大臣から中務卿に左遷され、大堰河畔の山荘に隠退することを宣言した親王の「菟裘賦」の中に、「浮雲」に蔽われ暗くなるという「扶桑豈無㆑影乎、浮雲掩而乍昏」の句があることを考慮するならば、須磨明石から大井河畔に至る光源氏の姿には兼明親王の像が投影されていると考えて良いのではあるまいか。

五

屈原、道真、兼明親王という「浮雲」に蔽われた人々の延長上に光源氏は造型されている。

こうした結論を出した上で第三節の第Ⅶ例を眺めるならば、さらに次のことが言えると思う。すなわち、「九弁」では「浮雲」のために「光」の「無」い状況が生じたが、須磨巻も同様の光の無い状況を描こうという基本的な意図をもって書かれているのである。「日月」にも比すべき「光の君」、「光源氏」と呼ばれる物語の主人公の「光」が「浮雲」（邪佞の臣）によって蔽われるというのがその基本的な構図なのである。長編の物語が持つ「光」の構想の中で、その「光」が蔽われる時節を書き入れる。それが須磨巻の持つ意味なのである。ならば、須磨巻巻末に置かれた、

にはかに風吹き出でて、空もかきくれぬ。（須磨・二五五）

で始まる嵐の場面は、巻全体の構図の末尾としてふさわしい場面といえるであろう。

さらに、続く明石巻の意味にもそれは関わってこよう。須磨、明石という地名の対比でこの二巻は構成されていると考えられているが、「明石」には、暗い須磨巻に続く「明し《あか》」の意味もあると思える。それがはっきりするのは実に若菜上巻での明石の入道の遺書の中である。入道は孫娘の明石の女御が将来即位するはずの若宮を生んだことを知って、初めて明石上が生まれた時に見た夢のことを語り出し、そのことを歌に詠む。

みづから須弥の山を、右の手に捧げたり。山の左右より、月日の光さやかにさし出でて世を照らす。みづからは山の下の蔭に隠れて、その光にあたらず。

（中略）

光いでむ暁近くなりにけり今ぞ見し世の夢語りする（若菜上・一〇二）

この「月」は中宮としての明石の姫君、「日」は即位する若宮を意味するが、その光は夢の中とは言え、すでに

「明石」の地においてさしていたのである。そして光源氏にとってもこの二人の存在が彼の人生の中で一度は蔽われた「光」を保証するものであった。その淵源は明石の地での明石上との結婚にあったことはいうまでもない。その結婚の御膳立てをしたのは、「月日の光」の夢をひたすら信じ続けて来た桐壺更衣の縁者である明石の入道であった。

須磨巻から明石巻への展開はこうした「光」の明暗をめぐる長編的意図の中でなされている。紫式部が少女時代に詠んだ「めぐりあひて見しやそれとも分かぬまに雲隠れにし夜はの月かな」（紫式部集〈一〉）の歌に見られる「月」の「雲隠れ」という主題は、須磨巻において最高の造型をなしえたといえよう。

注

（1）拙稿「引詩」（別冊『国文学』三十六『源氏物語事典』「表現・発想事典」平成元年五月）参照。
（2）この「雲の上の月」を朱雀院の帝を指すという説もあるが採らない。
（3）ただし文選諸本は「依」字であるが、玉台新詠集巻一（枚乗、雑詩九首〈其四〉）では「晰」字となっている。
（4）「白日」について清水茂氏は、「白」にはあまり意味は無く、単に太陽の意であるとする。同氏「『白日』の解釈」（『吉川博士退休記念中国文学論集』所収、昭和四十三年。後に『中国詩文論叢』に再録）参照。
（5）松枝茂夫氏編『中国名詩選』上、二五四頁（岩波文庫）。
（6）那波本白氏文集巻二による。白居易が古詩十九首の諷諭詩としての側面を重んじたことは、この連作の存在とともに、その代表作である新楽府五十首の序〈〇一二四〉に「首句標二其目一、古十九首之例也」（神田本白氏文集）とあることにより明らかである。
（7）「初学記」（蘭）にも、「文子曰、日月欲レ明、浮雲蓋レ之。叢蘭欲レ発、秋風敗レ之」とある。「文子」は別名通玄真経。その巻六「上徳篇」に「日月欲レ明、濁雲蓋レ之。河水欲レ清、沙土穢レ之。叢蘭欲レ脩、秋風敗レ之。人性欲レ之、嗜欲害レ之。蒙レ塵而欲レ无レ昧、不レ可レ得レ潔」（叢書集成本）とあり「浮雲」が「濁雲」となっている。また、淮南子説林訓にも「日月欲レ明、而浮雲蓋レ之。蘭芝欲レ脩、而秋風敗レ之」とある。なお、この「蘭」の比喩に関しては泉紀子氏「『新撰万葉集』における「和と漢」―在原棟梁歌「秋風に綻びぬらし藤袴」を手掛りに―」（『中古文学と漢文学I』和漢比較文学叢書三、昭和六十一年）、「「新撰万葉集」の「和」と「漢」―暁露鹿鳴花始発―」（『百舌鳥国文』六号、昭和六十一年十月）参照。

（8）大曾根章介氏「兼明親王の生涯と文学」（『国語と国文学』三十九巻一・二号、昭和三十七年一・二月。『大曾根章介 日本漢文学論集』第二巻所収）、村田年子氏「兼明親王の作品研究」（『平安文学研究』三十五輯、昭和四十年十一月）、今浜通隆氏「『兼明親王』論」（『岡一男博士頌寿記念論集・平安文学研究・作家と作品』所収、昭和四十六年。後に『儒教と「言語」観』に再録）参照。

（9）「扶桑」を、親王自身の喩えとするか、天皇の喩えとするかで説が別れる。平安末の釈信救の和漢朗詠集私注においてすでに、「文選曰、浮雲蔽二白日一、注曰、浮雲之蔽レ日以喩三邪佞之毀二忠良一。或説曰、以レ日喩二帝王一」と両説を挙げた上で、結局、「言、以二浮雲秋風一喩二讒佞之臣一、以二扶桑一喩レ君、以二叢蘭一喩二忠良之人一」と帝王（天皇）説に従っている。近代の注釈では、金子元臣・江見清風著『和漢朗詠集新釈』が帝王説、柿村重松著『和漢朗詠集考証』が忠良（兼明親王）説である。ここでは考証に従う。

（10）人と擬人化された景物とによる問答体の形式は、白居易の「問レ鶴」〔三一五七〕、「代レ鶴答」〔三一五八〕、或は「代レ春贈」〔〇九一五〕、「答レ春」〔〇九一六〕などによる。

（11）この句を含む一段は文選に載せない。引用は楚辞補注による。

（12）やはり「九重」の語を持つものでこれに近いのは、白居易新楽府の「采詩官」〔〇一七四〕である。「君之堂兮千里遠、君之門兮九重閉。君耳唯聞二堂上言一、君眼不レ見二門前事一。貪吏害レ民無レ所レ忌、奸臣蔽レ君無レ所レ畏」と、「日月」の比喩こそないが、同じ発想であり、楚辞の表現によったと思われる。藤壺の歌もこの詩を意識していよう

（13）大曾根章介氏「菟裘賦と鵩鳥賦との比較考察―兼明親王の文学―」（『国語と国文学』三十四巻六号、昭和三十二年六月。『大曾根章介 日本漢文学論集』第二巻所収）、及び注8の村田氏論文参照。

（14）注8の大曾根・村田両氏論文参照。

(15)「隠れなき世」とは、商山四皓のような隠者も隠れ住むことなく立ち出て来るような聖代をいう。扶桑集巻七隠逸部に「無レ隠」の部がある。頭の中将歌の「世ぞのどけかるべき」と同想なので、この点、頭の中将歌は親王歌に依ったのかもしれない。

Ⅳ　五節の舞の起源譚と源氏物語
――をとめごが袖ふる山――

一

源氏物語少女巻に五節の舞の舞姫が登場する。五節の舞は、陰暦十一月の中の丑寅卯辰の四日にわたる、新嘗祭を含む一連の行事の中で行なわれる。[1] 丑の日は帳台試、寅の日は御前試、卯の日は童女御覧と新嘗祭、辰の日の夜は豊明節会《とよのあかりのせちえ》があり、そこで五節の舞が四人で舞われる。大嘗祭の時は、卯辰巳午の日となり、午の日の夜の豊明節会で舞われるが、人数は五人に増える。少女巻の場合は新嘗祭で、光源氏の腹心の惟光の娘が舞姫の一人に任命され、その姿をたまたま目にした夕霧が恋心を抱いて歌を詠みかける。

　　あめにます豊岡姫の宮人もわが心ざすしめを忘るな

みづがきの、とのたまふぞ、うちつけなりける。（少女・二）

夕霧の歌は舞姫を天界の宮女に見立てている。夕霧は内大臣の娘の雲居の雁との関係がうまく行かず、鬱々とした気持ちのはけ口を求めていた。「みづがきの」[2] は、早く伊行釈が拾遺集の柿本人麿歌「をとめごが袖ふる山のみづがきの久しき世より思ひそめてき」〔一二一〇〕を引歌として指摘する。あなたを随分昔から思って来ました、と歌の後に付け加えたのである。

五節の舞姫参内の丑の日に、光源氏も若い舞姫の姿を見て、
　昔御目とまり給ひしをとめの姿をおぼし出づ。
（少女・二五九）

と、かつて目をとめた筑紫の五節の君の美しかった姿を思い出した。「をとめの姿」は、古今集の遍昭の歌、「天つ風雲の通ひ路吹きとぢよをとめの姿しばしとどめむ」（巻十七、雑上、五節の舞姫を見て詠める、良岑宗貞（八七二））に基づく。その時光源氏が五節の君へ贈った歌は、「をとめの姿」を承けて「をとめご」(3)と詠み出している。

　をとめごも神さびぬらし天《あま》つ袖ふるき世の友よはひ経ぬれば

光源氏のこの歌について、花鳥余情は「あまつ袖ふるきは人丸歌のをとめ子が袖ふる山のみづがきをふるきよにとりなしたる也」と右に引いた拾遺集の人麿歌の引用を指摘する。

その後、夕霧は舞姫姿の惟光の娘が忘れられず、彼女に歌を贈る。

　ひかげにもしるかりけめやをとめごが天《あま》の羽袖にかけし心は
（少女・二六二）

光源氏が思い出した「をとめの姿」の「をとめ」と、光源氏と夕霧の歌の中の「をとめご」の語がともに五節の舞姫を意味し、巻名「をとめ」の由来となっている。このあと少女巻は、夕霧が進士に及第し、六条院が完成するという展開になる。物語の長編的構想から言えば、光源氏の栄華が六条院構想によって形を与えられ、次の世代の成長が同時に語られているということになる。「をとめ」或いは「をとめご」は、光源氏にとっては青春の回想を表わし、夕霧には成長と新たな出会いを表わすという象徴的な語であり、巻名の「をとめ」にもそうした意味合いが込められていよう。

この「をとめ」について、能因歌枕に「をとめとは、まひする女を云」、「天人をば、をとめといふ」とあって、

舞姫の呼称であるとともに「天人」（天女・神女）をそう呼ぶこともある。遍昭歌の「をとめの姿」も「雲の通ひ路」を行き来する神女の姿であり、光源氏、夕霧の各々の歌で「をとめご」の衣の袖を「天つ袖」、「天の羽袖」と詠み入れていることからも、「をとめご」は神女を表わしていることが分かる。そもそも夕霧が惟光の娘に詠み掛けた歌の「豊岡姫の宮人」も天界の神女であった。

本章では、神女の意を持つ「をとめ」、「をとめご」の語の背景にある五節の舞の起源譚についてまず考察し、少女巻で引かれている拾遺集の人麿歌「をとめごが袖ふる山のみづがきの久しき世より思ひそめてき」を中心に据えつつ、その起源譚の伝承の流れの中に源氏物語を位置づけたい。

二

遍昭歌のように五節の舞姫を「神女」として詠むについては、吉野山を背景とし、天武天皇が登場する五節の舞の起源譚と関わりがあるとされる。その起源譚は河海抄（乙通女）に、逸書の本朝月令を引いて次のように記す。同じ記事は政事要略（巻二十七、十一月三、辰日節会事）にも引書名を記さずに引かれるので括弧内に校異を記す。(4)

本朝月令曰、五節舞者、浄御原天皇之所レ制也。相伝曰、天皇御二吉野宮一、日暮弾レ琴有レ興。俄爾之間、前岫之下、雲気忽起。疑如二高唐神女一、髣髴応レ曲而舞。独入二天矚一、他人不（無）レ見。挙レ袖五変、故謂二之五節一。其歌曰、

乎度綿度茂《ヲトメドモ》、邕度綿左備須毛《ヲトメサビスモ》（茂）、可良多万乎《カラタマヲ》、多茂度迩麻岐底《タモトニマキテ》、乎度綿左備須茂《ヲトメサビスモ》。

天武天皇の吉野の宮行幸の折、天皇の弾く琴の音に引かれて前方の嶺（前岫）のもとより雲が起ち、「高唐の神女」の如くの神女が天降った、神女は琴の曲に合わせて舞を舞い、天皇だけがそれを御覧になった、五回にわたっ

て袖を挙げたので、その舞を「五節」と称する、その時の神女の歌は、「をとめども、をとめさびすも、唐玉を、袂にまきて、をとめさびすも」であった、という内容である。以下、この五節の舞の起源譚を吉野山神女説話と呼ぶことにする。

本朝月令は、明法家の惟宗公方撰で十世紀初頭の延喜頃の成立とされる。政事要略は、公方の孫と言われる惟宗允亮撰で長保四年（一〇〇二）の成立とされるので、吉野山神女説話については、前者の記事を後者が踏襲したと考えられる。降って、江談抄、袋草紙、十訓抄、平家物語、源平盛衰記、一条兼良の代始和抄等[5]にこの説話が変化したものが見られるが、右の引用本文を説話の基本とする。

説話中の「其歌曰」とあるところは、誰がいつその歌を詠んだかが不分明である。江談抄や袋草紙は神女の歌とするが、代始和抄は天皇の歌としているし、後述するように契沖も天皇の歌としている。神女自身が「をとめども」と詠むのは不自然であり、「故謂二之五節一」で文章が切れるとすると、「以上のような由来を持つ五節の舞を舞う時の歌は」の意になると思われる。後述するように「をとめども」の歌は舞に伴って歌われたことが琴歌譜によって証されるからである。一方、五節の舞は天武天皇の作という前提があり、舞は歌を伴っているとすると、説話自体は、歌は舞とともに天皇の作である、と語っていると考えられる。いずれの解釈を採るとしても、歌の中の「をとめ」は神女を見立てていることに違いはない。

この説話の成立時期はいつ頃であろうか。本朝月令所載の文章そのものは延喜の頃に公方が書いたとも考えられるが、吉野山で天武天皇の琴に引かれて神女が舞ったという説話の大筋は、それ以前から伝えられていたであろう。遍昭歌中の「をとめ」の語は説話の歌中の「をとめども」に由来する、と考えるのが自然であるから、遍昭歌の成立が問題となる。遍昭歌は、宮中行事を詠んでいること、作者表記が俗名の良岑宗貞となっていることなどから在俗中に詠まれたとされる。遍昭出家は、嘉承二年（八四九）仁明天皇崩御に際してであり、作歌時期はそれ以前となる。従って、九世紀中頃には歌を含むこの説話があったと推定されるが、五節の舞自体の記録はさらに古く奈良時代に遡る。

契沖の古今余材抄の遍昭歌の注に、続日本紀の天平十五年（七四三）五月癸卯（五日）条の、聖武天皇が皇太子阿倍皇女（後の孝謙、称徳天皇）に五節の舞を舞わせた記事を載せる。

癸卯宴ニ群臣於内裏一。皇太子親儛ニ五節一。右大臣橘宿禰諸兄奉レ詔、奏ニ太上天皇一曰、天皇大命爾坐西奏賜久、挂母畏岐飛鳥浄御原宮爾大八洲所レ知志聖乃天皇命、天下乎治賜比平賜比弖所レ思坐久、上下乎斉倍和気弖、无レ動久静加爾令レ有爾八、礼等楽等二都並弖志、平久長久可レ有等、随レ神母所レ思坐弖、此乃舞乎始賜比造賜比伎等聞食弖、与ニ天地一共爾絶事無久、弥継爾受賜波利行牟物等之弖、皇太子斯王爾学志頂令レ荷弖、我皇天皇大前爾、貢事乎奏。

右記事中に見える元正太上天皇に奉られた詔には、天武天皇は、上下を整え和らげるために「礼」と「楽」とを用いる必要を認め、五節の舞は、そのために天皇が作られたとある。(6) 契沖はこの記事を河海抄所引の本期月令の記事と比較して、次のように論じている。

いま続日本紀と河海抄に本朝月令を引るを引合ておもふに、続日本紀は、ただ天武天皇上下をとゝのへやはらげんためにつくらせたまひて、吉野にて天女の舞けるよりおこれるよし見えず。これ正説なるべし。孝謙天皇いまだ皇太子にして五月にみづからまはせ給へば、その比まではさだまれる事なかりけるか。

この詔には吉野の天女の説話は見えない、天武天皇が上下を和らげるためにお作りになったというのが正しい五節の舞の起源ではないか、五月に皇太子が舞っているのは、その頃まで（新嘗祭、大嘗祭の儀式として）定まっていないのではないか、と言っている。(7)

続日本紀には五節の舞の記事は、右に挙げた聖武天皇の天平十五年五月五日以外に、同十四年（七四二）正月十六日、孝謙天皇の天平勝宝元年（七四九）十二月二十五日、同四年四月九日の四条が見え、類聚国史（巻七十七）

の「五節儛」の項にもこの四条のみを載せる。いずれも十一月ではないので、契沖が言う通り舞の場が新嘗祭や大嘗祭に固定していたわけではないことが分かる。

その四条の中で、天平十四年と天平勝宝元年の記事では、「五節田儛」と表記されている。林屋辰三郎氏はこれを「五節の田儛」と解されて、この舞が本来田舞であったと説かれ、(8)現在それが定説となっている。「田」字を含む舞が吉野山神女説話を背景に持つとは考えにくいので、この説が正しければ孝謙天皇の頃までこの説話はなかったと言えよう。しかし最近、服藤早苗氏が林屋説が成り立たないことを証され、この部分も「五節」と「田儛」の二つの舞であると論じておられる。(9)続日本紀の四例はいずれも「五節儛」ではなく、「五節」と記されているし、本朝月令にもはじめは「五節舞」とあるが、名称の由来を説くところでは、「故謂二之五節一」とあって、単に「五節」である。続日本紀の「五節田儛」も林屋氏以前の読みがそうであったように二つの舞が並列されていると読む方が良い。論の詳細は服藤論文に譲るが、ここでは服藤説を妥当なものと認め、五節の舞は田舞と直接の関わりを持たないものとする。

改めて説話と詔とを比べると、五節の舞が天武天皇によって作られたという点では同じであり、天平十五年は天武天皇元年（六七二）からは七十年ほど後なのであるから、説話が生じていたとしてもおかしくはない。詔は単に説話に触れなかっただけとも考えられよう。しかも、詔に続く記事には、「因御製歌曰」として「蘇良美都《そらみつ》、夜麻《やま》止乃久爾波《とのくには》、可未可良斯《かみからし》、多布度久安流羅之《たふとくあるらし》、許能末比美例波《このまひみれば》」と元正太上天皇の作を載せる。(10)この舞を見た感想として、「神柄し」と詠んでいるのはこの舞が神々しく感じられたためであり、吉野山神女説話と矛盾しない。この説話の枠組みが天平の頃にすでに存在していた可能性がある。

平安朝に入って五節の舞を舞う時期が定まる。日本後紀によれば、大嘗祭での五節の舞の初見は平城天皇の大同三年（八〇八）十一月辛卯（十四日）であり、新嘗祭での初見は嵯峨天皇の弘仁五年（八一四）十一月壬辰（二十日）

である。国家の最重要行事とも言える新嘗祭、大嘗祭の後に舞われるようになったのは、上下を整え和らげるために永く続けよという天武天皇の遺志が尊重された結果とも考えられる。

河海抄、古今余材抄は、五節の舞の関係記事として、さらに延喜十四年（九一四）四月二十八日に書かれた三善清行の「意見封事十二箇条」（本朝文粋、巻二〔六七〕）の「請レ減ニ五節妓員一事」を挙げる。その中に「伏案ニ故実一弘仁承和二代、尤好ニ内寵一。故遍令ニ諸家択ニ進此妓一」とあって、嵯峨、仁明朝の二代に盛んに舞姫が貢進されたことが知られる。この頃には、五節の舞が十一月の豊明節会で舞われるようになっていたのである。

説話中の歌の由来はどうであろうか。大歌所で実際に用いられた和琴の譜と言われる琴歌譜は、やはり嵯峨天皇の弘仁頃の成立とされるが、「短埴安振《みじかはにやすぶり》」として、次の歌を載せる。

乎止米止毛《をとめども》、乎止女佐比須止《をとめさびすと》、可良多万乎《からたまを》、多毛止尓万伎弖《たもとにまきて》、乎止女佐比須毛《をとめさびすも》

吉野山神女説話の歌と比べると、第二句が説話では「をとめさびすも」とあるのが、「をとめさびすと」になっている以外は全く同じである。この歌は「十一月節」の歌とされている(11)ので、新嘗祭、大嘗祭の豊明節会で実際に歌われたのであろう。五節の舞と「をとめども」の歌が弘仁の頃には確かに結びついていたようである。

万葉集の山上憶良の作「哀ニ世間難レ住歌」（巻五〔八〇四〕）に、「遠等咩良何《をとめらが》、遠等咩佐備周等《をとめさびすと》、可羅多麻乎《からたまを》、多《た》母等尓麻可志《もとにまかし》」とあるのは説話の歌と似るが、特に「をとめさびすと」の部分が琴歌譜所載歌と一致するので、その成立の前後が問題となる。契沖の万葉代匠記を見ると、初稿本では吉野山神女説話を挙げた上で、説話の歌を天武天皇の作とし、それを憶良が利用したと説いているが、精撰本では憶良の作の第二句目を繰り返して説話の歌として伝えたというように説を変えている。沢瀉久孝氏『万葉集注釈』では、伝誦された説話の歌を憶良が利用したと論じており、代匠記の初稿本と同じである。琴歌譜所載の琴歌は記紀歌謡と一致する古いものもあり、先行作品を積極的に利用するという憶良の作風も考慮して、ここでは、「をとめども」という古い形を憶良が「をとめらが」

と少し変えて利用したと考え、沢瀉説を採ることにする。そうすると憶良歌は神亀五年（七二八）の日付が入っているから、説話の「をとめども」の歌はそれ以前に存在したことになるし、五節の舞と結びついていた可能性もある。もっとも憶良は普通の女性を対象として「をとめらが」と言っているので、五節の舞と結びついていたとしても神女ではなく舞姫を詠んだことになる。吉野山は古来神仙譚と結びつけられた土地であるが、特に懐風藻に載せる八世紀初頭頃の藤原史（不比等、七二〇年没）の作「遊二吉野一二首」（三一）（三二）等に吉野山における神仙譚の流行を見ることができるので、説話の成立もそのあたりと考えるのが良いのかも知れない。

清行の「意見封事」には、「重案二旧記一、昔者神女来舞」ともあって、「神女」が舞ったという記述を含む「旧記」を勘案したことが分かる。「旧記」は本朝月令が基づいたものと同じであろうか。清行のこの文章は、本朝月令成立とほぼ同時代であり、十世紀初頭の延喜の頃における吉野山神女説話の流布を示している。

以上考察したように、「をとめども」の歌を含む吉野山神女説話の成立は八世紀初頭頃まで遡る可能性があるものの、五節の舞が十一月の豊明節会で舞われるようになったのは平安朝になってからであった。「をとめ」の語は、万葉集では「少女」「官女」を表わすのが普通であるが、遍昭歌では説話を踏まえ「神女」の意味で用いられた。それ以後は、五節の舞姫的な「神女」の意味で用いられる場合が多くなったと考えられる。

寛平五年（八九三）九月二十日の序を持つ新撰万葉集の次の歌は、初句に「神女」の語が見え、五節の舞姫が着ける「日《ひ》蔭《かげ》」と十一月にふさわしい「雪」がともに詠み込まれていることから、五節の舞姫を詠んでいると考えられる。

神女等歟日係之上丹降雪者花之紛丹焉違倍里

（下巻、冬（二〇四））

この歌の初句「神女等歟」は、寛文版本等の訓は「やをとめか」であるが、古今六帖の異伝歌に「をとめごが」

とあるのを考慮すると「をとめらが」と訓む方が良い。全体の訓は次のようになる。

をとめらがひかげの上に降る雪は花の紛ふにいづこたがへり

古今六帖の異伝歌というのは次の歌である。

をとめごがひかげの上に降る雪は花のかざしにいづれたがへり　（草、ひかげ〔三九三一〕）

「ひかげ」は、五節の舞姫や列席する小忌《おみ》が頭に懸ける飾りで、もとは日蔭の葛《かずら》（さるおがせ）であったという。前引の少女巻の夕霧の歌「ひかげにもしるかりけめやをとめごが天の羽袖にかけし心は」にも詠まれているように、「ひかげ」は舞姫の目立つ装飾具であった。なお、この夕霧歌末尾の「心は」は、「日蔭」とともに頭に掛ける装飾具の「心葉」の掛詞となっている。

前述の琴歌譜は、天元四年（九八一）十月二十一日の奥書を持つが、その奥書に「件書希有也」とあって、書写された天元四年には、その内容が「希有」のものと思われていたことが分かる。従って、所載の歌がいつまでも歌われ続けていたという保証はない。ここでは一応、本朝月令成立の頃までは「をとめども」の歌が五節の舞で歌われていたと考えておく。

三

吉野山神女説話は、古事記に先蹤があると言われる。古今余材抄の遍昭歌の注に引用された雄略天皇条の、天皇が吉野川のほとりで美しい童女に出会い、天皇の琴で舞を舞わせ、天皇が歌をお作りになった、という記事がそれである。その時の歌は、「あぐらゐの神のみ手持ち、ひく琴に舞ひするをみな、常世にもがも」という、やはり

「常世」を意識する神仙譚的な趣きを持つものであった。

しかし、吉野山神女説話には、中国の神仙文学の影響も色濃い。天武天皇の琴に感応して天降った神女を、「疑如二高唐神女一」と表現しているのである。この「高唐神女」は、文選（巻十九・情賦）の宋玉作の「高唐賦」及び「神女賦」に登場する巫山の神女を意味する。「高唐賦」の序は、巫山の神女登場の経緯を記す。

昔者楚襄王与二宋玉一游二於雲夢之台一、望二高唐之観一。其上独有二雲気一。崒兮直上、忽兮改レ容。須臾之間変化無レ窮。（後略）

楚の襄王が宋玉と雲夢沢の宮殿に遊んだ時、高唐観を望んだ。その時観上に「雲気」が立ち昇り、窮まりない姿を示した。王があれは何かと尋ねると、宋玉は、あれは「朝雲」というものです、昔先王（懐王）が高唐に遊んだ時、夢に巫山の女と称する女が現れて共寝し、私は巫山の南に朝には「朝雲」となり、夕方には「行雨」となって現れるであろうと語って去った、と答えた。それで、襄王は宋玉にそれを賦に作ってくれと頼んだという。

もう一首の「神女賦」の序には、

楚襄王、与二宋玉一遊二於雲夢之浦一、使三玉賦二高唐之事一。其夜王寝、果夢与二神女一遇。其状甚麗、王異レ之。明日以白レ玉。玉曰、其夢若何。王曰、（後略）

とある。宋玉が懐王の故事を語った夜、襄王の夢に神女が現れたので、その様子を宋玉に語ると、宋玉がそれをまた賦に作ったというのが、この作品制作の由来である。つまり、「高唐賦」の「巫山之女」と「神女賦」の「神女」は同じ神女を指す。この二つの賦を踏まえて「高唐神女」という語句が生まれる。

吉野山神女説話は、「高唐神女」の語句以外にも宋玉の二つの賦に関わるところがある。両賦では神女は夢で懐王及び襄王とのみに逢うのであるが、吉野の神女も天皇の目に見えるだけである。説話に「雲気忽起」とあるのは、「高唐賦序」の「其上独有二雲気一。崒兮直上、忽兮改レ容」を承けているし、「髣髴応レ曲而舞」は、「神女賦」に「目

色髣髴、乍若レ有レ記、見二一婦人状甚奇異一」とある。「髣髴」は神女の形容となる語なのである。(12)

また、文選の同じ巻には洛水の女神を描いた魏の曹植（子建）の「洛神賦」を載せ、女神の様を「髣髴」の語を用いて「髣髴兮若二軽雲之蔽一レ月、飄颻兮若二流風之迴一レ雪」と描く。ここにある「迴雪」の語は神女の表現として有名になり、舞姫についてもよく利用されている。例えば、白居易の新楽府「胡旋女」〔〇一三二〕に、「絃鼓一声双袖挙、迴雪飄颻転蓬舞」とある。(13)前引の新撰万葉集歌「をとめらがひかげの上に降る雪は花の紛ふにいづこたがへり」において、花が散り紛うように降る雪を「神女《をとめ》」に添えて詠むのはこの「迴雪」を背景としていると考えられる。なお、白詩の句中の「双袖挙」が吉野山神女説話中の「挙レ袖」と相似るのは、作品の同質性を感じさせる。

このように、中国の神仙文学を背景に持つことによって、吉野山神女説話は文学として確固とした表現を得たと言える。同時に、そこに含まれる歌「をとめどもをとめさびすも」も疑いなく「神女」の姿として把握されることになる。

吉野山神女説話は宋玉の二作品の影響を受けているが、宋玉の神女が一人であるのに対し、吉野山の方は「をとめども」とあって複数の「をとめ」が想定されるところが異なる。五節の舞は新嘗祭の時は四人、大嘗祭の時は五人だから、五節の舞の起源譚として複数の神女が登場することは当然だが、宋玉の賦を背景に思い描く読者は、地の文では巫山の神女一人を連想し、歌に至って複数の神女を連想するという、屈折した読みをすることになる。

吉野山神女説話は伝承される過程で、説話中の歌の語句が変化している。江談抄、袋草紙、十訓抄の例を挙げよう。

浄御原天皇始二五節一事

又云、清御原天皇之時、五節始レ之。於二吉野川一鼓レ琴、天女下二降於前庭一、詠歌云々。仍以二其例一始レ之。天女歌云、ヲトメゴガ、ヲトメサビスモ、カラタマヲ、ヲトメサビスモ、ソノカラタマヲ

（江談抄、第一、群書類従巻四百八十六）

天人歌、

乙女子がをとめさびすもからたまを乙女さびすもそのからたまを

清御原天皇弾レ琴給之時、神女降て舞歌と云々。

（袋草紙、上巻、日本歌学大系弐）

浄見原天皇吉野川ノ辺ニ御幸シテ、琴ヲ引給時、神女是ニメデテ、アマクダリテ舞ケリ。其曲五カヘリ、是ヲ五節ト名テ、豊ノ明ノ節会トテ、年々タエズ今ニヲコナハル。舞姫ト云ハ彼神女ヲウツセルナリ。舞ケル時ノ歌云、

オトメゴガオトメサビスモカラタマヲ　オトメサビスモソノカラ玉ヲ

オトメハ未通女トカケリ。イマダオサナキ心也。オトメゴガソデフル山ト吉野山ヲ云モ、是ヨリ始ル。

（十訓抄、第十、可レ庶二幾才能芸業一事[14]）

歌のところだけを取り出して本朝月令と比較してみよう。

をとめどもをとめさびすも唐玉を袂にまきてをとめさびすも

（本朝月令）

をとめごがをとめさびすも唐玉ををとめさびすもその唐玉を

（江談抄、袋草紙、十訓抄[15]）

「袂にまきて」以下が後者では異なっていることが目立つが、「をとめども」のところも「をとめごが」と変化している。「ども」が古体で「をとめ」にそぐわなく感じられたのであろうか。その変化の結果、「をとめども」という複数を表わす表現から、「をとめご」という単数も複数も表わす形となった。その変化は、天武天皇の眼前に現

われた神女が一人であるという読みを可能にする。宋玉の賦のように読む読者にとってはそう読む方が自然であるとも言える。そうした方向は、四ないし五人で舞われる実際の五節の舞の場から離れると顕著になるであろう。朝廷の儀式が不充分にしか行なえない吉野での後醍醐天皇を描いた吉野拾遺では、明らかに一人の神女が、天皇の歌に対して歌を詠み返している。

　同じみかど、豊明の節会をせさせ給へるに、あまりにかたばかりなる有様をおぼし歎かせ給ひけるに、袖ふる山のま近く見えわたりければ、

　　袖かへす天つをとめも思ひ出でよ吉野の宮の昔語りを

とうちながめさせ、月ふくるまでおはしましけるに、御夢ともなく、袖ふる山の上より白雲のたなびきて、南殿の御庭の冬枯れし桜の梢にとどまりけるに、それかとばかりおぼしやらせ給へるに、をとめの姿うちしほれたるが、

　　かへしなば雨とや降らむ哀れ知る天つをとめの袖の気色も

と泣く泣く詠じて、雲に隠れけるを御覧じおくらせ給ひて、御心細げにわたらせ給ひし御有様の忘られがたくこそ。

（吉野拾遺、上、群書類従巻四百八十五）

後醍醐天皇の「袖かへす」歌中の「吉野の宮の昔語り」は、吉野山神女説話であるが、その歌に応ずるようにうちしおれた神女が現れる。出現の様子が、「袖ふる山の上より白雲のたなびきて」とあるのは、説話中に「前岫之下、雲気忽起。疑如二高唐神女一」とあったのを反映している。神女の「かへしなば」の返歌中の「雨とや降らむ」は、宋玉の「高唐賦」の「旦為二朝雲一、暮為二行雨一」に基づいている。本来この説話が宋玉の賦に基づいていることを意識した上で用いられた表現と言える。巫山の神女のようにここでは、神女が一人だけになっている。謡曲の

吉野天人は吉野山神女説話の系譜に位置する作品であるが、登場する天人は一人である。やはり謡曲の「吉野静」や「二人静」において、静御前やその霊が吉野で舞を舞うのも同じ系譜上に位置づけられよう(16)。

さらに、この吉野拾遺の説話で特徴的なことは、「袖」を中心に話が展開していることである。場所が吉野の「袖ふる山」の近くになっており、「袖かへす」が「天つをとめ」の形容となっている。神女も天皇の歌を承けて、「袖」を「かへし」たならば「雨」に降るだろうと詠んでいる。もともと吉野山神女説話では「挙レ袖五変、故謂二之五節一」の部分と、歌の「唐玉を袂にまきて」の部分とが「袖」に関わる。「袖」は、舞の名称や神女の舞姿に関わる説話の核とも言えるものである。吉野拾遺はその核をうまく利用して説話を形成している。

吉野拾遺に見える「袖ふる山」は吉野の勝手神社の裏手にあり、現在もその山名と説話を伝えている。勝手神社は「吉野静」で静御前が「しづやしづしづのをだまき」の歌を歌い舞ったとされるところでもある(17)。「袖ふる山」は十訓抄には「オトメゴガソデフル山ト吉野山ヲ云モ、是ヨリ始ル」とあり吉野山の形容であったが、吉野拾遺では吉野山中の特定の山名になっている。

十訓抄が「オトメゴガソデフル山」と言っているのは、本章冒頭の少女巻の引用部にも二箇所に引かれていた拾遺集の柿本人麿歌を指す。もともとは万葉集の歌であり、古今六帖にも載る。万葉歌としての訓みも複数あり、古今六帖等では句が改まっているので、原文及び契沖の訓、類聚古集、古今六帖等の異文を列挙する。

未通女等之袖振山乃水垣之久時従憶寸吾者　（万葉集巻四、柿本朝臣人麿歌(18)（五〇一））

をとめらが袖ふる山のみづがきの久しき時ゆ思ひきわれは

をとめごが袖ふる山のみづがきの久しき世より思ひきわれは　（代匠記、初稿本）

をとめごが袖ふる山のみづがきの久しき世より思ひそめてき

（類聚古集[19]）

（古今六帖、雑思、年へていふ、人麿（二五四九））

（拾遺集巻十九、雑恋、題知らず、柿本人麿（一二一〇））

現代の万葉集の諸注は契沖の訓を踏襲し、「をとめらが袖ふる山」と訓んだ上で「をとめらが袖」までは、「ふる」を導き出す序詞で、「ふる」は「石上《いそのかみ》布留」と呼ばれた現天理市の石上神宮のことであると解釈している。「をとめ」についても神女とは解釈しない。

それに対し、十訓抄で「オトメゴガソデフル山ト吉野山ヲ云モ、是ヨリ始ル」と言っているのは、人麿が五節の舞の起源譚を踏まえて吉野山を詠んだことを前提にしている。吉野拾遺にしても、後醍醐天皇が「昔語り」を思い出し、神女が天降って来る現場が「袖ふる山」の山もととなっているのは、人麿歌を吉野山神女説話と結びつけているからである。いずれも人麿歌の解釈が現代とは異なっている。

また、第一句について言えば、原文の「未通女等之」は「をとめらが」と訓むのが当然のように感じられるが、実際には、古今六帖の「をとめごが」の形が拾遺集でも採用されて広まり、類聚古集の訓も同じである。古今六帖を見ると新撰万葉集の「神女等《をとめら》歟《が》」の歌が「をとめごが」となっているように、「をとめ」を含む歌の大半が「をとめご」の形をとっており、十世紀半ばでは、この形がもっとも普及していた。これは説話中の「をとめども」の歌が江談抄以下で「をとめごが」と変化していたのと同じ形である。説話の歌の場合も十世紀半ば頃には「をとめご」の形で伝承されるようになったと思われる。人麿歌にしても説話中の歌にしても「をとめごが」の形で享受され、一人の「をとめご」をも表わすようになった。源氏物語で、光源氏が筑紫五節の君に対して、「をとめごも神さびぬらし」と呼びかけることができたのは、「をとめども」や「をとめらが」ではなく、神女の表現が「をとめごが」となったという前提があった。

平安後期の藤原清輔の奥義抄も人麿歌に言及している。

問云、彼山（まきもくのあなしの山）に神おはすと、其証あるにや。

答云、古歌云、

をとめごが袖ふる山のみづがきの久しきより思ひそめてき

ふる山、あなし同所也。みづがきとよめるにかしこき神おはしぬときこえぬ。をとめご袖ふるとよめるはをとめは神女也。まふ物なればそでふるとはいふ也。をとめは万葉には未通女とかけり。をさなき女をもちゐればば也。みづがきの久しとよめるは、彼垣は神のまへにある垣なれば、神はふるきものにいませば、かの垣をも久しきことによむなり。

（奥義抄、下釈、日本歌学大系壱）

ここでは「袖ふる山」ではなく、「ふる山」を想定している。そこは穴師と同所で、神が鎮座することの証歌として人麿歌を挙げている。「をとめごが袖」は「ふる山」を導き出すための序詞であるとする点は現代の注釈と一致するが、石上神宮に比定しないところと、「をとめごが袖ふる」を神女が舞う意と解釈しているところが、現代とは相違して十訓抄、吉野拾遺に一致する。「袖ふる」は、八雲御抄（巻三・人事部）の「舞」の項に「そでふる」とあるように、舞姿を意味すると考えられていた。

前節では、吉野山神女説話の成立時期を八世紀初頭頃と考えた。七世紀末の人麿の時代における説話の存在の確証はないが、平安朝に入ってからは事情が変わっている。すでに九世紀中頃には「袖」を核とするその説話が流布しており、その上で十世紀後半以降、古今六帖、拾遺集の形で人麿歌が読まれた。人麿歌は、「をとめご」が「袖ふる」という歌なのであるから、それが「神女」すなわち「をとめご」が「袖」を振るという吉野山神女説話と結びつけられて行くのはごく自然である。「袖ふる山」とあるように、「山」を背景とするところも説話の「前岫下」と一致する。人麿歌が十訓抄、吉野拾遺では、五節の舞の起源譚と密接に関わる歌とみなされているのは、こうした相似の結果と考えられる。

それでは、十訓抄以前はどうであろうか。藤原範兼の五代集歌枕で「袖ふる山」を「吉野山なり」とし、八雲御抄でも「大和袖振　或異名歟、吉野也、一説在二対馬一」とあって「吉野」としているのは十訓抄に近い。しかしそれ以前、すでに源氏物語において「をとめごが袖ふる山」の歌が五節の舞と結びついているところに注目したい。第一節で述べたように惟光の娘へ詠みかけた夕霧の歌の直後に夕霧の言葉としてこの歌が引用されている

〔夕霧〕
あめにます豊岡姫の宮人もわが心ざすしめを忘るな

みづがきの、とのたまふぞ、うちつけなりける。（少女・二五八）

「みづがきの」は、前述のように、人麿の「をとめごが袖ふる山」歌を引き、それが五節の舞と結びつけられている。

さらに、この場面は光源氏が若い舞姫を見る情景へと展開する。

殿参り給ひて御覧ずるに、昔御目とまり給ひしをとめの姿をおぼし出づ。辰の日暮れつ方遣はす。御文のうち思ひやるべし。

〔光源氏〕
をとめごも神さびぬらし天つ袖ふるき世の友よはひ経ぬれば

年月の積りを数へてうちおぼしけるままのあはれを、え忍び給はぬばかりの、をかしうおぼゆるも、はかなし

や。

〔筑紫五節〕

かけて言へば今日のこととぞ思ほゆるひかげの霜の袖にとけしも　（少女・二五九）

手はまだいと若けれど、生ひ先見えて、いとをかしげに、

〔夕霧〕

ひかげにもしるかりけめやをとめごが天の羽袖にかけし心は　（少女・二六二）

右の三首を見ると、「をとめごが袖ふる山」歌が影を落としていることが分かる。光源氏の「をとめごも」歌に対して花鳥余情が人麿歌の引用を指摘することについては前述したが、この指摘は必ずしも継承されず、孟津抄、岷江入楚、首書源氏物語等に引かれるだけである。しかし、「をとめご」「（天つ）袖ふる」は確かに人麿歌を意識している。筑紫の五節の歌においても「袖（にとけしも）」と言い、夕霧の歌でも「をとめご」「（天の羽）袖」と言っているのは人麿歌に関わると見られる。

夕霧の方は、すでに「みづがきの」と歌の一部を惟光の娘に言いかけており、その延長で人麿歌を歌に詠み入れるのは自然であるが、光源氏と夕霧の歌は別個に詠まれているのであるから、光源氏も歌を詠む上で人麿歌を連想していることになる。二人が五節の場面で同じ歌を連想しているのは、この歌が五節の舞と関係づけられていたからと考えられる。すなわち、十訓抄のように「袖ふる山」を吉野山と特定してはいるかどうかは不明であるが、奥義抄のようにこの歌を神女の舞姿を詠んでいると見なした上で使っていると考えられる。「天つ袖」「天の羽袖」と言っているのは、「をとめご」を神女と解釈しているからなのである。

四

源氏物語が書かれた当時の人麿の「をとめごが袖ふる山」歌と関わる例を今一つ挙げる。公任集に、この歌を意識的に踏まえる歌が見える。

冬のはじめつかた、観音偈もとより久しう御読経にめされぬと聞こえたりければ

霜はやみうつろふ色は菊の花をとめの袖もかくこそは見め　〔四五〇〕

かへし

をとめごが袖ふる霜のうちはへてたわまぬ菊の心とを知れ　〔四五一〕

公任は女が「観音偈」を読経しなくなったという理由で歌を贈り、女は「をとめごが袖ふる」と、人麿の歌を引いて答えている。『公任集全釈』[20]は、「観音偈」を法華経の観世音普門品の偈とするが、詞書と歌の内容との関連を指摘していないので、新たに考察したい。

私見では、この贈答歌と関わる観世音普門品の偈の句は、観世音菩薩の功徳を讃えた次の偈の第四句目であると考えられる。

汝聴観音行　汝観音の行を聴け
善応諸方所　善く諸の方所に応ず
弘誓深如海　弘誓の深きこと海の如し

歴劫不思議　劫を歴《ふ》とも思議せじ

右の第四句目「歴劫不思議」は、観音の霊験が「劫」(非常に長い間)を歴てもはかり知れないことを言うが、平家物語(巻一・清水寺炎上)に、「清水寺やけたりける朝、「や(ッ)、観音火坑変成池はいかに」と札を書きて、大門の前にたてたりければ、次の日又、「歴劫不思議力及ばず」と、かへしの札をぞう(ッ)たりける」と、引用しており、古来有名な箇所であったことが分かる。(21)

公任の歌の意は、この句を含む偈を読経しないために観音の霊験を得ることができず、「をとめの袖」の色が早霜で菊の色が移ろったように移ろっているだろう、となる。「菊の花」は本来永遠を表わし、色も移りにくいはずである。この歌は「をとめの袖」について、菊の色のように移ろいにくいものが移ろったように詠んでいる。この「をとめの袖」は、「盤石劫」と「天人五衰」の故事を踏まえていると考えられる。

「盤石劫」とは、「劫」の時間の長さを比喩的に語ったもので、例えば菩薩瓔珞本業経(巻下)によれば、梵天が重さ三銖の衣をもって三年に一度来て方八十里の石を撫でる場合、この石が尽きるまでの時間を中劫と呼ぶ。(22)次の拾遺集(巻五・賀)の二首はその故事を踏まえて、君が代の長さをそうした「劫」以上のものであると詠んでいる。

君が代は天の羽衣まれに来て撫づとも尽きぬ巖ほならなん(23)　(題知らず、読人知らず〔二九九〕)

動きなき巖ほの果ても君ぞ見むをとめの袖の撫で尽くすまで　(賀の屛風に、清原元輔〔三〇〇〕)

三〇〇番の元輔歌では、仏教的な天人を「をとめ」と言い、その軽い衣を「袖」と言っている。表現の上で「天の羽衣」という語句を用いる二九九番歌よりも人麿歌に近くなっていると言えよう。元輔は梨壺の五人の一人で万葉集の訓を付す立場にあった。二九九番歌に見える「盤石劫」の故事を人麿歌的な措辞で詠み替えたのが三〇〇番歌であったのではないか。

この「盤石劫」の故事はさらに源氏物語の澪標巻で使われている。「をとめご」を明石上に、成長する「岩」を明石の姫君に喩えて次のように詠む。

〔光源氏〕
いつしかも袖うちかけむをとめごが世を経て撫づる岩のおひ先
〔明石上〕
ひとりして撫づるは袖のほどなきに覆ふばかりの蔭をしぞ待つ
（澪標・二一）

「袖」と「をとめご」の組み合わせは人麿歌的であり、それを「盤石劫」と共に詠んでいるのは、元輔歌を踏まえているのである。

「天人五衰」は、死が近づいた天人に現われる五つの徴候を言うが、その一つが衣が汚れることである。例えば、法苑珠林（六道篇、諸天会名部）では「五小衰相」と「五大衰相」を列挙し、後者の第一として「衣服先浄今穢」を挙げるが、これは清浄であった天人の衣が死を前にして汚れることを言う。(24)

公任歌の「をとめの袖」が「盤石劫」と「天人五衰」の二つの故事を踏まえているとすると、「劫」の長さをもって岩を撫で続ける天人の衣も、観音の「歴劫不思議」の御利益を被らないので色あせるであろう、との意となる。女の返しの歌の「をとめごが袖（ふる霜）」も、公任歌の「をとめの袖」を天人の衣と解したように、霜と関わる天人の袖とみなすと、霜を司る女神「青女」が背景にあると考えられる。「青女」は、初学記（霜）に、「淮南子云、霜神名二青女一淮南子曰、青女出以二降霜一。高誘注、青女天神、主二霜雪一」とあり、白氏六帖（霜）には、「青女淮南子曰、霜神名二青女一」とある。(25)

わが国でも、新撰万葉集（上巻、冬〔九一〕）に、霜をもたらす女神として「青女」が登場する。(26)

　吾屋戸之菊之垣廬丹置霜之銷還店将逢砥曾思
　（わが宿の菊の垣ほに置く霜の消えかへりても逢はむとぞ思ふ）
　　青女触来菊上霜　　寒風寒気蘂芬芳
　　王孫趁到提㆓樽酒㆒　　終日遊遨陶氏荘

絶句の起句は、「青女」が触れて菊の上に霜が置いた、と解釈できる。(27) この「青女」の故事を踏まえるとすると公任集の女の歌は、（あなたは私が心変わりしたように言うが）青女の袖が触れて生じた霜が一面に置いていても、それに撓むことのない菊のような心を私は持っていることを知って下さい、の意味になる。

以上のように解するならば、公任集の贈答二首に見える「をとめ」「をとめご」は、仏教的な天女及び中国的な神女を意味することになる。女の歌は人麿歌を引いているのだから、人麿歌が神女を詠んでいると解された上で利用された、と考えることができよう。

また、「をとめ」が天人を表わし、天人は長寿だが「五衰」するものであるという連想が一般的ならば、少女巻の光源氏の歌「をとめごも神さびぬらし天つ袖ふるき世の友よはひ経ぬれば」も「天人五衰」を踏まえていると見なせよう。

五

少女巻の五節の舞に関わる表現の中心を「をとめ（ご）」と「袖」に置くとすると、その背景には吉野山神女説話とそれに結びついた人麿の「をとめごが袖ふる山」歌がある。須磨巻についてもその説話が背景にあると考えられるので、その点について述べたい。

須磨巻では、須磨に退いた光源氏が八月十五夜の月を眺める場面の後、娘の五節の君を連れて都に上る大宰の大弐が須磨に立ち寄る場面が展開する。

そのころ、大弐はのぼりける。（中略）まして五節の君は、綱手引き過ぐるもくちをしきに、琴《きん》の声、風につきて遙かに聞こゆるに、所のさま、人の御ほど、ものの音の心細さ取り集め、心ある限りみな泣きにけり。

（須磨・二四一）

〔筑紫五節〕

琴の音にひきとめらるる綱手縄たゆたふ心君知るらめや

すきずきしさも、人なとがめそ。（中略）

〔源氏〕

心ありて引き手の綱のたゆたはばうち過ぎましや須磨の浦波

いさりせむとは思はざりしはや、とあり。

（須磨・二四三）

この場面では、光源氏が琴《きん》の琴を弾き、その響きが風に乗って船の上の五節の君まで届いて、五節の君の心を引きとどめたということになっている。諸注の指摘はないが、琴の音を聞いて心引かれて歌を寄せた女性が他ならぬかつての五節の舞姫であるのだから、吉野山神女説話を踏まえていると見ることができる。

この説話における天武天皇は、「天皇」と書かれているようにすでに即位後であったと考えるのが常識的であろうが、一方で、皇太子の地位を捨てて出家して吉野山に入り、その後壬申の乱に至ったことも事実である。日本書紀（天武即位前紀）にそのことは詳細に記され、万葉集にもその不遇の時期を回想したと読める御製がある。(28)

従って、吉野山における天武天皇（大海人皇子）には、不遇の時代におけるものと、即位後の行幸との二つの像があるのであり、吉野山神女説話の読者は不遇の時代を連想することもあったはずである。光源氏が琴を弾き、五節の君を引きとどめたという須磨巻の場面も、その背景に吉野山神女説話を認めるならば、吉野での不遇の皇子の像を説話から連想し、同じ不遇の皇子の光源氏の姿に重ね合せた、ということになろう。吉野拾遺に見えた、神女と歌を贈答する後醍醐天皇像もその不遇の皇子の系譜を受け継ぐものとして良いであろう。謡曲の「二人静」では、吉野落ちする源義経を大友皇子に追われて吉野を彷徨う天武天皇と同一視している。静御前の霊が降臨し舞を舞うのは神女の役割が当てられているからである。

以上論じて来たように五節の舞の起源譚である吉野山神女説話は、平安朝中期ではよく知られており、「をとめ（ご）」の語も多くの場合、その説話の連想を伴って用いられていた。古今六帖や拾遺集に見える柿本人麿の「をとめごが袖ふる山」歌もその説話とともに五節の舞に関わる歌として享受されたのであり、源氏物語を読む時にはそれを前提にしなければならない。少女巻の「をとめ（ご）」は、吉野に舞い降りた中国的とも言える神女像を基本とするが、仏教の天人の印象もあり、夕霧の「あめにます」歌ではわが国の神々の世界も連想していた。(29)「をとめ（ご）」はこのような複合的な背景を持つ語なのである。

巻名としての「をとめ」は、吉野に天降った「神女」であり、同時にそれを写した五節の舞姫をも意味する。さらに、光源氏と夕霧の各々にとっての「をとめご」である筑紫の五節の君であり、また、惟光の娘ということになろう。そのような三重性を持った言葉として捉えることができよう。

注

（1）五節の舞については、桜井秀氏「舞姫考（一）〜（三）」（『考古学雑誌』二巻六・七・十号、明治四十五年二・三・六月）、同氏「五節の舞姫について」（『国学院雑誌』二十一巻十号、大正四年十月）、同氏「平安朝における舞踏について（上）（中）（下）」（『史林』六巻四号、七巻一・二号、大正十年十月、十一年一・二月）、中村義雄氏「五節の舞姫雑考―五節関係文献資料抄―」（『日本文学研究』十二号、大東文化大学、昭和四十八年一月）、山中裕氏「平安の年中行事（7）新嘗祭・五節・豊明節会」（『日本古典文学会々報』九十六号、昭和五十八年四月）、松井健児氏「幻巻の十一月―光源氏と五節舞姫―」（『国語と国文学』六十五巻一号、昭和六十三年一月）、三橋健氏「五節舞起源伝説考」（『国学院雑誌』九十一巻七号、平成二年七月）等を参照した。

（2）諸本に「みづがきの」とあるところ大島本には、「をとめごが袖ふる山のみづがきの」とある。玉上琢弥氏『源氏物語評釈』は注の文がまぎれこんだとする。

（3）「をとめご」は、日葡辞書を根拠に「をとめこ」と清音で読むことも多いが、ここでは慣用の「をとめご」を用いた。

（4）河海抄の引用は天理図書館善本叢書所収伝兼良筆本により、政事要略の引用は新訂増補国史大系によった。なお、異本紫明抄（ノートルダム清心女子大本）も引書名を記さずに「西円」の注としてこの記事を引くが、歌の部分は記さない。この本朝月令の逸文は江家次第（十）、年中行事秘抄、師光年中行事、師遠年中行事にも引かれるが、字句に小異があるものの、みな同じものと認められる。『新訂増補 国書逸文』（平成七年二月）一一六頁・六一七頁参照。

（5）江談抄、十訓抄については後述。平家物語は「五節の沙汰」（巻五）に、源平盛衰記は「五節の夜の闇打、付五節始の事、并周の成王臣下の事」（以巻第一）に見える。

（6）政治的に見れば、皇太子阿倍皇女の女性としての不利な立場を補うために父親の聖武天皇と右大臣橘諸兄が、五節の舞を利用して天武天皇の血筋を強調したことになる。北山茂夫氏『日本古代政治史の研究』（昭和三十四年）二七四頁参照。

（7）本居宣長の続紀歴朝詔詞解（第九詔）はこの説を踏襲する。

（8）林屋辰三郎氏『中世芸能史の研究』（昭和三十五年）一五七・一六一頁参照。

（9）服藤早苗氏「五節舞姫の成立と変容―王権と性をめぐって―」（『歴史学研究』平成七年一月）、及び同氏『平安朝の女と男』（中公新書、平成七年）。服藤氏が引用する斯波辰夫氏「倭舞について」（直木孝次郎先生古稀記念会編『古代史論集　下』平成元年）も参照のこと。なお、服藤氏の論文については、後藤昭雄氏の御教示を得た。

（10）聖武天皇の御製と見る説もある。

（11）藤田徳太郎氏「琴歌譜、及び気比、北御門の神楽歌」（『古代歌謡乃研究』昭和九年）参照。

（12）「髣髴」については、拙稿「夕顔の誕生と漢詩文―「花の顔」をめぐって―」（『源氏物語の探究　第十輯』昭和六十年。新間『源氏物語と白居易の文学』所収）参照。

（13）「迴雪」の例として他に、白居易「霓裳羽衣歌。和微之」〔二二〇二〕に「飄然転旋迴雪軽、嫣然縦送游龍驚」とあり、やはり舞姫を神女に見立てている。

（14）十訓抄の引用は泉基博氏編『十訓鈔〔片仮名本〕』（古典文庫）に翻刻されている書陵部本によった。ただし、表記は一部改めている。なお、「アマクダリテ」とあるところは、書陵部本に「アマタクリテ」とあるのを、古典文庫の校異に引かれている吉田幸一氏蔵本によって改めた。

（15）元禄六年版等の流布本の十訓抄は第四句以下が「たもとに巻きて乙女さびすも」とあり、本朝月令に一致するので、改訂されたものと思われる。なお、岩波文庫（昭和十七年九月）の底本である東京大学国文学研究室本は書陵部本に一致する。

（16）「二人静」の場合は、静御前一人とも言えるが、題にもある通り、実際に舞うのは彼女の霊が憑いた勝手神社の女と霊との二人である。これは吉野山神女説話における神女の複数性の反映であるとも解釈できる。

（17）義経記では、吉野の蔵王権現の御前で「ありのすさみの憎きだに」と歌ったとし（巻五）、「しづやしづ」と歌ったのは鎌倉鶴岡八幡宮とする（巻六）。

（18）万葉集（巻十一、柿本朝臣人麿歌集〔二四一五〕）に、「処女等乎袖振山水垣乃久時由念来吾等者」という異伝歌が見える。

（19）万葉集抄の訓も同じ。『金沢文庫本万葉集巻十八　中世万葉学』（冷泉家時雨亭叢書、平成六年）の影印本による。

（20）伊井春樹・津本信博・新藤協三三氏著『公任集全釈』（平成元年）。

（21）「観音火坑変成池」は、偈の後段に「仮使興害意、推落大火坑、念彼観音力、火坑変成池」（仮使害の意を興して、大なる火坑に推し落さんに、彼の観音の力を念ぜば、火坑変じて池と成らん）とあるところを引く。観音の力をもってすれば清水寺が燃えるはずがないのになぜ焼けた、の意味で札を立てた。

（22）菩薩瓔珞本業経は『大正新脩大蔵経』（巻二四、律部三）所収。なお、大智度論にも「盤石劫」の比喩が見える。

（23）奥義抄（中釈）に、この歌の説明として「経云、方四十里の石を三年に一度梵天よりくだりて、三銖の衣にて撫に、尽を為二一劫一。うすくかろき衣なり。このこころをよめるなり」とあり、菩薩瓔珞本業経の「中劫」の説明に近い。

（24）慶滋保胤「為二一品長公主四十九日一願文」（本朝文粋、巻十四〈四一九〉）に、「夫以二人中之尊一、猶現二四枯相一。天上之楽、終為二五衰之悲一」とあり、柿村重松著『本朝文粋註釈』で法苑珠林を引く。他は、「華冠先盛今萎」「両腋忽然流レ汗」「身体欻生二臭気一」「不レ楽レ安二住本座一」の四条。「五衰」の内容は諸経によって異なり、岩本裕氏『日本仏教語辞典』（五衰）が一覧表を掲げる。用例としては、和漢朗詠集（無常〈七九三〉）に、「生者必滅、釈尊未レ免二栴檀之煙一。楽尽哀来、天人猶逢二五衰之日一」（大江朝綱「為二中務卿親王家室四十九日一願文」本朝文粋、巻十四〈四二三〉）とあるのが有名。

（25）通行の淮南子（天文訓、小字は高誘注）には、「至二秋三月一季秋之月、地気不レ蔵、乃収二其殺一、百虫蟄伏、静居閉レ戸殺レ気、青女乃出、以降二霜雪一青女天神、青霄玉女主二霜雪一也」とあって霜と雪の女神であるが、もっぱら霜の女神とされている。

（26）和漢朗詠集（霜〈三六九〉）の題及び作者注記に「青女司レ霜、紀」とあり、紀長谷雄の作が見える。これは私注には「紀納言、青女司レ霜賦」とあって、賦の題である。新撰朗詠集（霜〈三四六〉）にも「青女司レ霜賦、紀」とあり、私注と同題が見えるので同じ作品から摘句したと思われる。

（27）「青女」と「菊」が関連するのは、霜が本来季秋の九月のものであるから、重陽節の菊と結びつけられやすい、という背景がある。その例として、初唐杜審言「九日宴二江陰一」に「降レ霜青女月、送レ酒白衣人」とあり、晩唐羅隠

「菊」に「千載白衣酒、一生青女霜」がある。「白衣」は芸文類聚（九月九日）、初学記（同）に見える王弘が陶淵明のもとに白衣の使者に酒を持って行かせた故事を意味する。小島憲之氏『古今集以前』（昭和五十一年）二七三頁参照。

（28）万葉集巻一の二五・二六番。なお、宇治拾遺物語には、「清見原天皇と大友皇子と合戦の事」（第百八十六話）があり、天武天皇が吉野に隠れたことに触れる。

（29）五節の舞とわが国の神々の世界との関わりについては、第V章に詳述した。

V　五節の舞の神事性と源氏物語
——少女巻を中心に——

一

源氏物語の少女巻には五節の舞姫をめぐる一段がある。惟光の娘が舞姫に選ばれ、雲居の雁との関係がうまく行かず鬱々としていた夕霧がその姿を目にして恋心を抱く。一方、光源氏も若い舞姫を見て、かつて親しかった筑紫の五節の君を思い出して歌を贈るという展開になっている。

五節の舞は、陰暦十一月の中の丑寅卯辰の四日にわたる、新嘗祭を含む一連の行事の中で行なわれる。丑の日は帳台試、寅の日は御前試、卯の日は童女御覧と新嘗祭、辰の日の夜は豊明節会《とよのあかりのせちえ》があり、そこで五節の舞が四人で舞われる。大嘗祭の時は、卯辰巳午の日となり、午の日の夜の豊明節会で舞われるが、人数は五人に増える。

巻名の「をとめ」、及び巻の中の光源氏と夕霧の歌に見える「をとめご」の語は、五節の舞姫を意味する語であると同時に「神女」（天女、天人）の意味をも持っている。このことについては、前章で論じたが、その要点を次に記しておく。

「をとめ（ご）」の語が「神女」の意味を持つことについては、本朝月令所引の五節の舞の起源譚が背景にある。天武天皇の吉野の宮行幸の折、天皇の弾く琴の音に引かれて前方の嶺のもとより雲が起ち、「高唐の神女」の如くの神女が天降った、神女は琴の曲に合わせて舞を舞い、天皇だけがそれを御覧になった、五回にわたって袖を挙げたので、その舞を「五節」と称する、その時の神女の歌は、「をとめどもをとめさびすも、唐玉を袂にまきて、をとめさびすも」であった、という内容であり、これを吉野山神女説話と名づける。「高唐の神女」とは、文選所載の宋玉作の「高唐賦」「神女賦」に描かれる神女であり、この説話で天皇の前で舞を舞った神女も中国の神仙譚的な神女であると言える。(1) 歌中の「をとめども」の語は後世、「をとめごが」と変わって行った。

神女としての「をとめ」と言えば、古今集の僧正遍昭の歌、「天つ風雲の通ひ路吹きとぢよをとめの姿しばしとどめむ」（巻十七、雑上、五節の舞姫を見て詠める、良岑宗貞〈八七二〉）が有名であるが、一方で「をとめご」という語を含んだ拾遺集の柿本人麿歌「をとめごが袖ふる山のみづがきの久しき世より思ひそめてき」が五節の舞と結びつけられて享受されており、少女巻においてもその人麿歌との関わりが重要である。人麿歌の享受と結びついた「をとめご」の語は、主に五節の舞姫を表わすことが多いが、吉野山神女説話的な神女、中国の霜の女神の「青女」、「天人五衰」にも関わる仏教的な天女、そして日本の神話に基づく神女など様々な神女像を背景として持つので、少女巻の場合もそれに応じた解釈が必要である。また、須磨巻で、光源氏の琴の音に引かれて筑紫の五節の君が歌を贈ることも、天武天皇の琴に引かれて神女が舞ったという吉野山神女説話と関わる。

前章では以上の諸点について述べたが、その中でわが国の神事との関わりについては詳説し得なかったので、本章ではその点について論ずる。また、併せて賢木巻における野の宮の場面の神事性についても言及したい。

二

少女巻における五節の舞姫登場の場面を、夕霧が惟光の娘に歌を詠み掛けるところから引用する。

〔夕霧〕

あめにます豊岡姫の宮人もわが心ざすしめを忘るな
みづがきの、とのたまふぞ、うちつけなりける。（少女・二五八）

光源氏も筑紫の五節の君を思い出して歌を贈った。

殿参りたまひて御覧ずるに、昔御目とまり給ひしをとめの姿おぼし出づ。辰の日暮れつ方遣はす。御文のうち思ひやるべし。

〔源氏〕

をとめごも神さびぬらし天つ袖ふるき世の友よはひ経ぬれば

年月の積りを数へてうちおぼしけるままのあはれを、え忍び給はぬばかりの、をかしうおぼゆるも、はかなしや。

〔筑紫五節〕

かけて言へば今日のこととぞ思ほゆるひかげの霜の袖にとけしも（少女・二五九）

さらに、夕霧は惟光の娘に歌を書き贈った。

〔夕霧〕

ひかげにもしるかりけめやをとめごが天の羽袖にかけし心は（少女・二六二）

前章では、前引の人麿歌「をとめごが袖ふる山」が、惟光の娘に言い掛けた夕霧の「みづがきの」という言葉だけではなく、光源氏の歌中の「をとめご」「天つ袖ふる」、それを承けた筑紫の五節の君の歌の「袖」、夕霧の歌の

「をとめごが天の羽袖」等に踏まえられていると指摘し、その意義を考察した。ここでは、神事に関わる「豊岡姫の宮人」や「ひかげ」という語句について考えたい。

はじめの夕霧の歌では、五節の舞姫を「豊岡姫の宮人」に見立てている。「豊岡姫」は、新潮日本古典集成の頭注では、「「とよをかびめ」は、伊勢外宮の豊受大神であろう。五穀をつかさどる」として、拾遺集の「みてぐらはわがにはあらず天《あめ》にます豊岡姫の宮のみてぐら」（巻十、神楽歌〔五七九〕）を挙げており、確証はないものの諸注もほぼ同じである。拾遺集の歌は神楽歌の「採物」に見えるが、神楽歌には「豊岡姫」が登場する歌が他にもあるので、列挙する。(2)

採物、幣《みてぐら》、本

幣は我がにはあらず天にます豊岡姫の宮の幣　〔六〕

同、杖、本

この杖はいづこの杖ぞ天にます豊岡姫の宮の杖なり　〔八〕

同、篠《ささ》、本

この篠はいづこの篠ぞ天にます豊岡姫の宮のみ篠ぞ　〔一二〕

同、鉾、本

この鉾はいづこの鉾ぞ天にます豊岡姫の宮のみ鉾ぞ　〔二五〕

小前張、薦枕、末

天にます　や　豊岡姫の　や　あいそ　その贄《にへ》人ぞ　鳴突き上《のぼ》る　網おろし　小網《さで》さし上る　〔四五〕

このように神楽歌では「天にます豊岡姫（の宮）」は繰り返し用いられている慣用句である。臼田甚五郎氏は日本古典文学全集の注で、(3)「豊岡姫」について、外宮神道では天照大御神《あまてらすおおみかみ》の御饌《みけ》の神は祭神の豊受大神ではなく、豊《とよ》宇賀能売命《うかのめのみこと》であり、その呼び名「豊宇賀姫」が「豊岡姫」に転訛したとする。なお、同注も挙げる一条兼良の梁塵愚案抄では大日孁尊《おおひるめのみこと》（天照大御神）のこととするが、この説も後述するように無視しがたいのではないか。夕霧の歌が「豊岡姫」に言及するのはこれらの神楽歌によると思われるが、五節の舞と神楽歌とがどのように関わるのであろうか。

平安朝の宮中では神楽は大嘗祭の折に清暑堂で行なわれた[4]。清暑堂は豊楽《ぶらく》院の正殿である豊楽殿の北に渡廊で接する建物である。公事根源等に従えば、一条天皇の長保四年（一〇〇二）からは内侍所で行なわれ、はじめは隔年に、承保年中（一〇七四〜一〇七七）からは毎年行なわれたという。源氏物語は、延喜、天暦頃までを念頭において描いているであろうから、ここでは清暑堂神楽を取り上げる。

大嘗祭は十一月の中の卯辰巳午の四日にわたる一連の行事の中で行なわれた。卯の日は悠紀殿、主基殿での神祭り、辰の日は辰日節会、巳の日は巳日節会、午の日は五節の舞が舞われる豊明節会と続く。辰日節会と巳日節会で天皇が豊楽殿に出御された後、清暑堂で神楽がとり行なわれた。神楽ははじめ辰巳の両日に行なわれたが、次第に巳の日に固定されて行ったという。

このように大嘗祭では辰の日或いは巳の日に神楽が行なわれ、午の日に五節の舞が舞われた。大嘗祭に演じられた共通する芸能として、神楽も五節の舞も同一視されたことがあったかも知れないが、前引の少女巻の五節の舞が登場する場面は新嘗祭であって大嘗祭ではない。五節の舞と神楽歌との関わりについてはわが国の神話の受容という問題があると思うので、次節で改めて考察したい。

三

源氏物語成立以前の十世紀後半から源氏物語成立当時の十一世紀前半までの私家集に、五節の舞姫の登場する歌がいくつか見受けられる。それらの中に少女巻の表現と関わるものもあると思われるので、次に検討してみよう。

藤原高遠（九四九～一〇一三）の大弐高遠集に、五節の舞姫と思われる人物との間に次のようなやりとりがある。源氏物語成立以前の若い時の歌と見られる。

　新嘗会に小忌《をみ》に当たりて、五節の所にありて、ある女いみじくも見えぬるかなと言へりしかば、日蔭につけていひやりたりし

ひかげさしをとめの姿見てしよりうはの空なるものをこそ思へ　〔六三〕

　女かへし

あまてらすひかげなりとも九重のうちつけなりや人の心よ　〔六四〕

「小忌」とは、新嘗祭や大嘗祭のときに厳修される物忌みで、その役に就く者をも意味するが、ここは高遠がその役に当たったことを言う。「日蔭」は五節の舞姫や列席する小忌が頭に懸ける飾りで、もとは日蔭の葛《かずら》（さるおがせ）であったと言う。平安朝の宮廷では、女性が人前で顔をさらすことはまれであった。五節の舞に際しては舞姫もお付きの女性も顔をさらすことになり、心理的負担になったようである。右の詞書で女が「いみじくも見えぬるかな」と言っているのは、その恥かしさを表わしている。女は舞姫かどうか確定できないが、遍昭歌を引いて「をとめの姿」と言っているので、一応舞姫としておく。

高遠は「日蔭」を添えて歌を贈った。「をとめ」は遍昭歌と同じく神女をも意味する。「うはの空」という語句を

用いているのも神女と見なしているからである。歌は、「日蔭」に「日影」を掛け、「（暗かったところに）日の光が射し、神女の姿が見えたので、（神女のいる）空にいるような呆然としたもの思いをしています」という意である。女は高遠の「ひかげ」を承け、「天にお照らしになる日影だとしても、唐突ではありますまいか、あなたの心は」と詠んでいる。「九重」は内裏の意味で「うち（つけ）」の序詞となっているが、空全体に照る日の光との関係では、九重に覆われる「内」という意味で縁語になっている。(5)

この高遠と五節の舞姫とのやりとりは、少女巻の前引の場面に利用されたのではないだろうか。遍昭歌の「をとめの姿」は高遠の歌でも使われており、光源氏が筑紫の五節の君を「昔御目とまりたまひしをとめの姿おぼし出づ」と思い出したところにも見える。高遠の舞姫に対する積極的な行動は惟光の娘に対しての夕霧の行動のようであり、特に夕霧が歌を詠み掛けた時の地の文「みづがきの、とのたまふぞ、うちつけなりける」の「うちつけ」の語が高遠集の女の歌にある。

その後で惟光の娘に贈られた夕霧の歌「ひかげにもしるかりけめやをとめごが天の羽袖にかけし心は」に見える、「日影」が「をとめ（ご）」を照らし出しているという発想と、男が女を思う「心」を問題とする点とがやはり高遠集の二首にあることからも、両者の表現は極めて似ていると言える。筑紫の五節の君の歌「かけて言へば今日のことぞ思ほゆるひかげの霜の袖にとけしも」も、「日影」が五節の舞姫を照らしているという点では高遠歌と同想である。以上のような類似点から、紫式部がこの高遠集の贈答を少女巻の描写に利用したと考えるのである。

また、女の歌の「あまてらすひかげ」の「す」は尊敬の助動詞であり、日神である天照大御神に対する敬意を表わすのであろうが、その解釈についてはやはり五節の舞姫との贈答歌である実方集の次の四首が手掛かりとなろう。実方は九九八年に没しているので、源氏物語成立以前の歌と認められる。

同じ所の少将のおもと、五節の舞姫して返りたるに

〔実方〕
神舞ひしをとめにいかで榊葉の変はらぬ色と知らせてしがな　〔八四〕
その人と、中の対のあらはなるに居明かして、あさぼらけに妻戸を押し開《あ》けたるに、空の気色もをかしうて、人のかたちもをかしう見えければ
〔実方〕
天《あま》の戸を我が為にとはささねどもあやしくあかぬ心地のみして　〔八五〕
同じ人の里なるに行きたるに、なきよしを言ひて逢はざりければ、内へ参りにけり。女まだつとめて言ひおこせたり
〔女〕
天の戸をさしてここにと思ひせばあくるも待たず帰らましやは　〔八六〕
かへし
〔実方〕
天の戸をあくといふ事を忌みしまにとばかり待たぬ罪は罪かは　〔八七〕

実方の八四番歌では、五節の舞姫を「神舞ひしをとめ」と呼んで神女に見立て、歌中に神と縁のある「榊葉」を詠み込んでいる。「榊葉」は、神楽歌にも見える神楽の採物の一つであるが、この「榊葉」については後述する。八五番以下では、古事記、日本書紀、古語拾遺等で知られる、天照大御神が隠れ、世の中が闇になった天の岩戸神話が繰り返し踏まえられている。八五番歌の詞書で、後朝の晴れた朝の光に照らされた女性を「空の気色もをかしうて、人のかたちもをかしう見え」たと言っているのは、八五番歌で「天の戸」を「さ」すと言っていることからも、天照大御神が天鈿女命《あめのうずめのみこと》の舞によって岩戸を出た時の古語拾遺の次の記事を踏まえていると考えられる（6）（一）

内は原注）。

当二此之時一、上天初晴、衆倶相見、面皆明白。伸レ手歌舞。相与称曰、阿波礼〔言天晴也〕、阿那於茂志呂〔古語、事之甚切、皆称二阿那一。言、衆面明白也〕、阿那多能志〔言伸レ手而舞。今指二楽事一謂二之多能志一、此意也〕、阿那佐夜憩〔竹葉之声也〕、飫憩〔木名也。振二其葉一之調也〕。

此の時に当りて、上天《あめ》初めて晴れ、衆《もろもろ》倶《とも》に相見て、面《おも》皆明白《しろ》し。手を伸《の》して歌ひ舞ふ。相与《とも》に称曰《い》はく、阿波礼《あはれ》〔言ふこころは天晴《あまはれ》なり〕、阿那於茂志呂《あなおもしろ》〔古語に、事の甚だ切《せち》なる、皆阿那《あな》と称《い》ふ。言ふこころは、衆の面明白《おもしろ》きなり〕、阿那多能志《あなたのし》〔言ふこころは手を伸《の》して舞ふなり。今楽しき事を指して多能志と謂ふは、此の意《こころ》なり〕、阿那佐夜憩《あなさやけ》〔竹葉《ささは》の声なり〕、飫憩《おけ》〔木の名なり。其の葉を振る調《しらべ》なり〕。

天照大御神が岩戸を出た時、空は晴れ、神々の顔は「明白」になった、それで、手を伸べて歌舞し、「あはれ、あなおもしろ、あなたのし、あなさやけ、をけ」と唱えたという。原注に依れば、「おもしろ」（面白）というのは神々の顔が「明白《しろ》」くなったことを言うのである。

天照大御神が岩戸から出現した時の光に関する記述は、この古語拾遺が最も詳しい。古事記では、「天照大御神出坐之時、高天原及葦原中国、自得二照明一」（天照大御神出で坐しし時、高天の原も葦原の中つ国も、自ら照り明《あか》りき）とあり、日本書紀では、わずかに一書（第三）に、「則引開之者、日神之光、満二於六合一」（則ち引き開けしかば、日の神の光、六合《くにのうち》に満《いは》みにき）とあるばかりである。いずれも光に照らされた神々の顔にまでは言及していないので、八五番歌の詞書は古語拾遺を踏まえていると考えられる。

八五番歌は、女を天照大御神に見立て、夜が明けたことを大御神が天の岩戸を開いたことに見立てている。夜が明けると男は帰らねばならないから、岩戸を閉ざしたままにせず開けることは、女が男を帰るようにしむけることになる。「あかぬ」は、「開かぬ」「明かぬ」「飽かぬ」の掛詞になっており、大御神が岩戸を開けて夜が明けたのに、飽かぬ、つまり飽きないのは不思議だという意味である。「あやし」はこの不思議という意味の他に朝日に照らされた女の容貌に妙に引かれる自分の気持ちをも表現する。全体としては、あなたは私のために岩戸を閉ざすことはしなかった（夜は明けた）が、私は妙にあかぬ（飽き足りない）気持ちばかりがする、の意である。女の思いやりのなさを言うとともに、自分の女に対する心残りを表現している。

八六番歌の詞書は、実方が女の里へ行った折、女がいないと言って逢わなかったので、実方が内裏へ参上してしまった、それを不満に思って女が早朝に歌を送った、という内容である。歌を見ると女は実際には家にいたが、何か逢いたくない理由があり、口実を設けて逢わなかったようである。女の歌は高遠の八五番歌を承けて、男と逢わない自分自身を天の岩戸に籠もった天照大御神に見立てている。「あくる」は、やはり実方歌を承けて、戸が「開くる」と、夜が「明くる」の掛詞になっている。私が岩戸を閉ざしてここにいるとあなたがしっかり思っていたならば、岩戸が開く（夜が明ける）のも待たずに帰るでしょうか、あなたの私に対する思いが足りないから私を待たずに帰ったのでしょう、の意である。

実方の八七番の返歌は、やはり「あく」に「明く」「開く」と「飽く」を掛け、それほどの意の「とばかり」の「と」に「戸」を掛けている。夜が「明」けて、あなたに「飽く」（飽きる）ということをはばかったので帰ったのです、それほど待たない罪は罪と言えるでしょうか、の意である。

このように実方集の実方と五節の舞姫とのやりとりは、五節の「神舞ひしをとめ」を古語拾遺の天岩戸神話に結びつけていることが基調になっている。大弐高遠集の六三番歌「ひかげさしをとめの姿見てしよりうはの空なるものをこそ思へ」では、「日陰」を「日影」にとりなし、その日の光に照らされた舞姫に対する思いを表現し、女の六四番歌は、その「日影」を天照大御神の光、すなわち「あまてらすひかげ」と言い換えていた。実方集と同じく、五節の舞に際して天の岩戸神話を連想していることになる。もともと五節の舞が行なわれる豊明節会は夜の行事で、篝火によって舞姫の姿は照らされており、太陽の光は見えないが、舞姫が頭につけている「日蔭」を「日影」にとりなすことによって、現実にはない日の光を想定したのである。

少女巻の筑紫の五節の君の歌「かけて言へば今日のこととぞ思ほゆるひかげの霜の袖にとけしも」は、口に出して言うと今日のことのように思われますよ、私が身に着けていた「日蔭」の霜に[7]（光源氏様の）日の光が当って解けたように私の心も解けたのは、の意である。

また、夕霧の歌「ひかげにもしるかりけめやをとめごが天の羽袖にかけし心は」は、日の光が射してあなたを照らしているが、その光にもあなたの袖に掛けた私の愛情がはっきりと見えていたでしょう、の意である。この両首はともに「日蔭」に「日影」を掛けており[8]、「日影」は舞姫を照らす光として詠み込まれている。高遠集、実方集と同じく、少女巻もその部分は天の岩戸神話を背景としていると考えることができる。

この高遠集、実方集、少女巻の三例では、五節の舞と天の岩戸神話が結びついていると考えられたが、その結びつきの由来はどこにあるであろうか。高遠集の例は新嘗祭であり、実方集の方は新嘗祭であるか大嘗祭であるか判然としないが、一応毎年の新嘗祭であるとすると、三例とも新嘗祭に際しての五節の舞になる。新嘗祭の五節の舞と天の岩戸神話との関わりを求めるということになろう。

改めて古語拾遺を見ると、天の岩戸神話で重要な役割を果たした天鈿女命に関しての次のような言及がある。

まず、神武天皇即位の条に、天鈿女命の後裔の猨女《さるめの》君が「神楽」を以って仕えるという記事が見える。

猨女君氏、供二神楽之事一

（猨女君氏、神楽の事を供《つか》へまつる）

また、斎部広成が神祇に関わる政事で遺漏していると見なしたこと十一箇条が挙げられているが、その第九に次のように記されている。

凡、鎮魂之儀者、天鈿女命之遺跡。然則、御巫之職、応レ任二旧氏一。而、今所レ選、不レ論二他氏一。所レ遺九也。
（凡て、鎮魂《たましずめ》の儀《わざ》は、天鈿女命の遺跡《あと》なり。然れば、御巫《みかむなぎ》の職は、旧《もと》の氏を任《め》すべし。而るに、今選ぶところ、他氏《ことうぢ》を論《あげつら》はず。遺《も》りたる九《ここのつ》なり）

ここで広成は、十一月の中の寅の日に行なわれる祭祀である鎮魂祭の由来が天鈿女命にあるとして、神事に携わる女性である「御巫《みかんなぎ》」の職掌は天鈿女命の後裔である猨女君が任ぜられるべきであり、他氏も加わっている現状はおかしい、と主張している。確かに、延喜式（巻二、四時祭下、十一月祭）の鎮魂祭条に、「御巫及猨女等依レ例舞」とあって、御巫と猨女とが舞を舞うように記されており、両者が並列されていることから猨女君の専従とはなっていないことが分かる。広成の主張はともかく、鎮魂祭の行なわれる中の寅の日は新嘗祭当日の卯の日の前日で、五節の舞の帳台試が行なわれる日でもある。「天鈿女命之遺跡」は天の岩戸神話を意味するであろうから、鎮魂祭に関しては天の岩戸神話が連想されたはずである。

これら古語拾遺の見解は、天の岩戸で舞を舞った天鈿女命の後裔である猨女君は神楽に奉仕し、特に鎮魂祭では主要な役割を果たすべきだということである。神楽や鎮魂祭における舞に猨女君が関わり、常に天の岩戸神話が思い出されていたことは間違いないであろう。（補注）新嘗祭の折の五節の舞姫に詠み掛けた夕霧の歌に、神楽歌に基づく語句が含まれていたのはこのような背景があった。

また、古事記、日本書紀、古語拾遺によれば、「日蔭」は天鈿女命が襷としていたものであり、それを五節の舞姫も身につけていた。その面からも五節の舞は天の岩戸神話に結びつけられる。天鈿女命はいわば舞姫の元祖であり、五節の舞姫が舞う場は岩戸の前のように見なされることもあった。実方集八四番歌の「榊葉」も、書紀に天香具山の「真坂樹《まさかき》」を採って天鈿女命が鬘にしたとの記述があり、天鈿女命と同一視された五節の舞姫にふさわしいものと考えられたのであろう。

紫式部日記に、五節の舞姫の世話役となった知り合いの女房の顔が見え過ぎたことを皮肉った歌がある。(9) 寛弘五年（一〇〇八）の十一月の歌なので少女巻成立との前後は微妙であるが、ほぼ同時代の作と言える。(10)

　侍従宰相の五節の局、宮のお前いとけぢかきに、弘徽殿の右京が、ひと夜、しるきさまにてありし事など、人々いひ出でて、日蔭をやる。さしまぎらはすべき扇などそへて

　　おほかりし豊の宮人さしわきてしるきひかげをあはれとぞ見し

この歌の「日蔭」を「日影」に掛け、「ひかげ」が射して「しる」く女を照らすと詠んだところが、夕霧の「ひかげにもしるかりけめや」の歌に一致する。両者の「ひかげ」に「しる」く女性が照らされるという状況設定は、前述の古語拾遺の天の岩戸神話によると考えられる。特に紫式部歌で顔が照らされているとするのが古語拾遺により近く、(11) また、「あはれ」という語も古語拾遺にあったことが想起される。

　当二此之時一、上天初晴、衆倶相見、面皆明白。伸レ手歌舞。相与称曰、阿波礼、阿那於茂志呂、阿那多能志……

天照大御神が岩戸を出ると空は初めて晴れ、参集した神々の顔は白く照らされて、皆「あはれ、あなおもしろ、あなたのし（後略）」と唱えたのである。(12)

このように紫式部歌が天の岩戸的な世界を背景に作られているとすると、「豊の宮人」という語句について新たな解釈ができよう。この「豊の宮人」は普通「豊明に参加する宮人」と解釈されているが、後拾遺集所載の同歌〔一一二一〕を見るとその詞書に「箱の蓋にしろがねの扇に蓬萊の山作りなどして、刺し櫛に日蔭のかづら結びつけて」とあって「蓬萊山」を想定していることが分かる。「豊の宮」は「蓬萊山」のような神仙世界を意味する言葉であり、そこの「宮人」は天照大御神の光に照らされた高天原の神々のような人々と取ることができよう。「とよ」は、「豊」字が宛てられているために単に豊穣の意であると普通に考えられているが、ここでは豊かで満ち足りていることから、無常とは無縁な世界ということで不老不死の永遠の世界をも表わしているのではないか。「豊

の宮」は「常世（の国）」「常宮」の意味に近いものと思われる。

夕霧がはじめに惟光の娘に言い掛けた歌「あめにます豊岡姫の宮人もわが心ざすしめを忘るな」の「豊岡姫の宮人」も「豊の宮」と似た措辞である。「豊岡姫」についても、「豊」かで永遠の「岡」の女神といった意味であろう。五節の舞と天の岩戸神話が結びついていたのだから、「豊岡姫」を天照大御神とする梁塵愚案抄の説は捨てがたい。

また、五節の舞姫や小忌が着ける装飾具には「日蔭」とともに「心葉」があるが、これも夕霧の歌「ひかげにもしるかりけめやをとめごが天の羽袖にかけし心は」においては「心は」の部分に詠み込んでいると考えられる。鎌倉時代の用例ではあるが、「日蔭」と「心葉」の両方を詠みこんだ歌として新撰和歌六帖に次のような例が見られる。

もろびとのかくるひかげの心葉にあまてる神の恵みをぞみる　（ひかげ、家良〔二一七一〕）

かざすてふ心はまじるひかげ草こけの緑も花さきにけり　（同、信実〔二一七四〕）

家良の歌では、「ひかげ」に天照大御神の恵みを見ており、やはり五節の「日蔭」と天の岩戸神話を結びつけている。

なお、筑紫の五節の君が詠み入れた「ひかげ」の語は、霜を溶かす「日の光」の意味であるが、物語中でしばしば光源氏が「光」に喩えられていることを考慮するならば、ここでも光源氏を象徴的に表現していると見ることができよう。(13)

四

実方集の八四番歌「神舞ひしをとめにいかで榊葉の変はらぬ色と知らせてしがな」は五節の舞姫に対して贈られており、歌中に「榊葉」が詠み込まれていた。「榊」は天鈿命の蔓であったし神楽の採物の一つでもあった。この「榊葉」と五節の舞姫について多く用いられる「をとめご」の組み合わせを持つ歌が能因法師集に見られる。能因は二十六歳の一〇一三年頃出家したとされ、左の二首も源氏物語成立以後の作ではあろうが、同時代の歌として参考になろう。

　　春美濃の南宮にて二首、榊等
をとめごが採る神垣の榊葉とやとせ椿はいづれ久しき　（一七七）
　瑞籬《みづがきの》花
万代をこめてしめ結ふみづがきの花をぞ人はかざすべらなる　（一七八）

詞書に「美濃の南宮」とあるのは、美濃国一の宮の仲山金山彦神社（南宮神社）で、不破の関に近い旧国府付近の延喜式内社である。一七七番歌の「やとせ椿は」は、「やちとせ椿」の誤りではなかろうか。「やちとせ椿」は、「八千歳椿」で、荘子（逍遙遊篇）の次の記事に基づく。

　上古有二大椿者一、以二八千歳一為レ春、以二八千歳一為レ秋。

「八千歳椿」は八千歳をもって春と秋となすという長命の神樹の「大椿」[14]のことで、この神樹と同じような寿命を持つのが「をとめご」が採る神垣の「榊葉」である、というのが第一首である。第二首は、「瑞籬花」の題で、「万代」を祈りこめて注連縄を結う瑞垣の花を人はかんざしにして長生を期すようだ、という意である。「榊葉」は

「大椿」と同じく永遠とも言うべき生命を持つものであり、「みづがき」も永遠性を持つと詠まれている。「みづがき」の「みづ」は、基本的には「植物の生命力に満ちたさま」（岩波古語辞典）であり、万葉集にも「楉垣」の表記があって、若々しい生命力を持った木で作った垣という意識が文字遣いの上でも窺われる。[15]「神垣」と「みづがき」は同じものを指すと思われるが、語感からすると「みづがき」の方は、いつまでも若々しいという神域の永遠性を示す語と言える。

能因歌を二首一組と見るならば、「をとめご」や「人」が「神垣」（瑞垣）の「榊」と「花」を採って、手にしたり、かんざしにしたりすることになるが、「榊」は神楽の採物であったし、かんざしは、舞につきものである。[16]「をとめご」も「人」も同じで、ともに神楽を舞うような御巫（巫女）を指すと考えられよう。彼女らは、「榊葉」や「みづがきの花」を手にしたりかんざしにしたりして舞うことにより神々の世界に入ることになる。

少女巻の五節の舞姫を詠んだ夕霧の歌は、「あめにます豊岡姫の宮人もわが心ざすしめを忘るな」というものであったが、豊岡姫もその宮の宮人も天上世界の神々である。前節で考察したように「とよ」の語は、満ち足りた豊かさとともに永遠を意味していたとすると、「豊岡姫」は「豊かな永遠の岡の女神」の意となる。天上世界は人間界とは違う別世界であり、神々は系譜の上からは過去に属するが、人間界の時間を超越して、永遠の世界にいつでも生きている存在である。神を祀ることは過去の神々に敬意を払うことではなく、現在でも過去のままに存在する神々を人が迎えたり、神々に人が近づくことに他ならない。「榊葉」を採って神楽や五節の舞を舞うことは神々を招いたり神々の世界に入ることであり、神々の世界の住人として振るまうことなのである。

左に挙げる神楽歌は、そうした神々の遊びに人も参加するという内容である。

採物、篠、或説、本

篠の葉に雪降りつもる冬の夜に豊の遊びをするがたのしさ　〔一四〕

同、末

みづがきの神の御代より篠の葉をたぶさにとりて遊びけらしも　〔一五〕

採物、弓、或説、末

梓弓春来るごとにすめ神の豊の遊びに逢はむとぞ思ふ　〔二〇〕

「豊の遊び」は、神々の遊びであり、それに人も参加する。「みづがきの」の歌は「篠の葉」を手に取っているが、それは天鈿女命が天の岩戸の前で手に取り持ったものであり、それ以来神楽には篠を手に取って遊ぶと言う。「みづがきの神の御代より」は、悠久の昔の神代以来、との意味であるが、それは今もある、というのが「梓弓」の歌なのである。

五

賢木巻では、光源氏が、娘の斎宮に付き添って嵯峨野の野の宮に入った六条御息所を尋ねている。巻名の由来となる「榊」をめぐる歌が詠まれる有名な場面であるが、神事に関わる場面だけに、前引の実方集や能因法師集の歌と共通する語が見られるので、それらを参考にして考察してみたい。

ものはかなげなる小柴垣を大垣にて、板屋どもあたりあたりいとかりそめなり。黒木の鳥居どもは、さすがに神々しう見え渡されて、わづらはしき気色なるに、神司《かむづかさ》の者ども、ここかしこにうちしはぶきて、おのがどち、ものうち言ひたるけはひなども、ほかにはさま変りて見ゆ。　（賢木・一二九）

榊をいささか折りて持たまへりけるを、さし入れて、「変らぬ色をしるべにてこそ、斎垣《いがき》も越えはべりにけれ。

さも心憂く」と聞こえたまへば、

〔六条御息所〕

神垣はしるしの杉もなきものをいかにまがへて折れる榊ぞ

と聞こえたまへば、

〔源氏〕

をとめごがあたりと思へば榊葉の香をなつかしみとめてこそ折れ　（賢木・一三一）

情景全体が野の宮にふさわしく「神々し」く描かれている。この場面で従来引歌として認められているものをまずは挙げてみる。光源氏の「変らぬ色をしるべにて」という言葉のところで、後撰集歌が指摘されている。

ちはやぶる神垣山の榊葉は時雨に色も変らざりけり　（巻八、冬〔四五七〕）

続く、「斎垣も越えはべりにけれ」は、

ちはやぶる神の斎垣も越えぬべし大宮人の見まくほしさに　（伊勢物語、七十一段）

ちはやぶる神の斎垣も越えぬべし今はわが身の惜しけくもなし　（拾遺集巻十四、恋四、柿本人麿〔九二四〕）

を諸注は引くが、どちらかと言えば、女性が好奇心から大宮人を見ようとする前者よりも、切実な男性の恋の思いが感じられる後者の方が引歌としてはふさわしい。

六条御息所の歌「神垣はしるしの杉」の「神垣」は、光源氏が引いた後撰集の「神垣山の榊葉」を承け、「しるしの杉」は古今集の読人しらず歌を引いている。

わが庵《いほ》は三輪の山もと恋しくは訪《とぶら》ひ来ませ杉立てるかど

（巻十八、雑下、題しらず（九八二））

三輪の山にはある「しるしの杉」もここにはないのだから、あなたが折ったのはお門違いの榊ですよ、の意である。

光源氏歌前半の「をとめごがあたり」について、日本古典文学全集は、拾遺集の人麿歌「をとめごが袖ふる山の瑞垣の久しき世より思ひそめてき」を引歌として、[17]「久しく思いそめた少女子のあたりと思うゆえに訪ね来た意を表わ」すと説いているが、人麿歌とはわずかに「をとめご」だけが共通するのみで、ここに引歌を認めることは難しいと思う。前章で論じたように、当時人麿歌は吉野山神女説話と結びつけられて享受されていたので、この場面に直接関わるとは考えにくいのである。後半の「榊葉の香をなつかしみとめてこそ折れ」については諸注が、

榊葉の香をかぐはしみとめ来《く》れば八十氏人ぞまとゐせりける

（拾遺集巻十、神楽歌（五七七））

を引いている。

さて、前引の実方集歌も光源氏と同じく「榊」に自分の相手を思う気持ちを託していた。

神舞ひしをとめにいかで榊葉の変らぬ色と知らせてしがな　（八四）

自らの「変らぬ色」すなわち変らぬ思いを「榊葉」に託して五節の舞姫に宛てたものであるが、光源氏が「榊」の枝とともに御息所に語った言葉、「変らぬ色をしるべにてこそ、斎垣も越えはべりにけれ」と比べると、通常引歌とされる後撰集の「ちはやぶる神垣山の榊葉は時雨に色も変らざりけり」よりも言葉の上で近いし、後撰集の方は冬部所収であって恋の歌ではないので、状況も恋の場面である実方集の方に一致する。後の御息所の歌に「神

垣」の語があるので、後撰集の歌を引歌とすることは否定できないが、状況そのものは実方集を元にして作られていると思う。

その「神垣」と「榊」の関係は賢木巻だけでは明確ではないが、前引の能因歌が参考になろう

をとめごが採る神垣の榊葉とやとせ椿はいづれ久しき　〔一七七〕

この能因歌では、「をとめご」が「神垣」から「榊葉」を採っている。続く一七八番歌も「みづがき」からかんざしにする「花」を採っているので、「垣」は榊などを採る場所になり得ることが知られる。御息所の歌「神垣はしるしの杉もなきものをいかにまがへて折れる榊ぞ」においても「榊」を「折」った場所は、やはり「神垣」であると読める。御息所の歌は光源氏の「斎垣も越えはべりにけれ」という言葉とともに渡された「榊」の枝に答えたものであるから、御息所は、光源氏が「越え」た「斎垣」(神垣)で「榊」を採ったと判断したことになる。

そのように、榊を手折った場所の「垣」を中心に置いて賢木巻の引用場面全体を眺めると、この「垣」が場面展開の中心になっていることが分かる。「小柴垣を大垣にて」とあるところからすでに「垣」が強調されている。光源氏が御息所に贈った言葉に、「斎垣も越えはべりにけれ」とあり、御息所はそれを承けて「神垣はしるしの杉もなきものを」と詠んだのである。能因歌で「をとめご」が「榊葉」を採ったように、光源氏は「神垣」(斎垣)から「榊」を採り、それを「しるべ」に「斎垣」を越えてあなたに逢おうと言い、御息所はあなたが折った「榊」のある「神垣」には三輪社のようには「しるしの杉」はないから、お門違いなのではないか、とたしなめている。光源氏はお門違いという指摘に対して、「をとめごがあたり」なので(神垣の)「榊」を折ったので間違いはありません、と答えているのである。この場面の「垣」は、実景の上では、「小柴垣」を「大垣」として作りなした野の宮にふさわしい野趣に富んだものだが、歌の中では、男女二人の間を隔てる「垣」である。光源氏は「わが身」を捨ててそれを越えて来たと言い、御息所はあなたが越えた「垣」はお門違いの越えてはならない「神垣」である、と

答えて二人の隔たりを強調している。

光源氏歌の「をとめご」は従来から考えられているように、暗に斎宮を指しているのであろうが、直接的には「神垣」に縁のある女性でなければならない。能因の歌では御巫と思われる女性が神楽のために神垣で榊を採っているように読めた。「垣」「榊」をめぐる文脈の中で、光源氏歌の「をとめご」もそうした御巫を指し、その裏に斎宮を暗示していると考えられる。島津久基氏『対訳源氏物語講話』に、「「少女子」は神楽に奉仕する八少女で、此処は斎宮に、又榊葉は御息所に喩へた。なほ「少女子」「榊葉」共に神楽歌の縁語」とあるような、神楽を正面に立てる解釈が妥当だと思われる。

光源氏が「をとめごがあたり」という語句をここで用いたのは、それなりの理由があるはずである。この場面に入る前に光源氏が見た野の宮の情景が描かれていた。

　遙けき野辺を分け入り給ふより、いとものあはれなり。秋の花みなおとろへつつ、浅茅が原もかれがれなる虫の音に、松風すごく吹きあはせて、そのこととも聞き分かれぬほどに、ものの音ども絶え絶え聞こえたる、いと艶なり。（賢木・一二九）

　北の対にさるべき所に立ち隠れ給ひて、御消息聞こえ給ふに、遊びはみなやめて、心にくきけはひあまた聞こゆ。（賢木・一三〇）

「そのこと」は「その琴」と掛けてあるので、光源氏が聞いた野の宮の「ものの音ども」は琴の音色である。その後北の対に立ち隠れて消息を通わせた時に「遊び」をやめているが、この「遊び」はその琴の演奏を指す。これを場所柄、光源氏は歌の上で神楽にみなしたのではないだろうか。神楽であれば、和琴の伴奏で「をとめご」と呼ばれる御巫が舞うはずである。[18] そう考えると、光源氏の歌で「をとめごがあたりと思へば」と言っているのは、野の宮の神楽の和琴で舞う「をとめごの」のあたりと思い、琴の音を尋ねて私は間違えずにここに来ました、と光源氏が言っていることになる。

以上、論じて来たように、少女巻の五節の舞姫登場の場面には、「豊岡姫の宮人」「ひかげ」という古語拾遺等の天の岩戸神話に関わる表現がある。それは、神事の神楽などの平安朝当時の朝廷のまつりごとに即した表現であったと言えよう。賢木巻においても、野の宮の幽艶な場面は神代以来伝えられたおごそかな神楽の雰囲気を読解に取り入れることによって、よりその神秘性を増すものと思う。

注

（1）説話中の歌の「唐玉を袂にまきて」の語句にも、その中国的な神女像が表わされている。

（2）神楽歌の引用、番号は日本古典文学大系『古代歌謡集』によった。

（3）日本古典文学全集『神楽歌　催馬楽　梁塵秘抄　閑吟集』（昭和五十一年）。

（4）神楽については、土橋寛氏『古代歌謡と儀礼の研究』（昭和四十年）、倉林正次氏「神楽歌」（芸能史研究会編『日本の古代芸能―神楽　古代の歌舞とまつり』昭和四十四年）を主に参照した。

（5）「九重に霧や隔つる雲の上の月をはるかに思ひやるかな」（賢木・一六七）という藤壺の歌では、宮中で帝の周囲から疎外されていることを「九重」に「霧」で隔てられていると表現している。

（6）古語拾遺の本文引用及び訓読は、西宮一民氏校注の岩波文庫（昭和六十年）によった。

（7）五節の舞の「霜」については、後代のものであるが、本朝無題詩（巻二）の藤原忠通「見二五節舞姫一」に、「礼儀堂上霜初白、罷宴楼前月欲レ西」と、漢詩にも詠まれている。

（8）幻巻の豊明節会の頃の光源氏の歌「宮人は豊明にいそぐ今日ひかげも知らで暮らしつるかな」（幻・一五〇）、総角巻の豊明節会の日の薫の歌「かきくもりひかげも見えぬ奥山に心をくらすころにもあるかな」（総角・一〇五）も、ともに「日蔭」に「日影」を掛けている。

（9）紫式部集〔九九〕、栄華物語（初花）、後拾遺集（巻十九、雑五、読人知らず〔一一二一〕）にも見える。

（10）紫式部日記の寛弘五年十一月の記事に、藤原公任が「このわたりに若紫やさぶらふ」と呼びかけたことが記され、若紫巻を含む源氏物語のある部分がこの時までに書かれていた証とされている。

（11）古語拾遺に見える神々の顔を「明白」に照らした日神の光を、紫式部は「しるきひかげ」と言ったと思われる。形容詞「しるし」は、（日や火などの光が）明瞭、（意味や効果が）明白の意で、「いちしるし」「いちしろし」と同じである。例えば、万葉集に、「雲谷灼発」（〈雲だにもしるくしたたば〉巻十三〔三四五二〕）とあり、「灼」を「しるし」と訓む。「灼（然）」には、「いちしる（ろ）し」の訓があり（万葉集〔六八八〕等）、新撰字鏡に「易レ見也」「明也」「火分明之貌」とある。

（12）都良香「早春侍レ宴賦ニ陽春詞一、応レ製」（本朝文粋、巻八〔二一四〕）で、内宴の舞姫の美貌を「絳脣雑吹、白面相映」と、「白面」の語で表わしている。「白面」は通常、島田忠臣「継下和渤海裴使頭見レ酬ニ菅侍郎紀典客一行字詩上」（田氏家集、中巻〔一〇八〕）の「多才実是丹心使、少壮猶為ニ白面郎一」のように貴公子や若輩の容貌を意味するのでここは特殊であるが、或いは古語拾遺の「明白」「面白」の影響があるのかも知れない。

（13）光源氏が光の比喩をもって語られることについては、第Ⅰ章「源氏物語葵巻の神事表現について―かげをのみみたらし川―」、第Ⅱ章「源氏物語葵巻の「あふひ」について―賀茂の川波―」第Ⅲ章「須磨の光源氏と漢詩文―浮雲、日月を蔽ふ―」参照。

（14）「大椿」に関わる「八千歳椿」の例としては、天喜二年（一〇五四）の播磨守兼房朝臣歌合の歌「君が代は唐紅の深き色に八千歳椿もみぢするまで」（備前前司〔一三〕）がある。この歌は夫木和歌抄の椿部に見えるが、同部には順徳院御製「契りても年の緒長き玉椿蔭に八千代の数ぞこもれる」〔一三八三五〕など同想の歌が多く見える。

（15）「楉垣久時従恋為者吾帯緩朝夕毎」（楉垣《みづがき》の久しき時ゆ恋すれば吾が帯緩ぶ朝夕ごとに、巻十三〔三二六二〕）。

(16) 倉林正次氏『饗宴の研究　祭祀編』（昭和六十二年）一三八頁に、清暑堂神楽の挿頭献上に関連して、挿頭は物忌みのしるしで、舞人や歌人は必ず挿頭花をさすべきものであった、と述べておられる。

(17) 新日本古典文学全集もこの説を承け継ぎ、人麿歌を引歌とする。新日本古典文学大系も同じ。

(18) 伊勢神宮外宮の由来や儀式次第等を記録した止由気宮儀式帳（群書類従、巻二）の六月月次祭の十六日の記事に、斎宮釆女が五節の舞を舞うことが見える。五節の舞は平安朝初期では、宮中以外では外宮で斎宮釆女によって舞われていた。

補注（三四八頁一三行）

後白河院の梁塵秘抄口伝集（巻第一）に、「神楽は、天照大神《あまてるおほんかみ》の天《あま》の岩戸を押し開かせ給ひける代に始まり」とある。

VI　源氏物語の歴史性について
――天武天皇・額田王像の投影――

一

源氏物語はさまざまな先行文学の摂取の上に成り立っている。紫式部は、創作に当たって自分の触れ得た数多くの作品を利用したと思われるが、現代の読者から見ると、すぐそれと原拠が分かる場合もあるし、なかなか分かりにくい場合もある。紫式部が用いた作品が何であったかを究明することによって、物語の創作の秘密に近づけるし、それが新たな読みをもたらす場合もあろう。こうした意味での出典研究は常に続けられる必要がある。

源氏物語には歴史性があると言われる。史記に代表される中国の歴史のある部分が源氏物語に使われていることは周知であるが、紫式部が生きた平安時代中期は国風文化の盛んな時代でもあったので、わが国の歴史に取材した点も多いはずである。わが国の歴史は、基本的には「日本紀」と呼ばれた漢文体の歴史書の六国史等に描かれており、紫式部はそれを源氏物語に利用し得た。紫式部日記によれば、一条天皇が源氏物語の作者である彼女を「この人は日本紀をこそ読み給ふべけれ。まことに才あるべし」と評したという。しかし、蛍巻で作者は光源氏の口を借りて、「日本紀などは、ただかたそばぞかし、これら(物語)にこそ道々しくくはしきことはあらめ」(蛍・七四)と言っているように、六国史的な歴史を描くにしても、それに捉われず、自由に脚色し得た面もある。

その脚色に使われたのは物語的な歴史であろう。平安朝においては、例えば天武天皇(大海人皇子)は日本書紀によってよく知られていたはずであり、歴史的な人物と言える。しかし、日本書紀以外にも天武天皇に関わる文献はあり、源氏物語にも利用し得たと思われる。

天武天皇に関しては、五節の舞の起源譚がよく知られていた。僧正遍昭（良岑宗貞）が、「天津風雲の通ひ路吹き閉ぢよ少女《をとめ》の姿しばしとどめむ」（古今集、巻十七、雑上、五節の舞姫を見て詠める（八七二））と詠んだ五節の舞は、吉野山で天武天皇が琴を弾いていた時に、その音に感じて現れた神女の姿を写したものという。

河海抄（乙通女）はその起源譚を逸書本朝月令を引いて次のように記す。[1]

本朝月令曰、五節舞者、浄御原天皇之所レ制也。相伝曰、天皇御二吉野宮一、日暮弾レ琴有レ興。俄爾之間、前岫之下、雲気忽起。疑如二高唐神女一、髣髴応レ曲而舞。独入二天矚一、他人不レ見。挙レ袖五変、故謂二之五節一。其歌曰、

乎度綿度茂《ヲトメドモ》、邑度綿左備須茂《ヲトメサビスモ》、可良多万乎《カラタマヲ》、多茂度迩麻岐底《タモトニマキテ》、乎度綿左備須茂《ヲトメサビスモ》。

天武天皇の吉野の宮行幸の折、天皇の弾く「琴」の音に引かれて前方の嶺のもとから雲が起ち、「高唐の神女」のような神女が天《あま》降った。神女は琴の曲に合わせて舞い、天皇だけがそれを御覧になった。五回にわたって袖を挙げたので、その舞を「五節」と称する。その時の神女の歌は、「をとめどもをとめさびすも、唐玉を袂にまきて、をとめさびすも」であった。

この五節の舞の起源譚を吉野山神女説話と呼び、源氏物語の少女巻との関わりを第Ⅳ章、第Ⅴ章で論じたが、ここで再び触れておこう。

天武天皇が神女と出会ったのは、「天皇」という語を文字通りに受け取れば、壬申の乱で大友皇子側に勝利し、明日香浄御原の宮に即位した以後の吉野行幸の折であるように見えるが、臨終間近の天智天皇を見舞い、自ら皇太子の位を抛って吉野に入った折とも見える。吉野は、もともと大化の改新で朝廷を追われた天智、天武両天皇の兄古人大兄皇子が出家して入ったところであり、不遇の皇子との結びつきが強い。天武天皇の不遇の皇子としての姿

は日本書紀にはっきりと描かれているし、万葉集にもその姿が窺える。

天皇の御製歌

み吉野の　耳我の嶺に　時なくそ　雪は降りける　間なくそ　雨は降りける　その雪の　時なきがごと　その
雨の　間なきがごと　隈《くま》も落ちず　思ひつつぞ来し　その山道を(2)　〔二五〕

（巻一、明日香清御原宮天皇の代《みよ》）

こうした天武天皇の吉野時代での苦しみが読みとれる作品の印象から、五節の舞の起源譚は、不遇の皇子として
の天武天皇の琴の音に神女が感応したと読まれたこともあったはずである。

この説話は後世に伝承され、少しづつ形を変えたものが諸書に散見する。(3)その中で吉野拾遺(4)では、南朝の不遇の天子としての後醍醐天皇の歌に感応して神女が登場する。作者は吉野山神女説話を不遇の皇子としての大海人皇子の物語として読み、後醍醐天皇を主人公としてその話の再現を図ったと考えられる。

紫式部も吉野山神女説話を同じように不遇の皇子の物語として読み、光源氏を主人公としてその再現を図ったと思う。須磨巻で、光源氏の琴《きん》の琴に五節の君が感動して、「琴の音にひきとめらるる綱手縄たゆたふ心君知るらめや」（須磨・二四一）と歌を贈った場面は、その女性が五節の舞姫であったことから、この神女説話に基づくと考えられるのである。

このように、吉野時代の天武天皇の像が源氏物語で利用されているとすると、薄雲巻の次の場面なども、右に挙げた吉野の山道を詠んだ天武天皇歌と関わるのではないだろうか。

光源氏の提案により洛西大《おお》堰《い》河畔にいる明石の姫君が紫上のもとに養女に出されることになったところで、明石上と姫君の乳母《めのと》が唱和している。

雪深み深山の道は晴れずともなほ踏みかよへ跡絶えずして

とのたまへば、乳母、うち泣きて、

雪間なき吉野の山をたづねても心のかよふ跡絶えめやは（薄雲・一五四）

ここでは、雪の大堰の風景が吉野に見立てられ、「雪間」がなく晴れない吉野の山道が歌に詠まれているが、「時なくそ雪は降りける」という吉野の「山道」を詠んだ天武天皇の歌が踏まえられていると思われる。

また、須磨巻の五節の君登場の場面で吉野山神女説話が用いられているとすると、最後には仲違いする天智天武両天皇の兄弟関係が朱雀院の帝と光源氏の兄弟関係に写されていることになろう。須磨、明石の不遇時代を経て都に帰り、准太上天皇となった光源氏には、都を逃れ、不遇の皇子の時代を経て復活し即位した天武天皇の像が投影されているのである。

万葉集は単なる歌の羅列として見れば歴史性は認められないが、天武天皇のような歴史上の人物の歌が並べられているところについては歴史性があると言える。万葉集のそうした部分に取材すれば歴史的人物の顔も心も良く見え、「かたそば」ではない物語が描けよう。万葉集が平安女流の作品にどれほどの影響を与えたかについて明確に分かっているわけではないが、枕草子には、「集は、古万葉、古今」（第六十八段）とあり、古今六帖などには多くの万葉歌が採られているのである(5)から、源氏物語についてもその利用は当然想定できるはずである。

本章では、万葉集を中心とする天武天皇及び額田王とその周辺の人物像が源氏物語の取材源の一つになった、ということを明らかにして行きたい。

二

西丸妙子氏は、藤壺造型のある部分が万葉集から知られる額田王像に基づくと説かれている。(6) 紫上が藤壺との関係で「紫のゆかり」と称されるのは周知だが、それではなぜ藤壺は「紫」であるのか。西丸氏は、この疑問から出発され、藤壺が「紫」に関わる理由として、若紫巻の光源氏の歌の中で藤壺が「紫草」とされていることに理由があるとされた。

手に摘みていつしかも見む紫の根にかよひける野辺の若草　（若紫・二二〇）

「紫」は「紫草《むらさき》」である（以後、この表記を用いる）。この歌では少女若紫は、「紫草《むらさき》（藤壺）の根に通じている若草」と表現されており、河海抄でも「此歌紫の名の元始也」と言っている。そして、藤壺が「紫草《むらさき》」と結びつけられた背景には、源氏物語以前で「紫草《むらさき》」の最も印象的な例と考えられる万葉集所載の額田王と大海人皇子の贈答歌があるとされる。

天皇、蒲生野に遊猟《みかり》したまふ時、額田王の作る歌
あかねさす紫野〈武《む》良《ら》前野《さきの》〉行き標野行き野守は見ずや君が袖ふる　（二〇）
皇太子の答へましし歌 明日香の宮に天の下知らしめしし天皇、謚して天武天皇といふ
紫草《むらさき》の匂へる〈紫草能《むらさきの》尓《に》保《ほ》敞類《へる》〉妹《いも》を憎くあらば人妻ゆゑにわれ恋めやも　（二一）
紀に曰はく、天皇七年丁卯の、夏五月五日に、蒲生野に縦猟《かり》したまふ。時に大皇弟、諸王、内臣と群臣、悉皆《ことごと》に従《おほみとも》そといへり。

（巻一、雑歌、近江大津宮御宇天皇代）

額田王は大海人皇子のかつての恋人で、二人の間には十市皇女が生まれていた。その後皇子の兄の天智天皇の妻となった。この贈答歌はそうした三人の関係を前提として詠まれており、大海人皇子は額田王を「紫草《むらさき》の匂へる妹」と呼んでいる。

一方、源氏物語の紅葉賀巻には朱雀院行幸の試楽の時、光源氏が藤壺の目前で青海波を舞う場面がある。誰の目にも華やかな光源氏の姿であったが、その心の内は自分の子供を身ごもる藤壺への思いで占められていた。

　もの思ふに立ち舞ふべくもあらぬ身の袖うち振りし心知りきや　（紅葉賀・一三）

藤壺も光源氏の舞姿を見て沈黙を守りきれず、珍しく返歌を寄こした。

　唐人の袖振ることは遠けれど立ち居につけてあはれ(7)とは見き　（紅葉賀・一三）

西丸氏は、この贈答歌と大海人皇子と額田王の贈答歌とを比較され、人間関係や「袖振る」という行為など、多くの点で共通すると指摘されている。他の面をも考慮された結果、藤壺造型については額田王像をもとにしているところがある、という結論を出され、それを以下の七項目としてまとめておられる。

(1)妻争い
(2)その人は人妻
(3)女の夫は天皇
(4)女が密かに恋う男は天皇の肉親
(5)女は恋人（夫以外の男）との間に一子を儲けている

(6)女は「紫のにほへる」ような人である
(7)女の恋人は袖を振る行為で愛情を示した

「袖振る」という行為をめぐるこれらの類似は偶然とは見做し難い面があるので、西丸説に従って「紫のゆかり」の元の女性である藤壺造型の基本線が額田王像にあると考えたいと思う。

なお、氏は、紅葉賀巻で藤壺と源典侍とが対照的に描かれることについて、右の二一番歌に見える「人妻」という語が関わると考えられること、「紫のゆかり」の発想の基底にある伊勢物語第四十一段の「女はらから」が額田王と鏡王女姉妹と関わるのではないかということ[8]、「唐土《もろこし》には、春の花の錦に如《し》くものなしと言ひはべるめり。大和言の葉には、秋のあはれを取り立てて思へる」（薄雲・一八二）というのは、額田王の春秋争いの長歌「冬ごもり春さり来れば……そこし恨めし秋山我は」（万葉集巻一（一六））を踏まえていると考えられることなどを挙げ、紫式部が額田王の歌を利用した例とされる。

しかし、歴史性という点から見ると天武天皇（大海人皇子）の方が額田王よりもより歴史的人物と言えよう。西丸説は額田王を中心とする論になっているが、ここでは天武天皇をも視野に入れて考えてみたい。「紫草《むらさき》の匂へる妹」と呼んだのは天武天皇であり、そもそも二人の贈答が成立する契機は、天武天皇が額田王に向かって袖を振ったところにあった。

三

吉野山神女説話においては、「袖」が重要である。「挙レ袖五変、故謂二之五節一」とあって、「五節」という舞の名称は「袖」を五回「挙」げたところにある。その時の歌にも「をとめどもをとめさびすも、唐玉を袂にまきて、をとめさびすも」と「袂」が印象的に詠まれている。

第Ⅳ章で論じたように、柿本人麿の歌「をとめごが袖ふる山の瑞垣の久しき世より思ひそめてき」(9)は、平安朝では吉野山神女説話を詠んだ歌として享受されて来たと考えられる。「袖ふる」は、神女説話の「挙レ袖」に当たり、袖を挙げて舞うことを意味する。八雲御抄（巻三、人事部）の「舞」の項に「そでふる」とあるのはそのことを言う。

また、神女説話において、天武天皇のみが神女を見たというところも注目される。お付きの者もいたはずであるが、誰も神女の姿を見ていない。神女の舞姿を見て五節の舞は作られたのであるから、それを作ることが出来たのは天皇ただ一人だけである。「袖」を「挙」げる神女の姿は天皇の目にのみ映った。

従って、例えば僧正遍昭が、五節の舞姫を見て「をとめの姿」と詠じた時には、天武天皇の立場に立っているかのように歌を詠んでいることになる。

少女巻では、光源氏が五節の君に歌を贈っている。

　をとめごも神さびぬらし天つ袖ふるき世の友よはひ経ぬれば　（少女・二五九）

この歌は、かつて袖を振って舞った五節の君の舞姿に魅力を感じた光源氏が、その姿を思い出しつつ、今の年齢を重ねたお互いの現況を詠んでいる。「をとめご」「天つ袖ふる」というところに人麿の歌を引いている。この場合も神女の姿を見たように詠む光源氏は、天武天皇の立場に身を置いていることになる。天武天皇は、袖を振る神女を見た唯一の人物であり、その舞を自ら写して五節の舞を作ってもいた。そして、一方で万葉集に見えるように自ら額田王に向かって袖を振る男性でもあった。

紅葉賀巻で青海波を舞った光源氏が藤壺に詠んだ歌は、「もの思ふに立ち舞ふべくもあらぬ身の袖うち振りし心知りきや」（紅葉賀・一三）であったが、この歌では、「袖」を「振」ることに、舞を舞う時の所作の意と、愛する女性に対して自分の気持を示すための所作の意とを掛けている。平安朝では、人麿の歌が有名であったこともあり、「袖振る」と言えば舞を舞うことを連想することが普通であって、袖を振ることで女性に対して自分の愛情を示すという意味を用いた例は余りない。やはり西丸氏の指摘のように、藤壺に対して袖を振った光源氏の歌は、万葉集の天武天皇の歌を踏まえていると考えられる。その点光源氏は、天武天皇的に描かれているが、同時に舞を舞う光源氏も五節の舞を介して天武天皇と関わりがあることになる。須磨巻で琴を引く光源氏も天武天皇的であり、少女巻で五節の君に歌を贈る光源氏も天武天皇的であることになるのである。

四

次に花散里巻について考えたい。この巻は葵、賢木の両巻に続く。その葵巻の冒頭部は「世の中かはりて後」となっており、桐壺帝が退位し、光源氏の異母兄朱雀院の帝が即位している。御代替わりに伴っての斎宮、斎院の交替があり、父親の庇護を失った光源氏の宮廷での立場は急速に悪くなって行く。この巻で葵上が死に、続く賢木巻で桐壺院の崩御がある。私的な面でも公的な面でも光源氏に不幸が続き、未来が見えなくなって行くのが葵、賢木巻の両巻である。

花散里巻はそうした光源氏が過去と対面する巻である。過去を思い起こさせる「花橘」と「ほととぎす」を主要な背景として配し、桐壺帝の女御であった麗景殿女御の御殿が「花散里」と呼ばれてその舞台となる。(10)そこでの女御と光源氏との間で交わされた贈答歌が天武天皇と額田王に関わると思う。

中川の女の心変わりを目の当たりにした光源氏は麗景殿女御の邸を訪れ、静かに昔語りをした。その時ほととぎすが鳴く。

まづ女御の御方にて、昔の御物語など聞こえ給ふに…郭公、ありつる垣根のにや、同じ声にうち鳴く。したひ来にけるよとおぼさるるほども、艶なりかし。「いかに知りてか」など、忍びやかにうち誦《ずん》じ給ふ。

（花散里・一九五）

ここで光源氏は次のように麗景殿の女御に詠みかけた。

橘の香をなつかしみほととぎす花散里をたづねてぞとふ

この歌に対し、麗景殿女御は次のように唱和する。

人目なく荒れたる宿は橘の花こそ軒のつまとなりけれ

（花散里・一九六）

万葉集巻二には、額田王と弓削の皇子の間に交わされたほととぎすをめぐる贈答歌がある。

吉野の宮に幸《いでま》しし時、弓削皇子、額田王に贈与《おく》る歌一首

古《いにしへ》に恋ふる鳥かも弓絃葉《ゆづるは》の御井《みゐ》の上より鳴き渡り行く

（一一一）

額田王、和《こた》へ奉る歌一首大和の都より奉り入る

古に恋ふらむ鳥はほととぎす〈霍公鳥〉けだしや鳴きしわが念へる如

（一一二）

（相聞、藤原宮御宇高天原広野姫天皇代）

弓削皇子は、日本書紀（巻二十九、天武紀下）によれば、天武天皇と天智天皇皇女の大江皇女との間に生まれている。同母兄に長皇子があった。弓削皇子と額田王との関わりはこの歌以外明らかではないが、「古《いにしへ》に恋ふる鳥」を歌に詠み額田王に贈った。それに対し、額田王は、「その鳥はほととぎすでしょう。多分私が思っているようにせつなく鳴いたことでしょう」と答えているのである。ここで「古《いにしへ》に恋ふる」とは、当然二人が共通して持つ

「古《いにしへ》」でなければならない。また、歌が天武天皇崩後の持統天皇の御代のところに配列されていることを併せて考慮するならば、この共通して持つ「古《いにしへ》」は、弓削皇子にとっての父親で、額田王にとってのかつての恋人である天武天皇の在世中のことを指すに違いない。

　とすると、ほととぎすの鳴き声が二人に天武天皇を思い起こさせていることになるが、それは当然蜀魂伝説を踏まえてのことであったであろう。蜀の昔の王であった杜宇（望帝）が死んで杜鵑《ほととぎす》となった、その声を聞いた蜀の人々は皆王を偲んで悲しんだという。

　西晉左思の「蜀都賦」（文選巻四）にこの話は見える。「碧出㆓萇弘之血㆒、鳥生㆓杜宇之魄㆒」とあるところの劉逵注に、蜀記を引き、次のように記す。

　昔有㆑人、姓杜名宇。王㆑蜀、号曰㆓望帝㆒。宇死、俗説云、宇化為㆓子規㆒。鳥名也。蜀人聞㆓子規鳴㆒、皆曰㆓望帝㆒。

この話を知る弓削皇子は、一種の謎かけで吉野から歌を額田王に贈った。その謎を蜀魂伝説を知っていた額田王が解いて、「それはほととぎすでしょう」と答えたと考えられる。ほととぎすが天武天皇の生まれ代わりであるかのように詠んでいるのである。

　花散里巻では、光源氏と麗景殿女御が「昔の御物語」をしている時にほととぎすが鳴いたので、光源氏が「いかに知りてか」と誦している。ここでの引歌は古今六帖の「いにしへのこと語らへばほととぎすいかに知りてか古声のする」（物語〔二八〇四〕）である。二人が語り合った昔の話とは故桐壺院のことと推測されるから、ほととぎすは桐壺院の話題に呼応するように鳴いたことになる。このほととぎすは冥界と人間世界とを往復して言づてをする鳥として詠まれている。話は偽経と言われる地蔵十王経に見える。冥界からの鳥として、わが国では、蜀魂伝説と重ねられて享受されていたと思われる。桐壺院の話をしているとそれを懐かしんでほととぎすが鳴いたのである。(11)

　女御の「人目なく」の歌は、「花こそ軒のつま」とあって、「花妻」という考え方を踏まえて詠まれていよう。花を動物の妻と見なすのが「花妻」である。例えば、萩が鹿の「花妻」と言われる。万葉集の大伴旅人の歌に、「我が岡にさをしか来鳴く初萩の花妻問ひに来鳴くさをしか」（巻八、秋の雑歌（一五四一））とある。ほととぎすが訪れるにも荒れていて手がかりもない、「橘の花」が妻（手がかり）としてほととぎすを迎える、の意である。ここでの「橘の花」は光源氏を迎える三の君の喩えとなっている。

このほととぎすをめぐる花散里巻の中心場面と万葉集における弓削皇子と額田王の贈答は、以下の点で共通する。

(1)帝がすでに亡くなっている

(2)その帝の妻（恋人）と皇子が死後帝を思い出しつつ歌をやりとりする

(3)その歌は（冥界とこの世を往来する）ほととぎすの歌である

これらの類似は、紫式部が花散里巻を描くに当たって、弓削皇子と額田王の贈答歌を使ったために生じていると考えられるのである。[12]

五

前節のように花散里巻と額田王との関わりを考察してくると、麗景殿女御と三の君姉妹という姉妹関係の設定にも額田王の存在の投影があるのではないかと考えられてくる。

日本書紀（天武紀下）によれば、額田王は鏡王の娘であり、万葉集巻四では天智天皇を待つ額田王に対して鏡王女は歌を返している（〔四八八〕〔四八九〕）。[13]また、万葉集巻二「相聞」では、天智天皇が鏡王女と歌を唱和し（〔九一〕〔九二〕）、鏡王女と鎌足とが結ばれた時の贈答歌がある（〔九三〕〔九四〕）。興福寺縁起[14]によれば、鏡王女は鎌足の嫡室で、鎌足の病気平癒のために彼女が興福寺を建立したという。さらに、日本書紀（天武十二年七月）には、天武天皇が死の床の鏡王女を見舞ったという記事を載せる。
鏡王の娘である額田王と、額田王と贈答歌のある鏡王女とは姉妹であるとする説と、それを否定する説が共に行われているが、「鏡」という名称からすれば、姉妹と考える方が自然であり、紫式部などもそう考えたのではないか。

鎌足に始まる藤原氏については、三宝絵詞に「代々の聖朝みなこの氏の腹に生る」とあって、天皇の母方はみな藤原氏であるとさえ言われている。紫式部が生きた時代は藤原摂関家全盛の頃であり、その始祖鎌足の嫡室鏡王女は、藤原氏の一人である紫式部にとって身近な存在であったはずである。主に万葉集から知られる額田王よりも有名な人物であったろう。或いは、万葉歌人の額田王と、天智天皇と鎌足に愛され、後者の正室となった鏡王女の二人は歴史上有名な姉妹であった、とも言えよう。

鏡王女と額田王を姉妹とみなし、万葉集と日本書紀を中心に二人の一生を見てみよう。姉は天皇に愛されたものの内大臣からも求愛されて結局内大臣の正妻となった。妹は天皇の弟の皇太子から愛されて女子を一人生み、その後に兄天皇の妻となった。妻となった後にも皇太子から思いを告げられていた。姉の夫の内大臣と妹の夫の天皇は相次いで亡くなり、壬申の乱が起きた。死に際して未亡人の姉は今は天皇（天武）となったかつての皇太子から訪問を受けた。未亡人となった妹は、天皇になり亡くなったかつての皇太子の皇子（弓削皇子）から歌を贈られた。

この姉妹をめぐる恋愛関係は極めて華やかなものである。登場する男性は歴史的人物であり、この姉妹に対して愛情を込めて歌を詠んでいる。歴史的人物の顔も心も見えると言える。

その姉妹の妹が「紫草《むらさき》の匂へる妹」であった。西丸氏のように、伊勢物語第四十一段の「紫」をめぐる姉妹の背景に鏡王女と額田王の姉妹をみる説もある。麗景殿女御と三の君姉妹という姉妹関係の設定にもこの姉妹が関わるのではないか。

万葉集巻四の唱和は、鎌足没後でしかも天智天皇在世の時の作と解釈されている。(15)

額田王、近江天皇を思《しの》ひて作る歌一首

君待つとわが恋ひをればわが屋戸の簾動かし秋の風吹く　〈四八八〉

鏡王女の作る歌一首

風をだに恋ふるは羨《とも》し風をだに来むとし待たば何か嘆かむ　〈四八九〉

額田王が夫を待っていたのに対し、鏡王女は、待つことができる人は羨ましいと言っている。夫の鎌足が死んで、もう待つことすらできない、という状況の歌と考えられるのである。

光源氏が訪れた「花散里」には、麗景殿女御と三の君姉妹がいた。姉は未亡人であり、妹は恋人を待つ状況にあった。その点で二組の姉妹は共通している。とすると、天武天皇は晩年の鏡王女を訪れており、麗景殿女御を訪れた光源氏の如くである。天武天皇が妹の額田王を愛していた点も、光源氏が三の君の恋人であったことと一致する。天武天皇及び「紫草《むらさき》の匂へる妹」である額田王とその周辺の人物は、さまざまな形で源氏物語に影を落としていると思われるのである。

注

(1) 明法家の惟宗公方撰。延喜頃成立と言われる。政事要略にも同じ記事が見えるが、本朝月令から引いたと思われる。
(2) 続く二六番は二五番の異伝歌である。
(3) 江談抄（第一）、袋草紙（上巻）、十訓抄（第十）など。
(4) 群書類従（巻四百八十五）所収。
(5) 中西進氏『古今六帖の万葉歌』（昭和三十九年）参照。
(6) 西丸妙子氏「藤壺中宮への額田王の面影」（関根慶子博士頌賀会編『平安文学論集』所収、平成四年）。なお、この説は新編日本古典文学全集『源氏物語　二』の今井源衛氏「漢籍・史書・仏典引用一覧」（紅葉賀）で紹介されている。

(7)　舞についての感動を「あはれ」というのは、天の岩戸神話でアメノウズメノ命の舞に対して、神々が「あはれ、あなおもしろ、あなさやけ、をけ」（古語拾遺）と言ったことに基づくと思う。第Ⅴ章参照。

(8)　西丸氏が、注6の論文で、桜井満氏「額田王―紫の発想」（『解釈と鑑賞』昭和四十一年六月）を引用する。桜井氏もそう考えておられる。

(9)　拾遺集（巻十九、雑恋〔一二一〇〕）、古今六帖（雑思〔二五四九〕）。

(10)　通常この「花散里」という呼称は女御の妹の三の君に対して用いられるが、ここでは混乱を避けるため、本来の邸の呼称として用いる。

(11)　貫之集に、「年ごとに来つつ声するほととぎす花たちばなやつまにはあるらん」（〔三四四〕）。古今六帖、たちばな、貫之（〔四二五二〕）とあるので、この歌に拠っていると思われる。

(12)　「花散里」という巻名自体万葉集から採られている語であることも併せて考慮する必要があろう。この語は万葉集に二例見え、いずれも橘とほととぎすを詠むが、花散里巻と同様に死者に関わるのは、大伴旅人が妻の大伴郎女の死を悼んだ「橘の花散る里の霍公鳥片恋しつつ鳴く日しそ多き」（巻八〔一四七三〕）のみであり、この歌から採られたと見られる。古今六帖（ほととぎす、大伴大納言〔四四一七〕）にも載せるが、詞書がなく、同集だけでは死者を悼む歌と理解しがたい。

(13)　この唱和歌は、巻八（秋相聞〔一六〇六〕〔一六〇七〕）に再録されている。

(14)　昌泰三年（九〇〇）藤原良世撰。群書類従（巻四百三十五）所収。

(15)　沢瀉久孝氏『万葉集注釈』など。

初出一覧

第一部　白居易文学の受容

Ⅰ　花も実も─古今序と白楽天─
『甲南大学紀要』文学編四十、昭和五十六年三月

Ⅱ　白居易の詩人意識と『菅家文草』「古今序」─詩魔・詩仙・和歌ノ仙─
『和漢比較文学』十七号、平成八年八月

Ⅲ　わが国における元白詩・劉白詩の受容
『日本における受容（散文篇）』（白居易研究講座第四巻）勉誠社、平成六年五月

Ⅳ　白居易の長恨歌─日本における受容に関連して─
『白居易の文学と人生　Ⅱ』（白居易研究講座第二巻）勉誠社、平成五年七月

Ⅴ　日中長恨歌受容の一面─黄滔の馬嵬の賦と源氏物語その他─
『甲南大学紀要』文学編六十、昭和六十一年三月

第二部　和歌と漢詩文

Ⅰ　阿倍仲麻呂の詩歌とその周辺─望郷の月─
『甲南大学紀要』文学編六十四、昭和六十二年三月

Ⅱ　仏教と和歌─無常の比喩について─
『論集　和歌とは何か』（和歌文学の世界第九集、和歌文学会編）笠間書院、昭和五十九年十一月

III　平安朝文学における「かげろふ」について—その仏教的背景—
『源氏物語と日記文学　研究と資料』（古代文学論叢第十二輯）武蔵野書院、平成四年二月
IV　大和物語蘆刈説話の原拠について—本事詩と両京新記—
『甲南大学紀要』文学編八十、平成三年三月

第三部　源氏物語の表現と漢詩文

I　源氏物語葵巻の神事表現について—かげをのみみたらし川—
『甲南大学紀要』文学編九十九、平成八年三月
II　源氏物語葵巻の「あふひ」について—賀茂の川波—
『甲南大学紀要』文学編百三、平成九年三月
III　須磨の光源氏と漢詩文—浮雲、日月を蔽ふ—
『甲南大学紀要』文学編七十六、平成二年三月
IV　五節舞の起源譚と源氏物語—をとめごが袖ふる山—
『大谷女子大国文』二十八、平成十年三月
V　五節舞の神事性と源氏物語—少女巻を中心に—
『甲南大学紀要』文学編百七、平成十年三月
VI　源氏物語の歴史性について—天武天皇・額田王像の投影—
『日本語の伝統と現代』（『日本語の伝統と現代』刊行会編）和泉書院、平成十三年五月

あとがき

著名な万葉学者であった京都大学名誉教授澤瀉久孝博士は、昭和四十三年十月十四日に亡くなられた。当時東京に住み、受験勉強中であった私は、その日の夕刊でそれを知った。それが印象に残っているのは、その日が私の十九歳の誕生日であったからである。その時は京都大学で国文学の研究をすることになるとは思っていなかった。

いくつかの偶然が重なって、翌年東京を離れ、京都大学に学ぶことになった。昭和四十八年に大学院に進学したが、その時点では漠然と万葉集の研究をしたいと思うのみで、明確な研究方針を持っていなかった。そうした時に当時大阪市立大学教授であった小島憲之先生が非常勤講師で来られ、その講筵に列することになった。漢文に対してはいささか関心を持っていたので、それを中心に据える先生の比較文学的研究は非常に新鮮に感じられた。

指導教官の佐竹昭広教授に研究方針について相談すると、小島先生に直接お教えいただいたら、ということであった。それ以来、演習の授業や御自宅での研究会（読古会）を通じて先生の研究から得たものは計り知れない。振り返ってみると小島先生や佐竹先生をはじめとする京都大学関係の多くの先生方は澤瀉博士の教えを直接受けており、私はそれらの先生方から多くを学ぶことができたのである。

小島先生の演習の材料は新撰万葉集と田氏家集であった。万葉集の専門家であった先生は、その頃国風暗黒時代についての研究を進められ、平安朝の論文を書かれることが多くなっていた。私もそうした演習の授業を通じて、平安朝の文学を研究の中心に据えようと思うようになった。特に白居易詩文の受容という問題に関心を持った。白居易の詩は親しみやすく、その詩人としての自覚の強さや文学性に心惹かれた。

本書の第一部は、その白居易文学の受容を中心にした論文をまとめた。古来わが国では「白居易」よりも、その字《あざな》を用いて「白楽天」と呼ばれたことが多いと考え、初期の論文は「白楽天」の呼称を用いた。しかし、『白居易研究講座』（全七巻）に論文等を執筆した頃から「白居易」の方を用いることが多くなった。この度本書をまとめるに当たっては「白居易」に統一することにした。『白居易研究講座』は、第七巻が『日本における白居易の研究』と題した研究文献の解題となっており、下定雅弘氏と二人で執筆した。下定氏は「戦後日本における白居易の研究」の題で、私は「日本文学へ与えた白居易の影響に関する研究」の題で担当執筆した。併せて参照されたい。

なお、源氏物語における白居易文学の受容については、別に『源氏物語と白居易の文学』（和泉書院）を刊行するので、そちらも共に御覧いただきたい。特に「長恨歌」関係の論文は本書と双方に載せている。

第二部は、和歌関係の論文をまとめた。祖父の故智啓上人は日蓮宗の僧侶で神戸の妙法華院の住職であった。父進一は国文学者で仏教文学に関心があるが、それは祖父の影響と聞いている。第Ⅱ章「仏教と和歌—無常の比喩について—」と第Ⅲ章「平安朝文学における「かげろふ」について—その仏教的背景—」は、文学における仏教の問題を論じている。私の仏教に対しての関心は、祖父や父の間接的、直接的影響を受けたものである。

第三部は、源氏物語関係の論文をまとめた。論文を書く度にいつも紫式部の教養の深さには驚かされる。本書の主題は主に「漢風」であるが、源氏物語を読むと「漢風」とともに「国風」の意味を考えさせられることが多い。それは「国風」の大きな部分を女性が担って来たことの表われであると言えよう。賀茂祭や五節の舞についての関心は源氏物語を読むうちに生じて来たものである。また、大学入学以来三十年以上も京都に住み続けて、関西の風土、歴史に親しんで来た。大和の吉野山を何度も訪れたし、いつも賀茂川や下鴨神社、上賀茂神社を身近に感じてきた。その親しみを何とか研究の上で活かしたいと思い、吉野の神女説話や源氏物語葵巻についての論文を書いたのである。

小島先生は、平成十年二月十一日に亡くなられた。まだお元気な時に、論文集刊行の折には序文をいただきたい、と申し上げていたが、なかなか実現に到らず、序文のことは不可能になってしまった。そのことについては、今あらためて後悔の念が起こる。先生の『国風暗黒時代の文学』（全八冊）の紹介文を『和漢比較文学』第二十八号（平成十一年八月）に執筆したが、私としてはそれが先生への追悼文のつもりである。

『和漢比較文学』の発行母体である和漢比較文学会は、私の研究内容に最も関わる学会である。これも設立に際し、小島先生と御一緒させていただいた。昭和五十八年十月十四日、学会は東京御茶の水の中央大学大学会館で第一回大会を開催して発足した。偶然、その日は私の三十四歳の誕生日に当たっていた。以来二十年になろうとしているが、この学会で勉強したことは多い。小島先生の読古会では多くの研究者と知り合うことができた。それは先生の御学恩の一つであるが、同様にこの学会を通じて知り合った同学の研究者の方々からも随分啓発された。この場を借りてお礼を申し上げたい。

父進一は長らく健康を害し、今も病床にある。国文学研究の先達としていろいろと助言を受けた。この本の刊行を父と、付き添って看病している母とに報告できるのは喜びである。

和泉書院の廣橋研三社長には論文集刊行について十年以上前から相談申し上げていた。こちらの仕事が遅く、御迷惑ばかりおかけしたが、ようやく刊行にこぎ着けるに到った。ここにお詫びをし、併せてお礼を申し上げたい。

なお、本書は日本学術振興会平成十四年度科学研究費補助金（研究成果公開促進費）により刊行することができた。感謝申し上げる。

平成十五年二月二日

洛北下鴨の蝸居にて　新間一美

■著者紹介

新間一美（しんま・かずよし）
昭和二十四年（一九四九）千葉県船橋市生
昭和五十一年（一九七六）京都大学大学院文学研究科修士課程修了（文学修士）
昭和五十四年（一九七九）京都大学大学院文学研究科博士課程単位取得退学
昭和五十五年（一九八〇）甲南大学文学部講師（専任）
現在　甲南大学文学部教授

主要編著書
『源氏物語と白居易の文学』（和泉書院、平成十五年）
『日本古典文学史』（共著、双文社出版、昭和六十二年）
『田氏家集注』（小島憲之監修、共著、全三巻、和泉書院、平成三年～六年）
『白居易研究講座』（共編、全七巻、勉誠社、平成五年～十年）

研究叢書 293

平安朝文学と漢詩文

平成十五年二月二十八日初版第一刷発行
（検印省略）

著者　新間一美
発行者　廣橋研三
印刷所　太洋社
製本所　免手製本
発行所　有限会社　和泉書院
大阪市天王寺区上汐五-三-八
〒五四三-〇〇〇二
電話　〇六-六七七一-一四六七
振替　〇〇九七〇-八-一五〇四三

ISBN4-7576-0202-2　C3395

研究叢書

増補改訂 小野篁集・篁物語の研究 影印 資料 翻刻 校本 対訳 研究 使用文字分析 総索引	平林文雄 財団法人水府明徳会 編著	271	一〇〇〇〇円
論集 説話と説話集	池上洵一 編	272	一二〇〇〇円
八雲御抄の研究 正義部・作法部	片桐洋一 編	273	二〇〇〇〇円
明治前期日本文典の研究	山東功 著	274	一〇〇〇〇円
近世中期の上方俳壇	深沢了子 著	275	一二〇〇〇円
王朝文学の本質と変容 韻文編	片桐洋一 編	276	一七〇〇〇円
王朝文学の本質と変容 散文編	片桐洋一 編	277	一七〇〇〇円
萬葉集栞抄 第五	森重敏 著	278	一二五〇〇円
敷田年治研究	管宗次 著	279	一〇〇〇〇円
王朝漢文学表現論考	本間洋一 著	280	一三〇〇〇円

（価格は税別）